Guerra da pólvora negra

NAOMI NOVIK

Guerra da pólvora negra

{ Série Temeraire
LIVRO 3 }

Tradução de
ANA CAROLINA MESQUITA E
GUSTAVO MESQUITA

GALERA RECORD
RIO DE JANEIRO • SÃO PAULO
2011

CIP-BRASIL. CATALOGAÇÃO-NA-FONTE
SINDICATO NACIONAL DOS EDITORES DE LIVROS, RJ

Novik, Naomi
N839g   Guerra da pólvora negra / Naomi Novik; tradução Ana Carolina Mesquita e Gustavo Mesquita. – Rio de Janeiro: Galera Record, 2011.
(Temeraire; 3)

Tradução de: Black powder war
Sequência de: Trono de jade
ISBN 978-85-01-08455-2

1. Grã-Bretanha. Royal Navy – Ficção. 2. Guerras Napoleônicas, 1800-1815 – Ficção. 3. Ficção americana. I. Mesquita, Ana Carolina de Carvalho. II. Mesquita, Gustavo. III. Título. IV. Série.

10-6299

CDD: 813
CDU: 821.111(73)-3

Título original em inglês:
BLACK POWDER WAR

Copyright © 2006 by Naomi Novik

Publicado mediante acordo com Ballantine Books, um selo de Random House Publishing Group, divisão de Random House, Inc.

Todos os direitos reservados. Proibida a reprodução, no todo ou em parte, através de quaisquer meios. Os direitos morais do autor foram assegurados.

Texto revisado segundo o novo Acordo Ortográfico da Língua Portuguesa.

Design e ilustração de capa: Rafael Nobre

Direitos exclusivos de publicação em língua portuguesa somente para o Brasil adquiridos pela
EDITORA RECORD LTDA.
Rua Argentina 171 – Rio de Janeiro, RJ – 20921-380 – Tel.: 2585-2000
que se reserva a propriedade literária desta tradução

Impresso no Brasil

ISBN 978-85-01-08455-2

Seja um leitor preferencial Record.
Cadastre-se e receba informações sobre nossos lançamentos e nossas promoções.

Atendimento e venda direta ao leitor:
mdireto@record.com.br ou (21) 2585-2002.

EDITORA AFILIADA

para minha mãe,
uma pequena retribuição por muitos *bajki cudowne*,
contos maravilhosos.

Prólogo

MESMO OLHANDO PARA OS jardins à noite, Laurence não conseguia imaginar-se em casa; havia muitas lanternas brilhantes pendendo das árvores, vermelhas e douradas, sob as quinas recurvadas dos telhados, e o som de risos às suas costas era como o de um país estrangeiro. O músico tocava um instrumento de apenas uma corda e tirava dele uma canção suavemente ágil, um fio tecido através de uma teia de conversas que haviam se transformado em nada além de música: Laurence aprendera muito pouco da língua e as palavras logo perdiam o sentido quando proferidas por vozes diversas. Ele apenas sorria para quem quer que se dirigia a ele e ocultava a sua incompreensão atrás de uma xícara de chá, de um verde muito pálido e, à primeira oportunidade, escapuliu em silêncio da varanda. Longe do campo de visão das outras pessoas, derramou o chá, ainda pela metade, sobre o peitoril da janela; para ele, o gosto era de água perfumada, e Laurence sentia saudade do chá preto forte com creme ou, melhor ainda, do café — não sentia o gosto de café há dois meses.

O pavilhão, com vista para a lua, foi montado em um pequeno promontório rochoso incrustado na encosta da montanha, alto o bastante para permitir uma vista estranha dos vastos jardins imperiais que se estendiam abaixo: nem tão próximo ao chão, como uma varanda comum, nem tão alto como quando ele voava com Temeraire, quando as árvores se transformavam em palitos de fósforo e as grandes tendas, em brinquedos de criança. Ele se afastou da parte coberta e andou até o parapeito. Havia uma frescura agradável no ar, depois da chuva, e Laurence não se incomodava com a umidade; a névoa no seu rosto era bem-vinda e mais familiar do que tudo à sua volta, depois dos anos no mar. Obediente, o vento afastara as últimas nuvens da tempestade. Agora a neblina se contorcia languidamente sobre as pedras do calçamento, antigas e arredondadas, lisas, cinzentas e brilhantes, sob a lua quase cheia, e a brisa carregava o cheiro dos damascos maduros que caíram das árvores e se espatifaram no chão.

Outra luz tremeluzia em meio às árvores seculares inclinadas, um tênue brilho esbranquiçado que ora sumia ora aparecia, seguindo resoluto em direção à margem de um lago ornamental próximo, levando consigo o som de passos abafados. Laurence não a distinguiu a princípio, mas logo uma estranha procissão entrou em seu campo de visão: alguns servos se dobravam sob o peso de um estrado de madeira simples e do corpo envolto em uma mortalha que repousava sobre ele. Atrás vinham, apressados, alguns garotos com pás, que lançavam olhares ansiosos por sobre os ombros.

Laurence observou a procissão pensativo. Então as copas das árvores farfalharam intensamente e abriram espaço para Lien, que seguiu para uma ampla clareira atrás dos servos, fez uma saudação respeitosa com a sua grande cabeça rodeada por uma crista e fechou as asas ao lado do corpo. As árvores mais frágeis inclinavam-se ou partiam à sua passagem, espalhando um manto de folhas de salgueiro sobre os ombros. Esse era o seu único adorno: não havia sinal de rubis ou de ouro, e ela parecia pálida e estranhamente vulnerável sem as joias que remediavam a translucidez branca da sua pele; na escuridão, seus olhos rubros pareciam escuros e vazios.

Os servos colocaram o féretro no chão e passaram a cavar uma cova na base de um dos velhos e majestosos salgueiros, soltando ocasionalmente suspiros pesados enquanto escavavam a terra úmida e sujando os seus rostos largos e pálidos enquanto trabalhavam e suavam. Lien caminhava lentamente pela circunferência da clareira, inclinando-se para arrancar pequenas árvores que cresciam nas bordas e atirando-as em uma pilha. Não havia outros enlutados presentes a não ser um homem que vestia uma túnica azul escura e acompanhava os passos de Lien; havia algo vagamente familiar nele, a forma como caminhava, mas Laurence não conseguia enxergar o seu rosto. O homem então se posicionou ao lado da cova e passou a observar em silêncio o trabalho dos servos. Não havia as flores ou os longos cortejos que Laurence presenciara nas ruas de Pequim, onde familiares do morto rasgavam as próprias roupas e monges de cabeça raspada carregavam incensórios e espalhavam nuvens perfumadas. Aquela curiosa cena noturna poderia muito bem ter sido o enterro de um camponês, não fossem as tendas imperiais com coberturas douradas entrevistas em meio às árvores, e Lien, que observava os procedimentos como um fantasma grande e terrível de alva brancura.

Os servos não desembrulharam o corpo antes de o colocar na terra, mas já havia se passado mais de uma semana desde a morte de Yongxing. Aquilo parecia estranho para o enterro de um príncipe imperial, mesmo um que conspirara assassinatos e que pretendera usurpar o trono do irmão. Laurence concluiu que talvez o enterro houvesse sido proibido anteriormente ou, quem sabe, fosse até mesmo clandestino. O pequeno corpo envolto na mortalha branca desapareceu da sua vista e, em seguida, houve um barulho surdo indistinto: o corpo caía na cova. Lien soltou um breve lamento, quase inaudível, que provocou um arrepio desconfortável na nuca de Laurence antes de se perder no farfalhar das folhas das árvores. Subitamente, ele se sentiu um intruso, apesar de ser improvável que o vissem contra o brilho das lanternas atrás dele, mas sair dali naquele momento provocaria uma perturbação ainda maior.

Os servos já haviam começado a cobrir a cova, devolvendo ao buraco a terra que, em movimentos amplos, acumularam em um monte. O trabalho progrediu rapidamente; logo a terra estava sendo nivelada pelas pás e nada marcava o lugar da sepultura a não ser a tira de terra nua e o velho salgueiro inclinado, cujos galhos longos o abrigavam. Os dois meninos sumiram entre as árvores em busca de punhados de cobertura vegetal, folhas caídas e gravetos que passaram a espalhar sobre a superfície até que a faixa de terra nua se tornasse indistinguível e a sepultura fosse totalmente ocultada. Feito isso, recuaram indecisos: sem um oficial para conduzir a cerimônia, nada os guiava. Lien não deu a eles sinal algum; estava aninhada no chão da clareira, imersa em pensamentos. Por fim, os homens colocaram as pás sobre os ombros e caminharam em direção às árvores, tomando o cuidado de se distanciar o máximo possível do dragão branco.

O homem que vestia a túnica azul aproximou-se da sepultura e fez o sinal da cruz sobre o peito. Quando se voltou, o seu rosto foi revelado pelo brilho do luar e Laurence o reconheceu imediatamente: De Guignes, o embaixador francês, talvez o mais improvável dos enlutados. A antipatia que Yongxing nutria pela influência ocidental era violenta e generalizada — ele não fazia distinção entre franceses, britânicos ou portugueses. De Guignes nunca seria admitido no círculo próximo ao príncipe, nem sua presença seria tolerada por Lien, mas lá estava o rosto longo e aristocrático do francês; sua presença era ao mesmo tempo indiscutível e inexplicável. De Guignes ficou ainda algum tempo na clareira e falou com Lien; a sua voz era inaudível a distância, mas sem dúvida se tratava de uma pergunta, dados os gestos do homem. Ela não respondeu, não emitiu som algum, continuou aninhada, com o olhar fixo na cova oculta, como que gravando aquele lugar na memória. Algum tempo depois, ele fez um elegante cumprimento de despedida e partiu.

Lien permaneceu imóvel onde estava, seu corpo parcialmente coberto pelas sombras cada vez mais longas das nuvens e das árvores. Laurence não lamentava a morte do príncipe, porém, ainda assim, a compaixão o invadiu; ele supôs que ninguém mais a desejaria como companhia. Observou-a por um longo tempo, encostado no parapeito, até que a lua descesse no horizonte e Lien ficasse oculta no escuro. Um jorro de risos e de aplausos irrompeu da varanda: a música chegara ao fim.

Parte 1

Capítulo 1

O VENTO QUENTE que soprava em Macau era preguiçoso e abafado, e apenas agitava o pútrido odor salgado do porto, de restos de peixe, de algas enegrecidas, de dejetos humanos e de dragões. Apesar disso, os marinheiros se amontoavam nas amuradas do *Allegiance* para aspirar o ar circulante, acotovelando-se para conseguir mais espaço. Algumas discussões irrompiam, com empurrões mútuos, mas as brigas acabavam quase que imediatamente sob o calor inclemente.

Deitado no deque, Temeraire olhava, desconsolado, a neblina branca que cobria o mar aberto, enquanto os aviadores em serviço dormitavam à sua ampla sombra. Quanto a Laurence, ele sacrificara a sua dignidade e tirara o casaco, sentando-se na dobra da perna dianteira do dragão e ficando, por isso, fora de vista.

— Tenho certeza de que eu conseguiria rebocar o navio para fora do porto — disse Temeraire, não pela primeira vez naquela semana, e suspirou quando o seu plano generoso foi novamente descartado. Durante uma calmaria, ele certamente seria capaz de rebocar aquele enorme navio transportador de dragões, mas numa situação como a que se encontravam, com o vento contra, apenas se cansaria inutilmente.

— Mesmo numa calmaria, você não conseguiria rebocar o *Allegiance* por uma distância considerável — acrescentou Laurence em tom conciliador. — Alguns quilômetros podem fazer a diferença em alto-mar, mas é melhor ficarmos no porto por enquanto, onde temos um pouco mais de conforto. Mesmo que conseguíssemos sair para o mar, o navio não conquistaria velocidade.

— Acho frustrante que tenhamos sempre de esperar pelo vento, quando tudo está pronto e nós também — retrucou Temeraire. — Quero estar em casa *logo*: há muito a ser feito! — Ele enfatizou as palavras com uma batida do rabo no piso de madeira.

— Espero que você não crie expectativas demais — disse Laurence, um pouco desconsolado. Insistir para que Temeraire se contivesse nunca produzira efeitos, e ele não acreditava que agora seria diferente. — Você deve estar preparado para alguns atrasos, tanto em casa como aqui.

— Ah! Prometo que serei paciente! — disse o dragão e, em seguida, apagou qualquer esperança da parte de Laurence de confiar nas suas palavras, ao acrescentar, inconsciente de qualquer contradição: — Mas tenho certeza de que o Conselho da Marinha verá a justiça do nosso caso muito em breve! Sem dúvida, é justo que os dragões sejam pagos, uma vez que as tripulações o são.

Tendo vivido no mar desde os 12 anos, até o acaso o transformar em capitão de um dragão, e não de um navio, Laurence desfrutava de boas relações com os cavalheiros do Conselho, que supervisionavam as atividades tanto da Marinha quanto do Corpo Aéreo, e sabia que um senso de justiça apurado não era a maior virtude deles. Os cargos pareciam destituir os seus ocupantes da decência e das qualidades humanas e transformá-los em criaturas políticas ardilosas e sanguessugas muito parecidas com um homem. As condições muito superiores dos dragões na China forçaram Laurence a abrir os seus olhos relutantes para os maus-tratos que recebiam no Ocidente. Porém, quanto ao Conselho compartilhar do seu ponto de vista, ainda que isso se refletisse apenas em um pequeníssimo acréscimo de custo ao país, ele tinha as suas dúvidas.

Seja como for, ele podia apenas alimentar a esperança de que, quando estivessem em casa, de volta ao seu posto no Canal da Mancha e empenhados no serviço honesto de defender o seu país, Temeraire pudesse, se não abrir mão dos seus objetivos, ao menos moderá-los. Laurence não podia questioná-los, eram realmente naturais e justos, mas a Inglaterra estava em guerra, e ele, ao contrário de Temeraire, tinha consciência do atrevimento de exigir concessões do governo sob tais circunstâncias — era provável que isso soasse como um motim. No entanto, havia lhe prometido o seu apoio e não voltaria atrás. Temeraire poderia ter ficado na China e desfrutado os luxos e a liberdade que advinham da sua condição como Celestial. Ele voltava para a Inglaterra principalmente por Laurence e com a esperança de reforçar as fileiras dos seus companheiros de armas, Apesar das reservas de Laurence, ele não conseguia levantar objeções, e às vezes se sentia quase desonesto por não falar.

— Foi muito inteligente da sua parte sugerir que comecemos pelo pagamento — prosseguiu Temeraire, alimentando a consciência pesada de Laurence, que sugerira esse primeiro passo por ser essa a menos radical das propostas de Temeraire. Elas incluíam a demolição completa de quarteirões em Londres para a construção de ruas largas o bastante para permitirem a passagem de dragões e o envio de representantes dragônicos ao Parlamento, os quais, além das dificuldades que teriam para entrar no edifício, certamente provocariam a debandada imediata de todos os humanos.

— Assim que conquistarmos o direito à remuneração, tenho certeza de que tudo ficará mais fácil. Então podemos passar a oferecer às pessoas algum dinheiro, algo do que elas tanto gostam; como você fez com esses cozinheiros que contratou para mim. Esse cheiro é muito agradável — acrescentou, e não era uma inverdade: o cheiro encorpado de carne bem-passada estava tão forte que começava a se sobrepor ao fedor do porto.

Laurence sacudiu os ombros e olhou para baixo: a cozinha do navio ficava imediatamente abaixo do deque e finas nuvens de fumaça abriam caminho pelos vãos entre as tábuas do piso.

— Dyer — disse ele, chamando um dos seus mensageiros —, vá checar o que eles estão fazendo.

Temeraire havia desenvolvido um gosto especial pela culinária dragônica chinesa, algo que o oficial de provisões britânico, cuja responsabilidade era apenas providenciar carne bovina fresca, era incapaz de satisfazer. Laurence, então, encontrara dois cozinheiros chineses dispostos a deixar o país sob a promessa de uma remuneração substancial. Os novos cozinheiros não falavam inglês, mas autoconfiança não lhes faltava: o ciúme profissional quase levara o cozinheiro do navio e os seus assistentes a uma batalha pelos fornos da cozinha e produzira uma atmosfera de competição.

Dyer desceu a passos rápidos as escadas que levavam ao tombadilho e abriu a porta da cozinha: uma grande nuvem de fumaça saiu em ondas e imediatamente ouviu um grito de "fogo!" dos vigias a postos nos cordames. Um vigia tocou o sino freneticamente, fazendo o badalo arrastar e tinir na parte interna. Laurence já estava gritando "a postos!" e enviando os seus homens às equipes de incêndio.

A letargia desapareceu num instante e os marinheiros correram pelo convés em busca de baldes. Uma dupla de marujos ousados adentrou a cozinha e arrastou para fora corpos inconscientes: os auxiliares do cozinheiro, os dois chineses e um dos ajudantes, mas não havia sinal do cozinheiro do navio. Baldes transbordantes chegavam em fluxo constante, sob os gritos e as batidas da vara do contramestre no mastro, que ditavam o ritmo e, um após o outro, os baldes eram esvaziados porta adentro. A fumaça, porém, continuava saindo da cozinha em ondas, ainda mais forte, e por cada fenda e emenda do convés. Os ganchos do deque estavam quentes demais para serem tocados e a corda enrolada em duas das peças de ferro começava a soltar fumaça.

O jovem Digby, pensando rápido, organizara as outras providências: os cadetes se apressaram para, juntos, desatar a corda, engolindo lamentos de dor enquanto os seus dedos ágeis roçavam o ferro quente. Outros aviadores se alinharam na amurada, levantando baldes cheios de água pelo costado e molhando o deque: o vapor subia em nuvens brancas, uma crosta cinzenta de sal cobria as tábuas que começavam a empenar e o deque rangia e gemia como um bando de homens velhos. O piche das emendas se liquefazia e escorria em longas faixas pretas pelo deque com um odor agridoce ao chamuscar e soltar fumaça. Temeraire estava sobre as quatro patas, passando de um lugar a outro com passos delicados para fugir do calor, apesar de Laurence já o ter visto deitar-se com prazer, sobre pedras ferventes, ao sol do meio-dia.

O capitão Riley misturou-se aos homens que se esforçavam e suavam, soltando gritos de encorajamento enquanto os baldes passavam de um lado para o outro, mas havia algo de desespero na sua voz. O fogo era forte demais, a madeira estava ressecada pela longa estada no porto sob o sol escaldante; e as grandes despensas estavam carregadas para a viagem de volta à Inglaterra: caixas de madeira com porcelanas delicadas envoltas em palha, fardos de seda, velas para reparo recém-abertas. Bastaria ao fogo atravessar quatro conveses para que as provisões ardessem rapidamente em chamas que seguiriam o seu caminho até o paiol, o que explodiria o navio pelos ares.

Os vigias da manhã, que dormiam nos pisos inferiores, lutavam para subir ao convés superior: emergiram da fumaça tossindo e arfando e, no seu desespero, quebraram o ritmo dos carregadores de água. Apesar de o *Allegiance* ser um gigante, a proa e o tombadilho não tinham capacidade para abrigar toda a tripulação, não com o deque praticamente em chamas. Laurence buscou um dos mastros, ficou de pé na amurada do convés e passou a observar a sua equipe em meio à confusão da tripulação. A maioria dos homens estava no deque, mas ele não viu alguns: Therrows, que ainda tinha talas na perna depois da batalha em Pequim; Keynes, o cirurgião, muito provavelmente imerso em livros na privacidade da sua cabine; e Emily Roland, sua outra mensageira, que acabara de completar 11 anos e teria dificuldade em passar entre os homens fortes e nervosos.

Um apito agudo e estridente ressoou das chaminés da cozinha e os capelos começaram a inclinar-se lentamente em direção ao convés. Temeraire sibilou com um desprazer instintivo e esticou o pescoço para trás, fazendo a sua crista grudar no pescoço. Suas poderosas patas traseiras já estavam tensionadas para saltar e uma das patas dianteiras repousava na amurada.

— Laurence, tem certeza de que está seguro? — gritou ele ansioso.

— Sim, ficaremos bem, voe logo! — respondeu e sinalizou para que o restante dos seus homens descesse para a proa, preocupado com a segurança de Temeraire, uma vez que o piso do deque começava a ceder. — Poderemos combater o fogo mais facilmente depois que ele consumir o deque — acrescentou para encorajar os homens que o ouviam; na verdade, ele duvidava de que conseguiriam apagar o incêndio depois que o deque desmoronasse.

— Muito bem, então — disse Temeraire e alçou voo.

Alguns homens, mais preocupados com a própria segurança do que com a do navio, haviam deixado a embarcação em um bote e na esperança de que a fuga passasse despercebida pelos oficiais, envolvidos na luta desesperada contra o fogo, mas saltaram do bote, em pânico, quando Temeraire inesperadamente arremeteu ao redor do navio. Ele não prestou atenção alguma nos homens, mas pegou o bote com as garras, mergulhou-o na água como se fosse uma concha, e ergueu-o no ar. Os remos caíram e a água escorreu pelas laterais do bote, mas Temeraire voou com cuidado até o deque e despejou a água sobre a estrutura. A enxurrada súbita chiou e espirrou pelas tábuas, formando uma cascata que desceu pelas escada do navio.

— Aos machados! — gritou Laurence com urgência. Quebrar as tábuas fumegantes, molhadas e sujas de piche, com lâminas que deslizavam o tempo todo, era um trabalho quente, exaustivo e mais fumaça a cada corte que faziam subia. Todos se esforçavam para manter o equilíbrio a cada vez que Temeraire voltava com mais um aguaceiro, mas o fluxo constante de água era o que possibilitava o trabalho; caso contrário, a fumaça seria espessa demais. Enquanto trabalhavam, alguns homens cambaleavam e caíam inertes sobre o deque: não havia tempo para arrastá-los até o tombadilho e não podiam se dar ao luxo de sacrificar minutos preciosos. Laurence trabalhava lado a lado com seu armeiro, Pratt. Longos rastros pretos de suor marcavam-lhes as camisas enquanto golpeavam a madeira com os machados em turnos irregulares, até que o piso repentinamente passou a estalar com sons que mais pareciam tiros e uma grande seção do deque ruiu e alimentou o rugido faminto das chamas ávidas abaixo dele.

Laurence se viu à beira de um abismo de fogo; seu primeiro-tenente, Granby, puxou-o de volta à segurança. Cambaleando, ambos se afastaram do enorme buraco, enquanto Laurence, temporariamente cego e quase caindo sobre o companheiro, respirava de forma rápida e curta, sem conseguir sorver o ar. Granby o arrastou pelas escadas quando outra torrente de água levou-os degraus abaixo e somente pararam de deslizar quando se chocaram com os canhões de 20 quilos da proa. Laurence conseguiu levantar-se, apoiando-se na amurada, a tempo de vomitar — o gosto amargo na sua boca ainda era mais fraco do que o fedor acre que exalava dos cabelos e das roupas.

Os homens abandonavam o deque e a enorme torrente de água agora podia seguir direto até as chamas. Temeraire trabalhava em ritmo constante e as nuvens de fumaça já perdiam a intensidade; a água fuliginosa escorria pela porta da cozinha até o tombadilho. Laurence estava em choque, enjoado e respirava profundamente, mas não parecia levar ar suficiente aos pulmões. Riley disparava ordens roucas pelo megafone, apenas altas o bastante para serem distinguidas sobre o chiado da fumaça; o contramestre estava sem voz e somente empurrava os homens, apontando as escotilhas, e logo se formou uma fila organizada cujo objetivo era puxar os feridos e os homens presos nos andares inferiores. Laurence ficou aliviado ao ver Therrows ser alçado ao convés superior. Temeraire despejou uma última quantidade de água sobre as brasas que ainda resistiam. A cabeça do timoneiro Bassoon surgiu pela escotilha principal e, arfando, ele gritou para o capitão:

— Não há mais fumaça, senhor, e as tábuas sobre os alojamentos da tripulação estão apenas mornas. Acho que controlamos o incêndio!

A tripulação soltou gritos emocionados. Laurence começava a sentir que recuperava o fôlego, apesar de ainda tossir fumaça preta; com a ajuda de Granby, ele conseguiu se levantar. Uma névoa densa, semelhante à produzida pelos tiros de canhões, cobria o convés e, quando subiu as escadas, Laurence encontrou um amontoado de carvão molhado no lugar do deque e as bordas das tábuas que resistiram retorcidas como papel queimado. O corpo carbonizado do pobre cozinheiro do navio estava retorcido entre os escombros, suas pernas de pau reduzidas a cinzas, deixando apenas tristes tocos até o joelho.

Após soltar o bote, Temeraire pairou incerto sobre o navio, e mergulhou na água: não havia mais onde pousar no *Allegiance*. Ele nadou até a costa, segurou-se na amurada com as suas garras e levantou a enorme cabeça acima do parapeito.

— Você está bem, Laurence? A nossa tripulação está bem?

— Sim, resgatamos todos — disse Granby com um aceno de aprovação para Laurence.

Emily, com os cabelos castanho-claros manchados de fuligem, veio até eles arrastando um jarro com água que tirara do tonel: velha e com o cheiro do porto, porém, naquele momento, mais deliciosa do que vinho.

Riley juntou-se ao grupo.

— Que estrago! — disse, olhando para os destroços. — Bem, ao menos salvamos o navio, e agradeço a Deus por isso, mas quanto tempo levará até que possamos velejar é algo em que não quero pensar — acrescentou e aceitou, satisfeito, o jarro com a água oferecido por Laurence, bebendo longos goles antes de o passar para Granby. — E, sinto muito, creio que as suas coisas foram destruídas pelo fogo — concluiu o capitão, enxugando a boca com as costas da mão; os aposentos dos aviadores de alta patente ficavam na proa, um andar abaixo da cozinha.

— Minha nossa... — disse Laurence, inexpressivo. — E eu não tenho a menor ideia do que aconteceu com o meu casaco.

— Quatro, quatro dias — disse o alfaiate em seu inglês limitado, com a ajuda dos dedos para evitar qualquer engano.

— Sim, está bem — respondeu Laurence com um suspiro.

Saber que tempo não era um problema lhe dava algum consolo: seriam necessários ao menos dois meses para reparar o navio e, enquanto isso, ele e os seus homens ficariam à toa em terra firme.

— O senhor consegue consertar o outro? — acrescentou.

Ambos olharam para o casaco que Laurence levara como modelo. Era mais preto do que verde-escuro, com resíduos brancos nos botões e cheirando à fumaça e à água do mar. O alfaiate não respondeu, mas sua expressão dizia tudo.

— Leve esse — disse o homem, indo até os fundos da alfaiataria e voltando com outra peça. Não era exatamente um casaco, mas uma jaqueta com bordados, como as usadas pelos soldados chineses, uma túnica aberta na frente com colarinho alto.

— Ah, sim — disse Laurence, olhando desconfiado para a jaqueta de seda; a peça era verde, porém consideravelmente mais brilhante, e tinha bordados vermelhos e dourados ao longo das costuras; o máximo que se podia dizer era que a roupa não era tão trabalhada quanto as túnicas formais que fora forçado a usar em outras ocasiões.

Todavia naquela noite ele e Granby jantariam com representantes da Companhia das Índias Ocidentais e ele não poderia comparecer ao encontro usando apenas uma camisa, nem usar a capa pesada que vestira para ir até a alfaiataria. E ficou satisfeito por ter aceitado a peça quando, ao voltar para os seus novos aposentos em terra, Dyer e Roland informaram que não havia sequer um casaco à venda na cidade, por dinheiro nenhum. Isso não era de surpreender, pois cavalheiros respeitáveis não costumavam se vestir como aviadores e o verde-escuro que esses últimos usavam não era uma cor popular naquela parte do Oriente.

— Talvez você lance uma nova moda — disse o magricela Granby, num misto de consolo e de gozação.

Ele usava um casaco que conseguira com um dos aspirantes, que, por estarem instalados nos conveses inferiores, não tiveram as suas roupas destruídas. Com as mangas do casaco um pouco mais curtas do que deveriam e as bochechas coradas de sol, como de costume, ele aparentava ter menos do que os seus 26 anos, mas ao menos não receberia olhares desconfiados. Laurence, por ter os ombros mais largos, não poderia usar do mesmo artifício e roubar uma peça de um dos oficiais inferiores, e, apesar da oferta generosa de Riley, não usaria um casaco azul — daria a impressão de que tinha vergonha de ser um aviador e de que desejava se fazer passar por um capitão naval.

Laurence e a sua equipe estavam agora instalados em uma casa espaçosa na zona portuária, propriedade de um comerciante holandês que ficou mais do que satisfeito em cedê-la e mudar-se para um apartamento no centro, onde não teria um dragão na soleira da porta. Com a destruição do deque, Temaraire fora forçado a dormir na praia, para o horror dos habitantes ocidentais. E, para o seu próprio desgosto, a costa era habitada por caranguejos pequenos e irritantes que insistiam em tratá-lo como as pedras nas quais faziam suas tocas e, por isso, tentavam se esconder no seu corpo enquanto ele dormia.

Laurence e Granby foram se despedir do dragão antes de saírem para o jantar. Temaraire, ao menos, aprovou o novo uniforme de Laurence: ele gostou do tom da cor e principalmente do dourado dos botões e dos bordados.

— E fica muito bem com a espada — acrescentou depois de circular o aviador para inspecioná-lo melhor. A espada em questão era um presente seu e, por isso, considerava a arma como a peça mais importante do uniforme. Era também a única peça da qual Laurence não precisaria sentir vergonha, pois nem todas as lavagens do mundo seriam capazes de salvar-lhe a camisa, por sorte oculta sob o casaco, a calça não resistiria a um olhar mais atento e, quanto às meias, ele tivera que lançar mão das botas de cano alto.

Eles deixaram Temaraire, que se preparava para jantar, sob o olhar atento de uma dupla de aspirantes e de uma tropa de soldados sob a bandeira da Companhia das Índias Ocidentais; Sir George Staunton emprestara os homens para ajudar a proteger o dragão não do perigo, mas de simpatizantes entusiasmados. Ao contrário dos ocidentais, que deixaram as suas casas ao longo do litoral, os chineses não se sentiam intimidados por dragões, pois conviviam com esses animais desde a infância e sabiam ser tão raro que um Celestial deixasse os domínios imperiais que consideravam uma honra e uma garantia de boa sorte simplesmente ver um deles e, melhor, tocá-lo.

Staunton também organizara o jantar como forma de oferecer aos oficiais alguma diversão e alívio da ansiedade provocada pelo desastre, sem perceber que provocaria nos homens grande preocupação quanto às suas roupas. Laurence não recusaria um convite tão generoso por um motivo fútil, mas esperava, ao menos, encontrar algo respeitável para vestir, e agora estava pesaroso com a perspectiva de encontrar os convivas e os olhares curiosos que certamente teria de enfrentar.

Foi recebido, a princípio, com um educado porém estupefato silêncio, mas ele mal havia cumprimentado Sir George e aceitado uma taça de vinho quando os murmúrios começaram. Um dos representantes mais velhos, um cavalheiro que gostava de se fazer de surdo quando lhe era conveniente, disse em alto e bom tom:

— Aviadores e as suas excentricidades! Quem sabe o que usarão na cabeça da próxima vez? — Isso fez os olhos de Granby brilharem de raiva, mas outros comentários menos indiscretos também puderam ser ouvidos.

— O que ele quis vestindo-se assim? — perguntou o Sr. Chatham, um cavalheiro recém-chegado da Índia que observava Laurence, com interesse, do outro lado de uma janela. Ele conversava em voz baixa com o Sr. Grothing-Pyle, homem corpulento cujo interesse estava voltado para o relógio e para avaliar a que horas o jantar seria servido.

— Hã? Ah, ele agora tem todo o direito de se vestir como um príncipe oriental, se assim desejar — disse Grothing-Pyle, dando de ombros, depois de um olhar distraído. — E, por nós, está ótimo! O senhor está sentindo cheiro de carne de cervo? Não como cervo há um ano!

Laurence dirigiu o olhar para a janela aberta, tanto surpreso quanto ofendido. Uma interpretação como aquela nunca lhe ocorrera; sua adoção pelo imperador fora puramente uma formalidade, um meio de salvar a honra dos chineses, que insistiam que um Celestial somente poderia ser companheiro de alguém diretamente relacionado à família imperial. Do lado britânico, o caso foi recebido como uma forma indolor de finalizar a discussão quanto à captura do ovo de Temeraire. Indolor a não ser para Laurence, que tinha um pai orgulhoso e altivo cuja reação indignada à adoção ele antecipava com consternação. Todavia é verdade que isso não fora um empecilho: ele teria aceitado de bom grado qualquer coisa, exceto a traição, para evitar ser separado de Temeraire. Certamente não buscara ou desejara uma honra notável e singular como aquela, e perceber que havia quem o visse como um alpinista social ridículo, que dava mais valor a títulos orientais do que às suas origens, era algo torturante.

O constrangimento calou-lhe. Laurence teria ficado satisfeito em contar a história por trás da roupa incomum como uma piada; como uma desculpa, nunca. Ele falou pouco com as poucas pessoas que lhe dirigiram a palavra. A raiva o deixou pálido e, sem perceber, deu ao seu rosto uma aparência fria e hostil, quase ameaçadora, que fazia com que as conversas à sua volta esfriassem. A expressão de Laurence era em geral bem-humorada e, apesar de ter a pele clara, os vários anos trabalhando ao ar livre deram à sua aparência um tom bronzeado; as linhas no seu rosto eram marcadas basicamente por sorrisos, portanto essa hostilidade produziu um contraste ainda maior. Aqueles homens deviam, se não suas vidas ao menos suas fortunas, ao sucesso da missão diplomática a Pequim cujo bom êxito custara a Laurence um derramamento de sangue e a vida de um dos seus homens, e cujo fracasso teria implicado uma guerra e o fim do comércio com a China. Ele não esperava por agradecimentos efusivos, e os teria recusado, mas ser alvo de escárnio e de grosserias era algo bem diferente.

— Que tal entrarmos? — disse Sir George, mais cedo do que se esperava e, à mesa, fez todos os esforços para desanuviar o clima incômodo que se abatera sobre os convidados. O mordomo foi enviado à adega uma dezena de vezes e trazia vinhos cada vez mais extravagantes. A comida estava excelente, apesar dos recursos limitados à disposição do cozinheiro de Staunton — um dos pratos era uma deliciosa carpa frita, acompanhada de ragu dos pequenos caranguejos, vítimas dessa vez, e o prato principal eram dois pernis de cervo acompanhados de uma tigela de geleia de groselha vermelha e reluzente.

A conversa voltou a fluir. Laurence não pôde ficar indiferente ao desejo sincero de Staunton de fazer com que ele e os outros se sentissem à vontade e, afinal de contas, o seu temperamento não era implacável, muito menos quando estimulado por um glorioso vinho da Borgonha que acabava de chegar ao seu auge. Ninguém fez outros comentários sobre casacos ou relações imperiais e, depois de vários pratos, Laurence esfriara a cabeça o bastante para ceder à tentação provocada por um belo pavê de biscoitos de Nápoles e pão de ló, recheado com um saboroso creme com conhaque e suco de laranja. Subitamente uma comoção fora da sala de jantar se fez notar e, finalmente, um cortante grito agudo, quase feminino, interrompeu a conversa que ficava mais agitada e divertida a cada taça de vinho.

O silêncio tomou conta do salão. Copos pararam no ar, algumas cadeiras foram empurradas para trás; Staunton levantou-se, com o equilíbrio um pouco prejudicado, e começou a pedir desculpas. Antes que saísse para investigar o que acontecia, a porta foi escancarada de forma abrupta e revelou o ansioso empregado do anfitrião, que recuava aos tropeços para dentro do salão, protestando acaloradamente em chinês. Ele foi controlado de maneira gentil, mas inflexível, por outro oriental, que vestia um casaco acolchoado e um chapéu arredondado com laterais grossas de lã preta. As roupas do estranho, empoeiradas e com manchas amareladas, não se pareciam com as usadas pelos nativos e, na grossa luva que protegia uma das mãos, estava empoleirada uma águia de olhar ameaçador: suas penas marrons e douradas estavam eriçadas e os seus olhos amarelos eram fixos. Ela fez um ruído com o bico e mexeu-se, inquieta, enfiando as garras poderosas na luva acolchoada.

Depois de uma troca de olhares inquisitivos com os convidados, o estranho voltou a surpreender todos ao dizer, com o melhor sotaque dos salões de baile:

— Peço desculpas, cavalheiros, por interromper o seu jantar, mas a minha missão não pode esperar. O capitão William Laurence está presente?

A princípio, Laurence sentiu-se desnorteado pelo vinho e surpreso demais para reagir, mas depois se levantou e se afastou da mesa para aceitar um embrulho sob o olhar hostil da águia.

— Obrigado, senhor — agradeceu.

Visto mais de perto, o rosto magro e anguloso não era inteiramente chinês: os olhos, apesar de pretos e rasgados, tinham um formato mais parecido com os dos ocidentais, e a cor da sua pele, que remetia a madeira de teca polida, devia-se menos à natureza do que ao sol.

O estranho fez uma saudação cortês.

— Fico feliz em ter sido útil — disse.

Ele não sorriu, mas havia um brilho no seu olhar que sugeria divertimento com a reação que provocara na sala, algo a que ele sem dúvida já estava acostumado. O homem lançou aos convidados um último olhar, dirigiu a Staunton um meneio e partiu de forma tão abrupta quanto chegara, passando por outros empregados que se apressaram até a sala em resposta ao barulho.

— Por favor, levem uma bebida para o Sr. Tharkay — disse Staunton aos empregados, em voz baixa, e dispensou-os.

Enquanto isso, Laurence se concentrou no embrulho. A cera havia sido amaciada pelo calor do verão e a impressão estava praticamente imperceptível; o selo não cedeu ou se soltou com facilidade — tinha a textura de um doce mole e, quando finalmente foi aberto, deixou fios pegajosos nas mãos de Laurence. Dentro havia uma única folha, uma carta escrita à mão em Dover pelo almirante Lenton, e com o estilo áspero das ordens formais. Um breve olhar foi o bastante para ler a mensagem.

> ... é assim solicitado a proceder a Istambul sem desperdiçar um minuto, onde deverá receber dos representantes do Sr. Avraam Maden, a serviço de Sua Alteza Selim III, três ovos, sob acordo, de propriedade do Corpo Aéreo de Sua Majestade, resguardá-los dos elementos com os devidos cuidados e então os entregar diretamente aos cuidados dos oficiais para eles designados, que devem aguardá-lo no abrigo em Dunbar...

A isso seguiam-se os epílogos implacáveis de costume: "assim, nem o senhor nem ninguém da tripulação deve falhar ou responder em contrário, sob seu próprio risco." Laurence entregou a carta a Granby e fez um sinal para que a passasse para Riley e Staunton, que se juntaram a eles na privacidade da biblioteca.

— Laurence — disse Granby, depois de ler a carta —, não podemos ficar aqui esperando os consertos no navio e tampouco uma viagem de um mês depois disso! Devemos partir imediatamente!

— E como planejam fazer isso? — perguntou Riley, desviando os olhos da carta, que lia por sobre o ombro de Staunton. — Não há nesse porto outro navio capaz de suportar o peso de Temeraire por mais do que algumas horas e não se pode sobrevoar o mar sem fazer escalas.

— Não é como se estivéssemos indo para a Nova Escócia! A rota marítima não é a única opção — disse Granby. — Devemos seguir pela rota terrestre.

— Estão loucos? — indagou Riley, impaciente.

— E por que não? — perguntou Granby. — Mesmo que não tivéssemos de esperar pelos reparos, o caminho marítimo implica uma grande volta, perderíamos dias a fio para contornar a Índia. Em vez disso, podemos seguir em linha reta, atravessando a Tartária...

— Sim, e também podemos pular na água e nadar até a Inglaterra! — interrompeu Riley. — Antes cedo do que tarde, mas antes tarde do que nunca... O *Allegiance* nos deixaria em casa antes disso!

Laurence ouvia a conversa enquanto relia a carta com mais atenção. Era difícil distinguir o verdadeiro grau de urgência do tom geral das ordens militares, mas apesar de demorarem algum tempo para serem chocados, os ovos eram imprevisíveis e não podiam ser transportados por tempo indefinido.

— Mas não podemos esquecer, Tom — disse ele a Riley —, que a viagem no *Allegiance* até Basra pode durar por volta de cinco meses, se não dermos sorte com o tempo, e, de qualquer forma, teríamos de voar por uma rota terrestre de lá até Istambul.

— E que é provável que encontremos três filhotes, e não três ovos, quando chegarmos, o que não resolveria nada — atalhou Granby. Quando Laurence o indagou, ele opinou firmemente que os ovos não estariam longe de serem chocados ou ao menos não tão longe a ponto de não precisarem se preocupar com isso. — Não há muitas raças que passem mais do que dois anos no ovo — explicou — e o Conselho não teria comprado ovos com menos de um ano de vida: antes disso não há como ter certeza se vingarão. Não podemos perder tempo, mas por que eles estão nos enviando, e não a equipe de Gibraltar, é algo que não entendo.

Laurence, menos familiar com as diversas bases do Corpo Aéreo, ainda não considerara essa possibilidade e também achou, no mínimo, estranho que a tarefa houvesse sido delegada a eles, que estavam muito mais distantes.

— Quanto tempo eles demorariam para chegar a Istambul? — perguntou, inquieto. Apesar da costa que percorreriam estar sob domínio francês, as patrulhas não podiam estar em todo lugar e um único dragão não teria dificuldade em encontrar lugares onde descansar.

— Duas semanas, talvez um pouco menos se apertassem o ritmo durante o trajeto — disse Granby. — Por outro lado, acho que não conseguiremos chegar lá em menos de dois meses, mesmo seguindo por rotas terrestres.

Staunton, que ouvia ansioso as deliberações sobre a carta, interveio:

— Será que essas ordens, pelo simples fato de haverem sido dadas, não implicam certa falta de urgência? Temo que essa carta tenha viajado ao menos três meses para chegar até aqui, portanto alguns meses a mais dificilmente fariam diferença. Caso contrário, a Unidade teria enviado uma equipe mais próxima.

— Isso se houvesse uma equipe mais próxima para enviar — disse Laurence gravemente. A Inglaterra estava em tal falta de dragões que nem sequer um ou dois poderiam ser deixados de lado com facilidade no caso de uma crise, certamente não para uma missão de um mês e muito menos um do porte de Temeraire. Bonaparte talvez tivesse voltado a fazer ameaças de invadir o país pelo Canal da Mancha ou lançado ataques contra a Frota do Mediterrâneo, o que deixaria disponíveis apenas Temeraire e um punhado de dragões baseados em Mumbai e em Madras. — Não — concluiu ele depois de pesar essas possibilidades desagradáveis —, não acho que possamos fazer qualquer tipo de suposição e, de qualquer forma, não existem duas interpretações para *sem desperdiçar um minuto*, não quando Temeraire é plenamente capaz de fazer a viagem. Sei o que eu pensaria de um capitão que ficasse à toa no porto tendo o vento e a maré a seu favor.

Percebendo que Laurence estava prestes a tomar uma decisão, Staunton tentou dissuadi-lo:

— Capitão, peço que não considere seriamente a possibilidade de enfrentar um risco tão grande!

— Pelo amor de Deus, Laurence, não pode fazer uma loucura como essa! — disparou Riley, menos educado dada a convivência de nove anos entre os dois. — Eu não chamaria a espera dos reparos do *Allegiance* de "ficar à toa no porto" e, se preferir, seguir pela rota terrestre seria algo como velejar em direção a uma tempestade, enquanto ter paciência durante uma semana pode permitir que se siga com o céu limpo — acrescentou.

— O senhor faz com que essa viagem se pareça com cortar os nossos pescoços! — exaltou-se Granby. — Não nego que seria estranho e perigoso seguir mundo afora em uma carroça cheia de mercadorias, mas, com Temeraire, ninguém nos causará problemas e precisaremos somente de lugares onde passar a noite.

— E de comida o bastante para um dragão Celestial — disparou Riley.

Staunton seguiu o caminho aberto pelo capitão.

— Acredito que vocês não têm ideia do quão desertas são as regiões que pretendem atravessar, nem da sua vastidão — disse o anfitrião e passou a vasculhar livros e papéis em uma estante até encontrar diversos mapas do local. Tratava-se de uma terra inóspita mesmo nos pergaminhos, com poucas e isoladas vilas em meio a grandes extensões de terras sem nome e de desertos entrincheirados atrás de montanhas. Em um mapa velho em frangalhos, uma mão trêmula escrevera, com caligrafia antiquada, em um grande trecho vazio de deserto: "Aqui não encontrei água por três semanas." — Desculpem se eu estiver sendo muito direto, mas é uma ação imprudente e estou convencido de que ninguém no Conselho deseja que a façam.

— E eu estou convencido de que Lenton não espera que passemos seis meses assoviando ao vento... — disse Granby. — Há muitas pessoas que viajam por terra. Aquele sujeito, Marco Polo, por exemplo, e olhem que isso foi há quase dois séculos.

— Sim, e quanto à expedição de Fitch e Newberry algum tempo depois? — disse Riley. — Três dragões perdidos nas montanhas, em uma nevasca que durou cinco dias, portanto esse comportamento imprudente...

— Esse homem que trouxe a carta, Tharkay, ele veio por terra, não? — disse Laurence a Staunton, interrompendo uma discussão que, ao que tudo indicava, acabaria em palavras acaloradas, com o tom de Riley ficando ainda mais rude e a pele clara de Granby enrubescendo de forma denunciadora.

— Espero que não pense em usá-lo como modelo — disse Staunton. — Um homem tem a capacidade de ir onde um grupo não pode e de fazê-lo com poucos recursos, principalmente um aventureiro endurecido como ele. Serei mais objetivo: ele arrisca apenas a própria vida. O senhor não deve esquecer que é responsável por um dragão de valor inestimável, cuja perda pode ter importância muito maior do que o resultado dessa missão.

— Ah, vamos embora de uma vez — disse o dragão de valor inestimável quando Laurence lhe apresentou o problema, ainda sem solução. — Acho que será muito empolgante.

Temeraire estava agora totalmente desperto sob o frio da noite e abanava o rabo com entusiasmo, produzindo jatos de areia de tamanho razoável, um pouco mais altos do que um homem.

— E de que tipo de dragão são esses ovos? Será que soltarão fogo?

— Ah, meu Deus, como seria bom se fossem Kaziliks! — disse Granby. — Mas acho que devem ser dragões comuns; esse tipo de compra é feito para trazer um pouco de sangue novo às nossas fileiras.

— Em quanto tempo estaríamos de volta em casa? — perguntou Temeraire, inclinando a cabeça para o lado de modo a concentrar um dos olhos nos mapas, que Laurence abrira sobre a areia. — Veja o quanto a viagem pelo mar nos afastaria do nosso destino, Laurence... Isso para não falar que não preciso de vento o tempo todo, como o navio.

Estaremos em casa antes do final do verão! — disse o dragão, em uma estimativa tão otimista quanto improvável, uma vez que não compreendia a escala do mapa. Todavia ao menos era provável que estivessem de volta à Inglaterra em setembro e esse era um estímulo tão poderoso que quase superava a cautela.

— Mas ainda assim é algo que não posso fazer — disse Laurence. — Fomos alocados no *Allegiance* e Lenton presume que voltaremos para casa nele. Sair por aí, percorrendo as velhas rotas da seda, tem algo de impulsivo. Não venha me dizer — acrescentou, com um olhar severo para Temeraire — que não há nada com o que se preocupar.

— Mas não *pode* ser assim tão perigoso! — disse o dragão, destemido. — Afinal de contas, você não vai sozinho e eu não permitirei que se machuque.

— Que você enfrentaria um exército para nos proteger, eu não tenho a menor dúvida — disse Laurence —, mas nem mesmo você pode derrotar uma tempestade nas montanhas.

O comentário de Riley sobre a malfadada expedição que se perdera na cordilheira de Caracórum foi ouvido por Laurence com enorme desprazer. Ele podia ver com clareza as consequências mortais de enfrentarem uma tempestade: com o vento gelado, Temeraire seria forçado a voar mais baixo; a neve molhada e o gelo formariam crostas nas extremidades de suas asas, em pontos além do alcance dos homens da tripulação; os turbilhões de neve os cegariam e eles ficariam expostos aos perigos das encostas e passariam a voar em círculos; o frio congelante faria com que o dragão ficasse cada vez mais lento e menos ágil e o transformaria em uma presa do gelo, pois não seria possível encontrar um abrigo. Em uma situação como aquela, Laurence seria forçado a escolher entre ordenar que pousasse, o que o condenaria a uma morte mais rápida, na esperança de salvar as vidas dos homens, ou seguir em frente juntos pela lenta estrada da destruição: um horror que Laurence comparava ao da morte no campo de batalha.

— Então, quanto mais cedo partirmos, mais segura será a travessia — argumentou Granby. — Em agosto corremos riscos menores de enfrentar nevascas do que em outubro.

— E também um risco maior de torrarmos no deserto — completou Riley.

Granby aproximou-se dele:

— Não é que eu queira dizer que existe algo de cuidado excessivo em todas essas suas objeções... — começou, com um olhar ferino que apenas reforçava o teor de suas palavras.

— Pois não há! — interveio Laurence com firmeza. — Você está certo, Tom; o perigo não é apenas uma questão de nevascas, mas do fato de que não temos a menor ideia das dificuldades que enfrentaremos. E que devemos procurar solucioná-las antes de decidir se partiremos ou esperaremos.

— Se oferecer dinheiro para que o sujeito seja nosso guia, obviamente ele dirá que o caminho é seguro — disse Riley. — E é muito provável que nos abandone no meio do nada, sem saber onde estamos...

Staunton também voltou a tentar dissuadir Laurence, quando esse o procurou na manhã seguinte para perguntar se sabia onde encontrar Tharkay.

— Ele nos traz cartas ocasionalmente e algumas vezes é contratado pela Companhia para fazer entregas na Índia — disse Staunton. — O pai dele era um cavalheiro, um oficial graduado, acredito, e cuidou para que o filho tivesse uma boa educação, mas não posso dizer que o homem seja confiável, apesar dos seus bons modos. A sua mãe era uma nativa, tibetana, nepalesa ou algo que o valha — e ele passou a maior parte da vida nos lugares selvagens da Terra.

— Na minha opinião, é melhor que tenhamos um guia britânico por parte de pai do que outro que mal se faça entender — disse Granby mais tarde, quando ele e Laurence abriam caminho pelas vielas de Macau. A chuva deixara poças nas sarjetas e uma fina camada verde começava a cobrir a água estagnada. — E se Tharkay não fosse praticamente um nômade, não seria de grande ajuda; não há por que levantar objeções quanto a isso.

Eles acabaram encontrando a moradia provisória de Tharkay: um sobrado caindo aos pedaços, com o telhado desmoronando, no bairro chinês, mantido de pé apenas pelo suporte das casas vizinhas, que se apoiavam umas nas outras como velhos bêbados. O proprietário olhou-os com uma expressão ameaçadora para então os guiar casa adentro resmungando.

Tharkay estava sentado em um pátio aberto no centro da casa, alimentando a águia com nacos de carne crua que tirava de um prato. Os dedos da sua mão direita tinham cicatrizes esbranquiçadas, certamente deixadas por bicadas, e alguns pequenos arranhões sangravam sem que o homem lhes desse qualquer importância.

— Sim, eu vim por terra — respondeu ele à pergunta de Laurence —, mas não recomendo que sigam pela mesma estrada, capitão... Não é uma jornada confortável, se comparada a uma viagem de navio.

O homem não interrompera o que estava fazendo e ofereceu outro pedaço de carne à águia, que o arrancou das suas mãos e dirigiu aos visitantes um olhar furioso antes de engolir a carne ensanguentada.

Era difícil saber como se dirigir àquele homem: não era um servo, um cavalheiro ou um nativo; o refinamento do seu linguajar contrastava de forma curiosa com as roupas gastas que usava e com o ambiente de má reputação que o cercava (embora talvez ele não houvesse conseguido escolher acomodações melhores, dada a sua aparência excêntrica e a companhia da águia mal-encarada). Ele também não fazia concessões à sua situação indefinida. Havia algo de presunção no seu comportamento, menos formal do que aquele que Laurence adotaria com uma pessoa recém-conhecida, quase um desafio a distância que os visitantes mantinham dele, aquela que manteriam de um serviçal.

Mas Tharkay respondeu às suas muitas perguntas com relativo bom humor e, depois de alimentar a águia e de acomodá-la para dormir com um capuz sobre a cabeça, até mesmo mostrou à dupla a bagagem que carregara na jornada, para que inspecionassem os equipamentos vitais: um tipo especial de barraca para o deserto, com forro de pele e com buracos com reforço de couro nas extremidades, cuja função, ele explicou, era permitir que diversas lonas semelhantes fossem atadas para formar um abrigo para um camelo ou, em número ainda maior, um dragão, no caso de tempestades de areia, chuvas de granizo ou nevascas. Havia também um cantil de couro impermeabilizado, e uma pequena caneca de latão amarrada a ele com um barbante, no qual havia marcas próximas à borda, uma bela bússola portátil em um estojo de madeira e um caderno grosso repleto de pequenos mapas riscados à mão, com as direções anotadas em caligrafia miúda e bem-feita.

O equipamento mostrava sinais de uso e bons cuidados. Ele claramente sabia do que se tratava a visita, mas não mostrava sinais de ansiedade em aceitar o serviço, como Riley suspeitara:

— Eu não tinha em mente voltar para Istambul — respondeu Tharkay quando Laurence finalmente perguntou se ele aceitaria o trabalho como guia. — Não tenho nada que me prenda lá.

— E tem algo que o prenda a algum lugar? — perguntou Granby. — Teremos muitas dificuldades sem a sua ajuda, e você estaria servindo ao seu país.

— E será bem pago por isso... — acrescentou Laurence.

— Ah, bom, nesse caso... — disse Tharkay com um sorriso irônico nos lábios.

— Bem, só espero que não tenham as gargantas cortadas por uigures... — disse Riley com profundo pessimismo, desistindo depois de tentar mais uma vez os persuadir a ficar. — Jantará comigo no navio amanhã, Laurence? — perguntou, entrando no bote. — Ótimo! Eu mandarei o couro cru e a forja do navio — gritou o capitão do *Allegiance*, sua voz se perdendo no som dos remos cortando a água.

— Não deixarei que ninguém corte suas gargantas — disse Temeraire, um tanto indignado —, mas gostaria de ver um uigur; é como um dragão?

— Como um pássaro, acho — disse Granby. Laurence estava em dúvida, mas não gostava de discordar sem ter certeza.

— Uma tribo — afirmou Tharkay, na manhã seguinte.

— Ah... — disse Temeraire, um pouco desapontado, pois já vira pessoas antes. — Isso não é muito animador, mas talvez eles sejam bastante ferozes, quem sabe? — perguntou, esperançoso.

— Vocês têm dinheiro para comprar 30 camelos? — perguntou Tharkay a Laurence, depois de fugir de um interrogatório interminável sobre os possíveis encantos da viagem, como tempestades de areia violentas e travessias de desfiladeiros nevados.

— Viajaremos pelo ar — respondeu Laurence, confuso. — Temeraire nos transportará — acrescentou, perguntando-se se isso ainda não ficara claro para Tharkay.

— Apenas até Dunhuang — disse o guia, de forma inexpressiva. — Depois precisaremos comprar camelos. Um camelo carrega água suficiente para o consumo diário de um dragão do tamanho dele e, depois, Temeraire pode comer o camelo, é claro...

— Isso é mesmo necessário? — disse Laurence, desanimado com a perspectiva de perder tanto tempo, pois planejava atravessar o deserto por ar, rapidamente. — Temeraire pode cobrir mais de 150 quilômetros em um dia, se preciso. Sem dúvida conseguiremos encontrar água em uma extensão de terra tão grande.

— Não no Taklamakan — disse Tharkay. — As rotas das caravanas estão morrendo, e as cidades com elas, e os oásis estão praticamente secos. Precisaríamos encontrar água suficiente para nós e para os camelos, e ela seria salobra. A menos que esteja disposto a arriscar que Temeraire morra de sede, devemos carregar a nossa própria água.

Esse argumento colocou um ponto final no assunto e Laurence foi forçado a recorrer a Sir George em busca de assistência, pois, ao deixar a Inglaterra, não suspeitara que os seus recursos precisariam cobrir os custos de 30 camelos e de mantimentos para uma viagem por terra.

— Não se preocupe, a quantia é irrisória — disse Staunton, recusando uma promissória assinada por Laurence. — Ouso dizer que, no final, lucrarei 50 mil libras com a sua missão. Apenas gostaria de não pensar que o empurro para a destruição. Laurence, perdoe-me por fazer uma sugestão tão desagradável... Eu não gostaria de incutir suspeitas falsas na sua cabeça, mas essa possibilidade é tudo no que penso desde que decidiu partir: haveria alguma possibilidade da carta ter sido forjada?

Laurence olhou surpreso para Staunton, que prosseguiu:

— Não esqueça que as ordens, se verdadeiras, devem ter sido escritas antes que as notícias do seu sucesso aqui na China chegassem à Inglaterra, se é que realmente chegaram por lá. Pense apenas no efeito que a saída súbita, sua e de Temeraire, provocaria nas negociações recém-firmadas com a China: primeiramente, vocês teriam de deixar o país na surdina, como bandidos, e um insulto de tal magnitude certamente implicaria uma guerra. Sou forçado a questionar os motivos que levariam o ministério a enviar ordens como as que você recebeu.

Laurence mandou um mensageiro para chamar Granby e pediu que ele trouxesse a carta. Juntos, os dois a inspecionaram contra a luz das janelas voltadas para o nascente.

— Não sei se posso ser considerado um especialista no assunto, mas, na minha opinião, é a letra de Lenton — disse Granby desconfiado, devolvendo a carta.

Laurence concordava: as letras eram inclinadas e tremidas, o que não era incomum entre aviadores, mas ele não dissera a Staunton isso. Os aviadores entravam em serviço aos 7 anos, e os mais promissores já eram mensageiros aos 10 anos. Seus estudos eram terrivelmente negligenciados em favor dos treinamentos práticos e seus próprios cadetes tendiam a resmungar quando Laurence insistia que deveriam praticar a caligrafia e estudar trigonometria.

— Mas quem se incomodaria em fazer isso? — perguntou Granby.

— Aquele embaixador francês que circulava por Pequim, De Guignes, partiu antes de nós e imagino que deva estar na metade da sua viagem para a França. E além do mais, ele sabe muito bem que as negociações foram encerradas.

— Pode haver agentes franceses menos informados por trás disso — disse Staunton. — Ou, pior, com conhecimentos sobre o seu recente sucesso e tentando atraí-lo para uma armadilha. Não seria difícil contratar bandidos para atacá-los no meio do deserto e há uma coincidência muito grande na ocasião da chegada da mensagem, pouco depois do incêndio no *Allegiance*, um momento no qual você certamente estaria irritado com o atraso forçado.

— Bem, não posso negar que, apesar de todas essas especulações, eu partiria agora mesmo — falou Granby enquanto caminhavam de volta à casa na qual estavam instalados. A tripulação se ocupava dos preparativos para a viagem e pilhas de equipamentos e mantimentos estavam espalhadas pela praia. — E daí que pode ser perigoso? Nós não somos babás de um bebê chorão, afinal de contas! Dragões foram feitos para voar e seria péssimo para o instinto guerreiro de Temeraire passar mais nove meses à toa, no navio ou em terra.

— E para o de metade dos rapazes, se já não estão amolecidos — completou Laurence gravemente, observando os oficiais de patente mais baixa, que não estavam totalmente à vontade com a volta tão abrupta ao trabalho e agiam mais tempestuosamente do que ele gostaria em homens ao seu serviço.

— Allen — chamou Granby com severidade —, atenção com essas correias, se não quiser levar uma surra delas!

O jovem e desajeitado cadete-aluno não apenas afivelara errado as suas correias de voo como arrastava os mosquetões pelo chão, um risco para que ele ou outros membros da tripulação tropeçassem.

O chefe da equipe de solo, Fellowes, e seus ajudantes ainda trabalhavam no reparo dos equipamentos de voo, danificados durante o incêndio. Muitas correias ficaram endurecidas pelo sal, apodreceram ou se queimaram, e precisavam ser substituídas; além disso, diversas fivelas de metal foram empenadas pelo calor e o armeiro Pratt as nivelava numa forja improvisada em terra.

— Em um momento eu lhe respondo — disse Temeraire, depois que montaram toda a aparelhagem de voo no seu dorso. Então saltou para o ar, deixando atrás de si uma nuvem de areia que pinicava como espinhos. Ele voou em círculos e pousou, trazendo orientações para a equipe: — Apertem um pouco a correia do ombro esquerdo e folguem o freio. — Depois de alguns ajustes, afirmou que estava satisfeito com o resultado.

Os homens removeram a aparelhagem para que ele jantasse: uma enorme vaca assada, acompanhada de pimentões verdes e vermelhos assados e de uma montanha de cogumelos, algo que passara a apreciar na Cidade do Cabo. Enquanto isso, Laurence dispensou os homens para o jantar e seguiu em um bote até o *Allegiance*, para uma última refeição com Riley. O encontro foi amigável, porém silencioso. Eles beberam pouco e, por fim, Laurence entregou-lhe cartas para a sua mãe e para Jane Roland, depois de conferida a correspondência oficial.

— Boa sorte! — disse Riley, perto da amurada. O sol estava baixo e se escondia entre as construções da cidade enquanto Laurence voltava à praia.

Temeraire chupava os últimos ossos do seu jantar quando os homens saíam da casa.

— Está perfeito — disse Temeraire enquanto afivelavam novamente a cabine no seu dorso. A equipe, então, embarcou e passou a fixar as suas correias ao arreio de Temeraire com os mosquetões.

Tharkay, que fixara o chapéu na cabeça por meio de uma alça sob o queixo, embarcou com facilidade e se acomodou perto de Laurence, próximo à base do pescoço de Temeraire; a águia, encapuzada, estava em uma pequena gaiola que ele trazia presa no peito. Subitamente, veio do *Allegiance* o som trovejante de tiros de canhão: uma saudação formal. Temeraire, em resposta, rugiu com alegria e logo surgiu uma sinalização com bandeiras no mastro principal: vento a favor. Com um rápido movimento dos músculos poderosos e uma inspiração profunda, que fez todo o seu corpo inflar, Temeraire lançou-se ao ar e o porto e a cidade deslizaram abaixo dele.

Capítulo 2

Eles seguiam rápido, muito rápido, e Temeraire estava satisfeito por finalmente ter a chance de abrir as asas sem companheiros mais lentos para o atrasar. Apesar de Laurence, a princípio, estar um pouco cauteloso, Temeraire não mostrava sinais de cansaço; os músculos dos seus ombros não se aqueceram e após alguns dias Laurence deixou que ele definisse o ritmo que desejasse. Autoridades confusas e curiosas se apressavam para encontrá-los sempre que pousavam em cidades razoavelmente grandes e, em mais de uma ocasião, Laurence foi forçado a vestir o pesado traje dragônico dourado, presente do imperador, para fazer com que as perguntas e as exigências por documentos dessem lugar a reverências formais e bajulações. Todavia não se sentira vestido de forma inadequada, como no caso do casaco verde improvisado. Quando possível, eles passaram a evitar povoações e preferiram comprar as refeições de Temeraire com pastores no campo e passar as noites em construções precárias, tendas à beira de estrada e, certa vez, em um posto militar abandonado, sem telhado mas com as paredes ainda relativamente sólidas — eles ataram as lonas das tendas, estenderam-nas sobre a construção e acenderam uma fogueira com os restos das vigas espalhados pelo chão.

— Norte, ao longo da cadeia Wudang, até Luoyang — disse Tharkay.

Ele se mostrara um companheiro quieto e calado, e suas orientações eram dadas basicamente com sinais e indicações na bússola, deixando a cargo de Laurence a transmissão das informações para Temeraire. Porém, naquela noite, quando se reuniram ao redor da fogueira, ele riscou no chão de terra batida, a pedido do capitão, o caminho que seguiriam, sob o olhar curioso de Temeraire.

— Depois seguimos para o oeste, em direção à antiga capital Xian.

Os nomes em chinês não diziam nada a Laurence — cada cidade tinha uma grafia diferente nos sete mapas que trazia consigo, os quais Tharkay olhava de esguelha e consultava com desdém — mas Laurence acompanhava o progresso que fazia pelo sol e pelas estrelas, que ficavam mais altas a cada manhã conforme o voo de Temeraire engolia os quilômetros da jornada.

Vilas e cidades ficavam para trás e as crianças corriam perseguindo a sombra enorme e veloz do dragão, acenando e gritando palavras indistintas até ficarem para trás; rios serpenteavam abaixo deles e velhas montanhas erguiam-se à direita, cobertas pelo musgo, com nuvens relutantes incapazes de transpor os seus picos. Outros dragões os evitavam, descendo respeitosamente a altitudes inferiores para dar liberdade a Temeraire. A não ser um dos esguios dragões de Jade, os mensageiros imperiais que voavam a alturas rarefeitas e frias demais para outras raças, que mergulhou em uma saudação divertida e passou a voar ao redor da cabeça de Temeraire como um beija-flor e, com a mesma velocidade, voltou em disparada ao seu curso.

À medida que prosseguiam em direção ao norte, as noites deixaram de ser sufocantes e tornavam-se mornas e agradáveis; a caça era mais fácil, mesmo quando não encontravam uma das grandes manadas nômades; e os frutos, abundantes. No primeiro dia de voo em direção a Xian, ao leste, eles encerraram o voo cedo e acamparam às margens de um pequeno lago: três veados estavam preparados para o jantar, deles e de Temeraire, e os homens beliscavam biscoitos e frutas que haviam comprado de um fazendeiro local. Granby reuniu Roland e Dyer para que praticassem as suas caligrafias sob a luz da fogueira enquanto Laurence tentava colocar um pouco de trigonometria na cabeça da dupla. Isso foi um grande desafio: os alunos estavam animados demais e as lousas eram fustigadas pelo vento, mas o capitão ficou satisfeito quando os resultados de ambos deixaram de produzir hipotenusas menores do que os outros lados dos triângulos.

Livre das correias e da cabine, Temeraire se atirou no lago, córregos escorriam pelas montanhas e abasteciam com água fresca seu leito coberto por pedras lisas. O nível da água não estava tão alto, estando no auge de agosto, mas o dragão banhou as costas, pulou e rolou na água com grande entusiasmo.

— Isso é muito refrescante, mas tenho certeza de que já deve estar na hora de comer! — disse ele, saindo da água, e observou interessado os veados que estavam sendo assados. Porém os cozinheiros balançaram suas enormes facas ameaçadoramente, indicando que o trabalho ainda não terminara.

Temeraire suspirou e agitou as asas, lançando sobre todos uma ducha que fez o fogo chiar, e sentou-se na margem, ao lado de Laurence.

— Fico muito feliz que não tenhamos esperado para fazer a viagem no navio! Como é bom voar em linha reta, na velocidade que der na telha, por quilômetros e mais quilômetros sem parar — comentou ele, bocejando.

Laurence estava pensativo; certamente não haveria voos como aquele na Inglaterra: em uma semana como aquela se faria uma viagem de ida e volta pelas Ilhas Britânicas.

— O banho estava bom? — perguntou, mudando de assunto.

— Ah, sim, essas pedras são ótimas... mas não foi *tão* bom quanto estar com Mei — respondeu Temeraire com saudosismo.

Lung Qin Mei, uma charmosa dragoa imperial, fora companheira de Temeraire em Pequim. Laurence temia, desde a partida, que Temeraire sofresse a falta dela em silêncio, mas aquela menção súbita parecia ser apenas uma boa lembrança sem haver qualquer sinal de amor.

— Ah, meu Deus! — exclamou Granby subitamente, antes de levantar e gritar: — Sr. Ferris! Sr. Ferris, diga aos rapazes para jogarem fora aquela água e faça o favor de pegar um pouco no córrego.

— Temeraire! — disse Laurence, vermelho de raiva ao entender o que havia acontecido.

— Sim? — respondeu ele, confuso. — Você não acha melhor estar com Jane do que...

— Sr. Granby, por favor, chame os homens para o jantar — disse Laurence depois de se levantar agitado, e fingir não perceber o riso abafado de Granby quando ele assentiu e partiu em disparada.

Xian era uma cidade antiga, outrora capital nacional, e carregada de memórias das glórias passadas, mas agora era apenas o destino de carroças e de viajantes esparsos nas estradas largas e cobertas de mato que levavam a ela. Temeraire sobrevoou altas muralhas de tijolos acinzentados cercadas por um fosso, torres escuras e vazias, alguns poucos guardas uniformizados e uma dupla de dragões vermelhos que bocejavam, preguiçosos. As ruas dividiam a cidade em quarteirões que remetiam a um tabuleiro de xadrez, pontuadas por templos de uma dúzia de religiões, minaretes incongruentes cobertos com os telhados pontudos dos pagodes. Álamos e pinheiros seculares quase desfolhados e com galhos frágeis ladeavam as avenidas. O grupo foi recebido numa praça de mármore em frente à torre principal, pelo magistrado da cidade, e logo servidores públicos vestindo túnicas e curvando-se em cumprimentos se juntaram a ele. A notícia da chegada do grupo o precedera, provavelmente nas asas do dragão de Jade, e foi oferecido a eles um banquete às margens do rio Wei, em uma tenda com vista para campos de aveia farfalhantes, que incluía sopa quente e cremosa e espetos com carne de carneiro, e três carneiros assados para Temeraire. O magistrado despediu-se deles com a quebra cerimonial de brotos de salgueiro, que simbolizava o desejo do regresso dos visitantes em segurança.

Dois dias depois, dormiram em Tianshui, em cavernas de rochas vermelhas adornadas com silenciosos budas sérios, com mãos e braços que se projetavam das paredes e com roupas drapejadas com dobras de pedra, eternas enquanto a chuva caía além das aberturas das grutas. Imagens monumentais os observavam entre as brumas enquanto acompanhavam o curso do rio ou dos seus afluentes agora em direção ao coração da cadeia montanhosa, por desfiladeiros estreitos e serpenteantes pouco mais largos do que a envergadura das asas de Temeraire. Ele se deleitou ao voar por esses corredores em alta velocidade, levando-se ao próprio limite, quase tocando com as pontas das asas as estranhas árvores raquíticas que cresciam nas encostas. Certa manhã, uma rajada incomum de vento surpreendeu Temeraire enquanto ele arqueava as suas asas, quase o atirando contra o paredão de pedra.

Ele gritou assustado e conseguiu, com um movimento desesperado, girar o corpo de modo a amortecer o choque com as pernas. Os pedregulhos do paredão quase vertical logo cederam ao peso titânico do dragão, pois a cobertura vegetal esparsa não conteve a terra da encosta.

— Feche as asas! — gritou Granby através do megafone. Instintivamente, Temeraire tentava alçar voo batendo as asas, o que apenas apressava o desmoronamento. Apertando as asas ao lado do corpo, ele conseguiu deslizar, aos trancos e barrancos, pela encosta até chegar aos tombos ao leito do riacho.

— Ordene aos homens que montem acampamento — disse Laurence a Granby, soltando o seu mosquetão e descendo em uma série de quedas controladas enquanto os seus dedos quase perdiam o contato com os arreios. Apressado, ele correu metros em direção à cabeça de Temeraire. O dragão estava com a cabeça baixa, os filamentos do pescoço e a sua crista se agitavam com a respiração forte e entrecortada e as suas pernas tremiam, mas ele se manteve nas quatro patas enquanto os pobres vigias e a equipe de solo desembarcavam, cambaleando, tossindo e semicobertos com a terra lançada aos ares na descida desesperada.

Apesar de haverem partido há pouco mais de uma hora, os homens ficaram satisfeitos com a oportunidade de parar e de descansar, e se deixaram cair sobre as margens de mato poeirento, acompanhados por Temeraire.

— Tem certeza de que não se machucou? — perguntou Laurence ansioso, enquanto Keynes escalava, resmungando, os ombros do dragão para inspecionar as articulações das asas.

— Não, estou bem — disse Temeraire, parecendo sentir mais vergonha do que dor. Estava feliz, porém, de poder molhar as patas no riacho e estendê-las para que fossem esfregadas, pois terra e pedras se acumularam nos sulcos ao redor das presas. Feito o serviço, ele fechou os olhos e repousou a cabeça, para cochilar, sem demonstrar qualquer sinal de que seguiria viagem.

— Comi bem ontem e não estou com fome — respondeu ele, quando Laurence sugeriu que poderiam caçar, deixando claro que preferia dormir.

Algumas horas depois, Tharkay reapareceu — se é que se podia chamar aquilo de reaparecer, uma vez que a sua ausência praticamente não fora sentida — e ofereceu ao dragão uma dúzia de coelhos que caçara com a sua águia. Normalmente, os animais seriam engolidos em poucas bocadas, mas os cozinheiros chineses fizeram com que a carne rendesse, preparando um ensopado com banha de porco, nabos e verduras frescas. Temeraire se alimentou entusiasmado, sem dispensar os ossos, traindo-se na sua afirmação de que não estava com fome.

Temeraire continuava um pouco envergonhado na manhã seguinte. Firmando o corpo com as patas traseiras, ergueu a cabeça para sentir a direção do vento, sustentando a sua língua o mais alto possível. Então percebeu algo de errado com os arreios, algo que não conseguiu descrever com facilidade e que exigiu diversos ajustes demorados. Depois sentiu sede, mas durante a noite a água ficara barrenta demais para beber, portanto foi preciso improvisar uma barragem com pedras empilhadas para formar uma piscina mais funda. Laurence se perguntava se errara ao não insistir que continuassem a viagem depois do acidente, mas foi despertado dessas divagações por Temeraire.

— Muito bem, vamos embora! — disse ele e lançou-se ao ar assim que todos embarcaram.

A tensão nos ombros do dragão, visível para Laurence, diminuiu depois de algum tempo no ar, mas Temeraire ainda avançava com certa cautela, voando a pouca velocidade enquanto permaneceram nos vales. Três dias se passaram até que alcançassem e atravessassem o rio Amarelo, ocre e marrom, com grandes trechos onde a vegetação crescia nas águas mais rasas das margens; o rio era tão carregado de sedimentos que mais parecia terra em movimento. Eles compraram um rolo de seda bruta, de mercadores que passavam em uma balsa, para filtrar a água antes de beber, mas o chá manteve um persistente sabor acre de terra.

— Nunca achei que ficaria tão feliz ao ver um deserto, mas sou capaz de beijar a areia! — disse Granby alguns dias depois. O rio ficara para trás e, naquela manhã, as montanhas abruptamente deram lugar a montes e a um planalto com vegetação rasteira. O deserto marrom era visível do acampamento que montaram nos arredores de Wuwei. — Acho que é possível largar toda a Europa nessa região e nunca mais encontrá-la...

— Esses mapas estão totalmente errados — disse Laurence enquanto anotava no diário de bordo, mais uma vez, a data e uma estimativa dos quilômetros percorridos, o que, de acordo com os mapas, os situaria nas redondezas de Moscou. — Sr. Tharkay — chamou, quando o guia se reuniu a eles ao redor da fogueira —, gostaria que me acompanhasse amanhã na compra dos camelos.

— Ainda não chegamos ao Taklamakan — respondeu o guia. — Estamos no deserto de Gobi e não precisaremos de camelos; basta seguir pelas extremidades e haverá água o bastante. Acredito que seja uma boa ideia comprar carne para os próximos dias, porém — acrescentou, inconsciente do medo que despertava.

— Um único deserto deveria ser o bastante em qualquer jornada! — disse Granby. — A esse ritmo, não chegaremos a Istambul antes do Natal.

Tharkay ergueu uma das sobrancelhas.

— Nós percorremos mais de 1.500 quilômetros em duas semanas de viagem... O senhor não tem motivos para estar decepcionado com o ritmo — respondeu o guia entrando na tenda de mantimentos para inspecionar as provisões.

— Rápido o bastante, sem dúvida, mas isso de nada vale para as pessoas que nos esperam em casa — disse Granby com amargura. Depois, ao ver o olhar surpreso de Laurence, corou e acrescentou: — Sinto muito por ser tão pessimista, mas a minha mãe e os meus irmãos moram em Newcastle-upon-Tyne.

A cidade ficava quase a meio caminho entre o abrigo em Edimburgo e outro menor, em Middlesbrough, e fornecia a maior parte do suprimento britânico de carvão: era um alvo evidente se Bonaparte optasse por um bombardeio a partir da costa e esse seria um ataque difícil de defender com o atual contingente baixo do Corpo Aéreo. Laurence assentiu em silêncio.

— Você tem muitos irmãos? — perguntou Temeraire, indiferente à etiqueta que impedia Laurence de dar liberdade à sua curiosidade, pois Granby nunca falara da família antes. — Com quais dragões eles servem?

— Eles não são aviadores — explicou Granby antes de acrescentar, mais confiante: — Meu pai era comerciante de carvão e dois dos meus irmãos mais velhos trabalham com meu tio.

— Bem, tenho certeza que esse também é um trabalho interessante — disse Temeraire com cuidadosa simpatia, sem compreender o que Laurence entendera imediatamente: com uma mãe viúva e um tio que certamente tinha filhos próprios para sustentar, era muito provável que Granby houvesse sido mandado para o Corpo por sua família não ter como sustentá-lo. Um garoto de 7 anos pode ter a sua educação assegurada com uma pequena quantia e garantir uma profissão, ainda que não muito respeitável, enquanto a sua família economiza com alimentação e vestuário. Diferentemente da Marinha, não havia necessidade de influência ou de conhecidos para conseguir uma vaga; ao contrário, era mais comum a falta de candidatos.

— A Marinha sem dúvida enviou canhões para a região — disse Laurence, habilmente mudando de assunto. — E ouvi rumores sobre o uso de foguetes de Congreve para defesa contra bombardeios aéreos.

— Acho que deve ser o bastante para afugentar os franceses: se atearmos fogo na cidade, não há por que se preocuparem em atacar — disse Granby em uma tentativa de demonstrar seu característico bom humor, mas logo pediu licença e carregou o seu pequeno saco de dormir até um canto da tenda.

Depois de outros cinco dias de voo, avistaram o portão de Jiayu, uma fortaleza desolada, em uma terra igualmente desolada, mas construída com sólidos tijolos amarelos, muito provavelmente cozidos com a mesma areia que a cercava. Suas muralhas tinham o triplo da altura de Temeraire e mais de 50 centímetros de espessura, e a fortaleza era o último posto entre o coração da China e as suas conquistas mais recentes ao oeste. As sentinelas estavam mal-humoradas e irritadas em seus postos, mas, apesar disso, tinham a aparência de verdadeiros soldados, ao contrário dos recrutas joviais que Laurence vira de braços cruzados em outras regiões do país. Apesar de carregarem poucos e negligenciados mosquetes, o brilho dos punhos forrados de couro das suas espadas comprovava o seu uso constante. Eles inspecionaram detalhadamente a crista de Temeraire, como se suspeitassem que ele fosse um impostor, até que o dragão a inflou e rosnou para um dos homens que se atrevera a puxar um dos espinhos. Os guardas então adotaram uma postura mais respeitosa, mas insistiram em revistar a bagagem da tripulação e se agitaram quando viram uma peça que Laurence teimara em levar consigo em vez de deixar no *Allegiance*: um vaso de porcelana vermelha, de rara beleza, que comprara em Pequim.

Os soldados sacaram um texto enorme, parte das leis que regiam as exportações, consultaram artigos, discutiram entre si e com Tharkay e exigiram um comprovante de compra, o que Laurence jamais pensou em pedir do vendedor.

— Pelo amor de Deus, é um presente para o meu pai, não uma mercadoria para revenda! — disparou ele, irritado. Depois de traduzido por Tharkay, a informação pareceu acalmar os guardas.

Laurence observou enquanto embrulhavam novamente o vaso; ele não tinha a menor intenção de perder a peça agora, depois de ter enfrentado vandalismos, um incêndio e 5 mil quilômetros. Considerava aquela a sua melhor chance de apaziguar lorde Allendale, um colecionador notável, quando ele soubesse da adoção, algo que certamente inflamaria o seu temperamento orgulhoso, já incomodado pelo fato de Laurence ter se tornado um aviador.

A revista tomou boa parte da manhã, mas nenhum deles tinha o menor desejo de passar outra noite naquele lugar triste. Outrora palco de chegadas festivas e de caravanas que alcançavam o seu destino em segurança ou seguiam de volta a seus lares, aquele lugar se tornara a última parada de exilados forçados a deixar o país e pairava no ar uma certa amargura.

— Podemos alcançar Yumen antes das horas mais quentes do dia — disse Tharkay enquanto Temeraire bebia longos goles da água na cisterna da fortaleza.

Eles partiram pela única saída, um enorme túnel aberto no pátio interno que atravessava as muralhas. Lamparinas de luz débil, posicionadas a intervalos irregulares, tremeluziam sobre as paredes quase que totalmente pintadas, riscadas aqui e ali por garras de dragão — mensagens tristes antes da partida e preces por misericórdia e pelo retorno ao lar algum dia. Nem todas eram antigas; riscos novos na extremidade do túnel cobriam outros, apagados pelo tempo, e Temeraire parou para lê-los para Laurence:

> Dez mil *li* entre mim e o seu túmulo,
> Dez mil *li* e mais ainda tenho a viajar.
> Abro as minhas asas e salto para o sol inclemente.

Finda a sombra do túnel, o sol era de fato inclemente e a terra seca e rachada, coberta por areia e por pequenos seixos. Enquanto a equipe se preparava novamente em frente à fortaleza, os dois cozinheiros chineses, que estiveram quietos e abatidos durante a noite apesar de até então não terem dado nenhum sinal de saudades de casa, afastaram-se um pouco e pegaram uma pequena pedra cada, que atiraram na muralha, um gesto que pareceu estranhamente hostil para Laurence. A pedra de Jing Chiao ricocheteou, mas a outra, lançada por Gong Su, teve o impacto amortecido e rolou pela muralha até o chão. Depois disso, respirou fundo e andou até Laurence, trazendo uma torrente de desculpas; até mesmo ele, com um parco domínio do chinês, compreendeu que o cozinheiro não pretendia seguir em frente.

— Ele disse que a pedra não ricocheteou e que isso significa que nunca mais voltará à China — traduziu Temeraire enquanto Jing Chiao entregava a sua arca de temperos e de utensílios de cozinha para que fossem embarcadas, evidentemente calmo em oposição à agonia de Gong Su.

— Vamos, essa superstição é absurda! — disse Laurence a Gong Su. — Você me garantiu que não se importava de deixar a China e eu paguei seis meses de salário adiantados. Você não pode esperar que eu pague ainda mais pelos seus serviços, se não trabalhou nem um mês e já deseja quebrar nosso contrato...

Gong Su voltou a se desculpar: ele deixara todo o dinheiro com a mãe, que afirmou ser pobre e sem amigos, e que Laurence conhecera. Era uma senhora franzina, mas formidável, que fora se despedir do filho acompanhada dos 11 irmãos dele antes de partir de Macau.

— Bem — disse Laurence por fim —, vou lhe adiantar um pouco de dinheiro para que inicie seu retorno, mas garanto que seria melhor se viesse conosco. Você demorará um tempo absurdo para voltar para casa por terra, sem falar nas suas despesas, e tenho certeza de que logo se arrependerá amargamente por ter cedido a um capricho como esse.

Laurence teria preferido ficar sem Jing Chiao, que aos poucos se mostrava um encrenqueiro dado a repreender o grupo, em chinês, quando achava que não ofereciam aos seus suprimentos os cuidados necessários. Laurence sabia que alguns homens perguntavam discretamente a Temeraire o significado de certas palavras, para entender o que Jing Chiao lhes dizia. Laurence desconfiava de que grande parte do que o cozinheiro dizia eram grosserias, e, se esse fosse o caso, a situação poderia ficar difícil.

Gong Su, no entanto, hesitou.

— Talvez isso signifique apenas que você gostará tanto da Inglaterra que escolherá ficar por lá, mas, seja como for, tenho certeza de que nada de bom poderá vir se acreditar em maus presságios ou tentar evitar o que lhe reserva o destino — disse Laurence. Suas palavras tiveram impacto sobre o chinês que, depois de algumas elucubrações, subiu a bordo.

Laurence não conseguia acreditar em tamanha tolice.

— Isso é um completo absurdo! — disse ele.

— Ah, sim... — disse Temeraire sentindo-se culpado, fingindo que não observara uma rocha com quase 50 centímetros de altura que, se atirada contra a muralha, atrairia os guardas e os convenceria de que estavam sendo atacados. — Nós voltaremos algum dia, Laurence, não voltaremos? — perguntou o dragão, um pouco ansioso. Ele deixava para trás não apenas outros dragões Celestiais, os últimos da sua espécie no mundo, e o luxo da corte imperial, mas as enormes liberdades que o sistema chinês oferecia a todos os dragões, que recebiam um tratamento muito pouco diferente daquele destinado aos homens.

Laurence não tinha motivos tão fortes para desejar voltar. Para ele, a China fora palco apenas de grande ansiedade e de perigo; tratava-se de um lamaçal de política internacional e, se fosse honesto consigo mesmo, de alguma inveja.

— Depois que a guerra acabar, voltaremos sempre que você quiser — respondeu ele em voz baixa, apesar do que sentia, e colocou a mão sobre a pata de Temeraire em um gesto de conforto enquanto a equipe de solo terminava os preparativos para o voo.

Capítulo 3

Eles deixaram o oásis verdejante de Dunhuang ao amanhecer, com os sinos dos camelos tilintando em queixas estridentes enquanto os animais avançavam pelas dunas, suas patas desgrenhadas afundando nos cumes que dividiam a luz solar em duas partes: as dunas, reproduções das ondas do mar, eram brancas de um lado e do outro, pura sombra impressa em castanho pálido das areias. Os rastros das caravanas se dividiam um a um, com os cruzamentos marcados por pilhas de ossos sob um crânio de camelo. Tharkay apontou a cabeça do camelo principal, que guiava os outros, para o sul e foi seguido pela longa fila que lembrava um trem. Os camelos conheciam o seu trabalho, apesar de não se poder dizer o mesmo dos condutores, ainda hesitantes. Temeraire seguia-os como um cão pastor gigantesco, distante o suficiente para não assustar os animais e perto o bastante para que não tentassem voltar para o lugar de onde partiram.

Laurence imaginava o sol terrível, mas, na latitude boreal em que se encontravam, o deserto não retinha o calor. Ao meio-dia, um homem ficava com as suas roupas encharcadas de suor; uma hora após o pôr do sol, ele congelava até os ossos; e, durante a noite, uma camada branca de gelo se formava sobre os barris de água. A águia se alimentava de lagartos com manchas marrons e de pequenos roedores, vistos apenas como sombras que disparavam ansiosas sob as rochas. Temeraire reduzia o comboio de camelos em um animal por dia e o resto da equipe comia tiras finas e duras de carnes ressecadas, que mastigavam por horas a fio, e uma papa aversiva, porém nutritiva, feita com folhas de chá misturadas a farinha de aveia e trigo. Quanto à água, os barris eram reservados a Temeraire e o suprimento dos homens era estocado em grandes cantis carregados por cada um deles diariamente, em pequenos poços de água geralmente salobra ou em lagoas rasas rodeadas por tamargueiras com raízes fincadas na lama, cuja água, amarelada, amarga e pastosa, tornava-se quase potável somente depois de fervida.

Toda manhã Laurence e Temeraire partiam com Tharkay para explorar o terreno à frente dos camelos, a fim de escolherem o melhor caminho, mas quase sempre brumas tremeluzentes ofuscavam o horizonte, limitando o campo de visão — a cadeia Tianshan, ao sul, parecia flutuar acima da miragem desfocada, como se as montanhas azuis estivessem destacadas da terra em um plano completamente diverso.

— Como é solitário — disse Temeraire, apesar de apreciar o voo. O calor do sol parecia deixar seu corpo mais leve, talvez por atuar de forma diferente nas bolsas de ar que possibilitavam o voo dos dragões, e ele precisava fazer pouco esforço para se manter no ar.

Ele e Laurence costumavam fazer pausas juntos durante o dia: o homem lia para o dragão ou esse recitava as suas tentativas de poesia, um hábito que adquirira em Pequim, considerado mais adequado para os Celestiais do que a guerra. Quando o sol descia um pouco, eles levantavam voo para alcançar a caravana, seguindo o som melancólico dos sinos dos camelos na poeira.

— Senhor — disse Granby, apressando-se até Laurence quando pousaram —, um daqueles sujeitos está desaparecido, o cozinheiro.

Eles voltaram a alçar voo, procurando, mas não havia sinal do coitado! O vento era como uma dona de casa agitada e varria os rastros dos camelos quase que imediatamente após serem impressos na areia, portanto se atrasar 10 minutos para trás equivalia a uma eternidade. Temeraire voava baixo, atento ao som do sino de um camelo, mas nada encontrou. A noite caía rapidamente e as sombras crescentes das dunas fundiam-se em uma escuridão uniforme.

— Não consigo ver nada, Laurence — disse Temeraire, pesaroso. As estrelas começavam a aparecer e uma fina tira de lua prateada brilhava no céu.

— Voltaremos a procurar amanhã — disse Laurence para reconfortá-lo, mas tendo poucas esperança. Eles pousaram próximo às tendas e Laurence fez um sinal negativo enquanto se dirigia aos homens reunidos. Ele aceitou agradecido uma xícara de chá quente e aqueceu as mãos e os pés no calor da fogueira.

— O camelo é uma perda ainda mais grave — disse Tharkay, dando de ombros, para então se afastar do grupo. Brutal, mas verdadeiro: Jing Chiao não conquistara o apreço de ninguém. Até mesmo Gong Su, seu conterrâneo e conhecido mais antigo no grupo, soltou apenas um suspiro e conduziu Temeraire ao camelo assado que o aguardava, preparado em um braseiro com folhas de chá, numa tentativa de variar o sabor.

As poucas vilas com oásis pelas quais passaram eram lugares desanimados, menos hostis do que perplexos com a presença de estranhos — as feiras eram preguiçosas e os homens de solidéus pretos, que fumavam e bebiam chá nas sombras, os observavam com curiosidade. Tharkay trocou palavras ocasionais, em chinês e em outras línguas. As ruas não estavam em bom estado; a maioria delas coberta de areia e com sulcos profundos deixados pelas rodas com ferro das carroças. Eles compraram sacas de amêndoas e frutas secas, damascos e uvas, encheram os cantis nos poços profundos de água limpa e seguiram viagem.

Os camelos começaram a gemer no início da noite, o primeiro sinal de alerta. Quando o vigia chamou Laurence, as constelações já começavam a ser engolidas pela nuvem baixa que avançava sobre eles.

— Deixem que Temeraire coma e beba; isso pode levar algum tempo — disse Tharkay.

Dois integrantes da equipe de solo retiraram a tampa de um barril e rasparam a serragem úmida e fria na parte interna. Temeraire, então, abaixou a cabeça para que despejassem a mistura de água e gelo em sua boca; com quase uma semana de prática, não desperdiçou sequer uma gota, fechando a boca antes de levantar a cabeça e engolir. O camelo, sem carga, rolou os olhos e protestou ao ser separado dos companheiros, mas sem sucesso; Pratt e o seu ajudante, ambos homens grandes, arrastaram-no para atrás das tendas. Gong Su passou a lâmina de uma faca pelo pescoço do animal e habilmente coletou, em uma tigela, o sangue que esguichava, e Temeraire começou a comer sem qualquer entusiasmo. Ele estava ficando enjoado de carne de camelo.

Ainda havia cerca de 15 animais a serem protegidos sob a tenda, então Granby comandou os aspirantes e os cadetes nessa tarefa enquanto a equipe de solo reforçava a fixação da tenda. Uma camada de areia fina começava a ser soprada da superfície das dunas e açoitava as mãos e os rostos dos homens, que fecharam os colarinhos das camisas e cobriram bocas e narizes com seus mantos. As tendas de lona grossa e forradas de pele, que durante as noites frias eles deram graças por terem comprado, ficavam cada vez mais quentes conforme eles tentavam arrumar os camelos e mesmo a parte onde a lona de couro era mais fina, que usavam para proteger a si mesmos e a Temeraire, tornava-se sufocante.

Então a tempestade de areia os atingiu: um ataque sibilante e furioso, nada parecido com o som da chuva, que se lançava sem trégua contra a lona de couro da tenda. Era impossível não ficar atento àquilo; os sons aumentavam e diminuíam em rajadas imprevisíveis, de sopros agudos a sussurros, e o máximo que conseguiam era cochilar de forma rápida e agitada, fazendo com que os seus rostos sérios ficassem marcados pelo cansaço. Eles não arriscaram acender muitos candeeiros dentro da tenda. Antes do sol nascer, Laurence sentou-se ao lado da cabeça de Temeraire, sob a escuridão quase completa, e ficou ouvindo os uivos do vento.

— Muitos dizem que o *karaburan* é obra de espíritos malignos — disse Tharkay, no escuro, enquanto cortava novas *jesses*, tiras de couro que os falcoeiros enrolam nas patas das aves para mantê-las seguras. A águia estava na gaiola, com a cabeça aninhada entre os ombros. — É possível ouvir as suas vozes se escutarmos com atenção... — disse. E era verdade, os resmungos eram discerníveis entre os sons do vento como murmúrios em um idioma estrangeiro.

— Não consigo entender o que dizem — disse Temeraire, escutando com interesse e sem dar sinal de temor. Espíritos malignos não o assustavam. — Qual idioma é esse?

— Não é uma língua de homens ou de dragões — disse Tharkay com gravidade. Os cadetes tinham os ouvidos atentos, os homens mais velhos fingiam não escutar, e Roland e Dyer se aninharam juntos, com os olhos esbugalhados. — Aqueles que escutam as vozes por muito tempo ficam confusos e se perdem: nunca mais são encontrados, a não ser seus ossos descarnados, que alertam outros viajantes.

— Hum... — disse Temeraire com ceticismo. — Quero ver um demônio que consiga *me* comer! — Era algo que sem dúvida exigiria um tipo prodigioso de demônio. Tharkay crispou o canto da boca.

— É por isso que eles não ousam nos incomodar: dragões do seu tamanho raramente são vistos no deserto — disse ele. Os homens, então, se aproximaram um pouco mais de Temeraire e ninguém falou uma palavra sobre sair da tenda.

— Você já ouviu falar de idiomas de dragões? — perguntou Temeraire a Tharkay pouco depois, em voz baixa, enquanto a maioria dos homens cochilava ou ao menos tentava. — Sempre achei que aprendemos apenas os idiomas dos homens.

— O durzagh é uma língua dos dragões — respondeu o guia. — Nela, há sons que os homens são incapazes de produzir. As vozes dos dragões simulam as nossas com mais facilidade do que a dos homens a de vocês.

— Ah! Você me ensinaria? — perguntou Temeraire com avidez. Os Celestiais, ao contrário da maioria dos dragões, mantêm uma incrível habilidade infantil para aprender novos idiomas.

— Não será de grande ajuda... — disse Tharkay. — A língua dos dragões é falada apenas nos montes Pamir e na cordilheira do Caracórum.

— Eu não me importo — disse Temeraire —, isso será muito útil quando voltarmos à Inglaterra. Laurence, o governo não poderá dizer que somos apenas animais se ficar provado que criamos um idioma próprio — acrescentou, buscando os olhos do homem, à espera de uma confirmação.

— Ninguém com o mínimo de bom-senso diria o contrário — começou Laurence, sendo interrompido por uma breve risada anasalada de Tharkay.

— Muito pelo contrário! — retorquiu ele. — É mais provável que eles pensem que você é um animal por falar outro idioma que não o inglês, ou então pensarão que é uma criatura desprezível: o mais inteligente é cultivar um tom refinado — acrescentou mudando a sua voz nas últimas palavras, imprimindo nelas o ritmo lento adotado pelas altas classes.

— É uma forma muito estranha de falar... — disse Temeraire, em dúvida depois de repetir a frase algumas vezes. — Acho estranho pensar que faça qualquer diferença a forma como pronunciamos as palavras e deve dar muito trabalho aprender isso. Podemos contratar tradutores para que digam as palavras corretamente?

— Sim, eles são chamados de advogados! — disse Tharkay e riu consigo mesmo.

— Eu não recomendaria que você imitasse esse estilo — disse Laurence secamente enquanto Tharkay retomava o seu olhar sério. — Na melhor das hipóteses, você impressionaria algum sujeito da Bond Street, isso se ele não saísse correndo antes que você abrisse a boca.

— É a mais pura verdade... O melhor seria usar o capitão Laurence. Ele é um modelo de como um cavalheiro deve falar — disse Tharkay com uma reverência. — Tenho certeza que qualquer oficial concordaria comigo.

A expressão de Tharkay não era visível nas sombras, mas Laurence sentiu que de alguma forma estava sendo ridicularizado, talvez através de malícia, o que o irritou.

— Vejo que estudou o assunto, Sr. Tharkay — disse ele com frieza, mas o guia deu de ombros.

— A necessidade foi uma professora perfeita, apesar de severa — respondeu o outro. — Conheci homens ávidos por negarem os meus direitos, sem que eu oferecesse a eles um motivo conveniente para me desprezarem. E creio que tudo acontece devagar demais quando se deseja garantir os seus direitos — acrescentou ele para Temeraire. — Os homens que têm poder e privilégios raramente gostam de compartilhá-los.

É o que Laurence dissera em diversas ocasiões, mas uma veia de cinismo corria sob as palavras de Tharkay, o que talvez as tornasse mais convincentes.

— Não consigo imaginar por que eles não desejariam ser justos — disse Temeraire, incerto e inquieto. Laurence percebeu, afinal, que não gostaria de ver Temeraire adotar o conselho que ele próprio lhe dera.

— Justiça é algo caro — disse Tharkay. — Por isso é tão rara e, quando existe, é destinada aos poucos com dinheiro e influência o suficiente para sustentá-la.

— Em certas partes do mundo, talvez — disse Laurence, incapaz de tolerar aquilo. — Mas, graças a Deus, temos uma legislação na Grã-Bretanha, um sistema que limita o poder dos homens e evita o surgimento de tiranos.

— Ou que espalha a tirania em diversas mãos, pouco a pouco — disse Tharkay. — Não considero que o sistema chinês seja pior. Existe um limite ao mal que um único déspota pode causar e, se ele for realmente cruel, poderá ser derrubado. Cem parlamentares corruptos podem, juntos, criar tantas injustiças quanto ele ou mais, e são muito mais difíceis de extirpar.

— E onde, nessa escala, você situaria Bonaparte? — indagou Laurence inflamado, indignado demais para ser educado. Queixar-se de corrupção ou propor reformas era uma coisa, igualar o sistema britânico ao despotismo absoluto era outra, completamente diferente.

— Como homem, monarca ou sistema de governo? — perguntou Tharkay. — Se existe mais injustiça na França do que em qualquer outro lugar, eu não fiquei sabendo. Penso que foi quixotesco da parte deles escolherem ser injustos com os nobres e os ricos, em nome do povo, mas isso não me parece naturalmente pior ou, inclusive, duradouro. Quanto ao restante, acatarei o *seu* julgamento. Quem o senhor levaria para um campo de batalha: o bom rei George ou o segundo-tenente de artilharia da Córsega?

— Eu levaria lorde Nelson — disse Laurence. — Certamente ninguém acredita que ele seja menos motivado pela glória do que Bonaparte, porém colocou o seu gênio a serviço do seu país e do seu rei e aceitou graciosamente as recompensas que lhe concederam, em vez de se elevar à condição de tirano.

— É um exemplo tão brilhante que deve destruir qualquer argumento e eu realmente deveria me sentir envergonhado por provocar qualquer desencanto — disse Tharkay com um discreto sorriso no canto da boca. O dia aos poucos clareava. — Acho que a tempestade nos dará uma trégua. Vou sair e ver como estão os camelos — disse, dando várias voltas ao redor do rosto com uma tira de tecido de algodão, antes de pôr o chapéu com firmeza, calçar as luvas e a capa e afastar as lonas que serviam de portas da tenda.

— Mas o governo deve dar ouvidos ao nosso caso, Laurence, se existem tantos dragões — disse Temeraire com um olhar interrogativo, voltando ao assunto que realmente lhe interessava.

— Eles *darão* ouvidos — disse Laurence, ainda irritado e indignado, sem pensar. Arrependeu-se, porém, imediatamente: Temeraire, ansioso por se livrar de todas as dúvidas que o afligiam, ficou subitamente animado.

— Eu tinha certeza! — disse o dragão. Qualquer influência positiva que a conversa tivesse tido, no sentido de reduzir as suas expectativas, evaporara.

A tempestade persistiu por mais um dia, forte o bastante para abrir buracos no couro mais fino; do interior, os homens o remendaram da melhor forma possível, mas a poeira entrava por todas as fendas e invadia as suas roupas e a comida, fazendo com que mastigar a carne ressecada e fria provocasse uma sensação granulosa e desagradável. Temeraire suspirava e agitava o corpo ocasionalmente, fazendo pequenas cascatas de areia correrem pelos seus ombros e suas asas até o chão — já havia uma camada de deserto no interior da tenda.

Laurence não soube dizer em que momento a tempestade terminou. Quando um silêncio prazeroso começou a ser percebido, todos se deixaram levar pelo primeiro sono verdadeiro em dias. Ele acordou com o grasnar de satisfação da águia. Saiu, trôpego, da tenda e encontrou a carcaça sangrenta de um camelo sobre o que restara da fogueira do acampamento; o pescoço quebrado e o dorso parcialmente descarnado pela força do vento.

— Uma das tendas não resistiu — disse Tharkay atrás dele. Laurence não compreendeu de imediato o significado daquelas palavras. Ele se virou e viu oito camelos amarrados próximos a uma pilha de serragem, com as patas um pouco oscilantes devido ao longo confinamento, e a tenda que os abrigara ainda armada, porém ligeiramente inclinada por causa de uma pequena duna soprada pelo vento que pressionava uma das suas laterais. Da segunda tenda não havia sinal, a não ser por duas varas de metal que ainda estavam fixadas no chão e alguns retalhos de couro marrom agitados pelo vento.

— Onde estão os outros camelos? — perguntou Laurence com terror crescente. Decolou imediatamente com Temeraire enquanto os homens se espalhavam ao redor do acampamento, gritando em todas as direções. Tudo foi em vão: o vento intenso apagara qualquer rastro dos animais, a não ser por uma tira de couro ensanguentada.

Por volta do meio-dia, eles desistiram e começaram, desolados, a desarmar o acampamento. Sete camelos se perderam, junto com os barris de água que carregavam para que ficassem mais pesados e quietos.

— Conseguiremos comprar outros em Cherchen? — perguntou o capitão a Tharkay, tenso, limpando o suor da testa com as costas da mão. Ele não se lembrava de ter visto muitos animais no vilarejo pelo qual haviam passado três dias antes.

— Será difícil — disse o guia. — Os camelos são muito queridos por essas bandas, os homens os estimam, dificilmente concordarão em vender um animal saudável para que seja devorado. Na minha opinião, não devemos voltar — disse, mas, quando percebeu o olhar de dúvida de Laurence, acrescentou: — Exagerei quando disse que precisaríamos de 30 animais, para que estivéssemos preparados no caso de acidentes. Esse foi mais grave do que eu imaginava, mas continuamos preparados para alcançar o rio Keriya. Não teremos ração para os camelos e precisaremos encher ao máximo os barris de Temeraire e racionar água. Não será agradável, mas garanto que conseguiremos.

A tentação era enorme: Laurence pensava, contrariado, na perspectiva de perder mais tempo. Seriam três dias até retornarem a Cherchen e, provavelmente, um longo atraso até que conseguissem comprar mais animais de carga, pois teriam que providenciar água e comida para Temeraire em uma cidade nada acostumada à presença de dragões, muito menos daquele tamanho. Certamente perderiam ao menos uma semana. Tharkay parecia confiante, mas...

Laurence arrastou Granby até atrás das tendas para consultá-lo em particular. Por considerar melhor manter a missão no maior sigilo possível, e não desejar espalhar uma ansiedade inútil sobre a situação na Europa, Laurence ainda não transmitira o objetivo deles ao restante do grupo. Dissera simplesmente que estavam voltando por terra apenas para evitar um longo atraso por causa dos consertos no *Allegiance*.

— Uma semana é tempo o bastante para levar os ovos a um abrigo qualquer! — disse Granby. — Gibraltar, o posto avançado de Malta, pode ser a diferença entre termos sucesso ou fracassarmos. Garanto que não há um homem entre nós indisposto a enfrentar o dobro de fome e de sede para alcançarmos nosso destino, e Tharkay não disse que corremos risco real de ficarmos sem água.

— E você confia verdadeiramente no julgamento dele? — soltou Laurence.

— Mais do que no de qualquer um de nós... — respondeu Granby.
— O que você quer dizer com isso?

Laurence não sabia como expressar as suas reservas em palavras; na verdade, ele não sabia sequer o que temia.

— Certamente não gosto de colocar as nossas vidas nas mãos dele — disse. — Mais alguns dias de viagem e estaremos longe demais de Cherchen, com os nossos mantimentos, e se ele estiver enganado...

— Bem, o julgamento dele acertou até agora — disse Granby com um pouco mais de dúvida na voz —, mas não posso negar que o sujeito age de um jeito estranho em certas situações.

— Ele saiu da tenda uma vez durante a tempestade; por um longo tempo — disse Laurence, pesando as palavras. — Foi depois do primeiro dia e ele disse que iria ver como estavam os camelos.

Os homens ficaram em silêncio.

— Seria possível saber há quanto tempo aquele camelo está morto apenas observando a carcaça? — sugeriu Granby. Eles foram até o animal, mas era tarde demais, pois Gong Su cortara o que restara do animal e estava assando a carne numa fogueira.

Quando consultado, Temeraire disse:

— É uma grande pena que esse desastre tenha se abatido sobre mim também, mas não me incomodo em comer dia sim, dia não... — acrescentou o dragão — ... principalmente em se tratando de carne de camelo.

— Muito bem, então seguiremos em frente — disse Laurence apesar das desconfianças. Quando Temeraire terminou de comer, eles avançaram por uma paisagem que a tempestade tornou ainda mais sombria. Mato e arbustos haviam sido arrancados pelo vento e os trechos com seixos coloridos haviam sumido, não deixando descanso algum para os olhos. Eles teriam ficado agradecidos se vissem até mesmo um dos pavorosos marcos da trilha, mas não havia nada para guiar os passos da caravana a não ser uma bússola e os instintos de Tharkay.

O dia longo e seco foi ficando para trás, tão terrível e monótono quanto a tempestade, quilômetros infindáveis de deserto passando lentamente sob seus pés; não havia sinal de vida nem dos sinos dos animais perdidos. A maioria da tripulação viajava sobre Temeraire agora, que seguia a triste fila remanescente de camelos. Com o passar do dia, até mesmo o dragão ficou abatido, relegado que estava a apenas metade do seu consumo diário de água.

— Senhor — disse Digby, com lábios rachados, apontando para o horizonte. — Vejo algo escuro ali na frente, mas não muito grande.

Laurence não respondeu. O dia se aproximava do fim e o sol começava a desenhar sombras longas e estranhas na paisagem, a partir dos pequenos amontoados de rochas do deserto, mas Digby tinha o olhar aguçado da juventude e era um dos vigias mais confiáveis e menos exagerados. O grupo, então, avançou até o local e logo puderam ver algo redondo e escuro, pequeno demais para ser a abertura de um poço. Tharkay parou os camelos ao lado do objeto e olhou para baixo enquanto Laurence deslizou pelo pescoço de Temeraire para ver do que se tratava: era a tampa de um dos barris de água, repousando solitária e estranha na areia a 30 quilômetros do acampamento que deixaram pela manhã.

— Comam a sua comida — disse Laurence com severidade quando viu Roland e Dyer deixarem de lado tiras de carne comidas pela metade. Todos estavam com fome, mas a mastigação lenta era dolorosa para a boca ressecada, e cada gole de água precisava ser roubado dos barris de Temeraire, pois mais um longo dia ficara para trás e eles ainda não haviam encontrado um poço. Temeraire comera o seu camelo cru, para não desperdiçar água no cozimento, e agora restavam apenas sete.

Dois dias depois, eles chegaram a um canal de irrigação seco, cujo leito estava rachado e, sob orientação de Tharkay, rumaram para o norte, tendo a vala como referência, na espera de encontrar a sua fonte de água. Os restos murchos e retorcidos de árvores frutíferas ainda resistiam nas laterais, seus galhos secos e leves como papel estendiam-se na direção da água desaparecida. Conforme avançavam a cidade tomava forma em meio às brumas do deserto — tocos de madeira jogados ao acaso na areia, gastos por anos de vento, e cacos de tijolos de barro, os restos de uma construção engolida pela areia. O leito do rio que um dia dera vida à cidade estava coberto de poeira fina e não havia vida no campo de visão do grupo, a não ser por tufos amarronzados de mato no topo das dunas, que os camelos devoraram com avidez.

Um dia a mais de viagem acabaria com as esperanças de voltarem em segurança.

— Esse é um trecho ruim do deserto, mas logo encontraremos água — disse Tharkay, trazendo nos braços um punhado de tocos de madeira para o acampamento. — Foi ótimo termos encontrado uma cidade, isso significa que devemos estar numa antiga rota de caravanas.

O fogo saltava e crepitava, alimentado pela madeira ressecada. O calor e a luz foram reconfortantes em meio às cinzas e aos restos desolados da cidade, mas Laurence se afastou da equipe, pensativo. Seus mapas eram inúteis: não havia marcações de estradas, não se via nada nos quilômetros ao seu redor e a sua paciência diminuía ao ver Temeraire sentir fome e sede.

— Não se preocupe, Laurence, estou ótimo — disse o dragão para tranquilizá-lo, mas era incapaz de controlar os olhos que insistiam em se voltar para os últimos camelos. Era penoso para o homem perceber que Temeraire se cansava mais rápido a cada dia e que ultimamente arrastava o rabo na areia — ele não queria voar e, em vez disso, caminhava penosamente atrás dos animais e deitava-se com frequência para descansar.

Se retornassem pela manhã, Temeraire poderia comer e beber até ficar satisfeito; talvez pudessem até mesmo usar dois barris de água e matar um segundo camelo, para tentar chegar a Cherchen pelo ar. Laurence imaginava que dois dias de voo seriam o bastante se o dragão não carregasse peso demais e se contasse com um bom suprimento de água e de comida. Eles levariam os mais jovens da tripulação — Roland, Dyer e os cadetes —, o que possibilitaria carregar uma quantidade menor de água e de comida, que seguindo por terra atrasariam os demais. Apesar de não gostar da ideia de deixar para trás o restante dos homens, Laurence calculava que a água carregada pelos quatro últimos camelos seria o suficiente para que chegassem a salvo em Cherchen, se conseguissem avançar 30 quilômetros todo os dias.

E teriam problemas financeiros: Laurence não tinha prata o suficiente para comprar outra tropa de camelos, mesmo que conseguissem encontrá-los à venda, mas talvez alguém assumisse o risco de aceitar uma nota promissória tendo como garantia o peso da sua palavra e uma taxa de juros exorbitante. Poderiam também oferecer trabalho como pagamento, pois não parecia haver dragões vivendo nas cidades do deserto e Temeraire era capaz de realizar muitas tarefas com rapidez. Na pior das hipóteses, empenharia o ouro e as pedras preciosas do punho da sua espada, que depois seriam substituídos, e venderia o vaso de porcelana, caso encontrasse um comprador. Somente Deus sabe quanto atraso isso implicaria: semanas, senão um mês, e muitos riscos. Laurence assumira o seu posto como vigia e posteriormente fora dormir infeliz, sem chegar a uma decisão. Foi acordado por Granby, que o sacudia antes do amanhecer:

— Temeraire ouviu algo. Cavalos, ao que parece.

A luz avançava pelas cristas das dunas baixas nos arredores da cidade e um grupo de homens montados em cavalos pequenos e peludos podia ser visto ao longe. Enquanto Laurence e Granby os observavam, outros cinco ou seis cavaleiros galgaram o topo da duna para juntar-se ao grupo, armados com sabres curtos e curvos e alguns arcos.

— Desmontem as tendas e amarrem os camelos — disse Laurence, muito sério. — Digby, leve Roland, Dyer e os outros cadetes e fique com eles, não permita que se dispersem. Granby, ordene que os homens se posicionem ao redor dos mantimentos, e aguardem as minhas ordens — acrescentou ele a Granby.

Temeraire estava sentado sobre as patas traseiras.

— Entraremos em uma batalha? — perguntou, com mais ansiedade do que medo. — Aqueles cavalos parecem apetitosos!

— Estaremos prontos, e deixarei isso bem claro, mas não atacaremos primeiro — disse Laurence. — Eles ainda não nos ameaçaram, e seria muito melhor, de qualquer forma, comprar a ajuda daqueles homens do que lutar com eles. Iremos até eles com uma bandeira branca. Onde está Tharkay?

Tharkay havia sumido, bem como a águia e um dos camelos, e ninguém se lembrava de tê-lo visto partir. Laurence sentiu-se chocado, um sentimento mais intenso do que esperaria, pois já estava desconfiado. O sentimento deu lugar a ódio frio e tensão: eles foram arrastados até longe o bastante para que o camelo roubado significasse que não conseguiriam voltar a Cherchen e talvez o fogo alto da noite anterior houvesse atraído aquela atenção hostil.

— Muito bem, Sr. Granby! Se algum dos homens dominar um pouco do idioma chinês, oriente-o que me acompanhe com a bandeira, e veremos se conseguimos nos fazer entender.

— O senhor não pode ir sozinho — disse Granby, momentaneamente protetor, mas logo perceberam que não haveria necessidade de mais discussões sobre o assunto: de forma abrupta, os cavaleiros puxaram as rédeas e desapareceram nas dunas em meio ao relinchar de alívio dos animais.

— Ah... — disse Temeraire desapontado e voltando a apoiar-se nas quatro patas. Os homens ainda estavam incertos e alertas, mas os cavaleiros não voltaram a aparecer.

— Laurence — disse Granby em voz baixa —, eles conhecem essa região, nós não; se pretendem nos atacar e tiverem algum senso de estratégia, recuarão e esperarão a noite chegar. Depois que montarmos acampamento, eles poderão nos surpreender e ferir até mesmo Temeraire. Não podemos deixar que simplesmente sumam.

— E mais — disse Laurence —, aqueles cavalos não carregavam suprimentos de água.

As marcas rasas deixadas pelos cascos na areia os levaram a uma trilha clara que seguia a oeste, e depois ao sul, por uma série de morros. Uma brisa quente soprava nos rostos deles enquanto caminhavam e os camelos emitiam resmungos baixos e ansiosos antes de acelerarem o passo por conta própria. Quando alcançaram o topo de um morro, viram inesperadamente copas de choupos oscilarem e acenarem para eles.

O oásis, escondido em uma fenda, tinha no centro uma lagoa de água salobra, predominantemente lama, que foi, porém, uma visão mais do que bem-vinda. Os cavaleiros estavam reunidos na margem oposta ao grupo que chegava; os cavalos arregalaram os olhos e se mexeram, nervosos com a aproximação de Temeraire. Entre eles estava Tharkay, e o camelo desaparecido. O guia foi até eles como que inconsciente de ter feito algo errado.

— Eles me disseram que os avistaram e fico feliz que tenham decidido segui-los.

— Ah, fica? — disse Laurence.

Aquilo fez com que o homem mudasse de atitude. Ele olhou para o capitão e arqueou levemente o canto da boca.

— Sigam-me — disse Tharkay, e conduziu os homens, ainda com as mãos nos punhos das espadas e nas armas, pelas margens sinuosas da lagoa. Na base de uma duna coberta de mato havia uma grande estrutura circular com um teto em forma de cúpula, construída com tijolos compridos e estreitos do mesmo tom pastel do mato amarelado, com uma única abertura em arco e uma pequena janela na extremidade oposta, por onde entrava um facho de luz que tremeluzia na piscina escura e brilhante que encerrava. — Podem alargar a abertura para ele beber, mas cuidado para ele não derrubar o teto.

Laurence ordenou que um dos guardas vigiasse os cavaleiros do outro lado do oásis, e que Temeraire ficasse atrás dele, e providenciou que o armeiro Pratt trabalhasse com dois entre os homens mais altos. Com uma marreta e pés de cabra, eles rapidamente removeram alguns tijolos nas laterais da entrada irregular da construção, tornando-a larga o suficiente para a passagem do focinho de Temeraire, que bebeu em longos goles. Quando retirou a cabeça da abertura, o dragão lambeu com a sua longa e estreita língua bifurcada as gotas que escorriam pela boca.

— Ah, como é gostosa e fresca! — disse ele com grande alívio.

— Elas são abastecidas com neve durante o inverno — disse Tharkay. — A maioria caiu em desuso e atualmente ficam vazias, mas esperava encontrar uma nessas redondezas. Esses homens são de Yutien e estamos na estrada de Khotan; alcançaremos a cidade em quatro dias. Temeraire pode comer o quanto quiser, não é preciso mais racionar as provisões.

— Obrigado, mas prefiro não abrir mão da cautela — disse Laurence. — Agradeço se perguntar àqueles homens se nos venderiam alguns dos animais... Tenho certeza de que Temeraire não ficaria nada decepcionado com uma mudança no cardápio.

Um dos cavalos estava manco e o dono disse que não se incomodaria em vendê-lo por cinco taéis de prata.

— É um preço absurdo se levarmos em consideração que ele terá dificuldade para levar o animal de volta para casa — afirmou Tharkay, mas Laurence considerou a quantia bem gasta quando Temeraire lançou-se à refeição com um prazer selvagem.

O vendedor também satisfeito com o negócio, apesar de não o demonstrar com a mesma voracidade, montou na garupa de outro cavaleiro. A dupla e outros quatro ou cinco homens deixaram o oásis em direção ao sul e sumiram em uma nuvem de poeira. Os outros ficaram, ferveram água para o chá em pequenas fogueiras e lançaram olhares duros para a outra margem, onde estava Temeraire, que cochilava imóvel na sombra dos álamos, roncando ocasionalmente. Talvez os cavaleiros estivessem apenas preocupados com o destino das suas montarias, mas Laurence começou a temer que o seu comportamento pródigo com um deles os tivesse tentado a imaginá-los como presas ricas, por isso pediu que os homens ficassem atentos aos seus movimentos e permitiu que fossem beber água apenas em duplas.

Para o seu alívio, quando o sol sumiu no horizonte, os cavaleiros desmontaram acampamento e partiram; o rumo dos homens podia ser seguido pela poeira que levantavam, que ficava suspensa como uma neblina contra a luz declinante. Por fim, Laurence foi até a construção e se ajoelhou na borda da abertura para beber a água fria: era mais fresca e pura do que qualquer outra que experimentou no deserto, conservando apenas um toque de terra proporcionado pelos tijolos de barro das paredes do poço. Ele levou as mãos molhadas ao rosto e à parte de trás do pescoço, que ficaram amareladas pela poeira acumulada na sua pele, e bebeu mais, grato por cada gole, antes de sair para inspecionar a montagem do acampamento.

Os barris de água estavam novamente cheios até as bordas e pesados, o que desagradou apenas aos camelos, mas mesmo eles não estavam insatisfeitos: não cuspiram ou deram coices enquanto eram descarregados, como de costume, mas se submeteram mansos ao manejo dos homens e curvaram-se ansiosos sobre o mato verde às margens da lagoa. O ânimo dos homens estava em alta. Os rapazes mais novos até mesmo brincaram sob a noite fria, usando um galho como taco e um par de meias enroladas como bola. Laurence teve certeza de que alguns dos cantis que circulavam de mão em mão continham algo consideravelmente mais forte do que água, apesar de ter ordenado que todas as bebidas fossem substituídas por água antes de chegarem ao deserto. Eles tiveram um jantar animado: a carne ressecada ficara saborosa em um ensopado preparado com grãos e cebolas selvagens que cresciam às margens do lago, que Gong Su garantiu serem comestíveis.

Tharkay serviu-se da sua porção e armou sua pequena barraca a alguma distância das demais, falando em voz baixa apenas com a águia, empoleirada no seu braço, silenciosa depois de se alimentar de dois ratos gordos e distraídos. O isolamento não foi inteiramente voluntário. Laurence não falava das suas desconfianças com os homens, mas a raiva que demonstrara com o desaparecimento do guia naquela manhã ficou clara sem a necessidade de palavras; o restante do grupo, de qualquer forma, não viu com bons olhos o seu desaparecimento sem maiores explicações. Na pior das hipóteses, achavam que a sua intenção fora tramar para que ficassem perdidos no deserto, pois nenhum dos homens seria capaz de encontrar o oásis sem a trilha deixada pelos cavaleiros. Na hipótese menos pior, acreditaram que o homem os tinha abandonado à própria sorte e garantido a sua sobrevivência ao levar um camelo e água o bastante para um bom tempo. Talvez ele voltasse depois de descobrir o oásis, mas Laurence não acreditava que ele houvesse abandonado o grupo apenas para explorar a região — sem um comunicado? Sem um companheiro? Mesmo não sendo inteiramente improvável, aquela possibilidade não o convencia.

O que fazer com ele era um enigma tão complicado quanto: eles não chegariam a Istambul sem um guia, mas Laurence não se permitiria seguir viagem com um homem em quem não confiava. Como encontrar outro guia era uma pergunta ainda sem resposta, ao menos até que chegassem a Yutien. Ele não poderia abandonar o homem no deserto sem provas de que Tharkay houvesse tramado fazer o mesmo com eles, portanto o guia fora temporariamente relegado ao isolamento. Quando o grupo começou a se instalar em seus sacos de dormir, Laurence discretamente orientou Granby a providenciar dois homens para guardar os camelos e a informá-los que fazia aquilo apenas para o caso de os cavaleiros voltarem.

Nuvens de mosquitos zumbiam alto por toda parte depois do pôr do sol e nem mesmo cobrindo os ouvidos com as mãos eles conseguiam se livrar daquele irritante barulho. Um primeiro uivo foi ouvido quase que com alívio, um som nitidamente humano, mas logo os camelos blateravam e se moviam agitados enquanto os primeiros cavalos galopavam pelo acampamento e os cavaleiros gritavam alto o bastante para sufocar qualquer ordem de Laurence e espalhavam as brasas da fogueira com longas varas que arrastavam pelo chão.

Atrás das tendas, Temeraire sentou sobre as patas traseiras e rugiu; os camelos passaram a tentar se livrar dos arreios com ansiedade ainda maior e muitos dos cavalos relincharam aterrorizados e fugiram em disparada. Laurence ouviu tiros de pistola vindos de todas as direções e os clarões dos disparos iluminavam dolorosamente a escuridão.

— Não desperdice os tiros, homem! — gritou ele agarrando o jovem Allen, pálido e aterrorizado, que cambaleava para fora de uma tenda com uma pistola na mão trêmula. — Abaixe isso se você não... — disse Laurence, que pegou a pistola quando ela caiu. O garoto desfaleceu inerte no chão e o sangue escorria de um buraco aberto pelo tiro no seu ombro.

— Keynes! — Laurence gritou e jogou o rapaz nos braços do cirurgião.

Ele desembainhou a espada e disparou em direção aos camelos. Os guardas estavam atordoados e tinham no rosto a expressão confusa de homens tirados de um sono provocado pela embriaguez; dois cantis repousavam vazios no chão ao lado deles. Digby segurou os animais pelos arreios para evitar que empinassem e estava a ponto de ser atirado ao chão, enquanto os seus cabelos longos e revoltos se agitavam no ar. Era o único que fazia algo de útil, apesar do seu corpo alto e magro mal ter força para conter os animais.

Um dos invasores, atirado ao chão por um cavalo desesperado, havia se levantado; caso conseguisse chegar aos arreios e cortá-los, os camelos, soltos, dispararam do acampamento no estado de confusão e de terror em que se encontravam. Os cavaleiros então reuniriam os animais e os conduziriam para longe, sumindo em meio aos morros e aos vales nas dunas que os rodeavam.

Salyer, um dos homens que estavam de sentinela, tentava, desajeitado, engatilhar a pistola com uma das mãos enquanto com a outra esfregava os olhos cansados; um homem avançava na sua direção com uma arma em punho. Tharkay surgiu do nada, arrancou a pistola da mão hesitante de Salyer e disparou contra o peito do invasor, que caiu. Com a outra mão, ele desembainhou uma faca longa; outro invasor, a cavalo, desferiu um golpe contra sua cabeça, mas Tharkay se abaixou e, com frieza, abriu a barriga do animal. O cavalo capotou com um relincho agudo, caindo sobre o homem, que soltou um grito lancinante. Com dois golpes de espada, Laurence silenciou ambos.

— Laurence, Laurence, aqui! — gritou Temeraire e avançou no escuro em direção a uma das tendas de suprimentos. A única e débil luz, vinda das brasas da fogueira espalhadas a esmo, permitiu discernir vultos e os contornos de cavalos que empinavam, relinchando. Temeraire atacou com as suas garras, rasgando o tecido da barraca, que desmoronou junto com o corpo de um homem. Os outros cavaleiros fugiram: o som dos cascos ficava cada vez mais baixo e abafado à medida que avançavam do chão de terra batida do oásis para a areia, deixando apenas o zumbido dos mosquitos para trás.

Ao final da batalha, eles contaram os corpos de cinco homens e dois cavalos. Suas baixas se resumiam a um aspirante, Macdonaugh, que recebera um golpe de sabre na barriga e agora arfava em uma maca improvisada, e o jovem Allen. Seu companheiro de barraca, Harley, que em pânico disparara o tiro quando ouviu o galope dos cavalos, chorava em silêncio em um canto, até que Keynes, com o seu jeito bruto, se dirigiu ao garoto:

— Por favor, pare de agir como um bebê chorão! E é melhor praticar a pontaria: um tiro daqueles não mataria ninguém — acrescentou e ordenou que cortasse bandagens para o seu assistente. Então se dirigiu ao capitão, em voz baixa: — Macdonaugh é forte, mas não darei falsas esperanças.

Algumas horas antes da manhã, o garoto soltou um suspiro engasgado e morreu. Temeraire cavou uma cova na terra seca, a alguma distância do lago, à sombra dos choupos; bem funda, para que as tempestades de areia não expusessem o corpo. Os corpos dos outros homens foram enterrados em uma cova rasa. Os cavaleiros ofereceram pouco em troca do seu sangue: algumas panelas, uma saca de grãos, alguns cobertores e uma das barracas destruída pelo ataque de Temeraire.

— Duvido que façam outra investida, mas é melhor seguirmos em frente o quanto antes — disse Tharkay. — Se decidirem transmitir notícias falsas a nosso respeito em Khotan, pode ser que a nossa recepção não seja das melhores.

Laurence não sabia o que pensar a respeito de Tharkay: se era o traidor mais cínico que já caminhara sobre a terra ou o mais inconsistente, ou se, afinal, as suas suspeitas eram infundadas. Não fora covarde ao lutar ao seu lado durante o ataque, em meio a animais em pânico em ambos os lados e à invasão surpresa dos cavaleiros, e teria sido fácil para ele esconder-se em silêncio ou mesmo se esquivar dos atacantes e aproveitar a confusão para roubar um camelo e fugir. Mas a coragem de um homem com espada em punho não necessariamente diz algo a respeito do seu caráter. Ainda assim, Laurence sentia-se estranho e ingrato por alimentar esses pensamentos.

Porém não voltaria a expor os seus homens a riscos, ao menos não aos desnecessários: se em quatro dias alcançassem Yutien, como Tharkay prometera, seria ótimo, mas ele não permitiria que o grupo corresse o risco de morrer de fome caso a promessa se mostrasse falsa. Por sorte, depois de se banquetear com os dois cavalos mortos, Temeraire seria capaz de deixar os camelos restantes em paz por até dois dias. Ao final do terceiro dia, eles decolaram e, a distância, avistaram o curso estreito e prateado do rio Keriya brilhando ao entardecer, interrompendo a paisagem monótona do deserto com uma faixa de mata fechada e verdejante.

Naquela noite, Temeraire comeu o seu camelo com prazer e todos beberam até se sentirem satisfeitos. Na manhã seguinte, eles logo alcançaram terras cultivadas nos arredores da cidade, margeadas em ambos os lados por plantações de maconha para barrar o avanço das dunas, cujos pés eram mais altos do que um homem, e vastos bosques de amoreiras que farfalhavam umas contra as outras ao vento.

O mercado era dividido em dois setores bem-definidos. Um deles estava repleto de carroças pintadas em cores vivas — que, além de transporte, serviam como barracas — atreladas a jumentos ou a pequenos cavalos peludos, muitos dos quais adornados com plumas coloridas. No outro setor havia barracas de tecido com armações e balcões feitos de tábuas de madeira. Pequenos dragões enfeitados com pedras brilhantes repousavam ao redor, fazendo companhia aos feirantes, e levantaram as cabeças, curiosos, para admirar a passagem de Temeraire. Ele os observou com igual interesse e com um olhar de cobiça.

— É apenas latão e vidro colorido — disse Laurence apressado, na esperança de abafar qualquer desejo de Temeraire de se enfeitar de forma parecida. — Isso não vale nada...

— Ah, mas é tão bonito... — respondeu o dragão, lançando um olhar comprido para uma tiara de bronze com adornos vermelhos e roxos, cujas longas correntes de contas de vidro desciam pelo pescoço de um dos dragões.

Os rostos das pessoas tinham traços mais turcos do que orientais e sua pele era curtida pelo sol, assim como a dos cavaleiros que encontraram no deserto, mas apenas as mãos e os pés eram visíveis sob as longas vestes e os véus das mulheres maometanas. Muitas delas não cobriam os rostos, envergando os mesmos chapéus quadrados usados pelos homens, com rendados multicoloridos de seda tingida, e os observaram com curiosos olhos castanhos: interesse retribuído pelos homens! Laurence se virou para dirigir um olhar sério a Dunne e Hackley, dois jovens e animados atiradores, que responderam com uma expressão culpada e abaixaram as mãos erguidas para distribuir beijos a duas jovens do outro lado da rua.

Havia mercadorias espalhadas por todos os cantos do mercado: sacas de estopa cheias de grãos, de temperos e de frutas secas; rolos de seda estampada com padrões sem sentido aparente, afinal não eram flores ou outro tipo de imagem; cintilantes baús empilhados, com tiras de latão marteladas nas laterais como se fossem um banho de ouro; jarros de cobre brilhantes pendentes e jarras brancas cônicas parcialmente enterradas no chão para manter a água fria; e, em especial, muitas barracas de madeira onde se vendia uma variedade impressionante de facas com punhos ricamente adornados, algumas com joias incrustadas, de lâminas curvas e ameaçadoras.

A princípio eles avançaram com cautela pelas ruas do mercado, com os olhos atentos às sombras, mas o temor de uma nova emboscada era infundado: os comerciantes apenas sorriam e os observavam, enquanto os dragões até mesmo promoviam para eles os produtos, alguns com versos claros em voz suave, e Temeraire fazia pausas ocasionais para respondê-los com os fragmentos da língua dos dragões que Tharkay começara a ensiná-lo. Ocasionalmente um comerciante com ascendência chinesa deixava a sua banca e curvava-se quase até o chão numa reverência respeitosa à passagem de Temeraire e sob os olhares curiosos dos demais.

Tharkay os conduziu com segurança entre os dragões e passaram ao largo de uma pequena mesquita com pintura rebuscada, precedida por uma praça ocupada por homens e por alguns dragões prostrados sobre tapetes de oração. Nos limites do mercado, chegaram a uma tenda grande o bastante para acomodar Temeraire, formada por colunas de madeira longas e finas que sustentavam uma lona, que os levaria a uma grande praça sombreada por árvores. Laurence usou algumas moedas de prata da sua minguante reserva para comprar ovelhas para o jantar de Temeraire e um saboroso *pilaf* com carne de carneiro, cebola e passas para os homens, acompanhadas de pão ázimo e de fatias suculentas de melancia.

— Podemos vender os camelos amanhã — disse Tharkay depois que os homens se livraram dos restos do jantar e se instalaram, em tapetes e em almofadas confortáveis espalhadas pela tenda, para cochilar. O guia alimentava a águia com restos dos fígados das ovelhas, descartados por Gong Su durante o preparo do jantar de Temeraire. — No caminho até Kashgar os oásis não ficam tão distantes uns dos outros, então precisaremos carregar água para um único dia.

Nenhuma notícia poderia ser mais bem-vinda; outra vez tranquilo em corpo e em alma, e imensamente aliviado pela viagem em segurança, Laurence estava inclinado a fazer concessões. Encontrar outro guia levaria tempo e a vegetação ao redor lhe dizia que o tempo era escasso, pois as folhas começavam a ficar amareladas, um anúncio precoce do outono.

— Venha caminhar um pouco comigo — disse ele a Tharkay quando o guia colocou a águia de volta na gaiola e a encapuzou para passar a noite. Juntos, seguiram de volta às ruas do mercado, onde os comerciantes começavam a reunir as suas mercadorias, fechar as sacas e cobrir os produtos secos.

A rua estava movimentada, mas o idioma inglês lhes proporcionava a privacidade da qual precisavam. Laurence parou na sombra mais próxima e voltou-se para Tharkay, em cujo rosto lia uma expressão de interrogação educada e despreocupada.

— Imagino que tenha ideia do que irei lhe dizer — começou Laurence.

— Desculpe-me, mas não, capitão. E sinto ter de lhe dar o trabalho de se explicar — disse Tharkay. — Talvez seja melhor, pois evitaremos mal-entendidos e não posso imaginar um motivo pelo qual não deseje ser franco comigo.

Laurence ficou em silêncio. Para ele aquilo soava como mais uma ironia do guia, pois Tharkay não era ingênuo e não passara quatro dias sendo evitado pelo grupo sem o perceber.

— Então me darei ao trabalho — disse Laurence com mais firmeza. — Você nos trouxe até aqui em segurança e não reconheço os seus esforços com ingratidão, mas fiquei profundamente contrariado com a sua conduta ao nos abandonar sem aviso no meio do deserto. Não quero as suas desculpas — acrescentou, ao perceber o arquear das sobrancelhas do guia. — Não vejo utilidade alguma se não tenho como confiar nelas, mas quero a sua promessa de que não voltará a deixar o acampamento sem permissão: não admitirei saídas sem aviso.

— Bem, sinto que o meu trabalho não foi satisfatório — disse Tharkay pensativo, depois de uma pausa. — E não desejo que se sinta preso a algo que, imagino, percebe como um mau negócio, apenas pelo senso de obrigação. Concordarei se quiser que o nosso contrato termine por aqui. O senhor não terá problemas em encontrar um guia local em uma ou duas semanas, talvez três, e tenho certeza de que esse atraso não fará grande diferença; certamente chegará à Grã-Bretanha muito antes do que o faria a bordo do *Allegiance*.

A resposta evitava a promessa e acuava Laurence: eles não tinham como abrir mão de três semanas, nem ao menos de uma; e essa era uma estimativa otimista, pois não conheciam a língua local, que parecia mais próxima do turco do que do chinês, ou os costumes. Laurence sequer tinha certeza se ainda estavam em território reivindicado pela China ou em algum principado. Ele engoliu a raiva, as suas novas suspeitas e uma resposta dura, todas desagradavelmente presas na garganta.

— Não — disse com gravidade. — Não temos tempo a perder, como imagino que saiba muito bem — acrescentou.

O tom usado por Tharkay era brando e difícil de definir, mas havia algum tipo de compreensão no seu olhar, como se o homem tivesse consciência da urgência da sua missão. Laurence mantinha a carta do almirante Lenton em segurança na bagagem, mas se lembrou da maciez do selo de cera vermelha quando a recebera: não teria sido nada difícil, depois de transportar a carta por quilômetros, que o guia houvesse rompido o selo e voltado a colocá-lo no lugar.

A expressão de Tharkay, porém, não mudou à sugestão de acusação; ele apenas fez uma reverência e disse docemente, "como o senhor desejar", para então se voltar em direção à tenda.

Capítulo 4

As montanhas vermelhas e secas pareciam dobraduras na superfície plana do deserto, apenas faixas largas de branco e de ocre, sem algo que as suavizasse na sua base. Elas permaneciam insistentemente longínquas e Temeraire voou por um dia inteiro em ritmo constante e elas não pareciam se aproximar. As montanhas insistiam em estender-se para o alto e manter-se além do alcance, até que subitamente encostas de desfiladeiros ergueram-se de ambos os lados. Em dez minutos de voo, o céu e o deserto desapareceram e Laurence se deu conta de que as montanhas vermelhas eram na verdade as bases dos altos picos nevados à frente.

Eles acamparam em um planalto nas montanhas, guarnecido pelos picos e coberto por uma vegetação rala verde-água, onde pequenas flores amarelas erguiam-se como bandeiras no solo arenoso. Cabeças de gado preto com tufos de pelos avermelhados na testa observaram o grupo de maneira desconfiada enquanto Tharkay negociava o preço com os donos em suas cabanas de teto cônico. À noite, alguns flocos brancos caíram em silêncio do céu, reluzindo no escuro; eles ferveram a neve em uma grande panela, para Temeraire beber.

Ocasionalmente, ouviam chamados esparsos e distantes de dragões que fizeram eriçar a crista de Temeraire, pois naquela noite viram dois dragões selvagens, em uma perseguição aérea, que soltaram gritos agudos de contentamento antes de sumirem do outro lado da montanha.

Tharkay obrigou os homens a usarem véus sobre o rosto para protegê-los da luz ofuscante e até mesmo Temeraire precisou ser submetido a esse tratamento, ganhando uma aparência no mínimo estranha, com tiras de seda branca cobriando sua cabeça. Ainda assim os rostos deles ficaram rosados e queimados de sol nos primeiros dias.

— Precisaremos levar comida conosco depois de Irkeshtam — disse Tharkay. Quando montaram acampamento em frente a uma antiga fortaleza em ruínas, o guia saiu e voltou uma hora depois, acompanhado por três homens que conduziam um pequeno grupo de porcos roliços e de patas curtas.

— Quer levá-los vivos? — disse Granby olhando para Tharkay. — Eles gritarão até ficarem roucos e depois morrerão de medo.

Mas, para o seu espanto, os porcos pareciam curiosamente sonolentos e indiferentes à presença de Temeraire; o homem se abaixou e cutucou o focinho de um dos animais, que apenas bocejou e sentou na neve sobre as patas traseiras. Um dos porcos insistia em tentar atravessar a muralha de tijolos da fortaleza e precisou ser mais de uma vez reconduzido pelo vendedor.

— Coloquei ópio na ração deles — disse Tharkay em resposta à confusão de Laurence. — Deixaremos que o efeito da droga passe enquanto preparamos o acampamento, e Temeraire apenas comerá depois que descansarmos. Mais tarde podemos drogar novamente os restantes.

Laurence ficou desconfiado daquilo e não estava inclinado a confiar na afirmação despreocupada de Tharkay, por isso observou atentamente o comportamento de Temeraire após comer o primeiro porco. O animal estava sóbrio e dava coices quando foi morto e Temeraire não mostrou qualquer inclinação a voar em círculos desvairados, mas caiu num sono mais profundo do que o normal e roncou alto durante a noite.

O desfiladeiro era tão alto que as nuvens, e o resto do mundo, ficavam embaixo dele; apenas as montanhas e os picos próximos lhe faziam companhia. Em alguns momentos Temeraire ofegava no ar rarefeito e pousava para descansar sempre que o terreno permitia, deixando uma impressão do seu corpo pesado na neve. Todos experimentaram um sentimento estranho de vigilância durante o dia. Temeraire insistia em olhar ao redor durante o voo e, em alguns momentos, planou, o que provocava um movimento perturbador do vento.

Quando ultrapassaram o desfiladeiro, pousaram para passar a noite em um pequeno vale protegido do vento por dois altos picos. O chão não estava coberto de neve e eles montaram as barracas na base do penhasco, acomodando os porcos em um cercado improvisado com gravetos e corda e deixando que pastassem à vontade. Temeraire caminhou algumas vezes pelo vale e depois se acomodou, mas o seu rabo insistia em agitar-se. Laurence sentou-se ao seu lado.

— Não é que eu esteja ouvindo algo — disse Temeraire, desconfiado —, mas sinto que *deveria* estar ouvindo...

— Estamos em um local abrigado e ao menos não há como sermos surpreendidos — disse Laurence. — Não deixe isso lhe tirar o sono, já montamos uma guarda.

— Estamos em um ponto muito alto das montanhas — disse Tharkay inesperadamente, assustando Laurence, que não ouvira a aproximação do guia. — Talvez você esteja apenas sentindo a mudança da pressão e tendo dificuldades para respirar.

— Por isso é tão difícil? — disse Temeraire e, num arranco, sentou-se sobre as patas traseiras. Os porcos passaram a guinchar e a correr quando cerca de dez dragões de cores e de tamanhos variados se aproximaram, voando. A maioria pousou se agarrando habilmente à encosta do penhasco, os olhos atentos às barracas abaixo, com expressões elegantes, inteligentes, irritadas e famintas; os três maiores pousaram entre o cercado e Temeraire e sentaram-se sobre as patas traseiras em uma atitude desafiadora.

Nenhum deles era grande: aquele que parecia ser o líder era um pouco menor do que um Yellow Reaper e tinha a pele verde coberta por pintas marrons e uma mancha vermelha que lhe cobria parte da cara e do pescoço; ele mostrou os dentes e sibilou, os chifres eriçados. Os dois companheiros eram um pouco maiores, um deles de uma miríade de tons azuis e o outro de cor cinza-escura; os três traziam nos corpos uma infinidade de cicatrizes deixadas por dentes e garras.

Temeraire pesava mais do que os três juntos. Ele empertigou-se e abriu a crista ao máximo, que se projetava como uma franja a partir da sua cabeça, e rosnou em resposta. Os dragões selvagens, tão isolados do resto do mundo, dificilmente achariam que um Celestial era algo além de um dragão grande e apenas o temeriam por seu tamanho e por sua força, mas o vento divino era de longe a sua arma mais poderosa, capaz de imperceptivelmente destruir pedras, madeiras e ossos. Temeraire não lançou o vento divino sobre eles, mas havia um indício do seu poder no rugido que soltou, fazendo os ossos de Laurence tremerem. Os dragões selvagens recuaram, aquele com a mancha vermelha encolheu os chifres e, como uma revoada de pássaros assustados, os três decolaram e deixaram o vale.

— Ah... mas eu ainda nem fiz nada... — disse Temeraire, confuso e um pouco decepcionado. Acima deles, os ecos do rugido ainda reverberavam nas montanhas que se sobrepunham uns aos outros em um trovão contínuo ainda mais alto do que o rugido original. A face branca da montanha agitou-se com o barulho, suspirou e desprendeu-se das garras da rocha; uma porção de neve e de gelo passou a deslizar livremente, conservando a sua forma por um momento e movendo-se lenta e graciosamente. Depois, rachaduras espalharam-se como aranhas sobre sua superfície, que ruiu para dar lugar a uma enorme nuvem branca que rolou pela encosta em direção ao acampamento.

Laurence se sentia como o capitão de um navio que observa, da amurada, a chegada de uma onda destruidora: com perfeita consciência do desastre, mas impotente para evitá-lo. Não havia tempo para fazer nada a não ser observar. A avalanche rolou sobre eles tão rápido que dois dos dragões selvagens, apesar do bando ter tentado fugir imediatamente, foram engolidos pelo desmoronamento.

— Corram! Afastem-se da encosta! — gritou Tharkay para os homens atônitos em volta das barracas, na rota da onda de neve. No exato momento em que gritava, a erupção venceu a encosta, atravessou o acampamento, e se espalhou pelo vale verde.

Primeiro um forte choque de ar frio. Laurence foi atirado contra o corpo robusto de Temeraire e ao estender o braço para segurar a mão de Tharkay percebeu que o guia tropeçara em falso e, então, a enorme onda de neve os atingiu e apagou o mundo: foi como ser inesperadamente atirado de cabeça em neve profunda, um sombrio azul dominador à sua volta, um barulho abafado de precipitação nos ouvidos. Laurence abriu a boca em busca de um ar que não existia. Neve e lascas de gelo cortantes como facas arranhavam seu rosto; seus pulmões eram comprimidos pela pressão à sua volta, contra o peito e os membros; seus braços foram estendidos para trás com tanta força que os ombros doíam.

Então, tão rápido quanto chegou, aquele peso terrível se foi. Ele estava enterrado na neve, como que em cimento, até os joelhos, e em uma camada menos compacta de gelo até o pescoço. Com um puxão desesperado, libertou os braços e limpou a boca e as narinas com as mãos desajeitadas e dormentes enquanto os seus pulmões queimavam até enfim conseguir inspirar dolorosamente o ar congelante. Próximo dele, Temeraire parecia mais branco do que preto, como uma vidraça após a geada, e tossia e sacudia o corpo.

Tharkay, que conseguira virar-se contra a onda de neve, estava em situação um pouco melhor e começava a arrastar as pernas para fora da neve.

— Rápido, rápido, não temos um instante a perder — disse ele com a voz rouca, com as pernas afundando na neve conforme tentava andar até as barracas, ou melhor, até onde as barracas estavam e o que era agora uma camada de neve com mais de três metros de altura.

Laurence se arrastou para fora da sua prisão e o seguiu, parando para puxar Martin até a superfície quando viu mechas dos cabelos loiros na neve. O jovem estava próximo dele, mas, como fora atingido fortemente, ficara enterrado a uma profundidade maior. Juntos, lutaram para cavar através da neve fofa e molhada, que ainda não se tornara gelo sólido.

Ansioso, Temeraire seguiu os homens e cavou grandes montes de neve em várias direções, esforçando-se para ser cuidadoso com as suas garras. Eles logo desenterraram um dos dragões selvagens, que lutava desesperadamente para se libertar: uma fêmea azul e branca pouco maior do que um Greyling. Temeraire a puxou pelo pescoço até livrá-la da neve. Em um bolsão de ar abaixo, eles encontraram uma das tendas, semidestruída, onde alguns homens com olhares de desespero arfavam em busca de ar.

A dragoa tentou decolar assim que Temeraire a libertou, mas ele a agarrou e sibilou enraivecido algumas das poucas palavras que conhecia da língua dos dragões. Ela se assustou e balbuciou algo, então, com um olhar confuso passou a ajudá-los a cavar. Suas garras menores eram mais adequadas para o trabalho delicado de encontrar os homens. O outro dragão selvagem, um pouco maior e cujo corpo era coberto de tons de laranja, amarelo e rosa, foi encontrado na base da encosta em situação mais grave, pois uma de suas asas fora quebrada violentamente e pendia em um ângulo estranho. A criatura gemia de dor e se manteve encurvada sobre a neve, tremendo.

— Por que demoraram tanto? — protestou Keynes quando estava placidamente sentado em uma barraca transformada em enfermaria, tendo ao seu lado o jovem Allen, que se encolhia na maca escondendo o rosto com as mãos. — Vamos, você pode ajudar um pouco, para variar — disse o médico, entregando ataduras e facas ao rapaz e o arrastando em direção à pobre criatura, que sibilou para que os homens não se aproximassem, até que Temeraire olhou-o ameaçadoramente. Acuado, o dragão se encolheu e permitiu que Keynes cuidasse dos seus ferimentos, apenas gemendo um pouco quando o médico colocou os ossos quebrados no lugar.

Granby foi encontrado inconsciente e com os lábios azulados, enterrado quase que de cabeça para baixo. Martin e Laurence o carregaram com cuidado até um local sem neve e o cobriram com a lona da única barraca que conseguiram desenterrar, colocando-o ao lado dos atiradores, que haviam ficado com os corpos colados na encosta: Dunne, Hackley e o tenente Riggs, todos pálidos e imóveis. Emily Roland conseguira libertar a própria cabeça, lutando contra a neve depois que Temeraire removera as camadas superiores, e gritou até que os homens a encontrassem e libertassem a ela e a Dyer, que agarravam as mãos um do outro.

— Sr. Ferris, todos os homens foram encontrados? — perguntou Laurence quase 30 minutos depois, limpando o rosto com as mãos ensanguentadas, em carne viva por causa do contato abrasivo com a neve.

— Sim, senhor — respondeu Ferris em voz baixa. O último homem desaparecido, o tenente Baylesworth, acabara de ser encontrado, morto, com o pescoço quebrado.

Laurence assentiu com um movimento brusco.

— Precisamos levar os feridos até um local coberto e providenciar abrigo — disse ele olhando ao redor à procura de Tharkay. O guia estava a alguma distância, de cabeça baixa, carregando em seus braços o corpo imóvel da águia.

Sob o olhar vigilante de Temeraire, os dragões selvagens os conduziram até uma caverna gelada incrustada na montanha. À medida que avançavam, o frio diminuía, até chegarem sem aviso a um salão amplo, com um poço de água sulfurosa fumegante no centro e um canal aberto de forma primitiva para alimentá-lo com neve derretida. Outros dragões selvagens estavam abrigados na caverna, cochilando. O líder, com a mancha vermelha, encontrava-se acomodado em uma rocha lisa mais elevada, mastigando meditativo o fêmur de uma ovelha.

Todos se assustaram e passaram a sibilar baixo quando Temeraire se agachou para entrar no salão, seguido pelo dragão ferido e pelos homens, mas a pequena dragoa azul e branca emitiu alguns sons para tranquilizá-los e, após avaliar a situação, outros dragões se aproximaram dos visitantes para amparar o ferido.

Tharkay aproximou-se e dirigiu-se aos dragões na sua língua, improvisando alguns sons com assobios e as mãos em concha ao redor da boca, gesticulando em direção ao túnel da caverna.

— Mas aqueles porcos são *meus* — disse Temeraire, indignado.

— Eles certamente morreram na avalanche, então apenas apodrecerão — disse o guia com um olhar surpreso. — Além disso, são muitos para você comer sozinho.

— Não vejo o que isso tem a ver com a situação — retrucou Temeraire. Sua crista ainda estava eriçada e ele dirigiu um olhar gelado para os outros dragões, principalmente o líder. Em resposta, eles se agitaram, abriram ligeiramente as asas, voltaram a contraí-las e passaram a observar Temeraire.

— Meu caro — disse Laurence em voz baixa, colocando uma das mãos na perna de Temeraire —, olhe para eles... Desconfio que estão famintos, caso contrário não teriam avançado contra você. Seria no mínimo deselegante se você os expulsasse do seu lar para que nos abrigássemos aqui, e se pretendemos ficar aqui é apenas justo que ofereçamos algo em troca.

— Ah... — disse Temeraire, ponderando e abaixando lentamente a crista. Os selvagens realmente pareciam famintos, seus corpos esguios eram formados apenas por músculos e couro, e os seus olhos brilhantes voltaram-se para ele. Muitos mostravam sinais de doença ou ferimentos.

— Bem, eu não gostaria de ser rude, mesmo que a iniciativa de atacar tenha partido deles — concordou finalmente e dirigiu-se ao grupo de selvagens. Suas expressões iniciais, de surpresa, deram lugar a uma excitação contida; então o líder bradou um comando breve e levou os outros para fora, agitados.

Eles voltaram pouco depois, carregando as carcaças dos porcos, e observaram fixamente enquanto Gong Su as preparava. Tharkay solicitou que providenciassem lenha e dois dos dragões menores voaram e voltaram arrastando alguns pequenos pinheiros mortos, acinzentados, que ofereceram com um olhar intrigado. Em pouco tempo, Gong Su tinha uma fogueira crepitando, cuja fumaça subia em direção aos recônditos mais altos da caverna, e os porcos assavam, desprendendo um cheiro delicioso.

— Será que sobrarão algumas costeletas? — disse Granby em voz baixa, que despertara, para grande alívio de Laurence. Seu rosto ganhou cor rapidamente e ele logo estava com uma caneca de chá nas mãos, que ainda tremiam apesar de o terem colocado o mais próximo possível do fogo.

Todos os membros da tripulação tossiam e espirravam, principalmente os garotos.

— Precisamos colocá-los na água — disse Keynes. — Manter seus peitos aquecidos é de suma importância!

Laurence concordou sem pensar muito no assunto, mas ficou surpreso ao ver Emily no poço com o restante dos jovens, livre tanto das suas roupas quanto da sua inibição.

— Você não deve tomar banho com os outros — disse o capitão para ela com urgência, depois a tirou da água e enrolou o seu corpo com um cobertor.

— Ah, não? — respondeu a menina, olhando-o surpresa com o rosto molhado.

— Ai, ai... — disse Laurence em um sussurro. — Não — disse depois com firmeza. — Não é apropriado, você é quase uma moça.

— Ah... — retrucou ela com desdém. — Mamãe me explicou tudo sobre isso, mas eu ainda não comecei a sangrar e, de qualquer forma, eu não gostaria de ir para a cama com nenhum deles.

Laurence, completamente perplexo, desistiu da conversa e deu a ela algumas tarefas antes de escapar em direção a Temeraire.

Os porcos estavam quase prontos e Gong Su preparava ensopados com vísceras e patas, acrescentando, compenetrado, diversos ingredientes oferecidos pelos selvagens, frutos de coletas nem sempre legítimas: verduras e raízes nativas e nabos, e grãos que tiraram de sacas rasgadas; evidentemente as haviam roubado e os consideraram intragáveis.

Temeraire, por sua vez, conversava cada vez mais animadamente com o líder dos selvagens.

— O nome dele é Arkady — disse ele a Laurence, que cumprimentou o dragão com uma reverência. — Ele disse que sente muito por ter nos causado problemas — acrescentou.

Arkady inclinou a cabeça graciosamente e fez um belo discurso de boas-vindas, não parecendo muito arrependido. Laurence duvidava que todos os próximos viajantes fossem tratados com a mesma boa vontade.

— Temeraire, explique a ele os perigos desse tipo de comportamento — disse o capitão. — Eles acabarão sendo mortos a tiros se continuarem a atacar os homens: as cabeças deles serão colocadas a prêmio nos povoados.

— Ele disse que é apenas um pedágio — respondeu Temeraire, incerto, depois de alguma discussão — e que ninguém se incomoda de pagá-lo, mas que, obviamente, deveriam ter dispensado o meu pagamento — acrescentou. Arkady disse algo, parecendo magoado, o que levou Temeraire a coçar a testa, confuso. — E que o último dragão como eu não se negou a dividir, e ofereceu a eles duas belas vacas quando concordaram em guiar a ele e a seus companheiros pelos desfiladeiros.

— Como você? — disse Laurence sem compreender. Havia apenas oito dragões como Temeraire em todo o mundo, todos a oito mil quilômetros de distância, em Pequim. E a sua coloração era única, o corpo todo de um preto brilhante com exceção das marcas peroladas nas extremidades das asas, enquanto a pele da maioria dos dragões era manchada de diversas cores.

Temeraire fez mais algumas perguntas.

— Ele disse que o dragão era como eu, mas todo branco, e que os olhos dela eram vermelhos — disse ele. Então a sua crista voltou a ficar eriçada e as suas narinas se tornaram vermelhas brilhantes; Arkady se afastou, assustado.

— Quantos homens estavam com ela? — exigiu Laurence. — Quem eram eles? Ele viu para onde seguiram depois que atravessaram as montanhas?

As perguntas ansiosas continuaram umas após as outras; a descrição não deixava dúvidas quanto à identidade do dragão. Teria de ser Lien, a Celestial sem cor por causa de algum problema ao deixar o ovo, e que sem dúvida os tinha como grandes inimigos: ele via apenas as piores intenções na surpreendente decisão dela de deixar a China.

— Havia outros dragões com eles, para carregar os homens — disse Temeraire enquanto Arkady chamava a pequena dragoa azul e branca, cujo nome era Gherni. Por ter alguma familiaridade com o dialeto turco usado naquelas bandas, além da língua dos dragões, ela trabalhara como intérprete para os dragões de carga e poderia dar mais informações.

As notícias eram tão ruins quanto eles podiam imaginar. Lien viajava com um francês, pela descrição certamente o embaixador De Guignes, e, pelo que dizia Gherni, ela dominava o idioma, dada a fluência com que conversava com o homem, e sem dúvida seguiam para a França. E somente poderia haver um motivo para que Lien fizesse tal viagem.

— Ela não permitirá que a usem — disse Granby como consolo na discussão acalorada que se seguiu. — Eles não podem simplesmente atirá-la na frente de batalha, sem tripulação ou capitão, e ela nunca deixará que lhe vistam arreios depois de toda a confusão que aprontaram sobre colocá-los em Temeraire.

— Na pior das hipóteses, podem usá-la como reprodutora — disse Laurence com gravidade —, mas tenho certeza de que Bonaparte encontrará alguma forma de fazer com que ela seja útil. Você viu o que Temeraire fez quando estávamos a caminho da ilha de Madeira: uma fragata com 48 canhões foi a pique em uma única passagem e creio que o mesmo truque funcionaria em uma embarcação maior.

Os navios da Marinha eram as principais defesas da Grã-Bretanha, e os navios mercantes, ainda mais vulneráveis, carregavam as mercadorias que eram a sua alma. A ameaça representada por Lien poderia mudar o sentido do poder no canal da Mancha.

— Não tenho medo de Lien — disse Temeraire ainda com a crista eriçada. — E tampouco sinto a morte de Yongxing. Ele não deveria ter tentado matar você e ela não deveria ter permitido isso, caso não quisesse ver a ameaça retribuída.

Laurence estava desconsolado; aquela lógica não faria qualquer diferença para Lien. Sua estranha coloração fantasmagórica rendera a ela uma condição de pária entre os chineses e o seu mundo girara em torno de Yongxing, em um relacionamento ainda mais intenso do que o da maioria dos dragões com os seus companheiros. Não havia dúvidas de que ela não os perdoaria. Mas Laurence não imaginava, tendo em vista o desprezo que a dragoa tinha pelo Ocidente, que ela escolhesse semelhante exílio: se a vingança e o ódio a haviam levado até tão longe, poderiam ir muito além.

Capítulo 5

— A ESSA ALTURA, QUALQUER ATRASO é um desastre — disse Laurence à medida que Tharkay esboçava o último trecho da viagem no chão liso da caverna, usando pedras claras como giz. Era um trajeto que evitaria as grandes cidades, cruzaria a dourada Samarcanda e a antiga Bagdá, passaria entre Isfahan e Teerã e acompanharia uma estrada sinuosa que atravessava regiões selvagens e as margens de extensos desertos.

— Precisaremos passar mais tempo caçando — alertou Tharkay, mas esse era um custo pequeno se comparado à hostilidade ou à hospitalidade dos sátrapas persas, o que exigiria muito mais tempo, qualquer que fosse o caso. Havia algo de desagradável e de furtivo em esgueirar-se pelo interior de uma nação estrangeira sem permissão e, se fossem pegos, seria no mínimo embaraçoso. Todavia ele estava decidido a confiar na sua cautela e na velocidade de Temeraire para evitar que isso acontecesse.

Laurence havia planejado ficar mais um dia, para que os homens em pior estado pudessem se recuperar em terra, mas era algo impossível agora que sabiam que Lien estava a caminho da França e que poderia provocar estragos sem precedentes no canal da Mancha ou no Mediterrâneo. A Marinha e a Marinha Mercante estariam vulneráveis e poderiam ser pegas de surpresa; sua aparência não seria um alerta, pois a coloração branca não é encontrada em nenhum dos livros sobre dragões a bordo dos navios, que servem para alertar o capitão sobre espécies cuspidoras de fogo ou perigosas. Ela era muitos anos mais velha do que Temeraire e, apesar de não ter recebido treinamento para lutar no campo de batalha, não carecia de agilidade e desenvoltura e muito provavelmente dominava melhor o vento divino. Ele tremia ao pensar em uma arma tão poderosa nas mãos de Napoleão Bonaparte, principalmente se apontada para o coração da Grã-Bretanha.

— Partiremos pela manhã — disse ele e, quando se levantou, deu com uma decepcionada conferência de dragões. Os selvagens haviam se reunido, curiosos, em volta de Tharkay enquanto ele desenhava os mapas e, depois de pedir explicações a Temeraire, ficaram indignados ao perceber que a sua cadeia de montanhas era apenas um risco que dividia, da Pérsia e do Império Otomano, as grandes extensões da China.

— Acabo de dizer a eles que viajamos da Inglaterra à China — informou Temeraire a Laurence, presunçoso — e que demos a volta pela África. Nenhum deles viajou muito além dessas montanhas.

Temeraire fez mais algumas observações, com pouca condescendência. Ele realmente tinha experiências das quais se orgulhar, afinal fora festejado e bajulado na corte imperial chinesa depois de atravessar boa parte do mundo, para não mencionar o crédito por diversas ações nobres. Além disso, a sua armadura peitoral e o redor das garras incrustado com joias haviam despertado a inveja dos selvagens, que não usavam adornos. Laurence até mesmo percebera que agora era alvo de olhares esbugalhados, depois que Temeraire terminou de lhes contar algo que ele desconhecia.

Ele não estava contrariado que Temeraire tivesse contato com dragões em estado natural, que não haviam sido influenciados pelos homens: a existência dos selvagens proporcionava um ótimo contraste à situação grandiosa desfrutada pelos dragões chineses, uma comparação que faria com que os dragões britânicos não lhe parecessem tão desgraçados, e estava satisfeito por Temeraire sentir de forma tão evidente a sua superioridade em relação ao bando. Porém Laurence temia que esse contato incutisse nos selvagens sentimentos de inveja ou, ainda pior, de hostilidade.

Quanto mais Temeraire falava, mais os selvagens murmuravam e olhavam desconfiados para o seu líder, Arkady. Ciente de que estava perdendo parte do seu brilho ante os demais, ele eriçava o colar de espinhos que tinha no pescoço.

— Temeraire... — disse Laurence para interrompê-lo, apesar de não saber o que dizer. Quando Arkady olhou na sua direção, porém, não desperdiçou a deixa: com o peito inflado, ele fez um anúncio grandiloquente que provocou uma onda de excitação nos selvagens.

— Oh! — disse Temeraire desconfiado, balançando a ponta do rabo.

— O que foi? — perguntou Laurence, alarmado.

— Ele disse que nos acompanhará até Istambul e que conhecerá o sultão — explicou Temeraire.

Esse projeto amistoso, apesar de menos violento do que Laurence suspeitava, era quase tão inconveniente quanto, e não haveria como argumentar em contrário. Arkady não seria dissuadido e muitos dos outros dragões agora insistiam que também iriam. Tharkay desistiu dos seus esforços em pouco tempo e se afastou sacudindo os ombros.

— O melhor é nos resignarmos; pouco podemos fazer para impedir que nos sigam, a não ser que deseje atacá-los.

Quase todos os selvagens partiram com eles na manhã seguinte, a não ser por alguns indolentes ou desinteressados demais, e pelo pequeno dragão com a asa quebrada que eles haviam resgatado da avalanche e que permaneceu na abertura da caverna reclamando conforme os outros saíam. Eles eram companheiros de viagem difíceis, barulhentos e agitados, e, sem o menor aviso, lançavam-se em lutas em pleno voo, com dois ou três deles se atracando em meio a uma confusão de gritos e de garras até que Arkady ou um dos seus dois tenentes, os maiores do bando, mergulhassem entre eles e os apartassem com protestos a plenos pulmões.

— Não conseguiremos passar despercebidos com esse circo atrás de nós — disse Laurence exasperado depois do terceiro incidente, cujos ecos ainda ecoavam nas montanhas.

— O mais provável é que se cansem em alguns dias e voltem — disse Granby. — Nunca ouvi falar de selvagens dispostos a se aproximar de pessoas, a não ser para roubar comida, e acredito que se intimidarão assim que deixarmos seu território.

Os selvagens realmente ficaram nervosos durante a tarde, quando as montanhas abruptamente deram lugar a morros e a linha do horizonte se fez nítida à frente deles, verde, poeirenta e interminável sob a grande abóbada celeste; uma paisagem completamente diferente. Nervosos, eles sussurraram e agitaram as asas às margens do acampamento e não foram de grande ajuda para os que caçavam. Com o cair da noite, as luzes inconstantes de uma vila próxima passaram a brilhar alaranjadas a distância, apenas poucos casebres a alguns quilômetros do grupo. Pela manhã, muitos dos selvagens concordaram que aquela deveria ser Istambul; não era tão bonita quanto esperavam mas estavam prontos para voltar para casa.

— Mas aquela não é Istambul! — disse Temeraire indignado e se calou somente ante um gesto apressado de Laurence.

Dessa forma, para o seu grande alívio, eles se livraram da maior parte dos acompanhantes. Apenas os mais jovens e destemidos ficaram, dentre eles a pequena Gherni, que nascera nas terras baixas e por isso tinha um pouco mais de experiência naquela terra estrangeira e que estava mais do que satisfeita pela nova distinção conquistada no bando. Ela fazia questão de afirmar que não tinha medo algum e caçoou daqueles que partiram. Em face das provocações, dois dos dragões que haviam escolhido voltar para casa decidiram seguir viagem, infelizmente os mais encrenqueiros.

E Arkady estava decidido a não retornar até que o último dos integrantes do seu bando o fizesse. Temeraire contara muitas histórias, vívidas demais, de tesouros, de banquetes e de batalhas, e o líder dos dragões selvagens temia que um dos seguidores voltasse depois dele coberto de glórias reais ou imaginárias e desafiasse a sua posição; status esse fundamentado não na força bruta (ambos os seus tenentes o derrotariam sem grande esforço no combate corpo a corpo), mas em uma combinação de carisma e de agilidade de pensamento.

Ele nem de longe estava entusiasmado, apesar da ousadia com a qual ocultava a ansiedade, e Laurence esperava que em breve convencesse o bando a retornar às montanhas. Na opinião de Laurence, os tenentes, Molnar e Wringe, teriam ficado para trás sem pensar duas vezes. Wringe, uma fêmea cor cinza-escura, tinha ousado sugerir isso ao chefe, mas conseguiu apenas que Arkady se inflamasse e batesse vigorosamente na cabeça dela, gesto acompanhado por imprecações que dispensaram tradução.

Naquela noite, porém, ele se aninhou com o bando em busca de conforto, prestando pouca atenção às tentativas de conversa de Temeraire. As montanhas agora sugeriam um tom azul e eram distantes e majestosas.

— Eles não são muito aventureiros — disse o dragão, desapontado, ao se acomodar ao lado de Laurence. — Eles me perguntam o tempo todo sobre comida, quando serão festejados pelo sultão, o que ele oferecerá no banquete e quando poderão voltar para casa. Pensei que tivessem toda a liberdade e pudessem ir a qualquer lugar que desejassem.

— Quando se está com muita fome, meu caro, é difícil que as ambições se elevem acima do estômago — disse Laurence. — Não há muito o que dizer do tipo de liberdade do qual eles desfrutam: a liberdade de morrer de fome ou de ser morto dificilmente é o tipo de liberdade a que alguém aspiraria. E — acrescentou ele aproveitando o momento — tanto homens quanto dragões com bom-senso podem optar por sacrificar certa liberdade pessoal em favor do bem comum, pois isso melhora a sua própria condição e a dos seus companheiros.

Temeraire suspirou e não argumentou, passando a remexer o seu jantar, descontente. Ao menos até Molnar perceber e, com um gesto cauteloso, pedir permissão para pegar um pedaço de carne deixado de lado: isso levou Temeraire a afastá-lo com um rugido e a devorar o resto da comida em três mordidas.

O tempo estava bom no dia seguinte, o céu limpo e vasto, o que provocou um forte efeito desencorajador nos companheiros de viagem do grupo. Laurence tinha certeza de que naquela noite o último selvagem desistiria e mais uma vez eles tiveram pouca sorte na caça, o que forçou o capitão a enviar Tharkay e alguns homens à fazenda próxima para comprar alguns touros.

Os selvagens olharam com avidez para os animais marrons e com grandes chifres quando foram conduzidos para o acampamento, amedrontados e mugindo entristecidos. Quando o capitão ordenou que recebessem quatro cabeças para dividir entre eles, os dragões do bando se lançaram sobre os animais quase em êxtase. Os menores deitaram-se de barriga para cima depois de saciados, com as asas afastadas, os membros dobrados sobre os estômagos distendidos e uma expressão beatífica. Até mesmo Arkady, que comera praticamente sozinho uma das vacas, estava imóvel no chão. Laurence percebeu, contrariado, que eles nunca haviam comido carne bovina, ao menos não do tipo de gado criado em fazendas, cuja carne é abundante e macia. A carne daqueles animais seria bem-recebida mesmo nas mesas mais refinadas da Inglaterra e deve ter sido saboreada como um manjar dos deuses pelos selvagens, acostumados a ovelhas magras, cabras das montanhas e ocasionalmente porcos roubados.

— Não, tenho certeza de que o sultão nos oferecerá algo muito melhor — disse Temeraire jubiloso, selando o assunto. Depois disso, Istambul adquiriu o brilho sagrado do paraíso e não havia mais esperança de que os selvagens os abandonassem.

— Bem, o melhor é avançarmos o máximo que conseguirmos à noite — disse Laurence, desistindo com relutância. — Espero ao menos que os camponeses que nos virem passar imaginem que somos parte do corpo aéreo deles, levando em consideração a comitiva na qual nos transformamos.

Os selvagens ao menos foram de alguma utilidade depois que superaram os seus medos. Um dos dragões pequenos, Hertaz, cujo corpo de uma tonalidade desbotada de marrom tinha listras amarelo-esverdeadas, provou-se o melhor caçador do bando nas planícies com vegetação amarelada pelo sol do verão. Ele era capaz de se ocultar no mato, estando a favor do vento, enquanto os outros dragões afugentavam animais com seus rugidos: as pobres vítimas corriam praticamente em direção à tocaia, e Hertaz chegava a abater seis animais em um único ataque.

Os selvagens também tinham a capacidade de farejar homens, algo que Temeraire não fazia e, graças a um alerta de Arkady, eles evitaram ser avistados por uma tropa de cavaleiros persas. Os dragões por pouco conseguiram se ocultar atrás de alguns morros quando os cavaleiros galgaram o topo de uma ladeira na estrada e foram vistos pelo grupo. Laurence ficou deitado um bom tempo, ouvindo o tremular de estandartes e o tinir de arreios à medida que a tropa passava, até que os sons se perdessem a distância e que o entardecer avançasse o suficiente para que pudessem arriscar voar novamente.

O líder dos selvagens ficou convencido e presunçoso depois disso e, enquanto Temeraire ainda comia naquela tarde, Arkady aproveitou para retomar a distinção da sua posição, entretendo o bando com uma longa e intrincada apresentação, um misto de dança e de narrativa. A princípio, Laurence imaginou que fosse uma recriação de suas conquistas como caçador ou da sua bravura em outros feitos, pois os outros dragões se animaram e passaram a fazer contribuições ocasionais.

Então Temeraire deixou de lado o segundo veado e passou a ouvi-lo com grande interesse, para em seguida se juntar a eles e participar.

— Do que ele está falando? — perguntou Laurence, confuso por Temeraire ter algo a acrescentar à narrativa.

— É muito interessante — respondeu o dragão, voltando-se ansioso para Arkady. — Fala de um bando de dragões que encontram um grande tesouro escondido em uma caverna, a qual pertencera a outro dragão, já morto, e passam a discutir como dividi-lo. Ocorrem muitos duelos entre os dois dragões mais poderosos, igualmente fortes, que na verdade querem acasalar entre si, e não lutar, mas não desconfiam que o desejo é mútuo. Decidem, portanto, conquistar o tesouro para oferecê-lo ao outro, como uma proposta de acasalamento. Um dos outros dragões é muito pequeno, mas esperto, e passa a enganar os demais para conseguir pequenas parcelas do tesouro, pouco a pouco. Também há um casal que discute sobre a sua cota, pois a fêmea, ocupada chocando um ovo, não pode ajudar o macho a conseguir a maior parte do tesouro e ele então não concorda em dividir o que conseguiu em partes iguais. A dragoa se irrita e se esconde, levando o ovo. O macho se arrepende, mas não consegue encontrá-la, e agora há outro macho que deseja acasalar com ela. Ele a encontra e oferece parte da sua cota do tesouro...

Laurence já estava perdido no mar de acontecimentos, ainda que resumidos. Ele não entendia por que Temeraire acompanhava a narrativa ou o que haveria nela para interessá-lo, mas o fato era que Temeraire e os selvagens tinham enorme prazer em acompanhar a trama. Em certo ponto, Gherni e Hertaz atracaram-se por um desentendimento quanto ao que deveria acontecer em seguida, batendo na cabeça um do outro até que Molnar, irritado com a interrupção, deu safanões em ambos e sibilou até conseguir a sua submissão.

Arkady finalmente encerrou a história, arfando e muito satisfeito consigo mesmo, e todos os dragões assobiaram e bateram as garras em aprovação; Temeraire estalou as garras em uma rocha, um sinal de aprovação à moda chinesa.

— Devo lembrar-me dela para colocá-la no papel quando chegarmos em casa e eu tiver à disposição equipamentos para escrever como os que eu tinha na China — disse Temeraire com um suspiro de grande satisfação. — Tentei recitar alguns trechos do *Principia Mathematica* para Lily e Maximus, mas eles não acharam muito interessante; tenho certeza, porém, de que gostariam dessa história. Você acredita que seja possível publicá-la, Laurence?

— Antes disso você terá de ensinar outros dragões a ler — respondeu o capitão.

Alguns integrantes da tripulação se revezaram na tentativa de entender a língua durzagh; gestos e mímicas geralmente funcionavam bem, uma vez que os selvagens eram inteligentes o bastante para entender o seu significado. Contudo, ficavam também mais do que dispostos em fingir não entender algo do que não gostavam, como serem orientados a deixar um lugar confortável para montar as barracas ou quando eram acordados antes de um voo noturno. Como Tharkay e Temeraire nem sempre estavam por perto para traduzir, aprender a se comunicar com eles tornou-se de certa forma um mecanismo de defesa para os jovens oficiais responsáveis pela montagem do acampamento. Era cômico vê-los assobiar e murmurar em durzagh, tentando se comunicar com os dragões.

— Já basta, Digby, não quero voltar a vê-lo pedindo-lhes para obedecer — disse Granby com severidade.

— Sim, senhor; quer dizer, não, senhor; sim — gaguejou Digby com o rosto vermelho e se afastou apressado até o outro extremo do acampamento para se ocupar com uma tarefa qualquer.

Laurence, que conversava com Tharkay, levantou o olhar ao ouvir o diálogo, surpreso, pois o rapaz era o mais firme dos cadetes, apesar de ter apenas 13 anos. Pelo que lembrava, ele até então nunca precisara de uma repriminda.

— Ah, não se preocupe, ele apenas tem guardado os melhores pedaços para aquele grandalhão, Molnar, e os outros garotos estão fazendo o mesmo com os seus favoritos — disse Granby juntando-se a eles. — É natural que gostem de se imaginar como capitães, mas não é nada bom transformar essas criaturas em animais de estimação. Não se domestica um dragão selvagem com alimentos.

— Mas eles parecem estar aprendendo a se comportar; eu imaginava que seria impossível controlar os selvagens — disse Laurence.

— E seria, se Temeraire não estivesse por perto — disse Granby. — É a presença dele que os mantém calmos.

— Não sei, eles parecem se comportar bem quando têm motivos para agir desta forma — observou Tharkay secamente —, o que me parece algo estritamente racional. Para mim, o mais impressionante é que algum dragão aja diferente.

O Chifre de Ouro brilhava a distância. A cidade se espalhava preguiçosa pelos arredores e cada um dos seus morros era coroado com minaretes e com as abóbadas de mármore liso e brilhante das mesquitas, cujos tons de azul, cinza e cor-de-rosa contrastavam com o terracota do teto das casas e com o verde dos ciprestes. O rio, em forma de foice, desaguava no estreito de Bósforo que, por sua vez, serpenteava em várias direções, preto e ofuscante com a luz do sol vista através da luneta de Laurence. Ele, porém, se permitia prestar atenção em pouca coisa além da margem oposta, o primeiro lampejo da Europa.

Todos estavam cansados e com fome e, à medida que se aproximavam da grande cidade, tiveram muito mais trabalho para evitar povoações, não tendo feito escalas há dez dias, a não ser para refeições frias ou desconfortáveis cochilos intermitentes durante o dia. Os dragões caçavam durante o voo e comiam cru o que matavam. Quando chegaram a outra cadeia de montanhas e viram uma grande manada de gado pastando nas amplas margens do lado asiático do estreito, Arkady soltou um rugido ansioso e, com sede de sangue, mergulhou em direção aos animais.

— Não, não, você não pode comê-los! — disse Temeraire, mas era tarde demais: os outros selvagens já se lançavam com rugidos animados sobre a manada, que se agitava e mugia em pânico. No extremo sul da planície, por trás dos baluartes de uma muralha de pedra, surgiram as cabeças de diversos dragões, ricamente adornadas com plumas das cores turcas.

— Ah, por céus! — exclamou Laurence.

Os dragões turcos alçaram voo e lançaram-se com fúria sobre os selvagens, ocupados demais para perceber o perigo. Eles agarraram uma primeira vaca, e então outra, admirando extasiados os seus troféus e agitados demais para começar a comer, e foi isso o que lhes salvou. Quando os dragões turcos se lançaram contra eles, os selvagens arremeteram e se espalharam, a tempo de evitar dentes e garras, deixando quase uma dúzia de cabeças de gado feridas ou mortas no chão.

Arkady e os outros imediatamente dispararam em direção a Temeraire em busca de abrigo, voando agitados à sua volta e soltando gritos zombeteiros dirigidos aos dragões turcos. Os atacantes agora saíam do mergulho e arremetiam em perseguição, furiosos e em alta velocidade.

— Levante as nossas cores e dispare um sinalizador a sotavento — gritou Laurence para Turner, o cadete responsável pela sinalização, e a bandeira britânica, cujas cores continuavam vibrantes mesmo após a longa jornada, a não ser pelas dobras desbotadas, foi desenrolada com um som crepitante.

Os dragões turcos reduziram a velocidade ao se aproximarem, com os dentes e as garras à mostra, com raiva mas hesitantes. Pouco maiores do que os selvagens, eles tinham um tamanho mediano e foram cobertos pela sombra das asas de Temeraire quando se aproximaram. Eles eram cinco e obviamente não estavam acostumados a fazer grandes esforços físicos, pois traziam estranhas camadas flácidas de gordura nos quadris.

— São uns fracotes — disse Granby em tom desaprovador. Os dragões arfavam um pouco depois da primeira carga enfurecida e os seus corpos tremiam discretamente. Laurence avaliou que talvez não tivessem muito trabalho, mobilizados como estavam na capital e em uma tarefa tão trivial quanto vigiar o gado.

— Fogo! — gritou Riggs. Os tiros foram irregulares, uma vez que ele e os outros atiradores ainda não estavam totalmente recuperados do acidente no gelo e poderiam espirrar nos momentos menos apropriados. Os tiros de alerta tiveram o efeito salutar de atrasar o avanço dos dragões e, para o grande alívio de Laurence, o capitão que liderava a esquadrilha levou o megafone à boca e gritou algo a distância.

— Ele disse para pousarmos — traduziu Tharkay com improvável brevidade e, diante do olhar de reprovação de Laurence, acrescentou: — E nos chamou de alguns nomes indelicados, quer que eu os traduza?

— Não vejo por que devemos pousar primeiro e ficar abaixo deles — disse Temeraire, que reduziu a altitude com um resmungo irritado, girando a cabeça em um ângulo desconfortável para ficar atento aos movimentos dos dragões acima dele. Laurence também não gostava de estar tão vulnerável, mas a atitude hostil havia partido deles. Algumas das vacas estavam novamente de pé e tremiam, atônitas, enquanto outras permaneciam imóveis, certamente mortas; era um desperdício que o capitão não tinha certeza se poderia reparar sem a intervenção do embaixador britânico e Laurence não podia culpar o capitão turco por insistir que eles demonstrassem alguma boa vontade.

Temeraire precisou falar de forma severa e até mesmo emitir um rugido baixo de alerta com os selvagens para que pousassem à sua volta, o que assustou as vacas que pastavam por ali, fazendo-as fugir bem rápido. Arkady e os outros pousaram, mal-humorados e relutantes, e ficaram inquietos no solo, agitando as asas semiabertas.

— Nunca deveria ter permitido que nos acompanhassem até aqui sem avisar aos turcos de alguma forma — disse Laurence, observando, sério, os dragões. — Não poderemos saber qual será o comportamento deles com homens ou gado.

— Não vejo a situação como um erro de Arkady ou dos outros — disse Temeraire, leal. — Sem compreender o conceito de propriedade, *eu* também não saberia que era errado matar aquelas vacas — disse ele. Depois fez uma pausa e acrescentou, em tom mais baixo: — E, de qualquer forma, aqueles dragões não deveriam ficar escondidos e deixar as vacas à disposição de quem quer que seja, se acham que há algo errado em atacá-las.

Depois que os selvagens pousaram, os dragões turcos não fizeram o mesmo, passando a sobrevoar o grupo a baixa altitude, em círculos lentos, impondo-lhes uma arrogante superioridade. Ao observá-los, Temeraire resfolegou, agitou-se um pouco e começou a eriçar a sua crista.

— Eles são muito rudes — disse ele, nervoso. — Não gosto nem um pouco dessa atitude e tenho certeza de que podemos derrotá-los. Eles parecem pássaros com toda essa bateção de asas!

— Teríamos outros cem com os quais nos preocupar assim que você acabasse com esses e posso garantir que a situação seria bem diferente. O Corpo Aéreo turco não é nada fácil, mesmo que esses dragões estejam fora de forma — retrucou Laurence. — Tenha paciência e eles logo se cansarão — acrescentou o capitão. Entretanto, a sua paciência também se esgotava, naquele campo poeirento e abafado onde estavam expostos ao sol e ao calor inclemente sem ter muita água para se refrescar.

Os selvagens não ficaram incomodados por muito tempo e passaram a olhar indiretamente as vacas abatidas e a sussurrar entre si. O tom deles era perfeitamente compreensível, mesmo que as palavras não fossem.

— Aquelas vacas vão apodrecer se ninguém as comer logo — disse Temeraire com má vontade, para surpresa de Laurence.

— E você poderia tentar fazer com que os turcos acreditassem que vocês não se importam com isso — propôs o capitão em uma inspiração feliz. Temeraire se animou e falou com os selvagens através de um assobio alto. Logo eles estavam deitados confortavelmente no mato, bocejando de forma exagerada; dois dos menores passaram até mesmo a assobiar pelas narinas e a brincadeira envolveu a todos. Os dragões turcos rapidamente cansaram de se esforçar em vão, descreveram um círculo descendente e por fim pousaram em frente ao grupo. O capitão da esquadrilha turca desmontou, em uma tentativa clara de intimidá-los, mas Laurence não se adiantou para explicar-se ou apresentar um pedido de desculpas. Ele tinha razão, como logo ficaria provado.

O capitão turco, um cavalheiro chamado Ertegun, estava bastante desconfiado, e o seu comportamento foi insultuoso. Ele retribuiu o cumprimento de Laurence com um movimento quase imperceptível da cabeça, manteve a mão no punho da espada e falou com frieza, em turco.

Depois de uma breve discussão com Tharkay, Ertegun voltou a falar, agora em um francês sofrível e com sotaque carregado.

— Então? Expliquem-se e apresentem uma justificativa para esse ataque absurdo!

O domínio de Laurence daquela língua também era limitado, mas por fim ele conseguiu estabelecer um diálogo difícil. Apresentou uma explicação apressada, o que não abrandou a atitude nem as suspeitas de Ertegun, levando-o a iniciar um interrogatório sobre a missão de Laurence, a sua patente, o trajeto da sua viagem e os seus recursos financeiros, fazendo Laurence perder a paciência.

— Já basta! O senhor acredita que somos 30 loucos perigosos, que decidiram lançar um ataque contra as muralhas de Istambul com sete dragões? — perguntou Laurence. — Não adiantará nos deixar esperando aqui, no calor! Faça com que um dos seus homens entre em contato com o embaixador britânico na cidade e garanto que as explicações dele bastarão.

— Creio que isso será bastante difícil, levando em consideração que ele está morto — disse Ertegun.

— Morto? — perguntou Laurence sem saber se havia entendido e, com incredulidade crescente, ouviu o relato do turco, que insistia que o embaixador britânico, o Sr. Arbuthnot, havia morrido na semana anterior em algum tipo de acidente de caça cujos detalhes eram vagos. Portanto, não havia, no momento, representantes da Coroa Britânica na cidade.

— Na ausência de um embaixador, suponho que devo apresentar as minhas boas intenções diretamente — disse Laurence, surpreso e pensando consigo mesmo o que faria para abrigar Temeraire. — Estou aqui em uma missão planejada por nossas duas nações, e que não permite atrasos.

— Se a missão é tão importante, deveriam ter escolhido um mensageiro melhor — disse Ertegun de modo ofensivo. — O sultão tem muitos assuntos aos quais dar atenção e não deve ser incomodado por um pedinte qualquer. Tampouco os seus vizires devem ser incomodados, além de eu não acreditar nem um pouco que você venha realmente a pedido dos britânicos.

Havia no rosto de Ertegun uma satisfação visível e uma hostilidade deliberada por ter pronunciado tais objeções.

— Meu senhor, essa frieza é tão desonrosa com o governo do seu sultão quanto comigo... o senhor não pode achar que inventaríamos uma história como essa... — disse Laurence.

— E devo achar que o senhor e essa comitiva de animais selvagens vindos da Pérsia são representantes britânicos? — disse Ertegun.

Laurence não saberia responder àquela falta de civilidade como gostaria, e Temeraire, fluente no idioma por ter passado alguns meses, ainda no ovo, a bordo de uma fragata francesa, intrometeu-se na conversa com a sua cabeça enorme.

— Não somos animais e os meus amigos apenas não entenderam que as vacas eram suas — disse ele com raiva. — Eles não machucariam ninguém e fizeram uma longa viagem apenas para ter uma audiência com o sultão.

A crista de Temeraire estava distendida e eriçada e as suas asas meio abertas projetavam uma longa sombra. Seus poderosos tendões peitorais saltaram quando ele movimentou os ombros para a frente e projetou a cabeça com dentes serrilhados, de 30 centímetros, na direção do capitão turco. O dragão de Ertegun emitiu um grito agudo e avançou, mas os outros dragões turcos recuaram, por instinto, àquela manifestação feroz e não lhe deram qualquer apoio. O próprio Ertegun recuou, involuntariamente, até encontrar abrigo nas patas dianteiras do seu ansioso dragão.

— Encerremos essa discussão — disse Laurence, agarrando sem demora a oportunidade na qual Ertegun ficara momentaneamente em silêncio. — O Sr. Tharkay e o meu primeiro-tenente irão à cidade com um de seus homens enquanto o restante do grupo esperará aqui. Tenho certeza de que a equipe do embaixador será capaz de agendar a nossa visita de acordo com a conveniência do sultão e dos seus vizires, apesar de não haver um representante legal presente, e confio que me ajudará a reparar as perdas da manada real que, como Temeraire afirmou, foram decorrentes de um acidente, não de más intenções.

Ertegun obviamente não ficou satisfeito com a proposta, mas não poderia recusá-la, intimidado como estava por Temeraire. Abriu e fechou a boca algumas vezes, antes de falar em uma voz vacilante.

— Impossível — respondeu ele, irritando novamente Temeraire e o fazendo rosnar. Os dragões turcos recuaram mais um pouco e subitamente uivos e gritos de dragões dominaram o ar: Arkady e os selvagens alçavam voo, com os rabos agitados, as garras rasgando o ar e as asas em total extensão, uivando a plenos pulmões. Os dragões turcos também passaram a bramir e agitar as asas, prestes a alçar voo. O barulho era terrível e abafava qualquer tentativa de proferir ordens; aumentando ainda mais a cacofonia, Temeraire sentou-se e rugiu — um trovão longo e ameaçador.

Sobre as patas traseiras, os dragões turcos cambalearam com gritos e sibilos, suas asas chocando-se com as dos companheiros e rasgando o ar em um temor instintivo. Na confusão, os selvagens dispararam em direção às vacas mortas, roubaram-nas diante dos dragões turcos e voltaram-se, todos ao mesmo tempo, para fugir. Ainda ganhando altura, com os outros do bando voando acima e à sua frente, Arkady virou-se, com uma vaca presa em cada pata dianteira, e acenou com a cabeça, agradecendo a Temeraire. Depois desapareceram voando em alta velocidade e rumo a um lugar seguro nas montanhas.

O silêncio aturdido não durou nem um minuto antes de Ertegun, ainda em solo, disparar uma enxurrada de impropérios em turco. Profundamente envergonhado, Laurence achou melhor continuar sem entender o que significavam as palavras, pois até ele teria atirado naqueles bandidos. O bando de dragões selvagens fizera dele um mentiroso perante os seus homens e o capitão turco, que estava ansioso por qualquer desculpa para refutar o que Laurence dizia.

A empáfia de Ertegun dera lugar a uma indignação justificada, violenta e dura. Ele estava vermelho de raiva, grandes gotas de suor rolavam pelo seu rosto até sumirem barba adentro e ameaças furiosas eram proferidas em um misto de turco e francês.

— Vamos ensiná-los como tratamos invasores por aqui! Vamos matá-los da mesma forma como aqueles ladrões mataram o gado do sultão e deixaremos os seus corpos ao sol para que apodreçam — concluiu dirigindo floreios violentos para os dragões turcos.

— Não deixarei que firam Laurence ou qualquer um dos homens — disse Temeraire exaltado e inflando o peito. Os dragões turcos pareciam estar bastante ansiosos. Laurence percebera que os outros dragões pareciam temer o rugido de Temeraire; mesmo sem terem sido vítimas do sopro divino, algum instinto os alertava do perigo. Os homens, porém, não compartilhavam dessa compreensão e Laurence não acreditava que os dragões se negariam a obedecer uma ordem de ataque. Temeraire poderia derrotar sozinho uma esquadrilha de dragões, mas seria uma vitória apenas transitória.

— Já basta, Temeraire — disse Laurence. — Senhor — acrescentou ele para Ertegun, empertigado —, os dragões selvagens não estavam sob o meu comando, como expliquei, e prometo reparar as perdas que causaram. Espero que não esteja disposto a entrar em guerra contra a Grã-Bretanha sem a aprovação do seu governo, e essa atitude hostil certamente não partirá do nosso lado.

Tharkay inesperadamente traduziu as palavras para o turco, apesar de Laurence tê-las proferido em um arremedo de francês alto o bastante para que os outros aviadores as ouvissem. Nervosos, eles olharam uns para os outros, e Ertegun dirigiu ao britânico um olhar duro, carregado de frustração e fúria.

— Fiquem e provarão o gosto do seu atrevimento — disparou ele e se dirigiu ao seu dragão, gritando ordens. A esquadrilha recuou um pouco, até as sombras de um pequeno bosque de árvores frutíferas às margens da estrada que levava à cidade, onde se dispuseram de modo a criar um bloqueio. O menor dos dragões turcos decolou e voou até a cidade com urgência, sumindo nas ondas de calor do horizonte.

— Certamente leva notícias nem um pouco favoráveis a nosso respeito — disse Granby observando o progresso do dragão com a luneta de Laurence.

— Não injustamente — respondeu o capitão com gravidade.

Com ar culpado, Temeraire remexia o chão com uma pata.

— Eles não foram muito amistosos — disse o dragão em tom defensivo.

O grupo não tinha onde se abrigar do sol sem recuar uma longa distância, até ficarem fora do campo de visão dos turcos, algo que Laurence não pretendia fazer. Encontraram um lugar entre dois pequenos morros e montaram uma tenda improvisada com varas e uma lona, para oferecer alguma sombra aos feridos.

— É uma pena que eles tenham levado *todas* as vacas... — comentou Temeraire melancólico, olhando na direção em que os selvagens fugiram.

— Com um pouco mais de paciência, eles, e você, teriam sido alimentados como convidados, e não como bandidos — disse Laurence, penosamente. Temeraire não protestou contra a repreenda, apenas abaixou a cabeça. Laurence então se levantou e afastou-se um pouco, sob o pretexto de voltar a observar a cidade com a luneta. Nada havia mudado, a não ser por alguns vaqueiros que levavam cabeças de gado até os dragões turcos, para que comessem; os aviadores bebiam água. Ele guardou a luneta e afastou o olhar. Sua boca estava seca e os lábios, rachados; ele dera a sua porção de água a Dunne, que ainda sofria acessos violentos de tosse. Estava tarde para explorar o terreno, mas pela manhã enviaria alguns homens para caçar e procurar água, algo arriscado em território estrangeiro, onde não poderiam reagir a ameaças. Ele ainda não tinha certeza do que fariam se os turcos continuassem inflexíveis.

— Não seria conveniente rodear a cidade e fazer outra tentativa pelo lado europeu? — sugeriu Granby quando Laurence voltou ao acampamento improvisado.

— Há guardas nas montanhas ao norte, para alertar contra uma invasão russa — disse Tharkay. — A não ser que queira voar por uma hora fora de nossa rota, corremos o risco de deixar toda a cidade em alerta.

— Alguém se aproxima, senhor — disse Digby, apontando e silenciando a conversa; um dragão-mensageiro avançava rápido, vindo da cidade e escoltado por dois dragões maiores. Apesar de voarem com o sol poente ao fundo, o que dificultava a identificação das suas cores, Laurence viu claramente as silhuetas dos grandes chifres na testa e dos espinhos afiados que cobriam toda a extensão dos seus corpos sinuosos. Não era a primeira vez que via uma Kazilik; certa vez a vira emoldurada contra uma coluna de chamas e de fumaça que se erguia do navio *Orient*, no Nilo, quando a dragoa incendiou a sólida embarcação com capacidade para mil homens.

— Embarquem todos os feridos e descarreguem a pólvora e as bombas — disse ele, tenso. Caso atingido pelas chamas, Temeraire sobreviveria, se não pudesse fugir, porém, se uma fagulha atingisse o depósito de pólvora e de inflamáveis que o dragão carregava, o seu destino seria tão desastroso quanto o do malfadado navio francês.

Os homens trabalharam rápido, empilhando as bombas redondas em pequenos montes no chão, enquanto Keynes atava os homens em pior estado a tábuas que seriam fixadas na rede de carga. Lonas, tecidos e coberturas de couro foram enrolados ruidosamente.

— Tentarei fazer menos barulho, Laurence. Monte em Temeraire até que saibamos quais são as intenções deles — sugeriu Granby, ouvindo uma recusa impaciente do capitão. Os demais homens, porém, foram orientados a subir a bordo, deixando apenas ele e Granby no solo, mas ao alcance de Temeraire.

A dupla de Kaziliks pousou a pouca distância. Seu couro avermelhado com manchas verde-escuro, como as de um leopardo, tinha as cores intensificadas pelo sol poente, e os dragões lambiam o ar com as suas línguas negras. Estavam tão próximos que Laurence conseguia ouvir emanar dos seus corpos um som baixo e impreciso, misto de ronronar de gato e de apito de chaleira, e ver as finas nuvens de vapor que se desprendiam dos espinhos afiados que cobriam as suas costas poderosas.

O capitão Ertegun caminhou em direção a eles, com olhos semicerrados que brilhavam de satisfação. Do dragão-mensageiro desembarcaram dois escravos negros, que com extremo cuidado passaram a ajudar outro homem a descer com suavidade. Com o apoio dos escravos, ele desceu por uma pequena escada dobrável que fora montada. O homem vestia um cafetã suntuoso, bordado em seda de diversas cores, e trazia os cabelos ocultos sob as muitas voltas de um turbante branco. Ertegun curvou-se em uma reverência respeitosa ao estranho, que foi apresentado a Laurence como Hasan Mustafá Pasha. Laurence lembrou vagamente que a última palavra era um título, não um sobrenome: paxá, o maior entre os vizires.

Aquilo, ao menos, era melhor do que um ataque e, quando as apresentações foram concluídas com frieza por Ertegun, Laurence passou a falar atabalhoadamente.

— Senhor, espero que permita que eu expresse as minhas desculpas...

— Não, não! Basta, encerremos esse assunto — disse Mustafá em um francês bem mais fluente e refinado do que o do seu interlocutor, e que facilmente soterrou as hesitações do britânico. Depois estendeu a mão e apertou a de Laurence com entusiasmo. Enquanto Ertegun observava com a face vermelha de raiva, Mustafá rejeitou maiores explicações e desculpas com um gesto.

— Foi uma lástima que tenha enfrentado dificuldades por causa daquelas criaturas desprezíveis. Como os imãs muçulmanos dizem, o dragão criado em liberdade não conhece o Profeta, e nada mais é do que um servo do demônio — disse o vizir, acompanhado de um resfolegar contrafeito de Temeraire. Laurence, porém, estava aliviado e nem um pouco disposto a entrar em discussões religiosas e metafísicas.

— O senhor é mais do que generoso e gostaria de esclarecer que me sinto muito grato por isso — disse ele. — Mas devo abusar dessa generosidade e pedir a sua hospitalidade, uma hospitalidade da qual já abusamos...

— Ah, imagine! — disse Mustafá, reforçando que desculpas eram desnecessárias. — O senhor é muito bem-vindo, capitão, e veio de muito longe; sigam-nos até a cidade. O sultão, que a paz esteja com ele, ordenou, com toda a sua generosidade, que o senhor e os seus homens sejam hospedados no palácio. Preparamos os seus aposentos e um jardim fresco para o seu dragão. Vocês descansarão e se refrescarão depois dessa longa viagem e não falaremos mais desse infeliz mal-entendido.

— Devo confessar que a sua oferta é muito mais atraente do que as exigências do meu dever — disse Laurence. — Sem dúvida ficaremos muito gratos por termos algo para beber, mas infelizmente não poderemos nos demorar em terra. Devemos continuar nossa jornada o mais breve possível e viemos apenas para receber os ovos de dragão, como combinado, e levá-los o quanto antes à Inglaterra.

O sorriso de Mustafá sumiu por um instante, e as suas mãos, que ainda seguravam as de Laurence, se enrijeceram.

— Mas, capitão, o senhor viajou tanto por nada? — disse ele. — Sou forçado a lhes informar que não poderemos entregar os ovos.

Parte 2

Capítulo 6

A PEQUENA FONTE de marfim com diversas bicas desprendia uma agradável névoa refrescante que se acumulava sobre as folhas e os frutos maduros da laranjeira que a sombreava e perfumava. Temeraire descansava ao sol no amplo jardim que se estendia abaixo da varanda do palácio, sonolento depois de uma farta refeição. Os pequenos mensageiros, que haviam limpado o corpo do dragão, dormiam, tendo-o como encosto. O aposento parecia saído de um conto de fadas: azulejos azuis e brancos nas paredes, teto e piso decorados com ouro, cortinas com bordados nacarados, assentos forrados de veludo na base das janelas, grossos tapetes em milhares de tons de vermelho espalhados pelo ambiente e, no centro do quarto, um alto vaso decorado sobre uma mesa baixa, com um arranjo de flores. Laurence teria ficado feliz se pudesse atirá-lo na parede.

— Isso é um absurdo! — disse Granby, andando nervoso de um lado para o outro. — Enganar-nos com uma montanha de desculpas e depois utilizarem insinuações vis, acusando esse pobre infeliz, Yarmouth, de ladrão...

Mustafá enchera-os de desculpas e de arrependimentos. O acordo não fora assinado, explicara, porque novas questões acabaram adiando o seu cumprimento, e, como consequência, o pagamento ainda não havia sido feito quando o embaixador sofreu o acidente. Quando Laurence recebeu essas desculpas, com todas as suspeitas criadas pela situação, e exigiu ser levado imediatamente à residência do embaixador para conversar com a sua equipe, Mustafá confidenciou, com certo desconforto, que após a morte do embaixador sua equipe partira urgentemente para Viena, e que um deles, o secretário James Yarmouth, desaparecera sem deixar vestígios.

— Não direi que tenho algo contra ele, mas o ouro é uma tentação tremenda — dissera Mustafá, fazendo um gesto amplo com as mãos para reforçar o peso das palavras. — Sinto muito, capitão, mas o senhor deve entender que não podemos arcar com as responsabilidades.

— Não acredito em uma palavra sequer — prosseguiu Granby, furioso. — É inconcebível que tenham nos mandado para cá, da China, estando o acordo em aberto...

— Sim, é absurdo! — concordou Laurence. — Lenton teria se expressado de forma completamente diferente caso o acordo fosse ao menos incerto. Somente posso concluir que eles querem quebrar o acordo, comprometendo-se o mínimo possível.

Mustafá sorrira inflexivelmente às objeções de Laurence, repetira as suas desculpas e voltara a oferecer hospitalidade. Todos os homens estavam exaustos e empoeirados e, sem alternativa, Laurence a aceitara, supondo que uma vez instalados na cidade seria mais fácil descobrir a verdade e tentar fazer com que o impasse fosse resolvido.

Ele e os seus homens foram acomodados em duas confortáveis casas, em meio a jardins amplos o bastante para agradar Temeraire. O palácio coroava o trecho de terra onde o estreito de Bósforo e o Chifre de Ouro encontravam o mar, e a paisagem se estendia infinita em todas as direções durante a descida, com horizontes marinhos e incontáveis embarcações nas águas. Apenas tarde demais Laurence percebeu que foram atraídos para uma jaula dourada: as paisagens eram incomparáveis porque o palácio, construído no topo de um monte, era cercado por altas muralhas que barravam a comunicação com o mundo exterior. Pelas janelas gradeadas dos seus aposentos, eles viam apenas o mar.

As casas pareciam interligadas ao amplo palácio, mas a comunicação provou ser falsa, pois todas as portas e as janelas que davam acesso ao palácio estavam trancadas ou inacessíveis; no escuro, inacessíveis até aos olhos. Mais escravos negros guardavam as escadas da varanda, e, nos jardins, dragões Kaziliks repousavam, com os corpos enrolados e os brilhantes olhos amarelos abertos e atentos a Temeraire.

Após as calorosas boas-vindas, Mustafá desapareceu depois de providenciar que ficassem trancados em segurança, com vagas promessas de retornar em breve. Todavia a chamada para as orações soara três vezes e eles já haviam explorado os limites da bela prisão duas vezes e o vizir ainda não aparecera. Os guardas não fizeram objeções quando os homens desceram até o jardim para falar com Temeraire, mas negaram a passagem de Laurence quando ele apontou, sobre os ombros deles, o caminho que levava ao palácio.

Mantidos a distância, eles observavam à vontade a vida do palácio, das varandas e das janelas, com curiosa frustração. Outros homens caminhavam inquietos e preocupados pelos pátios: oficiais com turbantes altos, servos carregando bandejas, jovens pajens apressados com cestas e cartas e até um cavalheiro que aparentava ser um médico, com longa barba e roupas pretas, que desapareceu em outra casa a alguma distância. Muitos olhavam com curiosidade para Laurence e seus homens e os garotos reduziam o passo para admirar o dragão no jardim, mas não respondiam quando chamados; prudentes, eles apenas se apressavam.

— Olhem... Vocês acham que é uma mulher? — Dunne, Hackley e Portis disputavam a luneta quase dependurados sobre a balaustrada da varanda, sete metros acima do piso de pedra, tentando ver o que acontecia do outro lado do jardim. Um oficial falava com uma mulher — ou um homem ou um orangotango, não havia como saber apenas pelas roupas — que usava um véu, não de seda pesada, mas escuro, que lhe cobria a cabeça e o pescoço e deixava somente os olhos à vista. Apesar do calor, usava um longo casaco que lhe chegava até os pés, calçados em sandálias cravejadas de joias. Um bolso fundo à frente da roupa ocultava até mesmo as suas mãos.

— Sr. Portis — disse Laurence com severidade ao homem mais velho, que levava os dedos aos lábios para assobiar —, como não tem nada melhor para fazer, o senhor ficará encarregado de atender todos os pedidos de Temeraire. Imediatamente, por favor.

Dunne e Hackley abaixaram a luneta apressados enquanto Portis saía envergonhado e tentando, sem grande sucesso, transmitir um ar de inocência. Tharkay tirou o instrumento das suas mãos em silêncio.

— E vocês dois, cavalheiros... — acrescentou Laurence em um misto de raiva e consternação, parando quando viu que o guia também observava a mulher com a luneta. — Sr. Tharkay — disse ele —, agradeço se o *senhor* não espiar as mulheres do palácio.

— Ela não é uma mulher do harém — disse Tharkay. — As instalações do harém ficam ao sul, atrás daquele muro alto, e as mulheres não têm permissão para sair. Capitão, posso garantir que se ela fosse uma odalisca, não estaríamos vendo tanto dela — acrescentou ele abaixando a luneta, pois ela os observava. Uma estreita tira de pele pálida, o suficiente para expor apenas os seus olhos pretos, era tudo o que as roupas não cobriam.

Por sorte a mulher não protestou e, no instante seguinte, caminhou com o oficial para fora do campo de visão do grupo. Tharkay fechou a luneta, entregou-a para Laurence e se afastou, imperturbado. O capitão britânico apertou o instrumento com firmeza.

— Vocês irão ao Sr. Bell e pedirão para ajudá-lo com o mais novo couro que ele tem nas mãos — disse o capitão a Dunne e Hackley, contendo o seu impulso inicial de dar-lhes uma tarefa excessivamente punitiva; ele não faria dos dois bodes expiatórios de Tharkay.

Assim que os garotos saíram, aliviados, Laurence caminhou até uma das extremidades da varanda e admirou a cidade e o Chifre de Ouro. O sol já se punha e Mustafá certamente não voltaria naquele dia.

— É um dia desperdiçado — disse Granby, que se juntou a ele quando soaram os chamados para a última prece. As vozes cadenciadas dos muezins se misturavam, vindas de minaretes próximos e distantes, uma das quais parecia vir do outro lado do alto muro de pedra que separava o pátio onde estavam do harém.

O primeiro chamado do dia acordou Laurence ao amanhecer; ele abrira as janelas para a brisa entrar e para conferir, durante a noite, se Temeraire dormia em segurança sob a luz diáfana das lanternas que pendiam dos muros do palácio. Mais uma vez eles ouviram os cinco chamados diários para as orações sem ter qualquer contato com os turcos: nenhuma visita, nenhuma palavra, nenhum sinal de que a sua existência era ao menos notada, com exceção das refeições que lhes eram trazidas por um grupo ágil e silencioso de servos, que chegavam e saíam antes que se pudesse perguntar qualquer coisa.

A pedido de Laurence, Tharkay tentou conversar com os guardas em turco, mas eles apenas sacudiram os ombros, produzindo sons inarticulados antes de abrirem a boca para mostrar que a sua língua havia sido barbaramente cortada. Quando solicitados a enviar uma carta, se negaram incisivamente, fosse por má vontade ou por terem sido instruídos a manter os britânicos incomunicáveis.

— Você acredita que podemos suborná-los? — disse Granby quando a noite começava a cair e eles ainda não haviam tido qualquer contato com os turcos. — O ideal seria que alguns de nós conseguíssemos sair... Alguém nessa maldita cidade deve saber o que aconteceu com os funcionários do embaixador. É impossível que todos tenham partido!

— Acho que sim, mas não temos nada com o que suborná-los — disse Laurence. — Estamos praticamente falidos e temo que eles ririam do que podemos oferecer, pois sairmos do palácio colocaria em risco os seus empregos, senão as suas cabeças.

— Então podemos pedir a Temeraire para derrubar um trecho da muralha e fugiremos — disse Granby não exatamente de brincadeira, afundando na almofada mais próxima.

— Sr. Tharkay, peço que seja o meu intérprete mais uma vez — disse Laurence, saindo para tentar conversar com os guardas. Apesar de a princípio terem tolerado os hóspedes, ou prisioneiros, com bom humor, os mudos ficaram visivelmente irritados, pois era a sexta vez que o capitão os procurava naquele dia. — Diga-lhes que solicitamos mais óleo para as lamparinas e velas. E talvez um pouco de sabão e outros artigos de higiene pessoal — disse ele, improvisando mais algumas pequenas solicitações.

Como esperava, o pedido fez com que um dos pajens, que avistaram ao longe, viesse até eles. O jovem ficou suficientemente impressionado com a oferta de uma moeda de prata para levar uma mensagem a Mustafá.

Depois de o enviar para que buscasse as velas e os outros produtos para não despertar a suspeita dos guardas, Laurence sentou-se para escrever uma carta formal e severa, deixando claro ao sorridente cavalheiro que eles não tinham intenção de passar férias tranquilas no palácio.

— Não sei se entendi o que você quer dizer no início do terceiro parágrafo... — disse Temeraire depois que Laurence leu a carta escrita em francês.

— Qualquer que seja o seu desígnio, ao deixar sem resposta todas as perguntas que... — começou o capitão.

— Ah! — disse Temeraire. — Acho que você quer dizer *conception*, não *dessin*. Além disso, Laurence, acho melhor não dizer "seu obediente *domestique*".

— Obrigado, meu caro — disse Laurence, corrigindo as palavras e adivinhando a grafia de *heuroo*, antes de dobrar o papel e entregá-lo ao garoto, que acabara de voltar com uma cesta cheia de velas e de pequenos sabonetes perfumados.

— Espero que ele não a atire no fogo... — disse Granby depois que o garoto saiu apressado, com a moeda apertada na mão de forma indiscreta. — Nem que Mustafá o faça.

— Qualquer que seja o caso, nada saberemos hoje — disse Laurence. — É melhor dormirmos enquanto podemos; se não tivermos resposta, precisaremos pensar na possibilidade de fugirmos para Malta amanhã. A artilharia costeira dos turcos não é das melhores e imagino que tudo será diferente se voltarmos acompanhados por algumas fragatas.

— Laurence — chamou Temeraire do jardim, despertando-o de um sonho no qual navegava no mar. O capitão sentou-se na cama e esfregou o rosto molhado — uma mudança no vento durante a noite soprara borrifos da fonte para o quarto.

— Sim? — respondeu ele, e levantou-se para lavar o rosto na água fria, quase como um sonâmbulo. Ele desceu até o jardim e cumprimentou com um aceno os guardas, que bocejavam. Temeraire o cutucou, curioso.

— Que cheiro bom — disse ele, divertido, e Laurence percebeu que usara um sabonete feminino.

— Resolverei isso mais tarde — disse ele envergonhado. — Está com fome?

— Eu não me incomodaria em comer algo — disse Temeraire —, mas devo dizer que andei conversando com Bezaid e Sherazde e eles disseram que o ovo deles chocará em pouco tempo.

— Com quem? — disse Laurence confuso. Depois olhou para os dois Kaziliks, que piscaram os olhos brilhantes em resposta, levemente interessados. — Temeraire — disse ele, lentamente —, você quer dizer que deveríamos receber o ovo *deles*?

— Sim, e mais outros dois, mas esses ainda não começaram a endurecer, eu acho — acrescentou. — Eles sabem um pouco de francês e da língua dos dragões, mas têm me ensinado algumas palavras de turco.

Laurence não prestava atenção; estava chocado demais com a novidade. Desde que tivera início a reprodução organizada de dragões, a Grã-Bretanha tentava conseguir espécies cuspidoras de fogo. Alguns Flamme-de-Gloire foram levados para lá depois de Agincourt, mas o último morrera menos de um século depois e desde então houve uma sucessão de insucessos. A França e a Espanha, logicamente, se recusaram a colaborar; eram vizinhos próximos demais para renunciar a tal vantagem e há muito tempo os turcos se sentiam tão pouco dispostos a se relacionar com infiéis quanto os britânicos com pagãos.

— E negociamos com os latinos, há cerca de doze anos — disse Granby com a face rubra de excitação —, mas não se chegou a um acordo. Oferecemos a eles o tesouro de um rei e eles pareciam satisfeitos, então, subitamente devolveram a seda, o chá e as armas e nos expulsaram.

— Quanto oferecemos, você se lembra? — perguntou Laurence e Granby expôs somas que o fizeram se sentar abruptamente. Presunçosa, Sherazde informou, no seu francês escasso, que o ovo *dela* fora negociado por um valor ainda mais alto, quase impossível de se acreditar.

— Meu Deus! Não consigo imaginar como uma soma dessas é levantada! — disse Laurence. — É possível construir alguns navios de grande porte e dois navios transportadores de dragões com esse dinheiro.

Temeraire estava sentado, imóvel, com o rabo enrolado ao redor do corpo e a crista eriçada.

— Nós *compramos* ovos?

— Como? — perguntou Laurence, surpreso. Ele ainda não percebera que Temeraire não sabia que ovos de dragão eram adquiridos com dinheiro. — Sim, compramos. Mas é bom ter certeza de que os vendedores não se recusarão a entregar o ovo — disse Laurence, olhando ansioso para o casal de Kaziliks, que realmente pareciam indiferentes por se separar da cria.

Temeraire, porém, rejeitou a explicação com um movimento impaciente da cauda.

— É claro que Bezaid e Sherazde não se importam, sabem que cuidaremos bem do ovo — disse ele. — Mas, como você mesmo diz, se compramos algo, passamos a ser dono desse objeto e podemos fazer com ele o que quisermos. Se você compra uma vaca, eu posso comê-la; se você compra uma casa, podemos viver nela; se você compra uma joia, posso usá-la. Se os ovos são uma propriedade, os dragões que saem deles também o são, então não é surpreendente que as pessoas nos tratem como se fôssemos escravos!

Não havia resposta para aquela observação. Criado em um lar abolicionista, Laurence defendia firmemente que homens não deveriam ser comprados e vendidos e, por uma questão de princípios, isso era algo que ele não discutia. Entretanto, havia uma diferença gritante entre as condições de vida dos dragões e dos pobres coitados que viviam em servidão.

— Não é que possamos obrigar os dragões a fazer o que quisermos depois que nascem — comentou Granby de forma inspirada. — Pode-se dizer que compramos a chance de persuadi-los à trabalhar conosco.

— E se, no lugar disso, eles resolvessem voar e voltar à terra natal? — respondeu Temeraire com um fulgor militante.

— Ah, bem — disse Granby sem convicção e incomodado —, sendo assim o dragão selvagem será levado para um centro de reprodução.

— Considere que nesse caso, ao menos, eles serão levados para a Inglaterra, onde você poderá melhorar as condições de vida deles — disse Laurence em tom conciliador, mas Temeraire não costumava ceder facilmente, e se deitou no jardim para pensar no assunto.

— Não me parece que isso tenha sido de grande consolo para ele... — disse Granby para Laurence, preocupado enquanto voltavam para as casas.

— Sim — disse Laurence, abatido. Ele tinha expectativas de melhorar as condições de vida dos dragões quando voltasse para casa e a certeza de que o almirante Lenton e os outros comandantes do Corpo Aéreo estariam dispostos a adotar todas as medidas ao alcance da sua autoridade. Laurence fizera, com o dragão, planos de construir um pavilhão no estilo chinês, com pedras aquecidas sob as fontes canalizadas, das quais Temeraire tanto gostara; Gong Su não teria dificuldades em ensinar os segredos da culinária dragônica e, além disso, o *Allegiance* levava molduras para leitura e placas para a escrita em areia, algo que eles não teriam dificuldades em adaptar aos moldes ocidentais. Laurence duvidava que a maioria dos dragões tivesse qualquer interesse, pois Temeraire era singular no domínio de idiomas e na paixão pelos livros. Mas, quaisquer que fossem os interesses dos dragões, eles poderiam ser satisfeitos sem grandes custos e dificilmente ensejariam objeções por parte das autoridades.

Contudo, conseguir mais do que isso, medidas que poderiam ser providenciadas no âmbito do Corpo Aéreo, era pouquíssimo provável, uma vez que o governo não veria alterações sérias com bons olhos e o esforço necessário para convencê-lo era algo que Laurence não conseguia estimar. Um motim de dragões colocaria o país em polvorosa e, sem dúvida, sabotaria a causa ao invés de promovê-la, além de reforçar a opinião de que não se podia confiar nos dragões. Os resultados seriam tremendos e a distração em si se provaria fatal: não havia dragões suficientes na Inglaterra para que eles pudessem se preocupar mais com a sua remuneração e os seus direitos do que com os seus deveres.

Laurence não conseguia afastar o pensamento de que outro capitão, um aviador, mais bem treinado, teria conseguido evitar que Temeraire ficasse tão preocupado e descontente, focando a sua energia em outras atividades. Ele gostaria de perguntar a Granby se ter tais dificuldades era algo comum e se existia algum tipo de orientação para casos semelhantes, mas não podia pedir a um subordinado que o ajudasse no trato com Temeraire — de qualquer forma não tinha certeza de que conselhos fariam diferença àquela altura. Chamar de escravidão a compra de um ovo por 500 mil libras, sendo a única diferença o fato de ser chocado na Inglaterra ou no Oriente, era um absurdo, e algo que nem toda a filosofia no mundo poderia mudar.

— Se o ovo começou a endurecer, quanto tempo acha que temos? — perguntou ele a Granby, levantando a mão contra o vento que soprava do mar e calculando mentalmente o tempo que levaria para um navio saído de Malta chegar ali. Eles poderiam alcançar a ilha em três dias de voo, ele tinha certeza, se Temeraire estivesse descansado e bem alimentado.

— Algumas semanas, certamente, mas não posso dizer se serão três ou dez sem ver o ovo, e mesmo assim eu poderia estar enganado. Somente Keynes poderia dar essa resposta — respondeu Granby. — De qualquer forma, colocar as mãos no ovo no último instante seria o suficiente. Esse dragão não será como Temeraire, que veio ao mundo dominando três línguas. Nunca ouvi falar de nada parecido... Devemos pegar o ovo e começar a ensiná-lo inglês imediatamente.

— Que desgraça... — disse Laurence, desconsolado, e abaixou a mão. Ele não havia levado em consideração a questão do idioma. Ele capturara o ovo de Temeraire menos de uma semana antes do nascimento e tinha tão pouco conhecimento sobre o assunto que não ficara surpreso ao descobrir que o dragão, ao nascer, falava inglês, pois o que mais o impressionou foi descobrir que a criatura recém-nascida podia falar! Mais uma falha no seu treinamento, e mais um problema.

— Tolerar o desaparecimento de 500 mil libras destinadas a ele e a morte de um embaixador em seu território, sem qualquer investigação, prejudicaria a imagem do sultão como soberano — disse Laurence, simulando tranquilidade. — A mera cortesia a um aliado demonstrava maior interesse, dadas as circunstâncias.

— Capitão, eu garanto ao senhor que as investigações necessárias estão sendo feitas — disse com seriedade Mustafá, tentando empurrar-lhe uma tigela de doces cobertos de mel.

O vizir finalmente aparecera, pouco antes do meio-dia, oferecendo como desculpa pela sua ausência assuntos de Estado inesperados que exigiram atenção; como medida paliativa, ele providenciara um banquete extravagante. Vários criados se movimentavam ruidosamente pelo terraço, ao redor da fonte de mármore, trazendo travessas das cozinhas com iguarias aromáticas como *pilaf*, patê de berinjela, folhas de repolho, pimentões recheados com arroz e carne assada fatiada.

Temeraire, observando o evento com a cabeça sobre a grade, farejava com grande interesse e, apesar de ter sido bem alimentado há pouco menos de uma hora, com dois carneiros, limpou clandestinamente duas travessas que foram deixadas ao seu alcance; os criados encontraram apenas a bandeja vazia, arranhada e amassada pelos seus dentes.

Para evitar que os britânicos considerassem a recepção inadequada, Mustafá providenciara músicos, que imediatamente passaram a tocar em alto volume, e um grupo de dançarinas vestidas em folgadas calças translúcidas. Seus giros eram tão explicitamente indecentes e os véus que envolviam os seus corpos ocultavam tão pouco quando giravam, que Laurence sentia vergonha por elas, apesar de o espetáculo ter sido aplaudido com entusiasmo pelos mais jovens. Os atiradores eram os menos discretos: Portis, ao menos, aprendera a lição; mas Dunne e Hackey, mais novos e cheios de energia, comportavam-se de forma atrevida, tentando agarrar as pontas dos véus e assobiando. Dunne chegou a ajoelhar-se no chão e estender a mão, até o tenente Riggs o puxar pela orelha.

Laurence não corria o risco de se enfeitiçar; as moças eram belas circassianas de pele alva e olhos negros, mas o seu repúdio por aquela tentativa de desviá-los do assunto superava qualquer distração ou tentação que lhe esquentasse a carne. Porém, quando tentou conversar com Mustafá, uma das dançarinas se aproximou com os braços abertos, exibindo os belos seios minimamente cobertos e agitando a cintura. Sedutora, ela se sentou na almofada do capitão e estendeu-lhe as mãos em uma oferta ousada; era um impedimento eficiente para qualquer conversa e não era do caráter de Laurence afastar uma mulher à força.

Felizmente a sua virtude tinha também um guardião eficiente. Temeraire abaixou a cabeça para inspecioná-la, desconfiado e com ciúmes, cerrando os olhos ao admirar as várias correntes de ouro, e depois fungou. A garota, desprevenida de uma recepção como aquela, levantou-se apressada e voltou à proteção das companheiras.

Laurence, por fim, conseguiu uma oportunidade para pressionar Mustafá. O paxá, todavia, se esquivou com garantias vagas de que as investigações teriam frutos em breve, muito em breve.

— As responsabilidades do governo são muitas, capitão, tenho certeza de que o senhor entende.

— Entendo muito bem que o senhor pode descobrir os fatos que lhe são convenientes — disse Laurence sem rodeios. — Mas se protelar demais a sua decisão e transformar as nossas discussões em algo irrelevante, qualquer controle que tenha sobre a nossa paciência será esquecido. E o senhor pode descobrir que esse tratamento merece uma resposta que talvez não gostem de receber.

Aquela advertência era o mais próximo que, acreditava, poderia, ou deveria, chegar de uma ameaça. O ministro do sultão certamente tinha consciência do quanto a cidade era vulnerável a um bloqueio ou a um ataque marítimo e de que havia forças da marinha britânica a apenas alguns dias de distância, em Malta. Pela primeira vez, Mustafá não tinha uma resposta pronta nos lábios, que ficaram contraídos.

— Não sou um diplomata, senhor — acrescentou Laurence —, não sei esconder o que desejo dizer em uma linguagem rebuscada. E, como o senhor sabe tão bem quanto nós, que o tempo é algo determinante e continua nos deixando sem uma explicação, não tenho palavras suaves para descrever o que pensamos sobre o assunto. Além disso, não posso acreditar que, com o nosso embaixador morto e o seu secretário desaparecido, toda a sua equipe tenha simplesmente partido, quando sabiam que deveriam nos esperar e quando há uma soma tão grande em jogo.

Ao ouvir o comentário, Mustafá sentou-se e fez um gesto amplo com as mãos.

— Como posso convencê-lo, capitão? O senhor ficaria satisfeito em visitar a residência do embaixador, em inspecioná-la pessoalmente?

Surpreendido, Laurence ficou em silêncio; sua intenção era pressionar Mustafá para conseguir tal liberdade, mas não esperava que isso lhe fosse oferecido.

— Certamente, ficarei grato pela oportunidade — respondeu ele.
— E por falar com qualquer criado da residência que ainda esteja nas redondezas.

— Não estou gostando nem um pouco disso — disse Granby quando uma dupla de guardas mudos chegou pouco depois do jantar para escoltar Laurence até a cidade. — Você deveria ficar... Deixe que eu vá em seu lugar com Martin e Digby, e nós traremos de volta quem quer que encontremos.

— Eles não permitirão que você leve outros homens ao palácio e não podem estar tão descontrolados a ponto de nos matarem nas ruas da cidade, estando Temeraire e 20 homens aqui para levarem a notícia — disse Laurence. — Ficará tudo bem.

— Também não gosto da ideia — disse Temeraire, contrariado. — Não entendo por que não posso ir — acrescentou. Ele se acostumou a andar livremente pelas ruas de Pequim e, obviamente, tivera total liberdade durante a jornada.

— Temo que as circunstâncias por aqui não sejam as mesmas que encontramos na China — disse Laurence. — As ruas de Istambul não comportariam a sua passagem e, mesmo se não fosse esse o caso, provocaríamos pânico na população. Agora, onde está Tharkay?

Houve um momento de absoluto silêncio e de confusão generalizada, com cabeças girando para todos os lados: Tharkay havia sumido. Perguntas apressadas deixaram claro que ele não fora visto desde a noite anterior e Digby apontou para o pequeno saco de dormir do guia, cuidadosamente enrolado e atado à sua bagagem, sem qualquer sinal de uso. Laurence digeriu a informação friamente.

— Deixem-no; não podemos nos atrasar esperando que ele volte. Sr. Granby, caso ele retorne, coloque-o sob guarda até que eu possa falar com ele.

— Sim, senhor — disse Granby, sombrio.

Certas frases que poderiam ser parte dessa conversa insistiram em vir à mente de Laurence quando, confuso, ele olhou para a fachada elegante da casa do embaixador. As portas e as janelas estavam fechadas, e poeira e fezes de rato se acumulavam nos degraus da entrada. Os guardas se limitaram a olhá-lo sem entender quando ele gesticulou perguntas sobre os criados e, apesar de ter recorrido às casas vizinhas, ninguém entendia uma palavra de inglês, de francês ou do seu pouco latim.

— Senhor — disse Digby em voz baixa depois que o capitão voltou, mais uma vez sem sucesso, da visita à terceira casa —, acho que aquela janela lateral está destrancada e ouso dizer que eu poderia entrar por ela, se o Sr. Martin me ajudar a subir.

— Muito bem! Apenas tome cuidado para não quebrar o pescoço... — disse Laurence. Juntos, ele e Martin levantaram Digby até que ele alcançasse a sacada. Pular o gradil de ferro foi algo natural para um garoto criado para se movimentar livremente no dorso de um dragão durante o voo e, apesar da janela ceder um pouco e emperrar, o jovem cadete era magro o bastante para passar.

Os guardas emitiram um tenso protesto mudo quando Digby abriu a porta por dentro, mas Laurence os ignorou e entrou na casa, seguido por Martin. Eles pisaram em palha e perceberam que havia marcas de terra no piso do saguão de entrada, pegadas de pés descalços e sinais de uma saída às pressas. Os cômodos permaneciam escuros e as palavras ecoavam mesmo depois de abertas as cortinas e as janelas. Lençóis cobriam os móveis, dando à casa a aparência soturna de um lugar abandonado e à espera de novos moradores, com o tique-taque do grande relógio ao lado da escadaria soando particularmente alto no silêncio.

Laurence subiu as escadas até os quartos, mas, apesar de encontrar alguns papéis espalhados ou caídos no chão, eles não passavam de restos deixados para trás na arrumação apressada de malas. Em um dos quartos, ele encontrou uma folha de papel embaixo da escrivaninha. Com uma caligrafia feminina, era o pedaço de uma carta comum, com notícias sobre as crianças e histórias curiosas sobre a cidade estrangeira; uma mensagem deixada pela metade e que nunca será terminada. Ele a colocou de volta, incomodado com a intromissão.

Um quarto menor, no fim do corredor, que Laurence acreditava ser de Yarmouth, parecia haver sido desocupado há menos de uma hora: dois casacos, uma camisa limpa e um terno estavam pendurados no cabideiro. No chão, em frente, havia um par de sapatos com fivelas. Arrumados sobre a mesa repousavam uma pena e um vidro de tinta e havia livros na estante e um camafeu numa das gavetas da escrivaninha: o rosto de uma jovem. Os papéis, porém, haviam sido levados, ao menos aqueles dos quais conseguiria extrair informações.

Ele voltou ao andar inferior sem novidades e encontrou Digby e Martin, que também não encontraram nada de relevante. Não havia sinais de crime ou de saque, apesar da casa estar desarrumada e dos móveis terem sido deixados para trás. Os ocupantes certamente partiram apressados, mas, ao que parecia, não à força. Com o marido subitamente morto e o seu secretário particular desaparecido, em condições tão incomuns e com tamanha quantia em jogo, a esposa do embaixador, levada pela cautela, deve ter reunido as crianças e os artigos da família e deixado a cidade, em vez de ficar, sozinha e sem amigos, em uma cidade estrangeira e distante de aliados.

Porém semanas se passariam antes que recebessem a resposta de uma carta enviada a Viena e eles não tinham tempo para confirmar suas especulações, não antes que o ovo fosse definitivamente perdido. Sem qualquer evidência com a qual refutar a história contada por Mustafá, Laurence deixou a casa, abatido, e encontrou os guardas impacientes. Digby fechou a porta por dentro e saiu pela janela para juntar-se a eles.

— Obrigado, cavalheiros, acredito que descobrimos tudo o que era possível — disse Laurence. Não havia por que fazer Martin e Digby compartilharem do seu desalento, então o capitão ocultou a sua ansiedade da melhor forma possível enquanto os três seguiam os guardas em direção ao rio. Todavia, imerso nos seus pensamentos, ele dava pouca atenção ao que acontecia à sua volta, a não ser para garantir que não se perdessem dos guardas em meio à multidão. A residência do embaixador ficava no bairro de Beyoglu, na margem oposta ao Chifre de Ouro, cujas vias transbordavam de estrangeiros e de mercadores. As pessoas se acotovelavam nas ruas, que lhe pareciam estranhamente estreitas depois de ter conhecido as amplas avenidas de Pequim. Os comerciantes chamavam os passantes assim que seus olhares se cruzavam e tentavam arrastá-los para os seus estabelecimentos.

Entretanto, a multidão se desfez abruptamente, e com ela o barulho, quando os homens se aproximaram da orla. As casas e as lojas estavam fechadas, mas Laurence percebeu um ou outro rosto espiando o céu pelas frestas das cortinas para, no instante seguinte, vê-los desaparecer. Grandes sombras cruzavam a paisagem, cobrindo o sol por um instante: eram dragões, tão próximos que era possível contar quantos homens carregavam. Os guardas olharam para cima, apreensivos, e se apressaram. Laurence teria gostado de observá-los, descobrir o que faziam por ali, circulando sobre uma área tão populosa e provocando o fechamento do comércio. Poucos homens eram vistos nas ruas, e mesmo esses passavam ansiosos e apressados. Um cachorro latia com mais coragem do que bom-senso, um som que se espalhava por toda a região do porto. Os dragões conversavam entre si e deram a ele a mesma atenção que um homem daria a uma mosca.

O barqueiro os esperava, ansioso, com a ponta do cabo da âncora nas mãos, prestes, talvez, a abandoná-los. O homem passou a chamá-los com urgência quando surgiram no topo do morro. A bordo, Laurence voltou-se para observar a margem enquanto avançavam pelo rio. A princípio ele pensara que os dragões, cerca de seis, estivessem apenas se divertindo, antes de perceber os grossos cabos que pendiam sobre o porto, com os quais os dragões içavam carroças que, não havia dúvidas, continham canhões.

Quando chegaram à outra margem do rio, Laurence desembarcou em um salto, antes dos guardas, e correu até a ponta do atracadouro para observar melhor. Certamente aquele não era um trabalho qualquer. Diversas balsas estavam ancoradas no porto, onde uma multidão de algumas centenas de homens arrumava os próximos carregamentos e cavalos e mulas mantinham-se calmos, apesar da proximidade dos dragões — talvez porque voassem alto, longe do seu campo de visão. Não havia somente canhões, mas também barris de pólvora, tijolos e um volume tão grande de equipamentos que Laurence estimaria levar algumas semanas de trabalho para que fossem carregados encosta acima, mas que desta forma eram transportados em instantes. Sobrevoando o alto do morro, os dragões arriavam os enormes canhões sobre as suas bases de madeira com a facilidade que uma dupla de homens teria para mover uma tábua.

O capitão não era o único observador curioso: uma multidão se acotovelava ao longo das docas, admirando a cena e sussurrando entre si. Uma companhia de soldados janízaros, vestindo os seus característicos elmos emplumados, fazia a guarda com olhares carrancudos a alguns metros de distância, manuseando as suas carabinas com as mãos inquietas. Um jovem empreendedor circulava, oferecendo o uso de uma luneta por um preço módico; não era muito potente e a lente estava embaçada, mas permitiu um olhar mais próximo.

— Canhões de 40 quilos, a não ser que eu esteja enganado. São cerca de 20, e acredito que eles já tenham outros 20 instalados na costa asiática, fazendo desse porto uma armadilha mortal para qualquer navio que entre no campo de visão — disse Laurence, carrancudo, para Granby, depois de lavar a poeira das ruas do rosto e das mãos, mergulhando a cabeça na bacia do quarto e sacudindo os cabelos com certa selvageria. Em breve precisaria aparar as pontas com a espada, pensou ele, se não conseguisse encontrar um barbeiro. Eles se recusavam a crescer o bastante para permitir que se fizesse com eles um rabo de cavalo, o que fazia com que pingassem irritantemente quando molhados. — Os guardas não fizeram muita questão de impedir que observássemos a cena, apesar de terem nos apressado o dia todo.

— Mustafá deve estar rindo de nós — concordou Granby. — E, Laurence, temo que essa não seja a única... bem, você verá por si mesmo — concluiu ele. Os dois homens foram até o jardim para ver que os Kaziliks haviam partido e que, em seu lugar, havia uma dúzia de dragões rodeando Temeraire e atulhando o local. Alguns dragões chegavam a se empoleirar nas costas dos outros.

— Ah, eles até que são amistosos. Vieram apenas para conversar — disse Temeraire com seriedade. Ele conseguira fazer-se entender em um misto de francês, turco e a língua dos dragões. Com algum trabalho e repetições, apresentou Laurence aos dragões turcos, que inclinaram a cabeça em cumprimentos respeitosos.

— Eles não nos darão trabalho se precisarmos partir apressados — disse Laurence, observando-os indiretamente. Temeraire era rápido, muito rápido para um espécime do seu tamanho, e esses dragões não conseguiriam alcançá-lo. Ao menos não eram cães de guarda carrancudos e forneceram informações úteis.

— Alguns deles me falaram sobre os trabalhos no porto; eles estão ajudando — disse Temeraire quando Laurence descreveu o que vira. Os dragões confirmaram de bom grado muitas das suspeitas de Laurence, eles realmente fortificavam o porto com canhões. — Parece muito interessante e eu gostaria de ir ver, se pudermos.

— Sim, eu também gostaria muito — disse Granby. — Não faço ideia de como estão conseguindo trabalhar com cavalos, que vivem com medo de dragões; podemos nos dar por felizes quando eles não fogem, quanto mais fazer com que trabalhem. Além disso, não basta manter os dragões longe dos animais, pois um cavalo é capaz de farejar um dragão a mais de um quilômetro de distância.

— Duvido que Mustafá esteja disposto a deixar que inspecionemos as atividades de perto — disse Laurence. — Permitir que observemos daqui, deixando clara a futilidade de um ataque, é uma coisa, mas mostrar todas as cartas é completamente diferente. Tivemos alguma notícia dele, alguma explicação?

— Nem uma palavra. Tampouco houve sinal de Tharkay desde que você saiu — disse Granby.

Laurence assentiu e sentou-se pesadamente na escadaria.

— Não podemos continuar a passar por todos esses ministros e métodos oficiais — disse ele por fim. — Nosso tempo é curto e devemos exigir uma audiência com o sultão, pois a sua intercessão deve ser a forma mais garantida de conseguir rapidamente a cooperação dos turcos.

— Mas se ele permitiu que nos enrolassem até agora...

— Não posso acreditar que o sultão queira arruinar a sua relação com a Inglaterra — argumentou Laurence. — Não com Bonaparte mais próximo do que nunca, desde Austerlitz. E, ainda que ele queira muito manter os ovos, isso não equivale a dizer que por eles se submeteria a um cerco naval. Mas, enquanto são os seus ministros que atuam como intermediários, ele não se compromete ou ao Estado e pode muito bem culpá-los; isso, é claro, se não ficar provado que por trás dos atrasos e dos acontecimentos dos últimos dias existem intrigas políticas internas.

Capítulo 7

Laurence dedicou a noite a escrever uma nova carta, dessa vez mais incisiva e endereçada ao grão-vizir. Conseguiu despachá-la ao custo de duas moedas de prata, e não mais de apenas uma: o pajem tomara consciência da força da sua posição e manteve a mão estendida quando o britânico colocou nela a primeira moeda, com firmeza e expectativa, até que Laurence cedeu e ofereceu outra. Era um atrevimento ao qual o capitão estava impotente para reagir de outra forma.

Ele não teve resposta naquela noite, mas, na manhã seguinte, acreditou que finalmente a teria quando um homem alto e imponente chegou ao pátio pouco depois do alvorecer, seguido por diversos guardas negros, todos eunucos. Ele fez algum barulho e então foi até o jardim, onde Laurence redigia outra carta, com a ajuda de Temeraire.

O visitante era evidentemente um oficial militar de alta patente; um aviador, tendo em vista o casaco de couro comprido belamente bordado e os cabelos curtos que diferenciavam os aviadores turcos dos seus pares, que usavam turbantes. A grande medalha incrustada com joias que trazia no peito, símbolo de honra entre os turcos e raramente concedida — que Laurence reconheceu por ter sido oferecida a lorde Nelson após a vitória no Nilo —, indicava que ele era um oficial de destaque.

O oficial mencionou o nome Bezaid, o que levou Laurence a suspeitar que ele seria o capitão do Kazilik macho. O francês que ele falava não era dos melhores e, inicialmente, Laurence acreditou que o homem falasse alto para se fazer entender. Ele falava ininterruptamente e virou-se para se dirigir, também em voz alta, aos dragões que o observavam.

— Mas eu não disse nada que não fosse verdade — respondeu Temeraire indignado.

Laurence, que ainda tentava dar sentido às palavras que conseguira captar da torrente, se deu conta de que o turco estava profunda e furiosamente agitado e de que as suas palavras eram um sinal de irritação e não de domínio escasso do idioma francês. O homem chegou a agitar o punho em frente aos dentes de Temeraire e depois se dirigiu a Laurence em seu francês irado.

— Se ele falar mais mentiras... — disse o turco, passando o indicador pela garganta, um sinal que dispensava tradução. Depois de terminar o seu discurso incoerente, ele deu as costas aos interlocutores e saiu do jardim andando firmemente, o que levou alguns dragões a levantarem voo, obedientes. Ao que parecia, eles não estavam sob ordens de vigiar Temeraire.

— Temeraire — disse Laurence, quebrando o silêncio que se seguira —, o que você andou dizendo a eles?

— Falei apenas sobre a questão da propriedade — respondeu o dragão —, sobre como eles devem passar a exigir remuneração e sobre não precisarem ir para a guerra se não desejarem. Em lugar disso, poderiam trabalhar em operações como a do porto ou em outros tipos de trabalho, o que acharem mais interessante, ganhando o seu dinheiro para gastar com joias e comida, e circular pela cidade quando bem entenderem...

— Ah, meu Deus! — exclamou Laurence com um gemido. Ele poderia imaginar muito bem como essas informações foram recebidas por um oficial turco cujo dragão subitamente não queria ir para a guerra, adotando algum trabalho sugerido por Temeraire de acordo com a sua experiência na China, como poeta ou ajudante. — Tomara que mandem os outros embora imediatamente, senão temo que todos os oficiais do Corpo Aéreo turco virão até aqui gritar conosco.

— Não me importo que façam isso — disse Temeraire, obstinado. — Se ele tivesse ficado, eu teria muito a lhe dizer. Se aquele homem gostasse do dragão dele, desejaria que fosse bem-tratado e livre.

— Você não pode descambar para o proselitismo — disse Laurence.
— Temeraire, somos hóspedes aqui, quase pedintes! Eles podem negar-se a nos entregar os ovos, o que tornaria todo o nosso esforço para chegar aqui inútil. Você certamente deve ter percebido que eles estão criando empecilhos sem que tenhamos dado a eles o menor pretexto e precisamos cair nas boas graças dos nossos hóspedes, não os ofender.

— Por que devemos ceder aos caprichos dos homens à custa dos dragões? — disse Temeraire. — Afinal, os ovos são deles e, aliás, não vejo por que não estamos negociando com *eles*.

— Eles não chocam os próprios ovos nem cuidam do nascimento dos filhotes; você sabe que os dragões entregaram os ovos e a responsabilidade sobre eles aos seus respectivos capitães — disse Laurence. — Por outro lado, eu ficaria extremamente satisfeito em falar com os dragões: é pouco provável que sejam menos razoáveis do que os nossos anfitriões — acrescentou ele com frustração. — Mas o fato é que estamos à mercê dos turcos, e não de seus dragões.

Temeraire ficou em silêncio, mas o rabo que balançava rapidamente demonstrava a sua agitação.

— Mas eles nunca tiveram a oportunidade de avaliar a própria situação e desconhecem que podem existir condições melhores. Eles são tão ignorantes quanto eu era antes de conhecer a China e, se não souberem disso, como será possível que haja mudanças?

— Você não conseguirá mudança alguma fazendo com que fiquem descontentes e desafiem os seus capitães — disse Laurence. — E, de qualquer forma, nosso dever com a pátria e com os esforços de guerra deve vir em primeiro lugar. Um único Kazilik do nosso lado pode significar a diferença entre uma invasão e a segurança, e mudar os ventos da guerra. Não podemos colocar nenhum interesse acima de uma vantagem em potencial como essa.

— Mas... — Temeraire parou e coçou a testa com a lateral da pata. — Mas de que modo as coisas serão diferentes? Se dar liberdade aos dragões é algo que incomoda aos homens, isso não aconteceria também na Inglaterra, como na negociação dos ovos aqui? E se alguns dragões britânicos não quiserem lutar, isso também prejudicará o esforço de guerra?

Ele olhou para Laurence com evidente curiosidade, esperando uma resposta que não existia, pois o capitão pensava da mesma forma e não poderia mentir ou evitar uma pergunta tão direta. Laurence não conseguia pensar em algo para dizer a Temeraire e permaneceu em silêncio enquanto a crista do dragão se abaixou lentamente.

— Você não quer que eu fale dessas coisas quando voltarmos para casa — disse Temeraire baixinho. — Estava apenas alimentando as minhas expectativas? Acha que são tolices e que não devemos fazer exigência alguma.

— Não, Temeraire... — respondeu Laurence em voz muito baixa. — Não são tolices, vocês têm todo o direito à liberdade. Mas é um momento difícil...

Temeraire hesitou e recuou um pouco a cabeça, perplexo; Laurence olhava para as próprias mãos, apertadas com força uma à outra. Não havia como recuar agora e ele pagaria pelo longo adiamento do inevitável com uma taxa de juros usurária.

— Estamos em guerra — disse ele —, e a nossa situação é desesperadora. Contra nós investe um general que nunca foi derrotado, o líder de um país com o dobro, ou mais, de recursos das nossas pequeninas Ilhas Britânicas. Você sabe que Bonaparte preparou uma invasão uma vez e pode voltar a fazê-lo se conseguir curvar o continente às suas vontades, e talvez tenha maior sucesso na segunda tentativa. Em tais circunstâncias, iniciar uma campanha em benefício próprio, que irá impor riscos materiais aos esforços de guerra, não pode, na minha opinião, ser classificado de outra forma se não como egoísmo, pois o dever exige que coloquemos os interesses da nação acima dos nossos.

— Não é em benefício próprio, o que desejo defender são os interesses de todos os dragões — protestou Temeraire na voz mais branda que seus poderosos pulmões poderiam produzir.

— Se perdermos a guerra, que diferença isso fará? Quais benefícios acredita que conseguirá conquistar a favor dos dragões depois de uma ruína como essa? — disse Laurence. — Bonaparte dominará toda a Europa e ninguém terá liberdade alguma, sejam homens ou dragões.

Temeraire ficou em silêncio e aninhou a cabeça nas patas dianteiras, enrolando o rabo ao redor do corpo.

— O que peço, meu caro, é que tenha paciência — continuou Laurence, quebrando um longo e doloroso silêncio, incomodado ao ver o dragão tão abatido e desejando honestamente lembrar das próprias palavras. — Prometo que não ficaremos parados: assim que chegarmos em casa, encontraremos amigos que ouvirão o que temos a dizer, e espero conquistar algum poder de influência. Muitos avanços reais — acrescentou ele um tanto desesperado —, progressos práticos, podem ser conseguidos sem que isso implique efeitos danosos sobre os esforços de guerra. Com esses exemplos para abrir o caminho, tenho confiança de que em breve você terá maior receptividade às suas ideias mais extravagantes, um sucesso maior ao custo apenas de mais tempo.

— Mas a guerra vem antes de tudo — insistiu Temeraire em voz baixa.

— Sim — concordou Laurence. — Desculpe-me, a última coisa que desejo é causar-lhe sofrimento.

Temeraire fez um movimento sutil de resignação e depois se debruçou sobre o homem com um afago.

— Eu sei, Laurence — disse ele e levantou-se para falar com os outros dragões, ainda reunidos atrás dele no jardim, observando. Depois que todos alçaram voo, Temeraire se afastou, de cabeça baixa, e aninhou-se taciturno na sombra dos ciprestes. Laurence subiu até os seus aposentos e o observou pelas frestas da veneziana, perguntando a si mesmo, abatido, se Temeraire não teria sido mais feliz passando o resto da sua vida na China.

— Você pode dizer a ele... — começou Granby antes de se calar, sacudindo a cabeça. — Não, não faria qualquer diferença... — disse. — Sinto muito, Laurence, mas não vejo como abrandar a situação. Você conhece muito bem a ridícula reação do parlamento sempre que pedimos recursos para a manutenção de abrigos ou para comprar provisões melhores. Se começarmos a construir pavilhões, teremos uma segunda guerra em casa, e olhe que essa é a menor das expectativas de Temeraire.

O capitão olhou para ele.

— Isso poderia ser um empecilho para as suas oportunidades? — perguntou Laurence com cautela. Elas já não eram muitas, de qualquer forma, pois Granby estava há mais de um ano longe de casa, distante dos olhos dos oficiais com autoridade para decidir quais tenentes colocariam os seus arreios em um dragão recém-nascido. Além de haver dez ou mais homens ansiosos para cada ovo.

— Espero não ser tão egoísta a ponto de fazer objeções por um motivo como esse — disse Granby, espirituoso. — Nunca conheci um sujeito que conseguiu um ovo e que pensava somente nisso; por favor, esqueça. Pouquíssimos aviadores que entram para o Corpo Aéreo ainda crianças, como eu, o conseguem; muitos dragões são transmitidos por herança e os almirantes dão preferência aos homens com tradição militar. Mas, se algum dia eu tiver um filho, e tendo uma carreira nas costas, talvez eu consiga um dragão para ele, ou para um dos meus sobrinhos. É o bastante para mim servir na tripulação de um dragão de destaque como Temeraire.

Mas Granby não conseguiu ocultar certo tom melancólico na sua voz, deixando claro que ele desejava ter o próprio dragão, apesar de Laurence saber que servir como primeiro-tenente em um Celestial como Temeraire era uma ótima oportunidade. A consideração por Granby não era um argumento que se pudesse apresentar a Temeraire, é claro, pois seria um tipo injusto de pressão. Mas, para Laurence, ela pesava bastante: ele conquistara considerável influência no seu serviço naval, boa parte dela por mérito próprio, e considerava uma questão de honra cuidar dos interesses dos seus oficiais.

Desceu até o pátio e viu Temeraire em um local ainda mais distante do jardim. Quando Laurence chegou até ele, o dragão ainda estava encolhido e em silêncio e a angústia que sentia era traída apenas pelos sulcos que cavara à sua frente. Ele tinha a cabeça apoiada nas patas dianteiras, os olhos semicerrados e distantes e a crista estava praticamente colada ao pescoço.

Laurence não sabia ao certo o que dizer, mas desejava desesperadamente vê-lo menos infeliz. Estava quase disposto a voltar a mentir, se isso não causasse mais dor. Quando se aproximou, Temeraire levantou a cabeça e olhou para ele. Nenhum dos dois falou, mas Laurence tocou o dragão, que criou espaço na dobra da pata para que ele se sentasse.

Vários rouxinóis cantavam, presos em algum aviário próximo. Nenhum outro som os distraiu por um bom tempo antes que Emily aparecesse correndo no jardim.

— Senhor, senhor! — gritou ela, chegando até eles ofegante. — Senhor, venha, por favor, estão querendo enforcar Dunne e Hackley!

Laurence olhou para ela, saltou da perna de Temeraire e subiu, correndo, a escadaria até o pátio, enquanto o dragão se sentava e observava, ansioso, sobre a cerca do terraço. Quase toda a tripulação estava na parte coberta, em uma briga exaltada com os guardas que já conheciam e com diversos eunucos do palácio — homens de posição social mais elevada, a julgar pelas espadas com punhos de ouro e pelas roupas elegantes. Tinham uma aparência imponente e não eram mudos, disparando ofensas e acusações enquanto atiravam os aviadores mais leves no chão.

Dunne e Hackley estavam no centro da confusão. Os dois jovens atiradores arfavam e lutavam para se libertar das mãos de dois homens grandes.

— O que diabos quer dizer isso? — disse Laurence com autoridade, cujas palavras pairaram sobre a algazarra; Temeraire acrescentou mais dramaticidade com um rosnado e a confusão cessou. Os aviadores recuaram e os guardas olharam para Temeraire com expressões que sugeriam alguma perplexidade. Eles não soltaram os prisioneiros, mas ao menos não tentavam levá-los à força.

— Então — disse ele sério —, o que isso significa, Sr. Dunne?

Dunne e Hackley abaixaram a cabeça e não disseram nada, o que era, por si só, uma resposta. Certamente eles haviam feito algo para irritar os guardas.

— Chame Hassan Mustafá Pasha — disse Laurence a um dos guardas conhecidos e repetiu o nome algumas vezes. O homem olhou com relutância para os companheiros, até que o impasse foi rompido. Um dos eunucos, um homem grande e imponente, que usava um turbante alto e branco como neve contrastando com sua pele escura, adornado com um grande rubi cravejado em ouro, instruiu os guardas com severidade. Um dos mudos por fim assentiu e desceu as escadas, seguindo apressado palácio adentro.

Laurence olhou em volta.

— Exijo um explicação imediata, Sr. Dunne!

— Não tínhamos intenção de criar problemas, senhor... Apenas pensamos, nós pensamos... — disse o rapaz, olhando para Hackley, mas o outro atirador tinha o olhar perplexo e os olhos arregalados; estava pálido sob as sardas e não se manifestou em seu auxílio. — Subimos no telhado, senhor, então decidimos conhecer o restante do palácio, e... e aí esses sujeitos passaram a nos perseguir. Pulamos o muro e corremos de volta para cá, depois tentamos entrar.

— Entendo... — disse Laurence com frieza. — E vocês acharam que fazer isso sem uma autorização minha ou do Sr. Granby era a forma mais sábia de agir.

Dunne engoliu em seco e voltou a abaixar a cabeça. Houve um silêncio tenso e desconfortável, uma espera não tão longa, até que Mustafá aparecesse em uma das esquinas conduzido por um guarda. Ele andava rápido e tinha as faces vermelhas de raiva e de afobação.

— Senhor — disse Laurence, adiantando-se até ele —, os meus homens deixaram seus postos sem permissão. Sinto muito que tenham causado incômodo e...

— O senhor deve entregá-los — interrompeu Mustafá. — Ambos devem ser executados imediatamente: eles tentaram entrar no harém.

Laurence ficou em silêncio por um instante. Dunne e Hackley se encolheram ainda mais e olharam ansiosos para o rosto do capitão.

— Eles invadiram a privacidade das mulheres?

— Senhor, nós nunca...

— Cale-se — disse Laurence, possesso.

Mustafá falou com os guardas e o chefe dos eunucos chamou um dos seus homens, que respondeu com loquacidade.

— Eles observaram as mulheres e acenaram para elas de uma janela — disse Mustafá, voltando-se para Laurence. — Isso é um grande insulto! É proibido que qualquer homem além do sultão observe as mulheres do harém e tenha relações sexuais com elas; apenas os eunucos têm permissão para dirigir-lhes a palavra.

Ao ouvir isso, Temeraire fungou forte o bastante para soprar respingos da fonte nos homens.

— Isso é uma tolice — disse ele, irritado. — Não permitirei que nenhum dos meus homens seja executado e, de qualquer forma, não vejo razão para que uma pessoa seja executada por falar com outra; afinal, isso não pode fazer mal a ninguém.

Mustafá deixou a observação sem resposta e dirigiu os olhos sérios e semicerrados a Laurence.

— Tenho certeza de que não tiveram a intenção de desafiar as leis do sultão, nem ofendê-lo, capitão, mas creio que o senhor tinha algo a dizer sobre as relações de cortesia entre as nossas nações.

— Quanto *a esse* assunto, meu senhor... — disse Laurence, contrariado com aquela tentativa descarada de pressioná-lo. E então, a muito custo, engoliu as palavras que lhe subiram pela garganta, sobre Mustafá ter vindo até eles sem demora enquanto nas ocasiões em que o convocaram estava ocupado demais para os atender. — Acredito que o seu guarda tenha se excedido, senhor, e exagerado na gravidade do que realmente aconteceu. Insisto que os meus homens não viram mulher alguma, apenas acenaram na esperança de vê-las. Foi uma estupidez, e eu garanto — disse ele com grande ênfase — que serão punidos por isso, mas não os entregarei para que sejam executados tendo apenas a palavra de uma testemunha com todos os motivos para os acusar, interessada que está em proteger o próprio pescoço.

Carrancudo, Mustafá não pareceu propenso a ceder. Laurence então voltou ao seu discurso.

— Se eles tivessem ofendido a virtude de qualquer uma das mulheres, eu não hesitaria em lidar com eles de acordo com a sua noção de justiça, mas uma circunstância incerta como a presente, com a palavra de uma única testemunha contra a deles, deve ensejar algum grau de piedade.

O capitão não retirou a mão do cabo da sua espada e tampouco sinalizou para que os seus homens o fizessem, mas avaliou da melhor forma possível, sem olhar para trás, a posição deles e a disposição das bagagens nas casas. Se os turcos decidissem prender Dunne e Hackley, ele seria forçado a ordenar que os homens embarcassem imediatamente e deixassem tudo para trás; se apenas seis dragões conseguissem decolar antes de Temeraire, o destino deles estaria selado.

— A clemência é uma grande virtude — disse Mustafá finalmente. — E sem dúvida seria lamentável abalar as relações entre os nossos países sob acusações infundadas. Tenho certeza — acrescentou ele, lançando um olhar cheio de significados para Laurence — que o senhor concederia semelhante presunção de inocência em uma situação recíproca.

Laurence apertou os lábios.

— O senhor pode contar com isso — falou entre os dentes, ciente de que se comprometera a ao menos tolerar as inconsistentes explicações dos turcos, tendo em vista que não tinha provas em contrário. Porém não havia escolha: não permitiria que dois jovens oficiais sob o seu comando fossem executados por lançar beijos para algumas garotas por uma janela, apesar de desejar profundamente torcer-lhes o pescoço.

Mustafá sorriu com o canto da boca e inclinou a cabeça.

— Acredito que nos entendemos, capitão. Deixaremos a punição a seu cargo e confio que não permitirá que casos semelhantes voltem a acontecer: quando demonstrada uma vez, a gentileza é compaixão; quando demonstrada duas vezes, é tolice.

Ele convocou os guardas e rumou para o palácio; os homens o seguiram, não sem protestos à meia voz. Houve alguns suspiros aliviados quando relutantemente saíram do campo de visão, e alguns dos atiradores chegaram até mesmo a dar tapas nas costas de Dunne e Hackley, comportamento que precisava ser interrompido imediatamente.

— Sr. Granby — disse Laurence em tom ameaçador —, registre no diário que o Sr. Dunne e o Sr. Hackley não fazem mais parte da equipe de voo e inclua os seus nomes na equipe de solo.

Laurence não tinha certeza se um aviador poderia ser rebaixado daquela forma, mas a sua expressão não deu espaço para discussões e ouviu-se apenas a concordância em voz baixa de Granby. A punição fora severa e mancharia permanentemente as fichas de ambos, mesmo que o capitão pretendesse devolver-lhes os cargos depois que aprendessem a lição. Todavia Laurence tinha poucas alternativas se realmente desejava puni-los: não poderia convocar uma corte marcial tão distante de casa para serem castigados.

— Sr. Pratt, prenda esses homens em ferros; Sr. Fellowes, acredito que o nosso suprimento de couro seja suficiente para a confecção de um chicote.

— Sim, senhor — disse Fellowes, pigarreando sem jeito.

— Mas Laurence, Laurence... — protestou Temeraire, quebrando o silêncio sepulcral; afinal, era o único que ousaria interceder. — Mustafá e os guardas já se foram, você não precisa açoitar Dunne e Hackley agora...

— Esses dois abandonaram os postos e deliberadamente colocaram em risco o sucesso da nossa missão para satisfazer impulsos carnais de forma indigna — explicou Laurence em tom inexpressivo. — Não, não volte a interceder por eles, Temeraire: eles seriam condenados à forca em qualquer corte marcial. Diversão não é uma desculpa, como eles bem sabem.

Ele observou com amarga satisfação o medo dos jovens.

— Quem estava de guarda quando eles saíram? — perguntou, lançando um olhar inquisitivo para a tripulação, seguido pelo baixar generalizado dos olhares. Então um dos homens se adiantou.

— Eu estava, senhor — disse o jovem Salyer com a voz trêmula.

— O senhor viu quando saíram?

— Sim, senhor — sussurrou Salyer.

— Senhor... — interrompeu Dunne com urgência. — Senhor, dissemos a ele para ficar quieto, que voltaríamos logo e...

— Basta, Sr. Dunne — disse Granby.

Salyer não apresentou justificativas; ainda era um menino, apesar da altura e do jeito desajeitado de adolescente, e há pouco fora promovido a aspirante.

— Sr. Salyer, como não podemos confiar no senhor para fazer a guarda, o senhor está rebaixado a cadete aprendiz — disse Laurence. — Corte um ramo de uma daquelas árvores e vá até os meus aposentos — concluiu o capitão, e o garoto saiu escondendo o rosto vermelho entre as mãos. Ele então se voltou para Dunne e para Hackley. — Cinquenta chicotadas em cada, e tenham certeza de que vocês têm muita sorte! Sr. Granby, nos reuniremos no jardim para a punição às 11 horas em ponto, providencie para que o sino seja tocado.

Ele foi até a casa e, quando Salyer chegou, puniu-o com dez vergastadas. O castigo não era severo, porém o garoto tolamente escolhera um ramo verde, que doeria mais e cortaria a pele com maior facilidade. Chorar, contudo, seria uma humilhação grande demais.

— Já basta, e não se esqueça disso — proferiu Laurence, dispensando-o antes que os soluços contidos à força irrompessem em lágrimas.

O capitão vestiu as suas melhores roupas. Ainda não tinha nada melhor do que o casaco chinês, mas pediu que Emily engraxasse as suas botas e que Dyer passasse a ferro sua echarpe enquanto fazia a barba na pequena bacia. Laurence pegou a espada e o melhor chapéu e saiu ao encontro do restante da tripulação. Os homens vestiam as suas roupas de domingo e postes haviam sido improvisados com mastros de bandeira fincados no chão. Temeraire transferia o peso de um lado ao outro do corpo e mexia no chão, ansioso.

— Sinto muito ter de lhe pedir isso, Sr. Pratt, mas precisa ser feito — disse Laurence ao armeiro, em voz baixa, e o homem assentiu uma única vez, com a cabeça enterrada entre os ombros. — Eu mesmo farei a contagem.

— Sim, senhor — disse Pratt.

O sol estava alto no céu. Toda a tripulação estava reunida e os homens esperavam havia mais de dez minutos, mas Laurence não falou ou mexeu um músculo até que Granby pigarreou.

— Sr. Digby, por favor, toque o sino para soar às 11 horas — disse ele com grande formalidade, e todos ouviram o som baixo das onze badaladas.

Despidos até a cintura e usando as calças mais gastas que tinham, Dunne e Hackley foram levados até os postes; ao menos não envergonharam a si mesmos e, em silêncio, levaram as mãos trêmulas aos postes, para que fossem amarradas. Infeliz, Pratt assistia a cena a dez passos de distância, percorrendo a extensão da longa tira do chicote com as mãos e dobrando-a a cada 15 centímetros. A tira era composta de um pedaço velho de arreio, por sorte amaciado e desgastado pelo uso, o que sem dúvida era melhor do que couro novo.

— Muito bem — disse Laurence. Um silêncio terrível se seguiu, quebrado apenas pelos estalos do chicote, por suspiros e por gemidos entrecortados, que ficavam lentamente mais baixos, e pela contagem. Os corpos dos homens perderam a firmeza; eles se mantinham na posição vertical apenas graças às mãos amarradas; finos filetes de sangue escorriam pelas suas costas. Temeraire soltou um lamento e cobriu os olhos com uma das asas.

— Com essa, são 50 chibatadas, Sr. Pratt — falou Laurence, quando chegaram, se muito, à quadragésima. Como ele não contara em voz alta, duvidava que qualquer um dos homens as estivesse contando e estava amargurado com a situação. Em raras ocasiões punira um homem com mais do que 12 chibatadas, mesmo como comandante naval, e a prática era pouquíssimo comum entre os aviadores. Apesar da gravidade da ofensa, Dunne e Hackley ainda eram muito jovens e também culpava a si mesmo por terem se tornado tão rebeldes.

Mas precisava ser feito: os rapazes sabiam que estavam errados e já haviam sido severamente advertidos alguns dias antes. Uma indisciplina tão flagrante, se deixada sem punição, certamente os teria arruinado. Granby não estivera errado quando, em Macau, questionara o efeito das longas viagens nos jovens oficiais. O longo período de ócio no mar e a dose mais recente de aventura que experimentavam não se comparavam à pressão constante por disciplina no dia a dia: a um soldado, não bastava ser corajoso. Laurence não estava desgostoso ao perceber a forte impressão que a punição causara nos homens, principalmente nos mais jovens; ao menos algo de bom poderia ser extraído daquele incidente infeliz.

As amarras de Dunne e Hackley foram cortadas e eles foram gentilmente carregados até a casa maior e deitados em camas instaladas por Keynes em um canto isolado com biombos. Ambos estavam com os rostos contritos e quase inconscientes. O médico limpou, estancou o sangue das feridas com seriedade e deu a cada um dos rapazes um pouco de láudano.

— Como eles estão? — perguntou Laurence ao cirurgião naquela noite. Eles haviam adormecido depois de tomar o remédio e estavam imóveis nas camas.

— Estão bem — disse Keynes. — Já estou me acostumando a tê-los como pacientes; eles mal haviam recebido alta...

— Então não correm perigo, Sr. Keynes? — perguntou Laurence em voz baixa.

Keynes olhou para o rosto do capitão e ficou em silêncio, então voltou a verificar os feridos.

— Eles estão com um pouco de febre, nada preocupante. Ambos são jovens e fortes, e o sangramento estancou como esperado. Estarão de pé pela manhã; por algum tempo, é claro.

— Ótimo — disse Laurence, que se voltou para sair e viu Tharkay à sua frente, iluminado pela luz bruxuleante das velas, olhando para as camas de Dunne e de Hackley. As costas dos rapazes estavam descobertas, expondo as feridas vermelhas com bordas arroxeadas.

Laurence olhou para o guia e inspirou profundamente para controlar a sua ira.

— Muito bem, por que motivo o senhor retornou? Não imaginava que voltaria a ver o seu rosto — começou.

— Espero que a minha ausência não tenha sido um inconveniente — respondeu Tharkay com prudência, apesar da expressão tranquila.

— Apenas por pouco tempo — disse Laurence. — Pegue o seu dinheiro e as suas coisas e suma da minha vista. Espero que vá para o inferno!

— Bem — disse Tharkay depois de um instante de silêncio —, se os meus serviços não são necessários ao senhor, seguirei o meu rumo e transmitirei as suas desculpas ao Sr. Maden. Na verdade, não deveria tê-lo comprometido.

— Quem é esse Sr. Maden? — perguntou Laurence com uma expressão séria, pois o nome lhe era vagamente familiar. Então levou a mão ao bolso interno do casaco e tirou a carta que lhe fora enviada de Macau meses atrás. O envelope ainda conservava o selo, marcado com um nítido "M". — O senhor está falando do cavalheiro que o contratou para nos enviar as suas ordens? — perguntou ele com severidade.

— Exato. Ele é um banqueiro daqui e o Sr. Arbuthnot solicitou que encontrasse um mensageiro confiável para lhe enviar a carta. Eu era o único que ele conhecia... — disse Tharkay com um tom zombeteiro. — Ele o convidou para jantar, o senhor irá?

Capítulo 8

— AGORA — DISSE THARKAY, bem baixo. Estavam todos nas muralhas do palácio e os guardas noturnos haviam acabado de passar. Ele atirou uma corda e, com os outros homens, escalou o muro: tarefa simples para um marinheiro, pois a superfície do muro era irregular e generosa em apoios para os pés. Os jardins externos davam para o mar e uma coluna imponente se erguia contra a luz da lua enquanto os homens corriam pelo gramado. Depois de cruzarem o descampado e entrarem na mata das encostas, onde mantos de hera cobriam as ruínas de arcos muito antigos e colunas desmoronadas, se consideraram a salvo.

Havia outro muro a ser escalado, mas esse, por cercar toda o vasto terreno, era muito longo para ser bem vigiado. Seguiram então até as margens do Chifre de Ouro, onde Tharkay, chamando em voz baixa, despertou um balseiro para que ele os atravessasse em seu pequeno barco úmido. Mesmo na escuridão, o afluente brilhava, fazendo jus a seu nome. Havia reflexos das luzes das janelas e das lanternas de ambas as margens; pessoas se refrescavam nas sacadas e nos terraços e o som da música chegava levemente até a água.

Laurence teria gostado de parar e observar com mais cuidado as operações que vira no porto no dia anterior, mas Tharkay continuou guiando-o, sem uma pausa sequer, para longe dos estaleiros e pelas ruas, não na direção da embaixada, mas rumo à antiga Torre de Gálata, que se erguia como se guardasse a colina. Um muro baixo cercava o bairro ao redor da torre; ele era gasto, muito antigo e desprotegido. As ruas estavam bem mais quietas e apenas alguns cafés, pertencentes a gregos ou a italianos, continuavam com as suas luzes acesas, nos quais pequenos grupos de homens conversavam em voz baixa, tendo diante de si xícaras de um chá de maçã de aroma adocicado, e, ocasionalmente, um devotado fumante de narguilé observava a rua enquanto emitia, entre os lábios, um vapor perfumado em rastros lentos e finos.

A casa de Avraam Maden era elegante, duas vezes maior que as dos vizinhos mais próximos e cercada por árvores vistosas, construída em uma avenida com vista para a velha torre. Uma empregada os recebeu e, entrando na casa, viram todos os sinais de prosperidade e de longa residência — tapetes antigos, mas caros e ainda lustrosos; nas paredes, retratos em molduras banhadas a ouro, de homens e de mulheres de olhos escuros que, como Laurence diria, pareciam mais espanhóis do que turcos.

Maden serviu-lhes vinho enquanto a empregada trazia uma travessa de pão sírio, um prato de patê de berinjela, bem picante, e outro de uvas-passas e tâmaras picadas com castanhas, temperadas com vinho tinto.

— Minha família veio de Sevilha — explicou ele quando Laurence mencionou os retratos —, depois que o rei e a Inquisição nos expulsaram. O sultão foi mais gentil conosco.

Laurence esperava que a refeição à sua espera fosse de grande parcimônia, pois tinha uma leve impressão de que a dieta judaica era cheia de restrições. A ceia, porém, foi mais do que respeitável: um belo pernil de cordeiro, assado à maneira turca e destrinchado a partir do osso em fatias finas, acompanhado de batatas cozidas com casca e temperadas em uma pitada aromática de azeite de oliva e ervas fortes. Além disso, havia um peixe assado com pimentas e tomates, fortemente condimentado com o tempero amarelo tão comum ali, e uma ave suavemente cozida, que ninguém poderia rejeitar.

Maden, que devido à sua profissão frequentemente funcionava como um intermediário dos visitantes britânicos, falava um inglês excelente, assim como a sua família. Eles eram cinco à mesa, pois os dois filhos de Maden tinham as próprias casas e, além da esposa, somente a filha Sara ainda morava lá, uma jovem que há tempos saíra da escola. Não tinha ainda 30 anos, mas era velha demais para ser solteira, ainda mais com o bom dote que Maden parecia capaz de fornecer. Sua aparência e seus modos eram agradáveis, ainda que exóticos: tinha cabelos e sobrancelhas escuros contrastantes com a pele clara, muito parecida com sua elegante mãe. Sentada de frente para os convidados, devido à modéstia ou à timidez, ela mantinha os olhos baixos, mas respondia com facilidade e de maneira comedida quando alguém se dirigia a ela.

 Laurence não levantou questões mais urgentes, sentindo que isso seria um pouco grosseiro, e preferiu recorrer às descrições da sua jornada rumo ao Ocidente, estimulado pelas perguntas dos anfitriões — que inicialmente foram feitas por educação, mas que logo se tornaram fruto de uma curiosidade genuína. Laurence fora criado para acreditar que conversar durante o jantar era o dever de um cavalheiro, mas a sua viagem havia lhe fornecido material suficiente para vários relatos, o que tornou a sua obrigação mais simples. Com as mulheres presentes, ele suavizou os piores perigos da tempestade de areia e da avalanche e não falou sobre o encontro com os ladrões, mas o seu relato continuava suficientemente interessante.

— Então, os desgraçados arrebataram o gado e tornaram a partir, sem permissão! — disse ele, concluindo melancolicamente a história sobre os feitos dos dragões selvagens nos portões da cidade. — E aquele vilão do Arkady acenou com a cabeça para nós ao se afastar, enquanto ficamos ali parados, de boca aberta. Eles estavam satisfeitos consigo mesmos, tenho certeza, e, quanto a nós, foi ótimo não termos sido presos.

— Uma recepção nada calorosa após uma viagem difícil! — disse Maden, entretido.

— Sim, foi uma viagem difícil... — disse Sara com sua voz baixa, sem levantar o olhar. — E fico feliz que tenham se salvado.

Houve uma pequena pausa na conversa e Maden alcançou a tigela de pão, entregando-a a Laurence e dizendo:

— Espero que esteja bem agora... Ao menos no palácio o senhor não estava sujeito a todo esse barulho que temos aqui.

Ele se referia à construção no porto, que era evidentemente uma fonte de grande descontentamento.

— Quem consegue fazer algo com esses monstros sobre nossas cabeças? — disse a Sra. Maden, chacoalhando a cabeça. — Quanto barulho eles fazem! E se deixassem cair um daqueles canhões? São criaturas terríveis; gostaria que não pudessem circular em lugares civilizados. Não me refiro ao seu dragão, é claro, capitão; tenho certeza de que ele se comporta muito bem — acrescentou ela, afobada e confusa, percebendo o que havia falado.

— O senhor deve pensar que reclamamos muito por nada, capitão, uma vez que deve lidar com eles diariamente — interveio Maden, salvando sua esposa.

— Não, senhor — disse Laurence. — Na verdade, acho maravilhoso ver os dragões voarem sobre a cidade, porque na Inglaterra não podemos chegar com eles tão perto de lugares povoados. Precisamos seguir rotas especiais para sobrevoar as cidades, para que não perturbemos a população e o gado, e ainda assim os nossos movimentos sempre fazem barulho. Temeraire já sofreu algumas restrições incômodas. Então, esse tipo de obra é uma novidade?

— Claro! — respondeu a Sra. Maden. — Nunca ouvi falar de algo parecido e espero que isso nunca mais aconteça. E não fomos avisados: eles apareceram uma bela manhã, logo depois do chamado para as orações, e as nossas casas ficaram chacoalhando o resto do dia.

— Acabamos nos acostumando — disse Maden, dando de ombros filosoficamente. — As atividades andaram lentas nas últimas semanas, mas as lojas estão voltando a abrir, com ou sem dragões.

— Sim, e em breve não haverá mais nenhum — disse a Sra. Maden. — Como vamos organizar tudo, em menos de um mês... Nadire, traga-me o vinho, por favor — disse ela à empregada, em uma pequena pausa na conversa, difícil de notar.

A pequena empregada deixou a garrafa ao alcance dos patrões, sobre o aparador, e saiu rapidamente. Enquanto a garrafa circulava, Maden disse em voz baixa, servindo Laurence:

— Minha filha deve se casar em breve — falou ele em um tom estranhamente gentil, quase tímido.

Pairou um silêncio desconfortável que Laurence não compreendeu; a Sra. Maden olhou para o prato, mordendo o lábio. Tharkay quebrou o silêncio, erguendo o copo e dizendo a Sara:

— Um brinde à sua saúde e à sua felicidade.

Ela finalmente levantou os olhos escuros e fitou-o do outro lado da mesa. O olhar durou apenas um momento antes dele interromper o contato visual, levantando o copo entre os dois; mas fora tempo o suficiente.

— Meus parabéns — disse Laurence para ajudar a preencher o silêncio, erguendo o copo também.

— Obrigada — respondeu ela. Seu rosto ficou corado, mas Sara inclinou a cabeça educadamente e a sua voz não estremeceu. O silêncio se prolongou e a própria Sara o interrompeu, endireitando-se com uma ligeira sacudida nos ombros e se dirigindo a Laurence, sentado do outro lado da mesa, com uma leve firmeza: — Capitão, posso perguntar o que aconteceu com seus rapazes?

Laurence gostaria de corresponder à ousadia da moça, mas não tinha certeza de como deveria interpretar a pergunta, até que ela completou:

— Eles não eram da sua equipe, os rapazes que visitaram o harém?

— Ah, isso mesmo, receio que sim — respondeu Laurence, aterrorizado com o fato de que a história tivesse chegado tão longe e esperançoso de não complicar a situação à mesa ao falar sobre o assunto. Não acreditava que o harém fosse assunto para uma moça turca, assim como não esperaria que uma jovem inglesa lhe perguntasse sobre uma prostituta ou uma dançarina. — Eles foram castigados pelo mau comportamento, garanto-lhe, e esse incidente não se repetirá.

— Então não foram condenados à morte? — retrucou ela. — Fico feliz em saber. Contarei às mulheres do harém... Elas falavam apenas sobre isso e realmente esperavam que os garotos não sofressem uma punição tão grande.

— Então elas interagem com a nossa sociedade com frequência? — Laurence sempre imaginara que um harém fosse como uma prisão, não sendo permitida qualquer comunicação com o mundo exterior.

— Ah, eu sou uma *kira*, agente de negócios, para um dos *kadin* — respondeu Sara. — Embora elas saiam do harém em excursões, isso é sempre um problema. Ninguém pode vê-las, por isso devem ficar trancadas em carruagens, acompanhadas por muitos guardas, e somente podem sair com a permissão do sultão. Mas, por ser mulher, posso entrar e sair do harém livremente.

— Então imploro que lhes transmita as minhas desculpas pela invasão, e as desculpas dos rapazes — disse Laurence.

— Na verdade, elas teriam ficado mais satisfeitas com uma invasão bem-sucedida e... mais longa — falou Sara, com um leve divertimento, e sorriu ao ver Laurence corar, envergonhado. — Ah, não me refiro a nenhuma indiscrição, mas elas sofrem de um tédio enorme. Não lhes é permitido fazer nada e o sultão anda mais interessado nas suas reformas do que nas suas mulheres favoritas.

Quando a refeição terminou, ela e a mãe se levantaram e deixaram a mesa. Sara não olhou ao redor, mas saiu da sala altiva e com os ombros erguidos, e Tharkay se aproximou das janelas silenciosamente para olhar o jardim e os fundos da casa.

Maden suspirou e serviu a Laurence mais do forte vinho tinto. Foram trazidos doces, um prato de marzipã.

— Sei que tem perguntas a me fazer, capitão — começou.

Os serviços que oferecera ao Sr. Arbuthnot não se limitaram a providenciar um guia que levasse a sua mensagem, mas lhe servira como banqueiro — e, ao que parecia, fora o principal agente da transação.

— O senhor pode imaginar as precauções que tomamos — continuou Maden. — O ouro não foi transportado de uma única vez, mas em várias embarcações muito bem escoltadas, a intervalos variados, sempre em cofres marcados como lingotes de ferro, e foi trazido diretamente aos meus cofres até que toda a quantia houvesse sido reunida.

— Senhor, até onde sabe, os acordos estavam assinados antes que o pagamento fosse trazido? — perguntou Laurence.

Maden mostrou as mãos voltadas para cima, sem se comprometer.

— De que vale um contrato entre monarcas? Qual juiz arbitrará em semelhante disputa? O Sr. Arbuthnot, porém, acreditava que estava tudo resolvido. De outra maneira, teria ele assumido riscos tão grandes e reunido uma quantia tão alta? Tudo parecia bem, em ordem.

— Entretanto, se a quantia não houvesse sido entregue... — começou Laurence.

Yarmouth trouxera instruções por escrito do embaixador para arranjar a entrega, alguns dias antes da morte dele e do desaparecimento do próprio.

— Não duvido da mensagem nem por um segundo e conheço bem a caligrafia do embaixador. Ele tinha plena confiança no Sr. Yarmouth — disse Maden. — Um jovem gentil, que se casaria em breve e sempre constante. Não consigo imaginar um comportamento dissimulado por parte dele, capitão. — Completou ele com o que pareceu um ligeiro tom de dúvida.

Laurence ficou em silêncio.

— E o senhor entregou-lhe o dinheiro, como ele solicitou?

— Enviei-o para a residência do embaixador — confirmou Maden. — Segundo entendi, o dinheiro seria então levado diretamente ao tesouro, mas o embaixador foi assassinado no dia seguinte.

Maden, no entanto, tinha recibos assinados por Yarmouth e não pelo embaixador. Ele os apresentou a Laurence com certo desconforto e, antes de o deixar ver, disse abruptamente:

— Capitão, o senhor tem sido cortês, mas falemos claramente... Essas são as únicas provas que eu tenho: os homens que transportaram o ouro trabalham para mim há muitos anos, e somente Yarmouth recebeu o dinheiro. Se fosse uma quantia menor, perdida nessas circunstâncias, eu tiraria do meu bolso e a devolveria ao senhor, em vez de colocar em risco a minha reputação.

Laurence analisou os recibos sob o candelabro; era verdade que algumas dúvidas passavam por sua cabeça. Ele deixou os papéis caírem sobre a mesa e caminhou até a janela, com raiva de si mesmo e do mundo.

— Bom Deus... — murmurou ele, em voz baixa. — Como é infernal olhar com suspeitas para todas as direções. — Ele se virou. — Senhor, imploro que não me leve a mal... Atrevo-me a dizer que o senhor é um homem de grandes habilidades, mas não acredito que tenha orquestrado o assassinato do embaixador britânico e envergonhado a sua nação. Além disso, o responsável por proteger os nossos interesses nessa questão era Arbuthnot, não o senhor. Se ele confiou demais em Yarmouth e se enganou... — Laurence parou e balançou a cabeça. — Senhor, se minha pergunta o ofende, peço que me diga e eu a retirarei, mas... Hasan Mustafá, se o senhor o conhece, é possível que ele esteja envolvido? Sendo culpado do assassinato ou de uma conspiração com Yarmouth? Estou certo de que ele mentiu deliberadamente, ao menos ao dizer que os acordos não haviam sido fechados.

— Possível? Tudo é possível, capitão! Um homem morto, outro desaparecido, milhares e milhares de quilos de ouro perdidos? O que *não* é possível? — Maden passou a mão pelo rosto, cansado, tentando acalmar-se, e respondeu após uma pausa. — Perdoe-me... Não, capitão, não posso acreditar nisso. Ele e a família apoiaram incondicionalmente as reformas do sultão e a reorganização do corpo de janízaros; o primo dele é casado com a irmã do sultão, o irmão é o comandante do novo exército real. Não posso dizer que a sua honra é imaculada, algum homem profundamente envolvido com a política pode tê-la? Mas trair todo o seu trabalho e da sua família? Um homem pode mentir para se salvar ou para aproveitar a oportunidade de se livrar de um acordo do qual se arrepende sem que isso faça dele um traidor.

— Ainda assim, por que se arrependeriam? Napoleão representa uma ameaça ainda maior do que antes e somos os aliados dos quais eles mais precisam — disse Laurence. — O fortalecimento das nossas forças sobre o Canal deve ser muito valioso para eles, pois expandiria o domínio de Napoleão para o Ocidente.

Maden pareceu vagamente embaraçado, mas, diante do pedido de Laurence para que falasse francamente, respondeu:

— Capitão, há uma opinião comum, desde Austerlitz, de que Napoleão não deve ser derrotado e de que é tola a nação que escolhe ser inimiga dele. Sinto muito — completou, vendo o olhar desgostoso de Laurence —, mas é o que se ouve nas ruas e nos cafés, e entre os ulemás e os vizires, eu imagino. O imperador da Áustria está no trono por causa do consentimento de Napoleão, e o mundo inteiro sabe disso. É melhor jamais lutar contra ele!

Tharkay fez uma reverência profunda para Maden quando partiram.
— Ficará em Istambul por muito tempo? — perguntou Maden.
— Não — respondeu Tharkay. — Não voltarei mais.
Maden concordou com a cabeça.
— Que Deus o acompanhe — falou gentilmente e observou-os partir.

Laurence estava exausto, tomado por um cansaço mais do que físico, e Tharkay, completamente retraído. Eles tiveram que esperar um pouco, na margem do rio, por outro balseiro. O vento que vinha do Bósforo era suficiente para trazer certo frescor, mas o clima de verão ainda permanecia. Laurence retomou seu ânimo, com o vento marinho, e olhou para Tharkay: sua expressão estava imóvel e impassível, sem transmitir qualquer sinal de uma emoção forte, com exceção talvez de certo aperto nos lábios, difícil de decifrar à luz das lanternas.

Um balseiro finalmente chegou à doca; a travessia foi feita em um silêncio quebrado apenas pelo ranger da madeira e pelo mergulho dos remos, em movimentos irregulares e instáveis. O balseiro ofegava e as ondas batiam nas laterais do barco. Na margem distante, o interior das mesquitas brilhava e a luz das velas era filtrada pelos vitrais; todas as silenciosas abóbadas reunidas como em um arquipélago na escuridão, sob a glória monumental da basílica de Santa Sofia. O balseiro saltou do barco e segurou-o para os outros, que escalaram as margens sob o brilho de outra mesquita, pequena em comparação com as demais. Havia gaivotas voando agitadas ao redor da abóbada, gritando de forma áspera e mostrando suas barrigas amareladas pelo reflexo da luz.

Estava muito tarde para os comerciantes — até mesmo os bazares e os cafés estavam fechados — e muito cedo para os pescadores; as ruas estavam vazias quando eles escalaram os muros do palácio. Talvez o horário, a fadiga ou a distração os tenham tornado negligentes, ou, talvez por pura falta de sorte, um grupo de guardas passara naquele momento. Tharkay arremessara a corda, Laurence subira até o topo do muro e esperava para dar a mão a Tharkay, que já estava na metade do caminho quando, de repente, dois guardas apareceram na curva da estrada, conversando em voz baixa. Em instantes eles o veriam.

Tharkay se soltou e caiu no chão enquanto os guardas corriam em direção a ele, gritando e sacando as espadas. Um deles agarrou o braço de Tharkay. Laurence saltou sobre o outro, capturando-o pela nuca, e bateu a cabeça dele contra o chão, com certa força, deixando-o desacordado.

Tharkay enfiou uma faca no braço do outro homem, libertando-se do agarrão já sem força. Ele estendeu a mão para Laurence, que o ajudou a se levantar, e os dois fugiram correndo pela rua, ouvindo ofensas e gritos muito próximos.

O barulho atraiu a atenção dos outros guardas, que passaram a persegui-los pelas ruas e vielas. As luzes nas janelas dos sobrados que ladeavam as ruas estreitas deixavam um rastro atrás deles e o calçamento irregular tornava-se traiçoeiro. Laurence deslizou ao virar em uma esquina e se esquivou no último instante do golpe de uma espada, quando dois guardas vindos de um beco lateral quase os apanharam.

A perseguição continuou por um bom tempo. Laurence, seguindo Tharkay cegamente colina acima, sentia os pulmões queimarem; estavam escapando, ele pensou, com esperança, mas não havia tempo para perguntar. Finalmente Tharkay parou em frente a uma antiga casa em ruínas e se voltou para chamá-lo. Apenas as paredes do primeiro andar continuavam firmes, e eles seguiram até a porta apodrecida de um porão. Os guardas, porém, estavam próximos demais e Laurence resistiu a entrar, não querendo ser capturado em uma ratoeira sem saída.

— Venha! — disse Tharkay impaciente, escancarando a porta. Ele entrou e conduziu-os cada vez mais para baixo, por uma escadaria podre, até um porão com chão de terra batida, muito úmido, em cujo fundo havia outra porta. Era, na verdade, uma entrada tão baixa que Laurence teve de se abaixar para passar, e um pouco adiante havia mais degraus talhados na pedra, com as bordas arredondadas e lisos pelo desgaste dos anos. Do escuro absoluto, vinha o som de um leve gotejar de água.

Eles desceram por mais algum tempo. Laurence mantinha uma das mãos no cabo da espada, e a outra na parede, que subitamente desapareceu das pontas dos seus dedos. Seu próximo passo molhou-o até a altura do tornozelo.

— Onde estamos? — sussurrou ele e a sua voz ecoou por uma longa distância, engolida pela escuridão. A água já alcançava o cano das botas.

Um primeiro brilho surgiu atrás deles quando os guardas chegaram à base da escadaria e, com tochas, passaram a persegui-los. Tornou-se possível distinguir alguns detalhes do lugar onde estavam: havia uma coluna clara não muito longe, larga demais para ser abraçada, e a sua superfície irregular emitia um brilho molhado, mas o teto estava distante demais na escuridão para que pudessem vê-lo. Ele sentiu nos joelhos o contato de alguns peixes que, cegos e famintos, se chocavam com os homens e abriam as bocas na superfície, emitindo sons estalados. Laurence segurou o braço de Tharkay e apontou; eles lutaram contra o peso da água, e da lama acumulada no leito, e seguiram para trás da coluna à medida que o brilho inconstante das tochas se aproximava, ampliando o círculo de luz alaranjada.

Colunas estranhas e irregulares se estendiam em todas as direções; algumas foram construídas com blocos de tamanhos diferentes, que pareciam ter sido empilhadas uns sobre os outros por uma criança impaciente, e mantidos juntos, ao que parecia, por nada mais do que o peso acima das colunas — um peso digno de Atlas, não daquela estrutura de tijolos em ruínas, o salão de alguma catedral há muito enterrado e esquecido. Apesar do imenso frio e do vazio daquele lugar, o ar parecia estranhamente presente, como se parte do peso recaísse sobre os ombros daqueles homens. Laurence não pôde evitar de pensar no cataclismo de um eventual desmoronamento: a abóbada se desintegrando tijolo a tijolo, até as arcadas não mais suportarem casas, ruas, palácio, mesquitas e domos brilhantes acima delas e cederem, afogando 10 mil pessoas naquela catacumba que as esperava.

Ele contraiu os ombros contra aquele sentimento e, tocando o ombro de Tharkay em silêncio, apontou para a próxima coluna: os guardas avançavam pela água, fazendo barulho o bastante para abafarem os sons dos seus movimentos. A lama depositada ao fundo subia em ondas pretas quando os dois homens se protegiam atrás de colunas. Eles passaram a distinguir o brilho opaco de ossos sob a água, não somente de peixes: a curva de uma mandíbula ainda com alguns dentes ficou visível sobre a lama e um fêmur manchado de verde estava encostado na base de uma coluna, como que arrastado por uma maré subterrânea.

Um medo desconhecido crescia em Laurence, ao pensar que os seus dias poderiam terminar ali, algo além do simples temor da morte; era a ideia abominável de transformar-se num daqueles fragmentos anônimos, deixados para apodrecer lá, no escuro. Laurence respirava com a boca aberta, não apenas para se manter em silêncio ou para evitar o fedor de mofo e de putrefação; ele estava agachado, oprimido, cada vez mais consciente de uma ânsia feroz e irracional de se voltar e abrir caminho até o espaço aberto. Cobriu a boca com um pedaço da capa e seguiu em frente, obstinado.

Os guardas faziam uma busca sistemática, formando uma linha que abrangia toda a largura do salão, segurando tochas que iluminavam pouco mas que se sobrepunham, e criando uma barreira que as suas presas não poderiam atravessar clandestinamente, tão eficaz quanto uma cerca de ferro. Eles avançavam lenta e inexoravelmente, e murmuravam algo em uníssono com as suas vozes graves, expondo os recônditos da escuridão com reverberação e luz. Laurence imaginou ver uma figura mais adiante do primeiro reflexo da parede. Eles estavam realmente sendo arrastados para o fundo da ratoeira, onde não haveria escapatória a não ser tentar furar a barreira e abrir distância dos perseguidores — mas com as pernas cansadas e geladas de tanto se arrastarem na água profunda.

Tharkay tocava as colunas quando ele e Laurence disparavam de uma para outra, tentando manter-se à frente. Ele percorria as laterais com as mãos, buscando enxergar algo. Por fim, parou em frente a uma delas, que Laurence também tocou, sentindo entalhes profundos na pedra, formas como gotas intercaladas pelo acúmulo de limo, que a diferenciava totalmente das outras, sem acabamento. Os perseguidores se aproximavam cada vez mais, mas Tharkay continuou a inspeção, naquele momento feita com a bota no piso ao redor da coluna. Laurence desembainhou a espada, pedindo desculpas mentalmente a Temeraire por insultar o objeto daquela forma, e passou a tocar com ela o piso de pedra abaixo da lama, até sentir a ponta da espada deslizar para algum tipo de sulco raso cavado no piso, com menos de 30 centímetros de largura e totalmente entupido.

O guia sentiu o achado com os pés e assentiu, então Laurence o seguiu, na extensão do canal, ambos correndo agachados o mais rápido possível com água à altura dos joelhos. Os ecos do andar dos guardas se perdiam no cântico inexorável que avançava na direção deles — *bir-iki-üç-dört* — repetido com tanta insistência que Laurence passara a distinguir as palavras do ritmo. Uma parede, com manchas em tons de verde e de marrom recobrindo o reboco liso e sem aberturas, surgiu na frente deles, provando que o canal terminava da forma abrupta como começara.

Tharkay conseguiu contornar a parede levando-os a um anexo menor em uma das laterais, onde duas colunas sustentavam uma abóbada. Laurence quase caiu para trás ao ver um rosto monstruoso que se projetava da água na base de uma das colunas, um olho de pedra fixo neles com um satânico brilho opaco. Um grito foi ouvido: eles haviam sido vistos.

Os dois correram. Depois que atravessaram aquele monumento repugnante, Laurence sentiu o primeiro indício de ar puro no rosto, uma corrente vinda de algum lugar próximo. Tateando uma parede, eles encontraram uma passagem estreita, oculta das tochas por se achar atrás de uma saliência da pedra. A passagem conduzia a escadas cobertas de lama e de imundície. O ar era fétido e Laurence o inspirou com relutância à medida que subiam e engatinhavam por um túnel cada vez mais estreito, levando-os por fim a um velho bueiro selado com uma grade de ferro enferrujada, que removeram para chegar rastejando à liberdade.

Tharkay estava curvado e arfava; com grande esforço Laurence recolocou a grade, quebrou um galho de uma pequena árvore e passou-o por um ferrolho da grade, mantendo-a presa no lugar. Ele puxou Tharkay pelo braço e juntos eles se afastaram, cambaleando pelas ruas — nada que chamasse muita atenção, desde que ninguém reparasse no estado das suas botas e das extremidades das suas capas. As batidas na grade estavam distantes e os seus rostos certamente não haviam sido vistos, ao menos não de modo que pudessem ser identificados.

Depois de seguir pelas ruas da cidade, encontraram um local onde as muralhas do palácio eram um pouco mais baixas. Tomando mais cuidado para não serem vistos, Laurence impulsionou Tharkay para cima e então, com a sua ajuda, conseguiu subir. Eles caíram de forma nada graciosa, todavia aliviados por estarem em um local seguro, ao lado de uma fonte de pedra oculta entre a vegetação. A água gotejava e estava fria, mas eles beberam longamente e lavaram os rostos, molhando as roupas sem qualquer arrependimento, para tirar ao menos um pouco do fedor.

A princípio o silêncio era absoluto, mas conforme seus pulmões e seu coração se acalmaram, Laurence passou a ouvir com mais clareza os ruídos da noite: o farfalhar das folhas, os sons distantes dos pássaros no viveiro do palácio, do outro lado do muro, o raspar da faca de Tharkay na sua pedra de amolar — ele amolava a lâmina com movimentos sutis, para não chamar atenção.

— Quero lhe dizer algo sobre os acontecimentos que nos envolveram — disse Laurence em voz baixa.

Tharkay parou e a lâmina da faca reluziu no escuro.

— Está bem — concordou ele, voltando ao seu trabalho silencioso. — Fale.

— Fui precipitado quando conversamos mais cedo — disse Laurence. — E falei em um tom que normalmente evitaria usar com qualquer homem a meu serviço, mas ainda não sei como me desculpar.

— Peço que não se incomode com isso — disse Tharkay com frieza, sem levantar os olhos. — Deixe que fique para trás, pois garanto que isso não me incomodará.

— Tentei avaliar o seu comportamento e não sei o que pensar a seu respeito — disse Laurence sem dar atenção à evasiva do guia. — Hoje você não apenas salvou a minha vida como contribuiu fundamentalmente para o sucesso da nossa missão. E, se eu levar em conta apenas as consequências das suas ações durante a nossa expedição, não terei do que me queixar. Você nos ajudou a superar muitos perigos, correndo sérios riscos, mas abandonou o seu posto em duas ocasiões, em circunstâncias que nos impuseram inúmeras dificuldades, mantendo um sigilo tanto desnecessário quanto forçado e deixando-nos à deriva e à mercê de fortes ansiedades.

— Talvez não tenha me ocorrido que a minha ausência causaria tanta consternação — disse Tharkay, em tom neutro, e Laurence se agitou imediatamente para responder ao desafio.

— Por favor, peço que não se faça de desentendido — disse ele. — Para mim, seria mais fácil acreditar que você é o traidor mais dissimulado que já existiu, e o mais eficiente.

— Obrigado pelo elogio — disse Tharkay, que coroou o comentário com um rápido movimento da faca —, mas me parece que não há motivo para controvérsias, se, de qualquer forma, não deseja os meus serviços por muito tempo.

— Seja por um minuto ou por um mês, ainda lhe peço que dê esses jogos por encerrados — disse Laurence. — Eu lhe sou grato e, se você partir, o fará com os meus agradecimentos. Todavia, se ficar, preciso da sua promessa de que passará a respeitar o meu comando e que deixará de sumir sem aviso. Não terei a meu serviço um homem sobre quem tenho dúvidas. E, Tharkay — acrescentou ele com decisão —, acredito que você gosta que tenham dúvidas a seu respeito.

Tharkay colocou a faca e a pedra de amolar no parapeito da fonte, sem o característico sorriso no rosto.

— Você estaria mais correto se dissesse que gosto de saber quando os outros têm dúvidas a meu respeito.

— E você certamente faz o possível para garantir que isso aconteça.

— Imagino que isso lhe pareça irracional — disse Tharkay —, mas há muito aprendi que o meu rosto e a minha descendência me negam relações sociais com cavalheiros, sem que haja algo que eu possa fazer. E, se sou alguém indigno de confiança, prefiro despertar suspeitas, expressas de forma aberta, a docilmente ser alvo de olhares e de cochichos explícitos.

— Eu também fui alvo dos cochichos da sociedade, assim como cada um dos meus oficiais; não servimos em benefício das criaturas insignificantes que nos desdenham pelos cantos, mas para o nosso país, e esse serviço é a melhor defesa da nossa honra diante do escárnio das objeções mais violentas que pudermos ouvir — retrucou Laurence.

— Eu me pergunto se você diria o mesmo caso fosse forçado a enfrentá-los sozinho — disse Tharkay, inflamado. — Se não apenas a sociedade como todos com quem pudesse manter laços de irmandade, e com justiça, olhassem para você com tal desdém, tanto os seus superiores quanto os seus colegas. Se todas as esperanças de independência e de crescimento lhe fossem negadas e, como recompensa, fosse-lhe oferecida a condição de criado especial, algo entre um mordomo e um cão adestrado.

Ele se calou, recusando-se a continuar, mas a indiferença habitual parecia mais uma máscara superficial, e havia um quase rubor no seu rosto.

— Devo concluir que esses comentários se aplicam também a mim? — perguntou Laurence, enérgico, sentindo-se ao mesmo tempo indignado e incomodado; mas Tharkay discordou.

— Não, peço que me desculpe pela minha veemência. As injúrias das quais falo não se tornam menos amargas com o tempo — respondeu, e acrescentou, sem o menor indício de ironia: — E qualquer incivilidade que você me tenha dirigido, não nego que as provoquei. Criei o hábito de antecipar-me, o que é divertido, para mim, pelo menos, mas talvez injusto com as pessoas ao meu redor.

Tharkay falara o bastante para que, sem maiores especulações, Laurence imaginasse o tipo de tratamento que o levara a abandonar o seu país e os seus colegas e abraçar aquela existência solitária, que prescindia de dar satisfações a quem quer que fosse, mas que lhe parecia absolutamente estéril, um desperdício para um homem que provara ser digno de algo melhor. Ele estendeu a mão ao guia e falou com sinceridade.

— Se puder acreditar que é esse o caso, então me dê a sua palavra, e terá a minha. Posso, com toda a segurança, afirmar que ofereço nada menos do que a absoluta lealdade a qualquer homem que me ofereça a sua, e acredito que ficarei mais arrependido do que posso imaginar por perdê-lo.

— Bem, capitão, eu tenho o meu jeito — disse Tharkay em voz baixa, com uma estranha expressão de dúvida —, mas se está disposto a ter a minha palavra, imagino que seria rude da minha parte recusar-me a oferecê-la — concluiu e estendeu a mão com simpatia, sem nada de falso no aperto.

— Argh! — disse Temeraire, depois de levantar a ambos para que entrassem no jardim, examinando com aversão os resíduos pegajosos nas suas patas. — Não me importo com o fedor, por estarem de volta! Granby disse que certamente vocês ficaram até mais tarde no jantar e que eu não deveria sair para procurá-los, mas vocês demoraram demais — acrescentou ele, lastimoso, antes de mergulhar a pata em um tanque de lírios para lavá-la.

— Fomos descuidados quando tentamos entrar e então forçados a encontrar um lugar onde nos esconder, mas, como pode ver, tudo saiu bem. Sinto muito por ter lhe dado motivos para que se preocupasse — disse Laurence, tirando as roupas sem cerimônia e entrando no tanque, onde estava Tharkay. — Dyer, pegue essas roupas e as minhas botas e veja o que você e Roland podem fazer com elas. E me traga aquele maldito sabonete!

— Não vejo como a culpa de Yarmouth pode ser a resposta — disse Granby quando Laurence, limpo e vestido, terminou o seu relato sobre o jantar. — Como poderia transportar tal volume de ouro? Ele precisaria embarcá-lo em um navio, a não ser que fosse louco o bastante para roubá-lo com uma carroça.

— E teria sido visto — concordou Tharkay, pensativo. — Segundo Maden, o ouro precisaria de cerca de cem arcas, e não houve qualquer relato de uma carga tão grande nos armazéns ou nas docas — passei a manhã de ontem fazendo perguntas. Ele realmente teria dificuldades para encontrar qualquer tipo de transporte, pois a maioria dos carroceiros da cidade está ocupada com as fortificações do porto e os demais se afastaram da cidade por causa dos dragões.

— Será que ele poderia ter contratado um dragão? — perguntou Laurence. — Vimos aqueles dragões transportadores no Oriente. Eles vêm até tão longe?

— Nunca os vi desse lado dos montes Pamir — disse Tharkay. — A presença deles nas cidades não é permitida no Ocidente, portanto não teriam lucros. E, como são considerados nada mais do que selvagens, muito provavelmente seriam capturados e enviados para centros de reprodução.

— Isso não faz sentido... Ele não transportaria o ouro em um dragão, ao menos se quisesse tê-lo de volta — disse Granby. — Não acredito que ele pudesse confiar grandes quantidades de ouro e de joias a um dragão e depois pedir que ele as devolvesse.

Os homens permaneceram no jardim, para ter aquela conversa à meia voz, e agora Temeraire participava, um pouco melancólico.

— Realmente parece um volume muito grande de ouro, sem discutir os comentários de Granby. Será que ele não o escondeu em algum lugar da cidade? — perguntou.

— Para isso Yarmouth precisaria ser como um dragão e satisfazer-se em esconder uma soma tão grande sem ter a chance de gastá-la — disse Laurence. — Não, ele não agiria dessa forma.

— Se todos vocês concordam que não há como o ouro ter sido levado para fora da cidade, ele então deve estar por aqui — disse Temeraire com sensatez.

A esse comentário se seguiu um silêncio finalmente quebrado por Laurence.

— Qual poderá ser a explicação, se não a conivência dos ministros ou o seu envolvimento direto? E um insulto dessa magnitude exigiria uma resposta da Grã-Bretanha! Mesmo que desejem encerrar a nossa aliança, será que provocariam deliberadamente uma guerra, o que implicaria custos maiores, tanto em ouro como em sangue?

— Eles têm andado bastante ocupados tentando nos convencer a partir com a certeza da culpa de Yarmouth — ressaltou Granby. — E não temos evidências que justifiquem uma declaração de guerra.

Tharkay levantou-se bruscamente, limpando as calças — eles haviam levado tapetes para fora e reuniram-se à moda turca, sentados neles, pois não havia cadeiras na casa. Laurence olhou sobre o ombro e ele e Granby também se levantaram: havia uma mulher na outra extremidade do bosque, à sombra dos ciprestes. Talvez fosse a mesma que viram antes, no palácio, mas, com os véus pesados que usava, era difícil distinguir uma pessoa de outra.

— Você não deveria estar aqui — disse Tharkay em voz baixa quando a mulher se aproximou dele. — Onde está a sua criada?

— Ela espera por mim nas escadas e tossirá se alguém aparecer — disse a mulher, confiante e sem desviar os olhos do rosto do guia.

— Seu servo, Srta. Maden — disse Laurence, envergonhado e sem saber o que fazer. Apesar de sentir toda a solidariedade do mundo, ele não poderia favorecer um encontro clandestino, ou pior, uma fuga. Além disso, estava em dívida de honra com o pai dela; porém, se ela pedisse a sua ajuda ele não saberia como recusá-la. Então voltou às formalidades. — Permita-me apresentar Temeraire e o meu primeiro-tenente, John Granby.

— É uma honra, Srta. Maden — disse Granby, pronunciando o nome em tom de dúvida e com uma mesura não exatamente refinada, e olhou para Laurence. Temeraire olhou para a mulher com curiosidade menos disfarçada e também a cumprimentou.

— Não pedirei novamente — disse Tharkay a ela em voz baixa.

— Não falemos do que não irá acontecer — retrucou ela, tirando uma das mãos do bolso fundo do casaco, mas não para dar o braço a Tharkay, como Laurence imaginara. Em lugar disso, ela a estendeu a todo o grupo. — Consegui entrar na sala do tesouro por um momento e temo que a maioria delas já deve ter sido derretida — disse ela. Na palma da sua mão havia, sem sombra de dúvida, uma moeda de ouro com a efígie do rei da Inglaterra.

— Não se pode confiar nesses tiranos do Oriente! — disse Granby com pessimismo. — E, ainda por cima, podemos acusá-lo de ladrão e de assassino o quanto quisermos pois de qualquer forma ele ordenará que nos cortem a cabeça.

Temeraire estava ligeiramente mais confiante, pois lhe fora permitido acompanhá-los e, por isso, considerava insignificantes os riscos à integridade do grupo.

— Eu gostaria de conhecer o sultão — disse o dragão. — Talvez ele tenha algumas joias interessantes. Depois poderemos finalmente voltar para casa, mas é uma pena que Arkady e os outros não estejam aqui para o conhecer.

Laurence, que de modo algum concordava com a última observação, confiava em um resultado positivo. Mustafá observou a moeda com uma expressão grave e ouviu, sem a menor evasão, a afirmação de que a moeda viera da sala do tesouro.

— Não, senhor, não tornarei pública a minha fonte — dissera Laurence. — Mas, se desejar, poderei acompanhá-lo à sala do tesouro e acredito que lá encontraremos outras, se o senhor ainda tiver dúvidas da procedência dessa.

A proposta foi recusada por Mustafá e, apesar de não ter apresentado uma admissão de culpa ou explicações, ele dissera bruscamente que precisava falar com o grão-vizir e partira. Naquela tarde chegara um recado: eles finalmente foram convocados para uma audiência com o sultão.

— Não pretendo constrangê-lo — disse Laurence. — O pobre Yarmouth merecia melhor destino, Deus sabe, e também Arbuthnot; mas quando chegarmos com os ovos na Grã-Bretanha não será tarde para que o governo decida como responder a esses fatos. E sei muito bem qual seria a opinião deles caso eu agisse de *outra forma*. — Ele suspeitava verdadeiramente, e com pesar, que muito seria dito sobre as suas ações, até mesmo no que diz respeito aos ovos. — De qualquer forma, espero que descubramos que tudo isso não passa de maquinações dos ministros, sobre as quais o sultão nada sabia.

Os dois Kaziliks — Bezaid e Sherazde — haviam voltado para escoltá-los até a audiência, com a devida cerimônia, mas os três dragões ficaram no ar por pouco tempo — apenas sobrevoaram o palácio e pousaram no grande gramado em frente ao portão principal. Apesar de soar absurdo para Laurence ser conduzido com tal cerimônia a um palácio onde dormia há três noites, eles foram dispostos em fila, tendo os Kaziliks à frente e atrás, e marcharam majestosamente pelos portões de bronze até o pátio em frente ao pórtico ricamente ornamentado, o Portão da Felicidade. Foram recepcionados pelos vizires, dispostos em fileiras com os seus turbantes brancos brilhando ao sol, e por oficiais da cavalaria, enfileirados ao longo da muralha. Nervosos, os cavalos resfolegaram e empinaram à sua passagem.

O trono do sultão, grande e dourado, que cintilava com o brilho de pedras preciosas verdes, estava instalado sobre um magnífico tapete multicolorido e estampado com flores e formas geométricas. A roupa do soberano era ainda mais imponente: um manto de cetim amarelo e cor de laranja, sobre uma túnica de seda azul e amarela, com o cabo da sua adaga incrustado de diamantes, visível acima do cinturão. Um adorno incrustado com diamantes, tendo ao centro uma enorme esmeralda quadrada, fixava grandes penas no topo do seu turbante branco e alto. Apesar de o amplo pátio estar lotado, ouviam-se poucos ruídos; os membros da corte não cochichavam entre si e estavam praticamente imóveis.

Era uma cena impressionante, calculada para provocar relutância em qualquer visitante que desejasse quebrar o silêncio, mas Laurence deu um passo à frente. Temeraire subitamente sibilou às suas costas e o som foi tão ameaçador quanto o produzido pela lâmina de uma espada ao ser desembainhada. Aborrecido, Laurence se virou e dirigiu a ele um olhar de censura, mas os olhos de Temeraire estavam fixos à sua esquerda. Nas sombras projetadas pela Torre da Justiça, com o seu corpo branco enrodilhado, Lien os observava com os seus olhos rubros.

Capítulo 9

*M*AL HOUVE OPORTUNIDADE de pensar, de fazer qualquer coisa a não ser continuar olhando. Os dragões Kazilik marchavam paralelamente a Temeraire e Mustafá pedia que eles se aproximassem do trono. Laurence deu um passo à frente, um pouco anestesiado, e fez uma reverência formal com menos humor do que de costume. O sultão o olhou inexpressivamente. O seu rosto era muito largo (o pescoço sumia em meio às roupas e à barba castanha e quadrada), de feições bastante delicadas, com uma expressão contemplativa nos belos olhos escuros. Ele envergava tranquilidade e dignidade, parecendo mais natural do que afetado.

Todo o discurso preparado e as frases ensaiadas desapareceram da cabeça de Laurence. Ele olhou diretamente para o sultão e falou em francês puro e simples:

— Vossa Majestade conhece a minha missão e o acordo entre as nossas nações. Todas as obrigações da Grã-Bretanha foram cumpridas e o pagamento, entregue. Vocês nos darão os ovos pelos quais pagamos?

O sultão recebeu esse discurso brusco calmamente, sem demonstrar nenhuma ira. Depois respondeu também em francês, fluente e fácil, de forma suave:

— Que a paz esteja com o teu país e o teu rei e rezemos para que a amizade nunca deixe de existir entre nós.

Disse mais palavras nesse sentido e falou de deliberações entre os seus ministros, prometendo que faria outra audiência e buscaria atender a diversos pedidos. Ainda lutando contra o choque violento e infeliz de ver Lien em meio à corte e aos conselheiros do sultão, Laurence sentiu dificuldade em acompanhar tudo o que o sultão disse, mas nenhuma em entender o significado subjacente naquele discurso: mais atrasos, mais recusas e nenhuma intenção de dar satisfações. Houve, na verdade, pouco esforço em esconder tal significado, pois o sultão não negou nada, não explicou nada e não fingiu fúria ou consternação. Falou quase que com piedade no olhar, embora sem suavidade, e, quando acabou, dispensou-os imediatamente, sem dar a Laurence outra oportunidade de falar.

A atenção de Temeraire em nenhum momento se desviou. Apesar de todo o espetáculo cintilante, ele mal olhou para o sultão, a quem antes estivera tão ansioso para ver, mantendo o seu olhar fixo em Lien. Os ombros dele se encolhiam às vezes, e a sua perna dianteira se arrastou pelo chão aos poucos, até quase bater nas costas de Laurence, esperando o momento de levá-lo dali.

Os Kaziliks tiveram de chamar a sua atenção para que se colocasse em movimento, e ele seguiu de lado, andando estranhamente como um caranguejo, de modo a não deixar de encará-la. Ela sequer se mexeu, mas, serena como uma serpente, deixou que os seus olhos os acompanhassem enquanto eles seguiam pela curva do palácio e voltavam ao pátio interior.

— Bezaid disse que ela está aqui há três semanas — disse Temeraire.

Sua crista estava eriçada e tremendo, e não baixara desde o instante em que eles viram Lien. Ele protestara muito quando Laurence quis entrar na casa, recusando-se a perdê-lo de vista, e, até mesmo no jardim, insistira para que ele subisse na sua perna dianteira, obrigando os outros oficiais a saírem para conversar com ele.

— Já basta de nos fazerem em pedacinhos! — disse Granby, sombrio.

— Se ela pensa como Yongxing, não terá tido escrúpulos em atirar o pobre Yarmouth no Mediterrâneo nem se importaria em arranjar para que acertem você na cabeça. E, quanto ao acidente de Arbuthnot, não é nada difícil, para um dragão, assustar um cavalo.

— Ela poderia ter feito tudo isso e mais, e, ainda assim, não fazer nada para nos atingir, se os turcos não tiverem interesse nisso — disse Laurence.

— Eles passaram para o lado de Bonaparte, disso não tenha dúvida — concordou o tenente Ferris, suprimindo a raiva. — E espero que se divirtam enquanto estejam dançando conforme a música dele, pois logo irão se arrepender.

— E nós vamos nos arrepender ainda mais, e muito antes! — argumentou Laurence.

A sombra sobre eles silenciou a todos, com exceção de um grunhido selvagem e surdo de Temeraire. Os dois Kaziliks se sentaram, silvando ansiosos, enquanto Lien descia em círculos e aterrissava graciosamente na clareira. Temeraire mostrou os dentes para ela e os rangeu.

— Você parece um cachorro — comentou ela, fria e cheia de desprezo, no seu francês fluente. — E o seu comportamento não é muito diferente do de um. O que vai fazer, latir para mim?

— Não me importo que me ache mal-educado — disse Temeraire, abanando a cauda várias vezes e colocando em grande perigo as árvores, as paredes e as estátuas ao redor. — Se quer lutar, estou pronto, mas jamais deixarei que machuque Laurence ou alguém da minha equipe.

— Por que eu lutaria contra você? — perguntou Lien. Ela se sentou, ereta como um gato, com o rabo perfeitamente enrolado ao redor de si mesma, e olhou para eles fixamente.

Temeraire fez uma pausa.

— Porque... porque... mas você não me odeia? Eu a odiaria, se Laurence morresse e a culpa fosse toda sua — disse ele, candidamente.

— E, como um bárbaro, você se atiraria sobre mim e tentaria me matar, tenho certeza — disse Lien.

A cauda de Temeraire pousou devagar no chão, apenas a extremidade continuava se retorcendo e ele encarou Lien confuso — com certeza seria aquela a sua reação.

— Bem, *eu* não tenho medo de *você*.

— Não — concordou ela —, ainda não.

Temeraire a encarou e Lien acrescentou:

— Será que a sua morte repararia um décimo do que você tirou de mim? Acha que eu igualaria o sangue do seu capitão ao do meu querido companheiro, um grande e honrado príncipe, que é tão superior ao sangue dele quanto o puro jade é em relação ao lixo que se acumula nas ruas?

— Ah! — exclamou Temeraire, indignado, eriçando-se ainda mais. — Ele não era honrado, *nem um pouco*, ou não teria tentado matar Laurence, que vale *cem* vezes mais do que o seu ou do que qualquer outro príncipe e, seja como for, Laurence agora também é um príncipe — acrescentou.

— Com um príncipe como esse você pode ficar — disse ela, altiva. — Para o meu companheiro, terei uma vingança à altura.

— Bem, se você não deseja lutar e não tem intenção de ferir Laurence, por que veio? — argumentou Temeraire, desdenhoso. — Pode ir embora, porque não confio em você — finalizou ele em tom desafiador.

— Eu vim para garantir que entendesse o seguinte — disse ela: — você é muito jovem, estúpido e não recebeu uma boa educação; eu sentiria até pena, se ainda me restasse esse sentimento. Você acabou com a minha vida, arrancou-me dos meus amigos, da minha família e do meu lar. Arruinou todas as esperanças do meu senhor em relação à China e preciso viver sabendo que tudo o que lutamos e nos esforçamos para conquistar foi em vão. O espírito do meu senhor continuará inquieto e seu túmulo, descuidado. Não, não matarei você nem o seu capitão, que o amarra a esse país. — Ela balançou a crista e, inclinando-se para a frente, disse com suavidade: — Verei você perdendo tudo o que tem, o seu lar, a sua felicidade e todas as coisas belas. Verei a sua nação rebaixada e os seus aliados afastados. E você, sozinho, sem amigos, tão destruído quanto eu. E então poderá viver o quanto desejar, em algum canto escuro e solitário, e eu poderei me considerar satisfeita.

Os olhos de Temeraire se arregalaram e se transfiguraram com a pronúncia monotônica e decisiva, em tom baixo, daquelas palavras.

Sua crista aos poucos se abaixou, ficando rente ao pescoço. Quando ela terminou, Temeraire estava agachado distante dela e segurava Laurence ainda mais perto de si, protegendo-o com as suas duas patas dianteiras, como se fossem uma jaula.

Lien abriu parcialmente as asas e se recompôs.

— Partirei para a França a serviço desse imperador bárbaro — avisou ela. — Sei que as tristezas do meu exílio serão muitas, mas irei suportá-las melhor depois de haver falado com você. Somente nos encontraremos talvez daqui a muito tempo, e espero que se recorde de mim e saiba que, quaisquer alegrias que tenha, elas estarão contadas.

Ela saltou para cima e, com três batidas das asas velozes, afastou-se nos céus rapidamente.

— Pelo amor de Deus! — exclamou Laurence com firmeza enquanto todos continuavam parados ali, em completo silêncio e espanto após a partida de Lien. — Não somos crianças para nos assustarmos com ameaças insensatas, e que ela nos desejava todo o mal desse mundo todos nós sabíamos.

— Sim, mas eu não sabia *tão bem*... — disse Temeraire em voz baixa e nem um pouco disposto a deixar Laurence se afastar.

— Meu caro, rezo para que não permita que ela o deixe preocupado — disse Laurence, pousando a mão sobre o focinho macio de Temeraire. — Isso seria dar a ela o que quer, a sua infelicidade, e ao custo de poucas palavras vazias. Mesmo ela, poderosa como é, não pode fazer sozinha tanta diferença na guerra. E o próprio Napoleão empregará todas as suas forças para nos destruir, independentemente da ajuda dela.

— Mas sozinha ela já nos causou grande mal — argumentou Temeraire, triste. — Agora não nos darão os ovos dos quais tanto precisamos e pelos quais tanto lutamos.

— Laurence — interveio Granby de modo abrupto —, esses vilãos roubaram 500 mil libras, e provavelmente as usaram para construir essas fortificações e vencer a nossa Marinha. Não podemos permitir isso, precisamos fazer *algo*! Temeraire poderia fazer metade desse palácio ruir sobre as cabeças deles com apenas um bom rugido...

— Não vamos matar e arruiná-los apenas para nos vingar, como ela faz; precisamos desdenhar esse tipo de satisfação — interrompeu Laurence, erguendo a mão quando Granby quis protestar. — Vá e providencie para que os homens jantem e descansem, tanto quanto conseguirem, enquanto houver luz. Partiremos essa noite — continuou ele com frieza e calma. — E levaremos os ovos conosco.

— Sherazde diz que o ovo está guardado no harém, perto da sala de banho, onde fica aquecido — anunciou Temeraire após algumas perguntas.

— Temeraire, eles não irão nos denunciar? — perguntou Laurence ansiosamente, olhando para os Kaziliks.

— Não lhes contei o motivo das minhas perguntas — admitiu Temeraire com um olhar culpado. — Não pareceu muito apropriado... Mas, seja como for, cuidaremos bem dos ovos, então não se importarão — acrescentou. — E as pessoas não têm o direito de discordar, pois os turcos roubaram o ouro. Não posso, no entanto, continuar fazendo muitas perguntas, senão vão querer saber por que estou tão interessado.

— Vamos demorar um tempo enorme tropeçando por aí à procura desses ovos — disse Granby. — Suponho que o harém esteja infestado de guardas e, se as mulheres nos virem, certamente gritarão. Essa missão não vai ser nenhuma brincadeira...

— Acho que apenas alguns de nós devem ir — falou Laurence em voz baixa. — Gostaria de pedir alguns voluntários...

— Ah, gostaria? — exclamou Granby, furioso e irônico. — Dessa vez não deixarei você se enfiar nesse labirinto, sem a menor noção de para onde está indo, onde muito provavelmente encontrará uma dúzia de guardas a cada esquina. É melhor que eu vá, não voltarei à Inglaterra para contar que fiquei de braços cruzados enquanto você era assassinado. Temeraire, você não o deixará ir, está me ouvindo? Ele será morto, dou minha palavra.

— Se haverá mortes, não deixarei ninguém ir! — exclamou alarmado Temeraire e sentou-se ereto, preparado para impedir qualquer um que tentasse passar.

— Temeraire, isso é um exagero atroz! — disse Laurence. — Granby, você está aumentando as coisas e ultrapassando os limites.

— Bem, não estou — discordou Granby, desafiador. — Já me silenciei muitas vezes porque sei o quanto é difícil ficarmos trancados aqui, pois não fui treinado para isso. Mas você é um capitão, e *deve* cuidar melhor do próprio pescoço! Se você for assassinado, todo o Corpo Aéreo será prejudicado, inclusive eu.

— Posso interromper? — disse Tharkay quando Laurence estava prestes a responder a Granby. — Eu irei. Sozinho, tenho quase certeza de que encontrarei uma forma de chegar aos ovos sem causar alarmes. Depois retornarei e guiarei o resto do grupo.

— Tharkay, essa atribuição não lhe cabe. Eu não encarregaria disso nem um homem que jurou morrer pelo seu país, ainda que fosse por vontade dele — disse Laurence.

— Mas é por minha vontade! — Tharkay deu-lhe seu meio sorriso apagado. — E é mais provável que eu volte inteiro do que qualquer outro.

— Ao preço de correr três riscos: um a cada ovo resgatado — argumentou Laurence. — Com a grande chance de esbarrar em guardas a cada vez.

— Então realmente *é* perigoso — disse Temeraire, ouvindo a conversa e eriçando ainda mais a crista. — Você *não irá* de jeito algum! Granby tem razão... E o mesmo vale para os demais.

— Ah, que inferno! — disse Laurence, entre os dentes.

— Parece que existem poucas alternativas ao meu plano — disse Tharkay.

— Você também não vai! — contradisse Temeraire, para espanto de Tharkay, e sentou-se, tão teimoso quanto um dragão pode ser.

Granby cruzou os braços, com uma expressão bastante similar. Laurence era pouco inclinado a xingamentos, mas se sentia extremamente tentado. Apelar para o lado racional de Temeraire talvez o levasse a permitir que um grupo tentasse chegar aos ovos, caso conseguisse convencê-lo a aceitar o risco como algo necessário para os ganhos, como em uma batalha. Mas ele certamente impediria a ida de Laurence, e —

que as regras do Corpo Aéreo se danassem! — Laurence não mandaria os seus homens sozinhos a uma empreitada mortal.

Continuavam nesse impasse quando Keynes apareceu nos jardins.

— Pelo bem da sua confidencialidade, espero que nenhum desses dragões entenda inglês — disse ele. — Se vocês já terminaram de gritar como mulheres de pescadores, Dunne solicita-lhe o privilégio da palavra, capitão. Ele e Hackley viram os banhos durante a sua excursão.

— Sim, senhor — dissera Dunne. Ele estava sentado na cama improvisada, pálido mas com as bochechas avermelhadas pela febre, vestido apenas com calções e uma camisa folgada sobre a pele lacerada. Hackley, que era ainda mais magro, sofrera mais com as chicotadas e continuava prostrado. — Tenho quase certeza, pois as mulheres traziam as pontas dos cabelos molhadas ao sair daquele lugar, e as mais claras... as mais claras pareciam rosadas de calor — continuou Dunne, baixando os olhos timidamente, sem encarar Laurence. Então terminou apressado: — E havia algumas chaminés do lado de fora do prédio, senhor, todas fumegantes, embora fosse meio-dia e o dia estivesse quente.

Laurence assentiu.

— Lembra-se do caminho e sente-se forte o bastante para ir até lá?

— Sim, o bastante, senhor — respondeu Dunne.

— Seria melhor que ele ficasse deitado — disse Keynes, mordaz.

Laurence hesitou.

— Pode nos desenhar um mapa? — perguntou ele a Dunne.

— Senhor — disse Dunne, engolindo em seco —, senhor, por favor, deixe-me ir! Acho que não consigo desenhar um mapa sem ver o lugar ao meu redor, porque eles nos viraram e reviraram bastante no caminho.

Apesar dessa vantagem, foi difícil convencer Temeraire. Por fim, Laurence foi obrigado a ceder à exigência de Granby e permitir que ele os acompanhasse, deixando o jovem tenente Ferris no comando do resto da equipe.

— Pronto! Pode ficar tranquilo, Temeraire — disse Granby, satisfeito, colocando um sinalizador no seu cinto. — Ao menor perigo, dispararei um desses sinalizadores e você virá em nosso socorro, para trazer Laurence de volta, com ou sem os ovos. Garantirei que ele esteja em um lugar onde você possa apanhá-lo.

Laurence sentiu uma enorme indignação: aquilo não passava de uma insubordinação visivelmente aprovada não apenas por Temeraire mas por toda a equipe. Ele não tinha escolha. Além disso, no íntimo, sabia que o Conselho concordaria de corpo e alma com tudo aquilo, com a diferença de, talvez, censurá-lo ainda mais por querer ir sozinho.

Sem muita boa vontade, ele se voltou ao seu segundo-tenente, no comando.

— Sr. Ferris, mantenha todos os homens a bordo e a postos. Temeraire, se você não vir o nosso sinal e começar um burburinho no palácio, ou se houver quaisquer indícios de dragões sobrevoando, venha nos encontrar imediatamente. No escuro, você conseguirá se manter oculto por um longo tempo.

— Eu irei, mas não pense que eu vou abandoná-lo se depois de muito tempo não vir o seu sinal, portanto nem tente me convencer do contrário — disse Temeraire com um brilho belicoso nos olhos.

Felizmente, os Kaziliks partiram após o anoitecer, sendo substituídos por guardas menos eficientes, outro par de dragões médios que, meio receosos de Temeraire, ficaram na alameda e não o incomodaram. A lua era pouco mais do que uma fatia fina no céu, o bastante para lhes oferecer um pouco de luz e mostrá-los onde pisar.

— Lembre-se de que confio em você para manter toda a equipe a salvo — disse Laurence a Temeraire com suavidade. — Cuide deles se algo sair errado, prometa-me!

— Sim — respondeu Temeraire —, mas não partirei sem vocês, portanto precisa me prometer que tomará cuidado e que mandará me chamar em caso de problemas. Não gosto de ser deixado de lado — concluiu ele com tristeza.

— Também não gosto nada de o deixar sozinho, meu caro — disse Laurence e acariciou o focinho macio, tanto para reconfortar Temeraire quanto para se tranquilizar. — Tentaremos ser rápidos.

Temeraire soltou um murmúrio infeliz e sentou-se sobre as patas de trás, deixando as asas um pouco abertas para esconder os seus movimentos dos dragões da guarda. Um após o outro, pôs cada um dos oficiais cuidadosamente sobre o telhado: Laurence, Granby, Tharkay, Dunne, Martin, Fellowes — o chefe da equipe de solo, que distribuiu todo o couro entre os homens, em forma de sacos, para esconder os ovos — e o vigia Digby, recém-nomeado oficial. Com Salyer, Dunne e Hackley fora de cena, restaram a Laurence poucos cadetes, e o seu trabalho duro garantira ao garoto tal posto, embora fosse jovem para aquela promoção, muito mais agradável a Laurence do que os rebaixamentos que tivera de fazer. Todos começaram a aventura com uma rodada de bebidas e um brinde rápido: ao novo oficial, ao sucesso da empreitada e, por fim, ao rei.

O telhado inclinado era incerto e dificultava o andar. De qualquer forma, eles precisavam seguir abaixados e, equilibrando-se com a ajuda das mãos, conseguiram rastejar até o ponto onde se encontrava a parede do harém, larga o bastante para que pudessem ficar em pé sobre ela. Daquela altura puderam observar todo o complexo labirinto à frente: minaretes, torres altas, galerias, domos, pátios e claustros, uns sobre os outros com praticamente nenhum espaço entre eles, como se tudo aquilo fosse um único edifício projetado por um arquiteto louco. Os telhados brancos e cinzentos eram repletos de claraboias e de janelas de sótãos, mas todas nas quais poderiam entrar estavam gradeadas.

Havia um enorme espelho d'água de mármore do outro lado da parede; bastante afastada, uma passagem estreita de ardósia de cor cinza ladeava toda a borda, seguindo até um par de arcos — era uma entrada. Eles atiraram uma corda e Tharkay deslizou primeiro. Enquanto isso, os outros, tensos, observavam as janelas iluminadas, atentos a qualquer sombra que passasse, e as janelas escuras, atentos a qualquer iluminação súbita, qualquer sinal de que foram vistos. Não houve gritos. Envolveram Dunne em um laço e Fellowes e Granby o baixaram, com a corda atada aos seus quadris sibilando suavemente entre as mãos enluvadas deles. O restante do grupo desceu depois, um a um.

Eles se arrastaram ao longo do corredor. A luz de muitas janelas brilhava na água, trêmula amarelada, e lanternas cintilavam no pátio elevado em frente à piscina. Ultrapassaram os arcos e adentraram a construção, onde lamparinas a óleo dispostas no chão, ao longo de um corredor estreito, tremeluziam; o teto era baixo e havia diversas portas e escadarias. Uma corrente de ar sussurrante, como uma conversa longínqua, vinha ao encontro do rosto deles.

Seguiram em silêncio e o mais rápido a que se atreviam; Tharkay os liderava, com Dunne sussurrando-lhe o caminho conforme conseguia se lembrar naquela escuridão. Passaram por pequenas salas, algumas ainda tomadas de uma fragrância doce e mais leve do que a de rosas, percebida ocasionalmente e que desaparecia subitamente em meio a um odor mais forte, de incenso e especiarias. Por toda a parte, jogadas em divãs e espalhadas pelo chão, estavam as distrações das horas de ócio do harém: caixas com equipamentos para a escrita, livros, instrumentos musicais, enfeites de cabelo, echarpes, tintas e pincéis de maquiagem. Digby enfiou a cabeça por uma porta e engasgou, espantado. Os outros foram até ele, colocando as mãos nas suas pistolas e espadas ao verem ao seu redor uma multidão de rostos distorcidos. Na verdade, olhavam para um cemitério de antigos espelhos, quebrados e rachados, encostados às paredes, ainda em suas molduras douradas.

Às vezes Tharkay os interrompia e sinalizava para que entrassem em uma sala ou para que rastejassem em absoluto silêncio, aguardando até que os passos a distância voltassem a desaparecer. Em certo momento algumas mulheres passaram pelo corredor rindo e conversando, vozes próximas e agudas. Laurence tomava cada vez mais consciência de um peso, uma umidade no ar e um aumento do calor, e Tharkay, olhando ao redor, captou o seu olhar e assentiu, fazendo-lhe um aceno.

Laurence rastejou até ele. Através de uma treliça, eles viram um corredor de mármore bem iluminado e alto.

— Sim, foi aqui que as vimos — sussurrou Dunne, apontando para um arco estreito e alto. O chão ao redor estava brilhante e úmido.

Tharkay levou um dedo aos lábios e sinalizou para que eles voltassem à escuridão. Agachado, ele seguiu em frente, desaparecendo por minutos que pareceram intermináveis. Ao voltar, sussurrou:

— Achei o caminho, mas há guardas...

Quatro eunucos negros e uniformizados estavam na base da escadaria, ociosos e sonolentos àquele horário tardio, conversando entre si sem, na verdade, prestar muita atenção ao que acontecia à sua volta. Contudo, não havia uma forma fácil de ir até eles sem serem vistos e causar alarme. Laurence pegou sua cartucheira e abriu algumas balas, espalhando a pólvora no chão. Eles se esconderam em ambos os lados do alto da escada e ele deixou que as balas rolassem degraus abaixo, chocando-se contra o mármore duro e fazendo um grande barulho.

Mais intrigados do que alarmados, os guardas foram investigar o ocorrido e se abaixaram para analisar a pólvora negra. Granby correu na direção deles enquanto Laurence dava ordens aos outros, e acertou uma coronhada em um dos guardas. Tharkay fez o mesmo em outro eunuco, usando um único golpe rápido, na têmpora, com o cabo da sua faca, fazendo-o tombar no chão. Laurence sufocou o terceiro, com os braços ao redor do seu pescoço, até que ele ficasse imobilizado. O último, porém, um homem grande como um barril, conseguiu resistir a um golpe de Digby e gritar antes que Martin o derrubasse.

Ficaram todos ali, ofegantes, atentos a um possível aumento da vigilância, mas não houve resposta. Arrastaram os guardas até o canto escuro onde haviam se escondido e amarraram-nos com cordas enroladas em seus pés e mãos.

— Precisamos nos apressar — disse Laurence e eles correram pela escada abaixo até o corredor vazio, fazendo as botas soarem alto contra os azulejos. A sala de banho consistia de um cômodo de mármore e de pedra, com um teto alto e esculpido, repleto de delicados arcos pontudos feitos de uma rocha amarelada, grandes bacias de pedra e torneiras de ouro nas paredes, biombos de madeira escura, pequenas alcovas onde se vestir nos diversos cantos e plataformas de pedra no centro da sala. Era enorme e estava vazia, tomada de vapor e de gotículas de água.

Várias portas em arco levavam para fora do ambiente; uma escadaria em espiral estreita e feita de pedra levou-os a uma porta de ferro no alto, quente ao toque.

Eles se reuniram ao seu redor e a abriram. Granby e Tharkay entraram quase que imediatamente em uma câmara que ardia de tão quente, iluminada com um infernal brilho laranja-avermelhado. Uma fornalha enorme praticamente preenchia o ambiente, com um imenso caldeirão fervente de cobre cintilante, canos serpenteando para fora e sumindo pelas paredes e uma pilha de lenha para alimentar sua chama feroz. Perto da lenha, um braseiro de carvões recém-colocados começava a se acender e a queimar, com pequenas chamas os atiçando para aquecer uma tigela de pedra. Dois escravos negros, sem roupas até a cintura, os olhavam. Um segurava uma concha de cabo longo cheia de água, que ele derramava sobre as pedras quentes, e o outro, um atiçador de ferro.

Granby viu o primeiro e, com a ajuda de Martin, derrubou-o no chão, abafando os seus ruídos. O segundo, porém, sacudiu o seu atiçador incandescente, apontando-o para Tharkay, e estava prestes a gritar. Tharkay soltou um grunhido estranho e segurou o braço do homem, afastando o atiçador, enquanto Laurence pulou sobre ele para conter o grito com a sua mão. Digby acertou o homem.

— Tudo bem? — perguntou Laurence rispidamente. Tharkay havia apagado a pequena chama que queimava as suas calças com as abas do seu casaco, mas não se apoiava na perna direita e se inclinou, com o rosto contorcido de dor, contra a parede. Havia um odor de carne queimada no ar.

Tharkay não respondeu, mantendo a mandíbula cerrada, mas fez um sinal para que Laurence não se preocupasse e apontou uma pequena porta de ferro atrás da fornalha, protegida por barras cobertas de ferrugem vermelha. Naquela câmara, ligeiramente mais fria, repousavam, sobre grandes ninhos de tecido sedoso, 12 ovos de dragão. A grade era quente demais para ser tocada, mas, protegendo as mãos com pedaços largos de couro separados por Fellowes, Laurence e Granby afastaram a grade e abriram a porta.

Granby entrou e andou até os ovos. Ergueu a seda e tocou os ninhos com um cuidado amoroso.

— Ah, aqui estão nossas belezuras — disse ele reverentemente, descobrindo um ovo empoeirado, em tom avermelhado, salpicado de manchas verdes. — Esse é nosso Kazilik e, pelo toque, tem no máximo oito semanas. Não chegamos tarde demais.

Tornou a cobri-lo e, com grande cuidado, ele e Laurence levantaram-no do seu lugar, com pano de seda, e levaram-no à fornalha, onde Fellowes e Digby começaram a envolvê-lo com as tiras de couro.

— Olhem para eles... — disse Granby, voltando para analisar o restante dos ovos e acariciando as suas cascas com a ponta dos dedos. — O que o Corpo Aéreo não daria pelo lote inteiro! Mas esses são os que nos foram prometidos: um Alaman, de combate leve, esse aqui — indicou o menor dos ovos, de clara tonalidade amarelo-limão — e um Akhal-Teke, um dragão médio — apontou um ovo cor de creme, manchado de vermelho e de laranja, com quase o dobro do tamanho do Alaman.

Todos se uniram para prender as correias sobre os panos de seda, amarrando-as bem com as mãos que escorregavam no couro. Estavam molhados de suor e haviam se formado grandes manchas escuras nas costas dos seus casacos. Para trabalhar escondidos, eles haviam fechado a porta e, com apenas janelas estreitas, a sala era praticamente um forno que poderia cozinhá-los vivos.

Vozes abruptas entraram pelas aberturas. Eles pararam, com as mãos ainda nas correias, e uma voz mais alta chegou com maior clareza, o grito de uma mulher.

— "Mais vapor" — traduziu Tharkay num sussurro. Martin pegou a concha e despejou um pouco da água que estava na bacia sobre as pedras, mas as nuvens de vapor não saíram pelas aberturas e tornaram praticamente impossível enxergar algo no interior da fornalha.

— Precisamos agir depressa: desceremos as escadas e sairemos pelo arco mais próximo, até o primeiro lugar ao ar livre que virmos — informou Laurence em voz baixa, olhando para todos para confirmar que haviam escutado.

— Não sou de nenhuma ajuda em uma luta, então posso levar o Kazilik — disse Fellowes, deixando o restante das correias em uma pilha sobre o chão. — Prenda-o às minhas costas e Dunne me ajudará a me equilibrar.

— Muito bem — disse Laurence, ordenando que Martin e Digby pegassem o Akhal-Teke e o pequeno Alaman. Ele e Granby sacaram as espadas, e Tharkay, que havia amarrado a perna com algumas das correias de couro, sacou sua faca — não poderiam confiar nas suas armas de fogo depois de ensopados por 15 minutos naquela atmosfera espessa e úmida.

— Fiquem juntos — disse ele atirando o restante da água sobre as pedras quentes e as brasas e abrindo a porta com um chute.

As grandes ondas de vapor esbranquiçado acompanharam-nos e estavam na metade do caminho até um dos arcos quando o ar se clareou o suficiente para que pudessem enxergar algo. Então Laurence se viu frente a frente com uma belíssima mulher, completamente nua, segurando uma jarra de água. Sua cor era exatamente a do chá com creme, e os seus cabelos, a sua única cobertura, eram cordões de ébano compridos e brilhantes. Ela o encarou com olhos verdes como o mar, extraordinariamente grandes e com riscos castanhos, confusa, e deu um grito agudo e ensurdecedor, causando pânico nas outras mulheres. Eram mais de dez, igualmente belas mas completamente diferentes, e todas aquelas vozes ressoaram em um alarme selvagem e musical.

— Ah, meu Deus! — disse Laurence muito envergonhado. Ele a pegou pelos ombros, afastou-a do seu caminho e correu até a passagem em arco, com os seus homens atrás de si. Mais guardas surgiram, correndo de diversos lugares e dois deles alcançaram Laurence e Granby.

Eles se viram diante de seus oponentes mas Laurence conseguiu derrubar a espada de um dos guardas e chutá-la pelo chão. Juntos, Laurence e Granby os afastaram para trás, até o corredor, todos deslizando um pouco no chão escorregadio, depois correram até a escadaria. Os dois guardas caídos chamaram os companheiros.

Laurence e Granby enfiaram-se sob os braços de Tharkay e ajudaram-no a subir, mancando, os degraus. Os outros estavam comprometidos pelo peso dos ovos, mas todos conseguiram seguir em grande velocidade, com a perseguição crescendo furiosamente atrás deles, e os gritos das mulheres chamando ainda mais atenção. Passos de pessoas correndo à frente deles os advertiram de que a sua rota original havia sido interceptada, porém Tharkay disse rispidamente:

— Vamos para o leste, por aqui!

Eles se viraram e seguiram por outro corredor para fugir.

Um golpe de ar frio, desesperadamente bem-vindo, tocou-lhes os rostos enquanto corriam e chegavam a um quadrilátero ao ar livre, com todas as janelas reluzindo ao seu redor. Granby caiu no chão com um joelho, dobrado e disparou o sinalizador. O primeiro e o segundo se recusaram a funcionar, por estarem molhados demais, e, xingando-os, ele atirou os cilindros inertes para longe, mas o terceiro, que esteve escondido na sua camisa, por fim se acendeu e a trilha azul cintilante subiu fumegando no céu negro.

E eles, então, foram obrigados a pousar os ovos no chão e a se virar para combater. Os primeiros guardas já estavam ali, gritando, enquanto chegavam cada vez mais homens. Por sorte, com medo de danificar os ovos, os guardas turcos não haviam recorrido a suas armas de fogo e tiveram cautela em se aproximar demais, confiantes em que bastaria um pouco de paciência para derrotar os invasores, dada a sua superioridade numérica. Laurence lutou para afastar um dos guardas, golpeando de um lado e de outro. Ele contava o tempo em batidas de asas, mas mal chegara à metade do que esperava quando Temeraire, rugindo e sobrevoando o pátio, fez com que a ventania causada pela sua chegada quase jogasse todos no chão.

Os guardas se afastaram desajeitados, aos gritos. Não havia espaço para Temeraire pousar sem destruir parte do edifício, mas os dragões Celestiais eram capazes de planar. Batendo as asas poderosamente, Temeraire permaneceu acima deles. O movimento das suas asas atirou pedaços de tijolos e de pedras no pátio e os vidros das várias janelas ao redor explodiram em sons secos, enchendo o chão de pedaços de vidro afiados.

A tripulação a bordo de Temeraire atirou cordas para a expedição abaixo. Rapidamente, eles amarraram os ovos e os alçaram para cima, para que fossem guardados na rede de carga sob a barriga do dragão. Fellowes, sem soltar a sua carga preciosa, deixou-se erguer junto com o ovo e foi com ele atirado na rede, onde muitas mãos o ajudaram a prender seus mosquetões nos arreios.

— Rápido, rápido! — gritou Temeraire. O alarme fora soado em alto e bom som, com cornetas tocando incessantemente e mais sinalizadores cintilando no céu. Então, ao norte dos jardins, emergiu um terrível rugido e um grande jato de fogo cintilou avermelhado nos céus: os Kaziliks chegaram voando em espirais, em meio à própria fumaça e chamas. Laurence ajudou a empurrar Dunne para cima, até as mãos dos mensageiros, e pulou para a rede de carga.

— Temeraire, todos a bordo, vamos! — gritou ele, suspenso pelas mãos. Os cadetes ajudavam os outros a prenderem suas correias, e Therrows tinha os mosquetões de Laurence nas mãos. Abaixo, os guardas voltavam com rifles, tendo perdido qualquer cautela em relação aos ovos. Eles formaram uma linha e apontaram os rifles para o mesmo ponto, a única maneira de ferir um dragão com um tiro.

Temeraire se recompôs, batendo as asas, e com um grande impulso subiu cada vez mais nos céus. Digby gritou:

— O ovo, cuidado com o ovo!

Depois, correu até ele. O tecido de seda que cobria o pequeno ovo de Alaman ficara preso em alguma protuberância no chão e se desenrolava em uma longa e gloriosa fita vermelha abaixo das correias de couro, fazendo com que o ovo, frágil e úmido, ficasse quase solto nas amarras.

Os dedos de Digby tocaram a casca, mas ela escorregou e se soltou entre as correias e a rede de carga. O garoto então se desprendeu do cinto e o agarrou com a outra mão, mas seus mosquetões ainda não haviam sido presos.

— Digby! — gritou Martin, esticando o braço até ele. O salto de Temeraire, porém, não podia ser interrompido; eles já estavam sobre o teto e continuavam a subir com a força das poderosas asas. Digby caiu, espantado e boquiaberto, ainda segurando o ovo contra o peito.

Juntos, o garoto e o ovo rolaram pelo ar e se espatifaram contra as pedras do pátio, em meio aos guardas que berravam. Os braços de Digby ficaram estatelados contra o mármore branco e o corpo, curvo e semiformado, do dragonete surgiu em meio aos destroços da casca. A luz da lanterna brilhou sinistramente sobre os pequenos corpos destruídos que jaziam em uma poça de sangue e gosma de ovo, enquanto Temeraire subia cada vez mais alto e mais distante.

Capítulo 10

Foi um voo longo e desesperado até a fronteira austríaca. Todos estavam com o coração partido e apenas a urgência do momento os impedia de ceder à dor. Temeraire impulsionava-se para a frente, na noite, sem dizer uma palavra e sem responder aos chamados suaves de Laurence, a não ser para lamentar suas penas, enquanto atrás deles um holocausto de fogo brandia em fúria conforme os dragões Kazilik riscavam os céus tentando encontrá-los.

A lua se pusera e havia apenas a luz das estrelas enevoadas e um ocasional rastro da luz da lanterna quando checavam a bússola. O couro negro de Temeraire era quase invisível no escuro e seus ouvidos estavam atentos para o som de asas de dragão. Três vezes precisou se desviar quando mensageiros mais velozes passaram por ele, levando a notícia; todos estavam sob alerta. Durante todo o tempo eles seguiram com rapidez enquanto Temeraire desafiava os seus limites de velocidade, fazendo as asas trabalharem como remos que mergulhavam na noite.

Laurence não tentou contê-lo. Não havia mais o tumulto ou o calor da batalha, o que, em outras ocasiões, poderia ter levado Temeraire a exceder os limites da própria resistência. Era impossível ter certeza da velocidade em que eles seguiam, pois abaixo deles existia apenas escuridão, salvo por um ou outro brilho tênue de uma chaminé. Eles se aninharam, em silêncio, perto do corpo de Temeraire, para se protegerem da força do vento.

Ao leste, atrás deles, começava a cintilar uma luz azul-clara e as estrelas estavam sumindo. Não adiantaria pedir que Temeraire fosse mais rápido: se não chegassem na fronteira antes do amanhecer, teriam de se esconder até a noite seguinte, pois não haveria como continuar a viagem durante o dia.

— Senhor, vejo uma luz ali — disse Allen, quebrando o silêncio com uma voz contida e ainda embargada pelas lágrimas. Ele apontou ao norte.

Um após o outro, reflexos de tochas saltaram à vista: uma linha fina de luzes se formou sobre a fronteira, a qual se somava o rugido baixo e irado de dragões, chamando uns aos outros cheios de frustração. Eles sobrevoavam a fronteira em pequenas formações, como pássaros em círculos, agitados e observando a escuridão.

— Nenhum deles é capaz de voar à noite... Estão apenas arriscando um tiro no escuro — disse Granby ao ouvido de Laurence, com a mão em concha para encobrir o barulho.

Laurence assentiu.

A agitação dos dragões turcos havia alertado a fronteira austríaca. Na extremidade mais distante do Danúbio, Laurence avistou uma fortificação, completamente iluminada, sobre um morro. Tocou a lateral do corpo de Temeraire e, quando esse virou os seus grandes olhos brilhantes e líquidos no escuro, apontou-a para ele em silêncio.

Temeraire assentiu. Não seguiu diretamente até a fronteira, voando por um tempo paralelamente à linha formada pelos dragões, observando-os. Ocasionalmente as equipes em vigília chegavam ao ponto de dar um tiro de rifle na escuridão, mais pela pequena satisfação de fazer algum barulho do que pela esperança verdadeira de atingir um alvo, e de lançar um sinalizador, mas era inútil tentar iluminar uma fronteira de quilômetros de extensão.

Temeraire demonstrou músculos subitamente tensionados. Laurence, então, abaixou Allen e o outro vigia, Harley, e ficou rente ao pescoço de Temeraire. O dragão se impulsionou para a frente, com golpes rápidos das asas, alcançando grande velocidade. Perto da fronteira, ele parou de bater as asas, deixando-as completamente estendidas, e inspirou uma única vez, de forma pesada e profunda, distendendo as laterais do corpo. Planando, seguiu até um dos pontos escuros entre os postos avançados.

Não tornou a bater as asas pelo máximo de tempo possível e chegaram tão perto do chão que Laurence pôde sentir o cheiro de pinheiros jovens antes de, por fim, Temeraire arriscar um novo impulso, para voar mais alto e se afastar do topo das árvores. Ele seguiu ao norte do forte austríaco por quase dois quilômetros antes de se virar novamente. A fronteira turca estava mais visível contra o céu que clareava e não havia sinal de terem sido vistos ao cruzarem aquele espaço; os dragões continuavam os seus voos de busca.

Todavia, precisavam esconder-se antes do raiar do dia. Temeraire era grande demais para não ser visto em um campo.

— Esconda as nossas cores e erga uma bandeira branca, Sr. Allen — disse Laurence. — Temeraire, aterrisse o mais rápido que puder. É melhor que eles façam barulho dentro dessas paredes do que indiquem nossa aproximação.

A cabeça de Temeraire estava abaixada. Ele havia voado com mais ímpeto do que nunca, e após experimentar uma grande tristeza e estresse. Batia as asas devagar, não por cautela e sim por exaustão, porém se recompôs sem reclamar para dar mais um impulso. Seguiu em direção ao forte e sobre as suas muralhas em um movimento desesperado, pousando pesadamente no pátio, oscilando sobre as suas patas, espalhando medo em uma tropa de cavalaria, de um lado, e em um pelotão de infantaria do outro, todos gritando enquanto fugiam.

— Não atirem! — berrou Laurence ao seu megafone.

A seguir, ele repetiu a ordem em francês e se levantou para agitar a bandeira britânica. Conseguiu certa calma da parte dos austríacos e, nesse tempo, Temeraire suspirou e voltou a se sentar sobre as ancas, deixando pender a cabeça para a frente, sobre o peito, dizendo:

— Ah, como estou exausto!

O coronel Eigher providenciou cafés camas, e, para Temeraire, um cavalo que, na confusão, quebrara uma das patas. O restante deles foi apressadamente levado para fora das muralhas do forte e deixado em um pátio coberto, sob guarda. Laurence dormiu até a tarde e se levantou ainda parcialmente imerso nas trevas do sono, enquanto Temeraire continuava a roncar de uma maneira que certamente o teria denunciado até mesmo aos turcos, a um quilômetro de distância da fronteira, se não estivesse protegido atrás das espessas muralhas de madeira do forte.

— Eles planejam dançar segundo a música de Bonaparte, não? — perguntou Eigher quando lhe deram um relato mais completo da aventura do que aquele que Laurence fora capaz de balbuciar na noite anterior. A única preocupação dele, o que era compreensível, era com o que o seu país poderia esperar em relação aos vizinhos. — Que muita alegria obtenham com ele!

Eigher ofereceu a Laurence um belo jantar e um pouco de empatia, mas tinha certas reservas.

— Eu os mandaria a Viena — disse, servindo mais uma taça de vinho. — Mas estaria lhes fazendo um mal. Envergonha-me dizer, mas existem criaturas que se autodenominam homens mas que seriam capazes de servi-los a Bonaparte numa bandeja... e de joelhos.

Laurence disse calmamente:

— Fico muito grato pelo acolhimento, senhor, e por nada eu constrangeria o senhor ou seu país. Sei que estão em paz com a França.

— Em paz... — repetiu Eigher com amargura. — Estamos acovardados aos pés deles, o senhor poderia dizer com mais honestidade.

Ao fim da refeição, eles haviam bebido quase três garrafas de vinho e a lentidão com a qual o vinho exerceu algum efeito sobre Eigher provou que beber era, para ele, algo costumeiro. O coronel era um cavalheiro, sim, mas não da alta sociedade, o que limitara o seu progresso e as promoções que ele teria merecido, suspeitou Laurence. Não era, porém, o ressentimento que o levava a beber, mas uma tristeza evidente à medida que a noite avançava e que a combinação do vinho com a companhia soltava mais a sua língua.

Austerlitz era o seu demônio; ele servira ao general Langeron naquela batalha fatal.

— Aquele desgraçado nos deu o planalto de Pratzen e a cidade em si! — disse ele. — Retirou deliberadamente os seus homens do melhor local, fingindo recuar, e para quê? Para que fôssemos atrás dele! Ele tinha então 50 mil homens e nós, 90 mil, contando os russos, e ainda assim nos seduzia a lutar. — Sem vontade, ele riu. — E por que não daria Pratzen e a cidade para nós? Ele os tomou de volta com facilidade, alguns dias depois.

O coronel apontou um mapa sobre a mesa, onde ele montara um esquema da batalha. Foi algo que dificilmente lhe tomou mais de dez minutos, muito embora ele estivesse completamente embriagado.

Laurence não bebera o bastante para anestesiar o choque da sua reação; ele soubera do grande desastre de Austerlitz quando ainda estava no mar, a caminho da China, e a notícia que recebera fora extremamente vaga. Os meses subsequentes não lhe forneceram informações mais precisas e ele, em alguns momentos, se permitira acreditar que aquela vitória havia sido exagerada. Os soldadinhos de chumbo de Eigher e os dragões de madeira na sua majestosa disposição lhe causavam uma impressão profundamente desagradável à medida que o coronel os movimentava.

— Ele deixou que nos divertíssemos batendo um pouco nele à direita, até esvaziarmos nosso centro — disse Eigher —, e então eles apareceram: 15 dragões e 20 mil homens. Eles foram trazidos em marchas forçadas e não ouvimos nem sequer um sussurro na sua chegada. Lutamos com dificuldade por algumas horas e a guarda imperial russa lhes custou algum sangue, mas foi o fim.

Esticando a mão, ele derrubou uma pequena figura, montada em um cavalo e com um bastão de comandante, e se recostou na cadeira, de olhos fechados. Laurence apanhou um dos pequenos dragões de madeira e o revirou nas mãos; não sabia o que dizer.

— O imperador Francisco foi até ele e lhe implorou a paz na manhã seguinte — continuou. — O sagrado imperador romano, de joelhos ante um ladrão que havia roubado para si a coroa. — Sua voz era espessa, mas ele não tornou a falar e caiu, em vez disso, lentamente em estupor.

Laurence deixou Eigher dormindo e foi até Temeraire, que agora estava acordado e não menos infeliz.

— Digby é uma perda triste o bastante — disse o dragão —, mas matamos um pequeno dragão também, em nada relacionado com isso tudo. Ele não escolheu ser vendido a nós nem ser mantido com os turcos, e não poderia se defender.

Temeraire, ressentido, havia enrolado a sua cauda ao redor dos dois ovos restantes, mantendo-os aninhados junto ao seu corpo, talvez por instinto, e ocasionalmente tocava as cascas com a língua bifurcada. Somente com relutância permitiu que Laurence e Keynes viessem examiná-los e ficou tão perto que o cirurgião disse, com impaciência:

— Tire a sua maldita cabeça da frente, sim? Não consigo ver nada com você bloqueando a luz.

Keynes bateu levemente nas cascas, apertou o ouvido contra a superfície, molhou um dedo e levou o dedo à boca. Quando se deu por satisfeito com o exame, afastou-se. Temeraire se aproximou ainda mais dos ovos e olhou-o ansiosamente para ouvir seu veredito.

— Bem, eles estão em bom estado, não sofreram nenhum choque prejudicial — disse Keynes. — É melhor mantê-los enrolados na seda, e — agitou o polegar na direção de Temeraire — não vai lhes fazer mal nenhum que ele banque a babá. O de médio porte está completamente fora de perigo; pelo som, acredito que o filhote ainda não esteja formado, talvez tenhamos de esperar meses por ele. Mas não temos tempo no que diz respeito a levar para casa o Kazilik, que tem entre seis e oito semanas.

— A Áustria não é segura, tampouco os estados alemães, com as tropas francesas espalhadas por todo o lado — disse Laurence. — Planejo seguir ao norte, através da Prússia. Em 10 dias chegaremos à costa e faremos um voo de poucos dias até a Escócia.

— Para onde quer que forem, sejam rápidos! Planejo atrasar um pouco a entrega do meu relatório a Viena, para vocês terem tempo de deixar o país antes que esses malditos políticos arranjem um jeito de envergonhar um pouco mais a Áustria — disse Eigher quando Laurence voltou a conversar com ele naquela noite. — Posso lhes dar um salvo-conduto até a fronteira, mas não seria melhor irem por mar?

— Isso levaria mais um mês, contornando Gibraltar, e teríamos de encontrar abrigo na costa italiana durante boa parte do trajeto — res-

pondeu Laurence. — Sei que os prussianos ajudaram Bonaparte, mas acredita que chegariam a ponto de nos entregar a ele?
— Entregá-los? Não — respondeu Eigher. — Eles vão declarar guerra.
— Contra Napoleão? — exclamou Laurence. Era uma boa notícia que ele não esperava ouvir, pois os prussianos há tempos eram a força militar mais poderosa da Europa; se houvessem se juntado à primeira coalizão, o resultado certamente teria sido bastante diferente, e a sua entrada no conflito parecia a Laurence uma grande vitória para os inimigos de Napoleão. Mas claramente Eigher não via nada com o que se alegrar.

— Sim, e quando ele os derrotar, assim como os russos, não haverá ninguém na Europa capaz de contê-lo — respondeu o coronel.

Laurence guardou para si a sua opinião quanto ao pessimismo de Eigher. Aquela notícia enchera de ânimo o seu coração, mas um oficial austríaco, não importasse o quanto odiasse Bonaparte, não desejava ver o exército prussiano vencer onde o seu havia falhado.

— Ao menos eles não terão motivos para atrasar a nossa jornada — comentou Laurence, com tato.

— Vá depressa e mantenha-se à frente da batalha, senão será o próprio Bonaparte quem os irá atrasar — concluiu Eigher.

Na noite seguinte, eles partiram novamente, sob a proteção da escuridão. Laurence deixara diversas cartas com Eigher para serem enviadas para Viena e, da capital, para Londres, embora esperasse chegar à Inglaterra antes disso. Porém, no caso de algum acidente, o progresso que fizera deveria ao menos ser conhecido, assim como a atual situação em relação ao império otomano.

Seu relatório ao Conselho, laboriosamente codificado nas cifras do ano anterior, que eram tudo o que ele tinha à mão, assumira um tom mais rígido do que o de costume. Não era exatamente culpa, pois ele estava bastante convencido da justiça dos seus atos. Tinha consciência, porém, de como tudo poderia parecer a um juiz hostil: uma aventura imprudente e incauta, sem a sanção de qualquer autoridade superior, transformava-se na menor das evidências. Era muito fácil concluir que a mudança de atitude dos turcos fora a consequência, e não a causa, do roubo.

E aquilo nem mesmo poderia ser defendido como uma questão de dever, pois ninguém chamaria de dever um homem empreender tão insana e desesperada missão, com profundas implicações no relacionamento com uma potência estrangeira, sem ter recebido ordens para isso. Na verdade, seria visto como o contrário. Ele tampouco era o tipo de sofista capaz de apontar como justificativa, na caradura, as ordens de Lenton de trazer os ovos para a Inglaterra. Não havia nenhuma justificativa, na verdade, a não ser a urgência; a reação mais sensata seria o retorno imediato para casa, a fim de colocar a questão espinhosa nas mãos do ministério.

Ele não tinha certeza de que teria aprovado as suas próprias ações caso as tivesse sabido por terceiros; pensaria que se tratava apenas do tipo de comportamento bizarro que o mundo esperava dos aviadores e, de fato, talvez houvesse um pouco de verdade nisso. Ele não sabia se teria se arriscado tanto caso estivesse subordinado ao bel-prazer da Marinha. Se deliberada, sua cautela teria sido considerada sem valor, mas ele nunca escolhera conscientemente a via política. Era uma grande distinção ser o capitão de um dragão que participava completamente das suas empreitadas e que não poderia ser dado ou tomado segundo a vontade dos outros. Laurence se viu desagradavelmente obrigado a refletir sobre se corria o risco de começar a se considerar acima de qualquer autoridade.

— Eu, da minha parte, não vejo o que há de tão maravilhoso em ter autoridade — disse Temeraire quando Laurence se aventurou a contar-lhe a sua ansiedade, ao se sentarem para descansar naquela manhã. Eles haviam acampado numa clareira no alto de uma montanha, onde não havia nada senão um punhado de ovelhas, que estavam sendo assadas cuidadosamente por Gong Shu, em um braseiro que não soltava muita fumaça a fim de evitar chamar atenção.

— Para mim, parece apenas uma forma de obrigar, com ameaças, as pessoas a fazerem o que não querem, pois não seriam convencidas de outra forma — continuou o dragão. — Fico muito feliz por estarmos acima disso! Não ficaria nem um pouco satisfeito se o arrancassem de mim e me obrigassem a ter outro capitão, como se eu fosse um barco.

Laurence não poderia argumentar contra isso. E embora pudesse contestar aquela descrição da autoridade, não o fez, por achar que soaria muito falso. Ele simplesmente gostava de não ter amarras, o que fora verdade ao menos até aquele momento, e mesmo tendo vergonha não mentiria a respeito.

— Suponho que qualquer homem seria um tirano se pudesse — disse ele, melancólico. — O que é somente mais um motivo para negar a Bonaparte ainda mais poder.

— Laurence — disse Temeraire, pensativo —, por que as pessoas o obedecem, se ele é tão desagradável? E não apenas as pessoas, mas os dragões também?

— Bem, não sei se ele é desagradável como pessoa — admitiu Laurence. — Seus soldados o adoram, embora isso não seja surpreendente dado o fato de que ele vence todas as guerras. Deve ter algum carisma, para ter chegado tão longe.

— Então por que é tão terrível que ele tenha autoridade, se alguém precisa tê-la? — perguntou Temeraire. — Afinal, nunca ouvi dizer que nosso rei tenha vencido em batalhas.

— A autoridade do rei não é como a de Bonaparte — respondeu Laurence. — Ele é um chefe de Estado, mas não detém um poder absoluto; nenhum homem tem tal poder na Grã-Bretanha. Bonaparte, porém, não tem amarras, nenhuma restrição à sua vontade, e os seus bens servem apenas a si mesmo. Nosso rei e os seus ministros servem primeiro à nação e depois a si mesmos, ao menos os melhores assim o fazem.

Temeraire suspirou e não continuou a discutir. Voltou a se aconchegar junto dos ovos, deixando que Laurence o fitasse, ansioso. Não se tratava apenas de uma perda infeliz: a morte de um membro da equipe sempre abalava Temeraire, porém geralmente ele se lançava à raiva frustrada e não a essa letargia arrastada. Laurence temia, então, que a verdadeira causa do desentendimento entre eles fosse a questão da liberdade dos dragões; enfim, uma decepção mais profunda, que o tempo não seria capaz de aplacar.

Ele poderia tentar explicar a Temeraire vagarosos esforços políticos rumo à abolição, os longos anos nos quais Wilberforce empurrara um ato parcial atrás do outro no Parlamento, e como os ingleses continuavam lutando para banir o tráfico. Todavia aquilo lhe pareceu de pouco consolo ou utilidade, pois um progresso tão lento e calculado nunca acalmaria a alma ansiosa de Temeraire e, de qualquer forma, eles teriam pouco tempo para a política enquanto estivessem envolvidos nesses afazeres.

Cada vez mais, porém, ele sentia que era necessário manter alguma esperança; por mais que Laurence não pudesse esconder a convicção de que os esforços de guerra deveriam vir em primeiro lugar, era difícil ver Temeraire tão deprimido.

O interior da Áustria estava coberto por verde e dourado, por causa da colheita que amadurecia, e os rebanhos, gordos e satisfeitos, ao menos até Temeraire os alcançar. Eles não haviam visto outros dragões nem enfrentaram qualquer desafio. Seguiram até a Saxônia e posteriormente para o norte, durante dois dias, ainda sem sinais de mobilização militar. Por fim, ultrapassaram um dos últimos montes das cordilheiras de Erezgebirge e encontraram, abruptamente, um vasto acampamento nos arredores de Dresden, onde 70 mil homens, ou mais, e quase vinte dragões se esparramavam pelo vale.

Laurence ordenou tardiamente que estendessem a bandeira, pois um alarme fora disparado, homens haviam sacado as suas armas e grupos correram até os dragões. A bandeira britânica lhes proporcionou uma recepção bastante diferente, entretanto, indicaram que Temeraire seguisse para um local rapidamente desocupado no acampamento.

— Mantenha os homens a bordo — ordenou Laurence a Granby. — Espero que não precisemos nos demorar e ainda poderemos percorrer mais 200 quilômetros hoje.

Ele se soltou dos arreios e pulou para o chão, imaginando as suas explicações e solicitações em francês, e sacudiu, de forma nada eficiente, uma parte da sujeira de suas roupas.

— Bem, já estava mais do que na hora! — disse uma voz em inglês ríspido. — Onde está o resto?

Laurence se virou e olhou inexpressivamente o oficial britânico malhumorado e que batia com o chicote na perna. Se encontrasse ali um vendedor de peixe da praça Piccadilly, Laurence dificilmente teria ficado mais espantado.

— Meu Deus, então também estamos nos mobilizando? — perguntou ele. — Perdão — acrescentou, recompondo-se com atraso. — Capitão William Laurence, do Temeraire, a seu serviço, senhor.

— Ah, coronel Richard Thorndyke, oficial de conexão — respondeu o coronel. — E o que quer dizer? Sabe muito bem que esperávamos por vocês!

— Senhor — disse Laurence ainda mais atônito —, acredito que nos confundiu com outro grupo, pois é impossível que estejam esperando por nós. Viemos da China e passamos por Istambul; as últimas ordens que recebemos foram há meses.

Dessa vez foi Thorndyke quem o encarou, e com um horror crescente.

— O quê? Quer me dizer que estão sozinhos? — exclamou.

— Tal como nos vê — respondeu Laurence. — Paramos apenas para solicitar segurança na nossa passagem, pois estamos a caminho da Escócia em uma ação urgente para o Corpo Aéreo.

— Qual ação mais urgente do que a maldita guerra o Corpo Aéreo pode ter? Eu bem que gostaria de saber! — exclamou Thorndyke.

— E eu gostaria de saber, senhor, o que justifica tal comentário a respeito dos meus serviços — retrucou Laurence, irritado.

— O quê! — gritou Thorndyke. — Os exércitos de Bonaparte já surgem no horizonte, e o senhor me pergunta "o quê?". Aguardo vinte dragões que deveriam ter chegado há dois meses; *esse* é o maldito motivo.

Parte 3

Capítulo 11

O PRÍNCIPE HOHENLOHE ouviu as tentativas de explicação de Laurence sem muita expressividade. Com cerca de 60 anos e um rosto jovial dignificado, em vez de desagradavelmente formal, por aquela peruca empoada, ele parecia determinado.

— A Grã-Bretanha ofereceu pouco para derrotar um tirano que professa odiar tanto — disse ele finalmente, quando Laurence acabou. — Nenhum exército veio das suas fronteiras para se juntar a nós na batalha. Outros, capitão, poderiam reclamar que a Grã-Bretanha prefere gastar ouro a sangue, mas a Prússia está disposta a assumir o peso maior da guerra. Entretanto, vinte dragões nos foram garantidos e, às vésperas da guerra, nenhum chegou. Isso significa que a Grã-Bretanha pretende desonrar o seu acordo?

— Senhor, nada semelhante a isso, eu lhe asseguro — disse Thorndyke, lançando um olhar odioso para Laurence.

— Não poderia haver tal intenção — continuou Laurence. — Não consigo imaginar o que os atrasou, senhor, mas isso somente aumenta a minha ansiedade de retornar à Inglaterra. Estamos a pouco mais de uma semana de voo; se nos der passagem, posso ir e retornar antes do fim do mês, com toda a equipe que lhe foi prometida.

— Talvez não tenhamos esse tempo e não estou inclinado a aceitar mais garantias vazias — replicou Hohenlohe. — Se a equipe prometida aparecer, o senhor terá a sua passagem; até então, será nosso hóspede ou, se preferir, fazer o que estiver em seu poder para cumprir as promessas que nos foram feitas. Essa escolha eu deixo a cargo da sua consciência.

Ele sinalizou para o guarda, que abriu a porta da tenda indicando que a entrevista chegara ao fim. Apesar das suas maneiras educadas, havia dureza sob as suas palavras.

— Espero que não seja tão estúpido a ponto de ficar parado e aumentar ainda mais o desgosto deles por nós — comentou Thorndyke quando saíram.

Laurence, muito bravo, virou-se para ele.

— Da mesma forma, esperei que o senhor nos defendesse em vez de encorajar os prussianos a nos tratar mais como prisioneiros do que como aliados, insultando o Corpo Aéreo. Bela atuação para um oficial britânico, quando o senhor conhece muitíssimo bem as nossas circunstâncias.

— Qual importância pode ter um par de ovos diante dessa guerra é algo que o senhor poderia me explicar! — replicou Thorndyke. — Pelo amor de Deus, o senhor entende o que está acontecendo? Se Bonaparte vencê-los, para onde supõe que o olhar dele se voltará, senão para o outro lado do Canal? Se não o contivermos aqui, precisaremos fazê-lo em Londres, em um ano, com metade do país em chamas. Vocês, aviadores, preferem qualquer coisa a arriscar esses animais dos quais tanto gostam, eu sei, mas certamente o senhor consegue entender que...

— Já basta, já basta! — disse Laurence. — Por Deus, o senhor foi longe demais!

Ele se virou e afastou-se arrogantemente, fumegando de raiva. Não era um homem dado a brigas e poucas vezes desejou ter satisfação por essa via, mas ver sua coragem e seu comprometimento questionados e suportar um insulto a seus serviços era muito difícil, e ele soube que, se as circunstâncias não fossem tão desesperadoras, talvez não tivesse se contido.

O regulamento que proibia os oficiais do Corpo Aéreo de duelarem não era algo a ser burlado; ali, no meio de uma guerra, ele não poderia se arriscar a ferir-se, ou mesmo a morrer, o que não apenas o deixaria fora de batalha como arrasaria Temeraire. Porém sentiu profundamente aquela mácula na sua honra.

— E suponho que aquele maldito hussardo está achando que tenho menos coragem do que um cachorro — disse ele com amargura,

— Você fez o que achou certo, graças a Deus — disse Granby, pálido por causa do alívio. — Não há como negar que se trata de um absurdo, mas não vale a pena se arriscar. Você não precisa reencontrar esse homem; Ferris e eu podemos negociar com ele, se houver necessidade.

— Agradeço-lhe, Granby, mas prefiro levar um tiro dele a deixá-lo pensar que reluto minimamente em encará-lo — disse Laurence.

Granby fora encontrá-lo na entrada do abrigo e, juntos, chegaram à pequena clareira que lhes fora destinada. Temeraire estava aconchegado com o máximo de conforto permitido pelas circunstâncias, ouvindo atentamente a conversa dos dragões prussianos ao seu lado, enquanto os homens se ocupavam montando fogueiras para preparar uma refeição rápida.

— Partiremos em breve? — perguntou ele quando Laurence chegou.

— Não, receio que não — respondeu Laurence, chamando os outros oficiais de alta patente, Ferris e Riggs, para se juntarem a eles. — Bem, senhores, estamos em maus lençóis — contou, sombrio. — Eles se recusaram a nos dar o salvo-conduto.

Depois que Laurence contou tudo, Ferris explodiu:

— Mas, senhor, *iremos* lutar, não é? Lutar contra eles, quero dizer — corrigiu-se com rapidez.

— Não somos crianças ou covardes para ficar amuados em um canto quando há uma batalha de tão vital importância — disse Laurence. — Por mais ofensivos que tenham sido, dou-lhes o crédito de terem passado por duras provas. Poderiam ter sido ultrajantes o quanto quisessem e ainda assim eu não deixaria que o orgulho nos impedisse de cumprir nosso dever, disso não há qualquer dúvida. Apenas gostaria de saber, por Deus, por que o Corpo não enviou a ajuda prometida!

— Existe somente uma explicação: os dragões devem ter sido necessários em outro lugar — disse Granby. — E provavelmente pelo mesmo motivo nos enviaram em busca dos ovos. Se o Canal não estiver sob bombardeio, o problema pode ser em outro lugar, talvez em além-mar, na Índia ou em Halifax...

— Talvez estejamos reconquistando as colônias americanas, quem sabe? — arriscou Ferris.

Riggs opinou ser mais provável que os colonos tivessem invadido a Nova Escócia, esses desgraçados rebeldes e ingratos. Todos discutiram aquele assunto por algum tempo até Granby interromper suas especulações infrutíferas.

— Bem, o local exato não importa! O Conselho nunca deixará o Canal sem proteção, não importa o quão ocupado Bonaparte esteja em qualquer outra parte. Além disso, se esses dragões estiverem retornando à Inglaterra em navios, algum tipo de problema no mar pode tê-los atrasado. Por outro lado, se estão dois meses atrasados, certamente chegarão a qualquer momento.

— Por mim, capitão, e espero que me perdoe por dizê-lo, ficaria aqui e lutaria ainda que eles chegassem amanhã — disse Riggs com seu jeito divertido e direto. — Poderíamos pedir que um bom dragão levasse os ovos para casa, pois seria uma maldita vergonha perder a chance de dar uma surra no Boni.

— É claro que devemos ficar e lutar — interveio Temeraire, descartando toda a questão com um abano da cauda. Não haveria como contê-lo se a batalha estivesse próxima, pois os jovens dragões machos realmente não eram famosos pela relutância em se atirar em um combate. — É uma pena que Maximus e Lily não estejam aqui, e o resto de nossos amigos, mas estou muito feliz por finalmente podermos lutar contra os franceses. Tenho certeza de que dessa vez poderemos derrotá-los e então, talvez — acrescentou ele subitamente, erguendo-se com os olhos arregalados e a crista eriçada com um visível arroubo de entusiasmo —, a guerra acabe e possamos voltar para casa e finalmente conquistar a liberdade para os dragões.

Laurence ficou espantado com a intensidade do próprio alívio. Embora inquieto, ele ainda não havia percebido claramente o quanto Temeraire estivera deprimido, não até aquela animação lhe fornecer um contraste tão gritante. O sentimento superou completamente qualquer possível inclinação em expor desencorajamentos cautelosos, embora ele soubesse que uma vitória, apesar de necessária, não seria suficiente para derrotar

Bonaparte. Era bastante possível, porém, argumentou ele com a própria consciência, que Bonaparte se visse forçado a fazer um acordo se fosse muito prejudicado nessa campanha, dando à Grã-Bretanha uma paz verdadeira, ao menos por algum tempo.

Por isso, ele apenas disse:

— Estou satisfeito por todos estarmos de acordo em nos lançar à batalha, senhores, mas precisamos pensar na nossa outra atribuição. Esses ovos nos custaram sangue e ouro demais para que nos arrisquemos a perdê-los. Não podemos supor que o Corpo Aéreo chegará a tempo de podermos levar os ovos em segurança para casa e, se essa campanha durar mais do que um mês ou dois, como é provável, o Kazilik nascerá no campo de batalha.

Todos ficaram em silêncio por alguns instantes. Granby, com sua pele clara, enrubesceu até as raízes dos cabelos e depois ficou branco; olhou para o chão e nada disse.

— Eles estão bem protegidos, senhor, em uma tenda com um bom braseiro, onde há dois oficiais observando-os atentamente — disse Ferris, olhando de relance para Granby. — Keynes disse que eles estão bem e, se a batalha realmente vier, será melhor mandarmos a equipe de solo para longe das fileiras e deixar Keynes cuidando dos ovos. Se percebermos que seremos derrotados, poderemos abandonar a batalha e buscá-los a tempo.

— Se estão preocupados — interveio Temeraire inesperadamente —, pedirei a ele, quando a sua casca estiver mais dura e ele conseguir me entender, que espere o máximo possível.

Todos o olharam sem entender.

— Pedir a ele que espere? — repetiu Laurence, confuso. — Você quer dizer... que ele espere antes de chocar? Tem certeza de que é uma questão de escolha?

— Bem, certamente chega uma hora em que a fome aperta, mas é pior quando se sai da casca — disse Temeraire como se fosse algo que todos soubessem —, e tudo parece interessante depois que se entende o que está sendo dito. Mas tenho certeza de que esse ovo pode esperar um pouco mais.

— Deus, como o Conselho ficará surpreso! — exclamou Riggs depois que todos haviam digerido aquela informação sábia e surpreendente. — Talvez apenas os Celestiais sejam assim, pois tenho certeza de que nunca ouvi um dragão se lembrar de algo que acontecera quando estava no ovo.

— Bem, não há muito o que se dizer — disse Temeraire, prosaico. — É bem entediante; por isso saímos.

Laurence liberou a todos e começou a montar uma espécie de acampamento, com as limitadas provisões. Granby se afastou com um aceno de cabeça; os outros tenentes trocaram um olhar e seguiram-no. Laurence supôs que fosse mais raro entre os aviadores do que entre os homens da Marinha que alguém conquistasse seu posto apenas por estar no lugar certo na hora certa, uma vez que o momento de um ovo se abrir era algo mais previsível do que a captura de um navio. Quando se conheceram, Granby fora um dos oficiais ressentidos pelo fato de Laurence ter ganhado Temeraire, mas Laurence entendia sua restrição e sua relutância em falar sobre o assunto. Granby não poderia interceder a favor de uma ação cujo resultado quase certamente seria o de que ele fosse o oficial de mais alta patente disponível quando o ovo se abrisse; tampouco poderia protestar contra uma opção na qual ele seria responsável pelo nascimento do dragão sob as piores circunstâncias — em um campo de batalha após o ovo ficar somente algumas semanas com eles, sendo de uma raça rara e quase desconhecida —, e, se falhasse, suas chances de receber uma promoção seriam quase nulas.

Laurence passou a tarde escrevendo cartas na sua pequena tenda, que era tudo o que ele tinha como base, tendo sido erguida pela própria equipe. Não houvera ofertas para acomodar a ele e aos seus homens mais formalmente, embora houvesse barracas para os aviadores prussianos ao redor daquela área. Na manhã seguinte, ele desejava ir a Dresden para tentar resgatar algum dinheiro do seu banco. O que restava do seu dinheiro acabaria em um dia, dado os preços altos, em tempos de guerra, das provisões para seus homens e para Temeraire. Ele definitivamente não tinha a intenção de implorar nada aos prussianos.

Pouco depois de escurecer, Tharkay bateu levemente em um dos paus da sua barraca e entrou. Sua ferida não havia piorado, mas ele continuava mancando um pouco e teria aquela marca profunda na coxa pelo resto dos seus dias. Laurence se levantou e indicou que ele se sentasse numa caixa almofadada, a única coisa que ele tinha como cadeira.

— Não, senhor, ficarei perfeitamente bem aqui — respondeu Tharkay e recostou-se sobre as almofadas no chão. — Serei breve — continuou. — O tenente Granby contou-me que não partiremos. Parece que Temeraire foi confiscado no lugar de vinte dragões.

— Algo lisonjeiro, suponho, se visto dessa maneira — disse Laurence ironicamente. — Sim, estamos estabelecidos aqui, ainda que contra nossos planos. Quer consigamos satisfazê-los ou não, nossa intenção é fazer o possível.

Tharkay assentiu.

— Então manterei minha palavra com o senhor — disse ele — e aviso-lhe, dessa vez, que tenho intenções de partir. Duvido que um homem sem treinamento militar seja algo além de um incômodo a bordo de Temeraire em uma batalha aérea, e o senhor não precisa de um guia se mal poderá deixar o acampamento. Não lhe poderei ser útil.

— Não — disse Laurence devagar e relutante, mas incapaz de argumentar. — Não o pressionarei para que fique, dadas as nossas atuais circunstâncias, embora receie sentir sua falta no futuro. Porém não posso, no momento, recompensá-lo como suas dores merecem.

— Adiaremos esse pagamento, então — disse Tharkay. — Quem sabe nos encontremos novamente? O mundo, afinal, não é tão grande assim.

Ele falou com um sorriso frágil e levantou-se para apertar a mão de Laurence.

— Espero que sim — disse Laurence, cumprimentando-o —, e que eu possa lhe ser útil nesse dia.

Tharkay recusou a oferta de Laurence de tentar conseguir um salvo-conduto pessoal; realmente, Laurence não acreditava que ele precisaria de um, apesar da perna manca. Sem mais palavras, Tharkay cobriu a cabeça com o capuz da sua capa e, após apanhar a pequena trouxa, sumiu na agitação do lugar. Havia poucos guardas ao redor dos dragões e ele desapareceu rapidamente entre as fogueiras dispersas e os bivaques.

Laurence enviara ao coronel Thorndyke uma mensagem curta e ríspida informando que eles desejavam oferecer seus serviços à Prússia. Pela manhã, o coronel voltou ao abrigo, trazendo consigo um oficial prussiano. Era bem mais jovem do que os outros comandantes de alta patente e tinha um bigode verdadeiramente impressionante, cujas pontas pendiam abaixo do queixo, além de uma feição feroz como a de um falcão.

— Sua Alteza, deixe-me apresentar-vos o capitão William Laurence, do Corpo Aéreo de Sua Majestade — disse Thorndyke. — Capitão, este é o príncipe Luís Ferdinando, comandante das forças de ataque. O senhor foi designado a servir sob seu comando.

Para se comunicarem, foram obrigados a recorrer ao francês. Laurence pensou, melancolicamente, que ao menos seu domínio do idioma estava crescendo, graças à frequência com a qual vinha sendo forçado a usá-lo. Pela primeira vez não era ele aquele com a pior fluência, pois o príncipe falava com um sotaque pesado e quase impenetrável.

— Vejamos a sua amplitude, a sua habilidade — disse o príncipe, fazendo um gesto para Temeraire.

Ele chamou um oficial prussiano, o capitão Dyhern, de um dos abrigos próximos, e deu-lhe instruções para guiar seu grande dragão, Eroica, e sua formação em um exercício, a fim de lhes oferecer um exemplo. Laurence ficou próximo à cabeça de Temeraire, observando-os, com espanto velado. Ele negligenciara completamente os treinos de voos em formação nos longos meses desde sua partida da Inglaterra e, mesmo em plena forma, eles não conseguiriam se equiparar à habilidade dos outros. Eroica tinha quase o tamanho de Maximus, companheiro de treinamento de Temeraire, que é um Regal Copper, a maior raça conhecida de dragões. Não voava com velocidade, mas, quando formavam quadrados, os cantos quase não tinham arestas, e a distância que o separava dos outros dragões quase não variava a olho nu.

— Não entendo, por que estão voando dessa forma? — falou Temeraire com a cabeça inclinada. — Essas curvas me parecem muito esquisitas, e quando fizeram a volta havia espaço suficiente para qualquer um se colocar entre eles.

— É apenas um treino, um exercício, não um combate — disse Laurence. — Mas tenha certeza de que são magníficos em batalhas, dada a disciplina e a precisão necessárias para executar tais manobras.

Temeraire resfolegou.

— Creio que seria melhor que eles praticassem algo útil, mas entendi o padrão. E posso fazê-lo agora! — acrescentou ele.

— Tem certeza de que não prefere observar um pouco mais? — perguntou Laurence ansiosamente. Os dragões prussianos fizeram apenas uma repetição completa e ele não se importaria de ter um pouquinho de tempo para praticar a manobra em privacidade.

— Não, é muito boba, nem um pouco difícil — respondeu Temeraire.

Aquela talvez não fosse a melhor forma de iniciar um treino. Temeraire nunca gostara de voar em formação, muito menos ao rigoroso estilo britânico, e, por mais que Laurence tentasse contê-lo, ele executou a manobra em alta velocidade, muito mais rápido do que a formação prussiana o fizera, e nenhum outro dragão, a não ser um pequeno e leve, conseguiria acompanhá-lo. Ao terminar, ele voltou ao solo em espirais e floreios.

— Acrescentei essas viradas para que pudesse sempre estar olhando para fora da formação — disse Temeraire, bastante satisfeito consigo mesmo. — Assim eu não seria surpreendido por um ataque.

Aquela esperteza simplesmente não impressionou o príncipe e nem Eroica, que tossiu com desprezo em um gesto equivalente a torcer o nariz. Temeraire levantou a crista e sentou-se, tendo os olhos semicerrados.

— Senhor — disse Laurence, apressadamente, para evitar uma briga —, talvez não saiba que Temeraire é um Celestial. Essa raça possui uma habilidade específica...

Então ele parou, subitamente consciente de que talvez a expressão *vento divino* soasse poética e exagerada se fosse traduzida literalmente.

— Demonstre-a, por gentileza — pediu o príncipe Luís Ferdinando, com um gesto.

Não havia alvos apropriados por perto, a não ser um pequeno grupo de árvores. Temeraire destruiu-as com um único rugido, que não continha de forma alguma o máximo da sua força, e levou todos os dragões a berrar questionamentos sobre o que acontecia, causando um gemido aterrorizado na cavalaria na outra extremidade do acampamento.

O príncipe inspecionou os troncos feitos em pedaços com certo interesse.

— Bem, quando encurralarmos os franceses nas suas fortificações, isso nos será útil — comentou. — Com que distância isso é eficiente?

— Contra madeira, senhor, não muita — disse Laurence. — Ele teria de se aproximar, expondo-se à artilharia inimiga. Entretanto, contra tropas ou a cavalaria, o alcance é maior, e tenho certeza de que isso teria um ótimo efeito em...

— Ah! Mas a um preço muito alto! — interrompeu o príncipe, agitando uma das mãos em direção ao som dos cavalos relinchando. — O exército que trocar sua cavalaria por dragões será derrotado no campo de batalha, caso a infantaria do inimigo continue firme; isso Frederico, o Grande, já demonstrou. O senhor combateu alguma vez em terra?

Laurence viu-se forçado a admitir:

— Não, senhor.

Temeraire participara apenas de poucos combates, todos exclusivamente aéreos e, apesar de muitos anos de serviço, Laurence não poderia dizer que possuía grande experiência. Enquanto a maioria dos aviadores possuem ao menos um pouco de prática no apoio à infantaria, ele passara muitos anos no mar e, por uma série de coincidências, nunca estivera presente em uma batalha terrestre.

— Hum... — O príncipe Luís sacudiu a cabeça e se aprumou. — Não tentaremos treiná-los agora, é melhor que façamos de vocês o melhor uso possível. Vocês se juntarão à formação de Eroica no começo da batalha e depois segurarão o inimigo em seu território. Fiquem com nossos dragões e não assustarão a cavalaria.

Depois de inquirir sobre a equipe de Temeraire, o príncipe Luís insistiu em fornecer alguns oficiais prussianos e alguns homens para complementar a equipe de solo. Laurence não pôde negar que aquelas mãos seriam úteis depois das perdas infelizes que eles sofreram e que não haviam sido reparadas. Digby e Baylesworth foram apenas os últimos — Macdonaugh fora morto no deserto e o pobre e pequeno Morgan foi assassinado com metade dos seus homens na noite em que foram atacados pelos franceses perto da ilha de Madeira, quando eles mal haviam levantado âncora. Os novos homens pareciam conhecer bem seu trabalho, mas quase não falavam inglês, e bem pouco francês. Além disso, ele não gostou de ter estranhos a bordo e sentiu-se um pouco receoso pelos ovos.

Os prussianos simplesmente não estavam satisfeitos com a disposição de Laurence em ajudar; eles de certa forma aceitaram Temeraire e sua equipe, mas o Corpo Aéreo britânico ainda era visto como traidor. À parte a tristeza que isso inevitavelmente trazia a Laurence — pois essa justificativa fora o suficiente para que os prussianos ficassem à vontade em mantê-lo sob guarda —, ele não se espantaria se aproveitassem para confiscar o ovo de Kazilik, caso soubessem que estava prestes a chocar.

Laurence deixara clara a sua urgência em partir, sem entretanto lhes dizer exatamente que o ovo chocaria a qualquer momento ou que se tratava de um ovo de Kazilik, o que certamente aumentaria muito a tentação, uma vez que os prussianos não tinham dragões cuspidores de fogo. Porém, com os oficiais prussianos por perto, o segredo encontrava-se em risco e aqueles homens inadvertidamente ensinavam os filhotes a falar alemão, o que tornaria ainda mais fácil a sua captura.

Apesar de não haver discutido o assunto com seus homens, eles compartilhavam das suas inquietações. Granby era sociável e benquisto, mas, ainda que fosse odiado, nenhum dos membros da equipe ficaria feliz em ver o fruto de todo o seu desespero ser roubado. Sem que fossem necessárias quaisquer instruções, eles guardaram distância dos prussianos e tomaram o cuidado de mantê-los afastados dos ovos, deixados embrulhados em panos de seda no centro do seu abrigo sob uma guarda voluntária triplicada e liderada por Ferris sempre que Temeraire estava envolvido em manobras ou em exercícios.

Tais momentos eram raros, pois os prussianos não gostavam de exaurir os dragões fora de batalhas. As formações faziam exercícios diários e saíam em missões de reconhecimento, inspecionando os campos, mas não se afastavam demais em detrimento dos seus membros menos velozes. A sugestão de Laurence de que levassem Temeraire mais longe fora negada com base no fato de que, se encontrassem alguma tropa francesa, seriam capturados ou acabariam levando-a até o acampamento prussiano. Ofereceriam muito serviço de inteligência em troca de poucos ganhos: essa era outra das máximas de Frederico, o Grande, de quem ele estava cansado de ouvir falar.

Somente Temeraire estava feliz, pois aprendia alemão rapidamente com os tripulantes prussianos e sentia-se igualmente satisfeito em não precisar executar exercícios de formação constantemente.

— Não preciso voar por aí em quadrados para me sair bem em combate — dizia ele. — É uma pena não poder ver mais dos campos... mas isso não importa: depois de derrotarmos Napoleão, poderemos voltar para uma visita.

Ele encarava a batalha iminente como uma vitória certa, tal como o exército ao redor dele — a não ser por saxões queixosos, recrutas relutantes. Havia muito no que basear essas esperanças, pois o nível de disciplina no acampamento era maravilhoso e o treinamento da infantaria superava tudo o que Laurence já vira. Se Hohenlohe não era um gênio do calibre de Napoleão, certamente parecia um tipo combativo, e seu exército, em contínuo crescimento, compreendia pouco menos da metade das forças prussianas, sem contar os russos que estavam se reunindo em territórios ao leste da Prússia e que logo marchariam ao seu encontro.

Os franceses estariam em grande desvantagem, lutando longe de casa e com fracas linhas de reabastecimento, sem poderem trazer muitos dragões e tendo a ameaça constante da Áustria e da Grã-Bretanha, o que forçaria Napoleão a manter boa parte das tropas, a fim de se resguardar contra uma invasão surpresa.

— Afinal, quem ele derrotou? Os austríacos, os italianos e alguns bárbaros no Egito — disse o capitão Dyhern.

Laurence, por cortesia, fora admitido no refeitório dos aviadores prussianos, que não se recusavam, por ocasião das suas visitas, a falar em francês pelo simples prazer de descrever a ele a derrota inevitável de Napoleão.

— Os franceses não têm habilidades verdadeiras de combate e nenhuma moral! Algumas boas pancadas e veremos todo o seu exército sumir — dizia o capitão.

Os outros oficiais assentiam e concordavam com ele. Laurence sentia-se tão inclinado quanto qualquer um deles a brindar a derrota de Bonaparte, embora estivesse menos propenso a acreditar que as vitórias francesas eram tão vazias. Ele lutara com muitos franceses no mar para saber que não eram fracos em batalha, ao menos não os marujos.

Todavia Laurence, não achava que os franceses poderiam derrotar os prussianos e era confortador estar na companhia de homens tão determinados a vencer. Não havia nada parecido com timidez ou incerteza entre eles e Laurence sabia que não deveria hesitar em se unir a eles no dia da batalha e confiar a própria vida à sua coragem — esse era o maior elogio que ele lhes podia fazer, o que tornou ainda mais desagradáveis as sensações que tivera quando Dryhern o chamou para falarem em particular.

— Espero que me permita falar e não se ofenda... — começou Dryhern. — Eu nunca instruiria um homem quanto à maneira de lidar com seu dragão, mas vocês passaram muito tempo no Oriente e creio que Temeraire tem algumas ideias estranhas, não acha?

Dyhern era um soldado destemido, mas não falava de modo maldoso e sim com a intenção de oferecer uma dica gentil. De qualquer forma, era mortificante ouvir que talvez Temeraire não tenha se exercitado o suficiente ou tenha ficado tempo demais afastado da batalha, pois não é bom deixá-los preocupados.

Seu dragão, Eroica, era verdadeiramente um exemplo da disciplina prussiana até na aparência, com pesadas placas de osso sobrepostas que lhe cobriam o pescoço e estendiam-se até o início dos ombros e das asas, como uma armadura. Apesar do grande tamanho, ele não demonstrava inclinação à indolência, sendo, ao contrário, bastante rápido em repreender os outros dragões quando eles esmoreciam e sempre pronto a atender um chamado de treino. Os outros dragões prussianos o admiravam e com prazer o deixavam comer primeiro no momento das refeições.

Laurence fora convidado a deixar Temeraire se alimentar junto com os dragões, mas Temeraire, inclinado a ser orgulhoso da sua precedência, não se afastava em favor de Eroica; nem Laurence gostaria que ele o fizesse, aliás. Se os prussianos escolheram não utilizar melhor os dons de Temeraire, isso era um problema deles; ele poderia entender os motivos que os impediam de perturbar suas precisas formações introduzindo um novo participante, mas não apoiaria qualquer depreciação dos talentos de Temeraire nem toleraria a sugestão de que ele era de alguma maneira inferior a Eroica.

Eroica não objetava em dividir seu jantar, mas os outros dragões prussianos pareceram ressentidos com a audácia de Temeraire e encaravam-no quando ele levava a sua presa até Gong Su para que ela fosse cozida.

— Se você come a carne pura, ela terá sempre o mesmo sabor — dizia Temeraire ante as expressões dúbias dos dragões. — É muito mais gostoso cozinhá-la antes; provem e saberão.

A isso, Eroica não respondia com mais do que uma expressão de desprezo e devorava deliberadamente as vacas completamente cruas, engolindo até os cascos. Os outros dragões prussianos imediatamente seguiam o exemplo.

— É melhor não ceder a seus caprichos — aconselhou Dyhern a Laurence. — Parece algo insignificante, eu sei... Por que não deixar que eles tenham o que desejam quando não estão lutando? Mas acontece o mesmo com os homens: deve haver disciplina, ordem, pois é isso o que os deixa mais felizes.

Concluindo que Temeraire mais uma vez deixara escapar suas opiniões sobre a situação dos dragões, Laurence deu a Dyhern uma resposta breve e voltou à clareira, onde encontrou seu dragão aconchegado com uma expressão triste e silenciosa. A pouca inclinação que Laurence sentia em repreendê-lo sumiu e o homem foi imediatamente até ele para afagar seu focinho macio.

— Eles dizem que sou frouxo por comer comida cozida e por ler — disse Temeraire em voz baixa —, e acham que sou burro por dizer que os dragões não deveriam ser obrigados a lutar... Nenhum deles quer me ouvir.

— Bem, meu caro, se você deseja que os dragões sejam livres para escolher seu caminho, deve estar preparado para ouvir que alguns deles não desejam alterações nas suas vidas. É o que eles conhecem, afinal — disse Laurence, suavemente.

— Sim, mas qualquer um pode perceber que é melhor *escolher* — retrucou Temeraire. — Não que eu não queira lutar, não importa o que esse idiota do Eroica diga — acrescentou o dragão com uma indignação abrupta e crescente, erguendo a cabeça e eriçando a crista. — E o que ele tem a dizer se não consegue pensar em nada além de quantas batidas de asa devem ser feitas entre uma curva e outra? É algo que eu gostaria de saber! Ao menos não sou tão ignorante a ponto de praticar dez vezes por dia a melhor forma de mostrar minha barriga a alguém que pode me atacar pelas costas.

Laurence recebeu esse ataque de raiva com espanto e tentou acalmar Temeraire, mas não teve grande êxito.

— Ele disse que eu deveria treinar mais em vez de reclamar — continuou raivosamente Temeraire —, quando sou capaz de liquidá-los em dois golpes, dado o modo como voam. Pela diferença que essas formações farão em uma batalha, *ele* é quem deve ficar comendo vacas o dia inteiro.

Por fim, ele se permitiu acalmar-se e Laurence não pensou mais no assunto. Porém, pela manhã, lendo com Temeraire — que se inclinava laboriosamente, para seu benefício, sobre um famoso romance de Goethe, uma obra de moralidade duvidosa chamada *Os sofrimentos do jovem Werther* —, Laurence viu as formações erguendo-se nos céus para executar os exercícios de combate. Temeraire, ainda magoado, aproveitou a oportunidade para fazer inúmeras críticas sobre elas, as quais, para Laurence, pareceram bastante precisas.

— Acha que ele está de mau humor ou que as formações possam realmente estar erradas? — perguntou Laurence, em particular, a Granby. — Certamente essas falhas não poderiam ter sido ignoradas por tanto tempo, não?

— Bem, não posso dizer que entendo perfeitamente o que ele diz — respondeu Granby —, mas me parece que não está errado. Lembra-se de como ele foi útil ao criar novas formações no nosso treinamento, há tempos? Pena que nunca tivemos a chance de colocá-las em prática...

— Espero que eu não pareça crítico — disse Laurence a Dyhern naquela noite —, mas, embora suas ideias às vezes sejam pouco convencionais, Temeraire é impressionantemente inteligente em alguns assuntos, e eu me consideraria relapso se não levantasse essa questão com o senhor.

Dyhern olhou para os diagramas improvisados e apressados de Laurence e acenou, sorrindo.

— Não, não considero uma ofensa... Como poderia, quando o senhor tão educadamente suportou a minha interferência? — disse ele. — Sua opinião foi bem recebida: o que vale para um nem sempre vale para outro. Estranho como o temperamento dos dragões pode ser tão diverso. Ele ficaria infeliz e ressentido se o senhor estivesse a todo momento corrigindo-o ou repreendendo-o, suponho.

— Ah, não... — disse Laurence, espantado. — Dyhern, não foi essa a minha intenção. Imploro que acredite na minha completa sinceridade ao tentar atrair sua atenção para uma possível fraqueza, e que minha fala não diz respeito a nada além disso.

Dyhern não pareceu convencido, mas observou pouco mais os diagramas. Depois se levantou e deu um tapinha no ombro de Laurence.

— Vamos, não se preocupe — disse ele. — Claro que temos algumas aberturas nos pontos que apontou — não existem manobras sem pontos fracos —, porém não é tão fácil explorar uma pequena fraqueza no ar como parece ser no papel. O próprio Frederico, o Grande, aprovava essas manobras, com as quais derrotamos os franceses em Rossbach e com as quais os derrotaremos aqui.

Diante dessa resposta, Laurence teve de se dar por satisfeito, apesar de descontente. Um dragão apropriadamente treinado deveria ser um juiz melhor no que diz respeito a manobras aéreas do que qualquer homem, e a resposta de Dyhern parecia mais o fruto de uma cegueira voluntária do que de um julgamento militar inteligente.

Capítulo 12

Os CONSELHOS INTERNOS do Exército eram completamente obscuros a Laurence, pois a barreira linguística e o fato de estarem estabelecidos no abrigo, distante das demais divisões militares, o afastavam até dos boatos que corriam pelo acampamento. O pouco que ele ouvia parecia contraditório e vago: eles se concentrariam em Erfurt, ou em Hof; surpreenderiam os franceses no rio Saale, ou no rio Meno. Enquanto isso, a temperatura chegava a um frio outonal e as bordas das folhas se amarelavam, sem que houvesse qualquer movimentação das tropas.

Quase duas semanas se arrastaram antes de o príncipe Luís convocar os capitães para um jantar numa fazenda próxima, alimentando-os maravilhosamente bem com o dinheiro do próprio bolso e, para uma satisfação ainda maior, deu-lhes alguns esclarecimentos.

— Nossa intenção é seguir para o sul, através da floresta da Turíngia — informou ele. — O general Hohenlohe avançará até Hof, passando por Bamberg, enquanto o general Brunswick e as tropas principais seguirão para Erfurt, na direção de Würzburg — continuou ele, apontando para essas localidades em um grande mapa aberto sobre a mesa de jantar. As cidades de destino eram próximas aos locais onde se sabia que o exército francês se estabelecera no verão. — Ainda não tivemos notícia sobre se Bonaparte partiu ou não de Paris. Se eles escolheram ficar em seus quartéis esperando por nós, tanto melhor. Iremos atacá-los antes que eles saibam o que aconteceu.

Sua destinação, como parte das forças de ataque, seria a cidade de Hof, às margens da grande floresta. A marcha não seria rápida, pois não era fácil abastecer tantos homens e havia cerca de 150 quilômetros a cobrir. Durante esse período, ao longo da rota, deveriam ser feitos depósitos de suprimentos, principalmente por levarem dragões, e as linhas de comunicação precisariam ser asseguradas. Mesmo com todas as advertências, Laurence voltou à clareira satisfeito, pois saber de algo e estar em atividade era mil vezes melhor do que de nada saber e ficar parado, não importasse o quão limitados estariam pela velocidade da infantaria e da cavalaria, arrastando a artilharia em vagões.

— Mas por que não seguimos na frente? — perguntou Temeraire depois que duas horas de voo tranquilo os levaram, na manhã seguinte, ao novo abrigo. — Não estamos fazendo nada de útil, a não ser criar algumas clareiras. Até mesmo esses dragões lentos podem voar um pouquinho mais rápido!

— Não querem que nos afastemos muito da infantaria — explicou Granby. — Tanto para nosso bem quanto para o dos outros. Se saíssemos sozinhos e encontrássemos uma tropa de dragões franceses, com infantaria e artilharia para lhes dar cobertura, não seria nem um pouco vantajoso para nós.

Nesse caso, os dragões inimigos teriam uma clara vantagem, pois as armas lhes dariam algo ao que recorrer, com o intuito de se reagrupar e de descansar, e formariam uma zona de perigo na qual poderiam ser aprisionados. Apesar dessa explicação, Temeraire suspirou. Apenas por insistência concordou em derrubar mais árvores, para terem lenha e para abrir espaço para todos os dragões prussianos, enquanto aguardavam que a infantaria, ainda em marcha, viesse encontrá-los.

Em tamanha lentidão, eles mal haviam coberto 40 quilômetros em dois dias, quando, subitamente, as ordens mudaram.

— Seguiremos juntos para Jena — avisou o príncipe Luís, dando de ombros melancolicamente aos caprichos dos oficiais de alta patente, que continuavam a encontrá-lo todos os dias, sendo levados e trazidos por dragões. — Ao invés do combinado, o general Brunswick deseja atravessar Erfurt com todo o exército.

— Primeiro, nem sequer nos movemos, e já mudamos de direção! — disse Laurence a Granby com certa irritação. Eles estavam mais ao sul do que a cidade de Jena e teriam de viajar por certa distância em direção noroeste. Com o ritmo lento da infantaria, isso talvez significasse quase um dia perdido. — Seria melhor se eles tivessem menos conferências e mais decisões.

O Exército apenas conseguiu se reunir em Jena no início de outubro e, a essa altura, Temeraire não era o único irritado com o ritmo. Até o mais impassível dos dragões prussianos estava inquieto e esticava o pescoço para o oeste todos os dias, como se isso lhe pudesse garantir alguns quilômetros mais. A cidade ficava sobre os bancos do grande rio Saale, largo e intransponível, que funcionaria bem como uma barreira de defesa. Seu destino original, Hof, ficava a apenas 30 quilômetros ao sul, e Laurence, estudando os mapas, no refeitório improvisado dos capitães em um grande pavilhão, balançou a cabeça: a mudança de posição lhe parecia um recuo inexplicável.

— Veja, parte da cavalaria e da infantaria foi mandada para Hof — argumentou Dyhern. — Uma pequena isca, para fazê-los pensar que seguiremos por aquele lado, então os alcançaremos a partir de Erfurt e de Würzburg, e acabaremos com eles.

Parecia ótimo, mas havia um pequeno obstáculo ao plano, logo descoberto: os franceses já estavam em Würzburg! A notícia se espalhou pelo acampamento como fogo momentos depois de um mensageiro ofegante haver se enfiado na tenda do comandante e chegou aos aviadores praticamente sem atraso.

— Dizem que Napoleão está aqui! — comentou um dos capitães. — Parece que a Guarda Imperial está em Mainz, com os marechais espalhados pela Baviera e que toda a Grande Armée foi mobilizada.

— Bem, tanto melhor! — opinou Dyhern. — Ao menos não teremos de aguentar essa maldita marcha, graças a Deus! Deixe que eles venham até nós e serão despedaçados.

Todos estavam prontos para entrar em combate e uma energia repentina tomou conta do acampamento. Sentiu-se que a batalha estava próxima quando os oficiais de alta patente novamente se trancaram para mais discussões. Dessa vez não faltavam notícias e rumores: a impressão que se tinha era a de que de hora em hora eles recebiam uma nova informação estratégica, embora os prussianos continuassem a não enviar praticamente nenhuma missão de reconhecimento por medo de uma captura.

— Os senhores gostarão disso, cavalheiros — avisou o príncipe Luís, entrando no refeitório dos oficiais. — Napoleão nomeou uma *dragoa* oficial e ela foi vista dando ordens aos capitães do Corpo Aéreo francês.

— Dando ordens ao capitão dela, certamente! — protestou um dos oficiais prussianos.

— Não, ela não tem capitão ou qualquer tipo de tripulação — disse, rindo, o príncipe Luís. Laurence, contudo, não achou graça naquela novidade quando foi confirmada sua suspeita de que a fêmea em questão era inteiramente branca.

— Garantiremos que o senhor tenha sua chance com ela no campo de batalha, não tema — disse Dyhern depois que Laurence lhe explicou brevemente a história de Lien. — Ah... Talvez os franceses não tenham praticado suas formações aéreas, se é ela quem está no comando, não é? Fazer de um dragão um oficial é uma piada! Da próxima vez, ele promoverá seu cavalo a general!

— Não parece uma piada para *mim* — disse Temeraire, torcendo o nariz quando a notícia chegou a ele. Irritou-lhe ao saber que Lien era tão considerada pelos franceses enquanto ele era praticamente maltratado pelos prussianos.

— Mas ela não pode entender nada sobre combates, Temeraire, não como você — disse Granby. — Yongxing insistiu tanto sobre os Celestiais não lutarem que provavelmente ela nunca participou de uma batalha.

— Minha mãe disse que Lien era uma estudiosa excelente — disse Temeraire —, e existem vários livros chineses sobre táticas aéreas. Existe inclusive um escrito pelo Imperador Amarelo, embora eu não tenha tido a chance de lê-lo — completou ele, arrependido.

— Ah, livros... — disse Granby com um gesto de desprezo.
Laurence disse, sombrio:
— Bonaparte não é um idiota. Tenho certeza de que ele tem uma estratégia muito bem arquitetada e, se dar uma patente a Lien fosse o suficiente para convencê-la a combater, tenho certeza de que ele a nomearia marechal da França e ainda sairia no lucro. O que devemos temer é o vento divino e o que ele poderá causar às forças prussianas, e não o seu generalato.
— Se ela tentar ferir nossos amigos, eu a impedirei — disse Temeraire. E acrescentou, quase sem fôlego: — Mas tenho certeza de que *ela* não está perdendo seu tempo com formações estúpidas.

Eles partiram de Jena no início da manhã seguinte com o príncipe Luís e o restante das forças de ataque, para a cidade de Saalfeld, que ficava a precavidos 15 quilômetros ao sul do local onde estava o restante do exército, a fim de aguardar o avanço das tropas francesas. Tudo estava quieto quando chegaram. Laurence reservou algum tempo para ir à cidade com o tenente Badenhaur, um dos jovens oficiais prussianos que integravam sua tripulação, antes da chegada da infantaria, esperando conseguir algum vinho decente e melhores provisões. Depois de ter resgatado seu dinheiro em Dresden, ele desejava oferecer a seus altos oficiais um bom jantar naquela noite e provisões especiais para o restante da tripulação. A primeira batalha seria a qualquer momento e tanto as provisões quanto o tempo para prepará-las provavelmente se tornariam escassos.

O rio Saale corria veloz ao lado deles, embora as chuvas de outono ainda não houvessem começado. Laurence parou no meio de uma ponte e afundou um galho longo nas águas, que cobriram a ele e ao seu braço sem que ele atingisse o leito. Quando ele se ajoelhou, para tentar ir mais fundo, uma corrente levou o galho com violência.

— Eu não tentaria atravessar esse rio, ao menos não com a artilharia — disse Laurence, enxugando as mãos depois que atravessou a ponte. Embora Badenhaur mal soubesse inglês, assentiu em total concordância, pois a tradução mal era necessária.

Os habitantes não ficaram felizes com a invasão iminente da sua pequena cidade pacata, mas os lojistas não reclamaram de ser acalmados com ouro, mesmo que as mulheres fechassem as cortinas nos andares superiores das suas casas, com certa veemência, quando eles passavam. Eles negociaram com o dono de uma pequena hospedaria, que, desanimado, concordou em vender várias das suas provisões antes da maior parte das tropas chegar e provavelmente comandar as ações. Além disso, ele lhes colocou a serviço dois dos seus filhos para carregar os alimentos.

— Por Deus, diga-lhes que não há nada o que temer! — pediu Laurence a Badenhaur enquanto eles cruzavam o rio e retornavam ao abrigo. Diante do barulho alto e incomum dos dragões conversando animadamente entre si, os olhos dos garotos ficaram do tamanho de um pires.

Eles não se tranquilizaram muito com o que quer que Badenhaur tenha lhes dito e correram para casa antes de Laurence poder dar a cada um uma moeda, em agradecimento. Como deixaram a comida, entretanto, com seus odores deliciosos erguendo-se das cestas, ninguém se importou muito. Gong Su assumiu as refeições, tendo, a essa altura, adquirido a função de cozinheiro dos homens e de Temeraire. Essa função normalmente seria revezada entre os homens da tripulação e quase nunca bem-executada, e todos, no entanto, haviam aos poucos se acostumado com a inclusão de temperos e comidas orientais, a ponto de notarem mais sua falta do que sua presença.

De resto, o cozinheiro não fazia mais nada. Eroica disse encorajadoramente para Temeraire quando os dragões se reuniram para sua refeição:

— Venha comer conosco! Você precisa de carne fresca às vésperas de uma batalha, porque o sangue quente incendeia o peito!

E Temeraire, incapaz de esconder que ficara feliz por ter sido convidado, assentiu e realmente comeu sua vaca com grande ansiedade, lambendo-lhe as costelas com maior meticulosidade do que os demais até as deixar limpas e indo, depois, se lavar no rio.

Houve quase um clima de feriado quando o primeiro esquadrão da cavalaria começou a atravessar a ponte e os sons e os cheiros dos cavalos chegaram até eles através da cortina das árvores, junto com o ranger e o odor pungente do óleo nas rodas dos canhões: o restante dos homens somente chegaria pela manhã. Ao pôr do sol, Laurence levou Temeraire para um voo curto e solitário, para que ele pudesse gastar parte da energia que o levara mais uma vez a cavar a terra. Eles subiram o bastante para não alarmar os cavalos e Temeraire pairou um pouco, piscando perante o crepúsculo.

— Laurence, não ficaremos muito desprotegidos nesse terreno? — perguntou o dragão, virando a cabeça para o homem. — Não poderemos atravessar o rio com rapidez, sendo aquela a única ponte e estando cercados por toda essa floresta.

— Não cruzaremos a ponte de volta, estamos apenas a protegendo para o restante do Exército — explicou Laurence. — Se, quando eles chegassem, os franceses ocupassem essa margem, seria muito difícil cruzar para o outro lado, portanto precisamos protegê-la o máximo que pudermos.

— Mas não vejo ninguém do Exército a caminho — argumentou Temeraire. — Vejo o príncipe Luís e o restante das forças de ataque, mas não há ninguém atrás de nós, e há inúmeras fogueiras ali na frente.

— Aquela maldita infantaria está rastejando novamente, ouso dizer — respondeu Laurence, espremendo os olhos para o norte. Conseguiu apenas ver as luzes da carruagem do príncipe Luís, balançando ao longo da estrada em direção ao acampamento, ao redor da cidade. Além disso, nada havia senão a escuridão e, ao sul, pequenas fogueiras fumegantes cintilavam, como vaga-lumes: os franceses estavam a menos de um quilômetro de distância.

O príncipe Luís não atrasou sua resposta e, ao amanhecer, seus batalhões se movimentavam com rapidez pela ponte e assumiam suas posições. Cerca de 8 mil homens e mais de 44 peças de artilharia reuniram-se ali, embora metade dos homens fosse formada por saxões recrutados, cujos resmungos se tornaram ainda mais altos quando souberam que os franceses estavam tão próximos. Os primeiros tiros começaram a soar pouco depois, mas não era o verdadeiro início da batalha e sim grupos avançados trocando um pouco de fogo desordenado com os batedores franceses.

Às 9 horas, os franceses começaram a surgir no alto dos montes, mantendo-se próximos às árvores, onde os dragões não poderiam atingi-los com eficiência. Eroica liderou sua formação em amplos voos ameaçadores sobre suas cabeças, tendo Temeraire logo atrás — o efeito foi pequeno, pois Temeraire fora proibido de usar o vento divino quando tão perto da cavalaria. Para a frustração geral dos dragões, eles logo foram chamados, para que a cavalaria e a infantaria pudessem abrir caminho e entrar em combate.

Eroica mostrou uma bandeira de sinalização, "Aterrissar". Badenhaur, sentado à esquerda de Laurence, traduziu-a, e todos voltaram ao abrigo. Um mensageiro, novamente ofegante, trazia ordens recém-enviadas ao capitão Dyhern.

— Bem, meus amigos, estamos com sorte — gritou Dyhern alegremente para a formação, agitando o pacote acima de sua cabeça. — Aquele é o marechal Lannes, e ali temos uma pilha de méritos a serem conquistados hoje! A cavalaria combaterá por um tempo enquanto tentaremos alcançá-lo por trás e levar alguns dragões franceses ao combate.

Eles decolaram e voaram alto sobre o campo de batalha. Com a pressão da formação dos dragões, os franceses saíram da floresta para combater o ataque das forças do príncipe Luís e, atrás deles, marchou um único batalhão de infantaria e esquadrões de cavalaria leve. Ainda não havia grande comprometimento das forças, mas a batalha estava apropriadamente montada, e a artilharia começou a soar suas vozes profundas de trovão. Sombras se moviam pelos montes arborizados e era impossível perceber exatamente sua estratégia. Quando Laurence virou a luneta na sua direção, Temeraire rugiu ressoante, pois a formação francesa de dragões havia decolado e vinha ao encontro deles.

Era consideravelmente maior do que a de Eroica, mas com dragões menores, a maioria leve e pequena, e havia até mesmo dragões mensageiros. Eles nada tinham da rigidez marcante das manobras prussianas, formando uma espécie de pirâmide oscilante e voando em diferentes velocidades, a ponto de trocarem de posição enquanto se aproximavam.

Eroica e sua formação se dirigiram em perfeita ordem até os atacantes franceses, espalhando-se em uma linha dupla com altitudes diversas. Temeraire se virava em círculos, tentando não expor a ponta esquerda do oponente, onde Laurence mandara que assumisse posição. Os prussianos estavam em formação antes de alcançarem os franceses, e os atiradores a bordo dos dragões posicionaram suas armas para disparar o fogo inclemente pelo qual eram justamente temidos.

Entretanto, quando a formação dos franceses chegou à distância dos rifles e as armas começaram a ser disparadas, ela se dissolveu em um caos ainda maior, com dragões voando em todas as direções, e a artilharia prussiana quase não causou impressão. Fora uma manobra bastante elegante para os obrigar a atirar, Laurence viu-se forçado a admitir, mas não percebeu o principal: aquilo não lhes traria vantagens, pois os pequenos dragões franceses não carregavam homens que pudessem devolver o fogo.

E pareciam não desejar fazê-lo, pois apenas circulavam os dragões prussianos, em uma nuvem frenética e ruidosa, mantendo uma distância segura para impedir qualquer abordagem, enquanto atacavam quase que ao acaso. Atingiam homens ocasionalmente, ou arranhavam e mordiam os dragões prussianos em quaisquer brechas que se abriam, e foram muitas. As críticas irritadas de Temeraire se provaram muito pertinentes e não demorou para que quase todos os dragões tivessem sido atingidos e sangrassem enquanto, desnorteados, tentavam seguir em uma ou outra direção e enfrentar seus oponentes apropriadamente.

Temeraire, voando sozinho, foi quem melhor conseguiu evitar os dragões menores e devolver-lhes o troco. Sem representar qualquer ameaça e com a artilharia desperdiçando munição contra alvos tão pequenos, Laurence lhe deu consentimento e sinalizou para que seus homens ficassem abaixados e se mantivessem fora do caminho. Perseguindo-os ferozmente, Temeraire apanhava um dragão francês atrás do outro, dando em cada um deles uma sacudida vigorosa e apertões que os faziam guinchar de dor e abandonar rapidamente o combate.

Porém, ele era o único e havia muito mais dragões pequenos do que ele poderia capturar sozinho. Laurence teve vontade de dizer a Dyhern para abandonar a formação e deixar os dragões lutarem isoladamente, pois ao menos não se mostrariam vulneráveis de forma tão previsível e constante e seus tamanhos poderiam ser uma vantagem contra os dragões menores. Ele teve chance para isso, mas, após mais alguns movimentos, Dyhern chegou à mesma conclusão. Outra bandeira de sinalização foi erguida e a formação se dissolveu; os dragões ensanguentados e levados pela dor se atiraram com energia renovada sobre os franceses.

— Não, não! — berrou Temeraire, espantando Laurence. Virando a cabeça para ele, disse: — Laurence, embaixo, olhe...

Ele se inclinou para um dos lados do pescoço de Temeraire, pegando a luneta. Um enorme grupo da infantaria francesa saía da floresta e dirigia-se para o oeste, envolvendo o flanco direito das forças do príncipe Luís enquanto o centro era pressionado por trás, em um combate duro e determinado. Homens caíam pela ponte e a cavalaria não tinha espaço para reagir. Esse seria o momento ideal para um ataque de dragões, a fim de impedir a investida nas extremidades, porém, com a formação dissolvida, tal manobra certamente falharia.

— Temeraire, vá! — gritou Laurence e, segurando o fôlego, Temeraire dobrou as asas e disparou como uma flecha para baixo, rumo às tropas francesas invasoras. Suas laterais incharam e Laurence apertou as mãos sobre as orelhas para abafar um pouco do terrível rugido enquanto Temeraire soltava o vento divino. Depois da manobra, ele tornou a subir e se afastou. Dezenas de homens jaziam feridos, sangrando pelas narinas, orelhas e olhos, enquanto as árvores menores encontravam-se derrubadas ao redor como palitos de fósforo.

A defesa prussiana estava mais confusa do que incitada à batalha, porém, em sua pausa chocada, um oficial francês pulou das árvores entre seus próprios mortos, segurando um estandarte, e berrou:

— *Vive l'Empereur! Vive la France!*

Ele disparou para a frente, enquanto atrás vinha todo o restante das forças de ataque francesas. Eram quase 2 mil homens, que caíram sobre os prussianos com baionetas e sabres e se misturaram a eles de modo que Temeraire não pudesse voltar a atacá-los sem matar muitos dos seus aliados.

A situação parecia desesperadora. Por todos os lados, homens da infantaria se viam forçados a entrar no rio Saale, onde eram arrastados pela corrente e pelo peso das próprias botas, e os cascos dos cavalos deslizavam nas margens. Enquanto Temeraire planava, procurando uma brecha, Laurence viu o príncipe Luís reunir o restante da cavalaria para atacar pelo centro. Os cavalos se agruparam em massa ao seu redor e, cheios de ímpeto, se atiraram galantemente ao encontro dos hussardos franceses, com um impacto que soou como um sino, espadas contra sabres. O embate agitou as nuvens negras da fumaça de pólvora ao redor deles, que eram levantadas pelo galopar dos cavalos e rodopiavam como uma tempestade. Por um instante, Laurence teve esperanças. Então viu o príncipe Luís cair, a espada desprender-se da sua mão, e um grito terrível de alegria emergir dos franceses enquanto as cores prussianas tombavam ao lado dele.

Nenhum resgate apareceu. Os batalhões saxões foram os primeiros a desertar, fugindo pela ponte ou atirando os braços ao ar em rendição. Os prussianos se reuniram em pequenos grupos enquanto os subordinados do príncipe Luís tentavam manter os homens juntos para que se retirassem em ordem. A maioria das peças de artilharia foi abandonada no campo de batalha e os franceses disparavam fogo letal contra os prussianos, que tombavam ao chão ou caíam no rio aos montes, ao tentarem fugir. Outros começaram a recuar para o norte, ao longo da linha do rio.

A ponte caiu pouco depois do meio-dia. A essa altura, Temeraire e os outros dragões estavam empenhados em proteger a retirada, tentando evitar que os pequenos dragões franceses a transformassem num massacre completo. Não alcançaram seu intento: os saxões estavam em debandada geral enquanto os dragões franceses roubavam a artilharia e os cavalos das forças prussianas, alguns com homens ainda montados sobre eles, aos gritos, e os depositavam nas mãos da infantaria francesa, já estabelecida na margem mais distante do Saale, entre as construções da cidade.

O combate terminara. As bandeiras de sinalização "Cada homem por si" apareciam tristemente nos destroços prussianos, e as nuvens de fumaça começavam a se dissipar. Os dragões franceses finalmente ficaram para trás quando, na retirada, os prussianos afastaram-se demais da sua artilharia. Cabisbaixos e exaustos, Temeraire e os dragões prussianos pousaram para tomar fôlego, ante um sinal de Dyhern.

Ele não tentou animá-los, não seria possível. O menor dragão da formação carregava cuidadosamente nas suas garras o corpo destroçado do príncipe Luís, que fora recuperado em um voo desesperado sobre o campo de batalha. Dyhern economizou palavras:

— Reúnam suas equipes de solo e voltem para Jena. Lá veremos o que fazer.

Capítulo 13

*L*aurence abrigara sua equipe de solo em campos distantes da margem oposta do Saale, em um desfiladeiro arborizado que não poderia ser facilmente avistado. Os homens estavam juntos, os mais fortes na frente, portando machados, sabres e pistolas, enquanto Keynes e os mensageiros ficaram atrás, mantendo os ovos seguros em seus embrulhos e perto de uma pequena fogueira.

— Ouvimos a artilharia disparando desde que vocês saíram, senhor — disse Fellowes, ansioso, enquanto ele e seus companheiros observavam os arreios de Temeraire em busca de estragos.

— Sim — disse Laurence —, eles nos derrotaram. Vamos nos reunir em Jena.

Ele sentia como se falasse de muito longe. Um cansaço imenso se apossou dele, mas não se permitiria mostrá-lo.

— Uma dose de rum para todos da equipe de voo; cuidem disso por gentileza, Srta. Roland e Sr. Dyer — continuou ele, deixando-se sentar. Emily e Dyer fizeram as garrafas circular entre os homens, com um copo, e cada um bebeu sua dose. Laurence foi o último a tomar a sua, com gratidão. A bebida quente era ao menos um consolo imediato.

Ele voltou para conversar com Keynes sobre os ovos.

— Nenhum dano — disse o cirurgião. — Eles poderiam ficar assim por mais um mês, sem dificuldades.

— Tem uma ideia mais precisa de quando chocarão? — quis saber Laurence.

— Nada mudou até agora — respondeu Keynes, rabugento. — Continuamos com uma margem de três a cinco semanas, como eu disse.

— Muito bem — disse Laurence e mandou-o examinar Temeraire em busca de ferimentos ou distensões nos seus músculos por causa do esforço excedente que, no calor da batalha ou na rápida retirada, o dragão não tivesse percebido.

— Foi basicamente porque eles nos pegaram de surpresa — disse Temeraire, desconsolado, quando Keynes o escalou — e por causa daquelas malditas formações. Ah, Laurence, eu deveria ter feito eles me escutarem!

— Havia pouca esperança de você conseguir isso naquelas circunstâncias — retrucou Laurence. — Não se repreenda... Pense, em vez disso, em como os movimentos da formação podem ser facilmente consertados sem que fiquem muito diferentes. Espero que agora consigamos convencê-los a aceitar seu conselho e, em caso positivo, repararemos uma grande falha tática ao custo de não mais do que a derrota em um confronto. Por mais que a lição tenha sido dolorosa, temos de nos considerar afortunados por não ter sido ainda pior.

Eles chegaram em Jena nas primeiras horas da manhã, onde o Exército se colocava em formação ao redor da cidade. Os franceses haviam capturado um trem de mantimentos fundamental e os depósitos da cidade estavam quase vazios. Havia apenas uma única ovelha pequena para Temeraire comer, a qual Gong Su tentou fazer render ensopando-a com algumas ervas aromáticas que ele arranjara. Temeraire fizera uma refeição melhor do que os homens, que tiveram de se contentar com uma espécie de mingau apressadamente cozido e pão duro.

Corria um murmúrio horrível pelo acampamento quando Laurence andou perto das fogueiras. Os saxões desgarrados vindos do campo de batalha murmuravam que aguentaram o auge do ataque, que foram sacrificados na tentativa de conter os franceses e, ainda pior, que houvera mais uma derrota na qual o general Tauentzein, em retirada de Hof diante do avanço francês, evitara as tropas do marechal Soult mas acabara caindo nas garras do marechal Bernadotte e perdera 400 homens antes de conseguir fugir. Era o suficiente para inquietar qualquer homem, ainda mais os que estiveram contando com uma vitória fácil e garantida; havia poucos sinais da confiança suprema anterior.

Ele descobriu que Dyhern e os outros aviadores prussianos haviam tomado, para seu parco conforto, um pequeno chalé decrépito que fora apressadamente abandonado pelos camponeses que o habitavam assim que os dragões pousaram nos campos.

— Não estou propondo uma alteração drástica — disse Laurence com urgência, dispondo os diagramas que esboçara conforme as indicações de Temeraire —, apenas mudanças facilmente aplicáveis. Quaisquer riscos provenientes dessas alterações tão desesperadas e de última hora mal poderão se comparar com a certeza do desastre, caso nada seja feito.

— O senhor é gentil demais para dizer "eu avisei" — disse Dyhern —, mas é o que ouço ainda assim. Muito bem, deixemos que um dragão seja nosso instrutor e veremos o que podemos fazer. Ao menos não ficaremos sentados e lambendo as feridas, como cães depois de uma surra.

Ele e os outros capitães estiveram sombrios ao redor da mesa quase vazia, bebendo em silêncio. Ele animou-se a si e aos outros com imenso esforço e unicamente com a força da sua personalidade renovou-lhes a coragem, repreendendo-os pela depressão e praticamente os arrastando até seus dragões. A atividade deu novo ânimo a suas cabeças e a seus espíritos, inclusive a Temeraire, que se sentou com os olhos brilhantes enquanto todos se reuniam, e, com disposição, atirou-se aos exercícios, mostrando-lhes os padrões de voo que idealizara.

Laurence e Granby contribuíram pouco com sua criação, mas as simplificaram bastante, pois as manobras elaboradas que Temeraire era capaz de realizar instintivamente estavam simplesmente além da agilidade física da maioria dos dragões. Mesmo desacelerados, os novos padrões foram inicialmente difíceis para os dragões prussianos, acostumados que estavam com seus treinos formais. A precisão que regia sua prática constante, porém, logo se mostrou e, após algumas repetições, eles estavam cansados, mas triunfantes. Outros dragões pertencentes ao Exército haviam se aproximado para observar, sendo seguidos pelos seus oficiais. Quando Dyhern e sua formação finalmente pousaram para descansar, foram rapidamente cercados de perguntas e, sem demora, duas outras formações estavam no ar, tentando repetir o que fora feito.

O treino foi interrompido naquela tarde, entretanto, por uma mudança súbita de planos, segundo a qual o Exército se concentraria então nos arredores de Weimar, com a intenção de retroceder para proteger suas linhas de comunicação com Berlim e, mais uma vez, os dragões abririam o caminho. Com essa notícia, um murmúrio raivoso se fez ouvir. Até aquele momento, todas as idas e vindas e as ordens inconstantes haviam sido encaradas com tranquilidade, como fruto do curso mutável da guerra, mas retroceder de forma desordenada e apressada, como se duas pequenas vitórias francesas fossem o suficiente para derrotá-los, era algo enfurecedor. As ordens confusas se tornaram indícios perturbadores da falta de decisão dos comandantes.

Neste clima hostil, chegou outra notícia: o desafortunado príncipe Luís assumira sua posição do outro lado do Saale como resposta a ordens confusas de Hohenlohe que, na verdade, queria ordenar um avanço ainda não propriamente autorizado por Brunswick ou pelo rei. No fim, o Exército nem chegou a se dirigir para o sul, pois Hohenlohe evidentemente repensou o seu plano.

— Hohenlohe enviou ordens urgentes para que nos retirássemos — disse Dyhern, amargamente, após ouvir a notícia de um dos ajudantes do príncipe Luís, que acabara de chegar ao acampamento a pé, depois que seu pobre cavalo morrera afogado na tentativa de atravessar o Saale. — Àquela altura, estávamos em combate e nosso príncipe não tinha mais do que uma hora de vida! Foi assim que a Prússia desperdiçou um de seus melhores soldados...

Não se podia dizer que o espírito era o de um motim, mas todos estavam extremamente irritados e, pior, desencorajados. O sentimento de tarefa cumprida que conquistaram naquela tarde se perdera completamente e eles se dirigiram, em silêncio, às clareiras, para empacotar suas coisas e partir.

O som do dragão-mensageiro deixando o abrigo se tornara odioso, pois significava que estava acontecendo mais uma das fúteis conferências intermináveis. Laurence acordou com o rufar das asas ainda nas horas escuras da manhã e saiu da sua tenda descalço para lavar o rosto no barril de água. Não nevava, mas a temperatura estava mais do que fria para que um homem acorde apropriadamente. Temeraire continuava dormindo; sua respiração saía pelas narinas em baforadas mornas. Salyer ergueu os olhos, alerta, quando Laurence entrou na tenda, atulhada por ter a metade do tamanho convencional, onde ele e o roncador Allen guardavam os ovos aquela noite. O tecido que envolvia os ovos fora dobrado duas vezes e aquele era o lugar mais aquecido do acampamento, onde carvões em brasa brilhavam.

O abrigo era um pouco ao norte de Jena, próximo dos limites, a leste, do exército prussiano, que estava quase todo reunido, pois, durante a noite, o duque de Brunswick aproximara suas próprias tropas. Todo o campo parecia ter fogueiras, cuja fumaça se misturava tristemente com a da cidade em chamas, a distância. Algo entre o pânico e a rebelião irrompera entre as forças de Hohenlohe na noite anterior devido à escassez de comida, e à abundância de más notícias sobre forças de ataque francesas terem sido vistas novamente ao sul. Era demais, principalmente para os saxões; desde o início tinham se mostrado relutantes e agora estavam completamente desencantados.

Separado do restante do acampamento, Laurence não presenciara muito daqueles acontecimentos infelizes e, antes que a calma pudesse ser restabelecida, o fogo havia se espalhado pelas casas, tornando o ar da manhã acre e amargo, por causa das cinzas e da fumaça, graças à neblina densa. Eram as primeiras horas do dia 13 de outubro, quase um mês após a chegada deles à Prússia, e nenhuma notícia viera da Inglaterra, devido à lentidão e à incerteza da trajetória das cartas em campos lotados de homens em armas. Sozinho com seu chá, à beira da clareira, ele olhou para o norte com saudades. Sentia a profunda necessidade de conhecidos tentadoramente perto e poucas vezes tivera um desejo tão intenso de estar em casa, nem quando esteve milhares de quilômetros mais distante.

O sol lançou alguns raios para anunciar o amanhecer, mas a névoa continuava firme e sombria, formando uma espessa neblina cinzenta que encobria todo o acampamento. Os sons viajavam frágeis pelo ar, desaparecendo de modo estranho ou parecendo surgir do nada — por isso se viam figuras fantasmagóricas movimentando-se sem barulho e, em outra direção, ouviam-se suas vozes flutuando no ar. Os homens se levantaram, preguiçosos, e se lançaram ao trabalho praticamente em silêncio; estavam cansados e famintos.

As ordens chegaram pouco depois das 10 horas, avisando que o corpo principal do Exército se reuniria ao norte, depois de Auerstadt, e as forças de Hohenlohe manteriam seu posto, dando cobertura à retirada. Laurence leu a mensagem em silêncio e devolveu o papel ao mensageiro de Dyhern: certamente não criticaria o comando da Prússia a um oficial prussiano. Eles estavam menos reticentes entre si, conversando abertamente enquanto as instruções eram passadas à frente.

— Dizem que devemos oferecer aos franceses uma batalha apropriada, e acho que têm razão! — disse Temeraire. — Por que estamos aqui, afinal, se não para lutar? Podíamos ter ficado em Dresden! Com toda essa marcha, é como se estivéssemos fugindo.

— Não cabe a nós falar tais coisas — disse Laurence. — Talvez eles tenham informações que deem sentido a essas manobras, informações que desconhecemos. — Era uma simples tentativa de se tranquilizar, pois ele não acreditava muito naquilo.

Eles não estavam prontos para partir tão cedo e como há três dias eram parcamente alimentados foi ordenado que não se exigisse dos dragões qualquer trabalho exaustivo, pois poderiam subitamente ser necessários em uma marcha ou em uma batalha, embora isso parecesse pouco provável. Temeraire se pôs a cochilar e a sonhar com ovelhas enquanto Laurence dizia a Granby:

— John, subirei ao alto desse monte para observar o que acontece à nossa volta longe dessa maldita neblina!

E deixou-o no comando.

Um planalto, Landgrafenberg, dominava o vale de Jena. Laurence levara o jovem Badenhaur como guia mais uma vez e, juntos, abriram caminho através de um desfiladeiro estreito que terminava nas encostas arborizadas, salpicadas de arbustos espinhosos de amoras. Adiante, a trilha sumia na grama alta. Ninguém cortara o feno ali, pois o morro era íngreme demais, embora em alguns lugares as árvores mais altas houvessem sido derrubadas e clareiras tivessem sido pisoteadas por ovelhas — duas delas olharam para eles, indiferentes, e trotaram para dentro da mata.

Suando, eles chegaram ao topo após quase uma hora de esforço.

— Então — disse Badenhaur, acenando, de modo inarticulado, para a paisagem. Laurence assentiu.

Um círculo de montanhas azuis e cinzentas tomava o horizonte, mas, daquele ponto de vista, todo o vale se espalhava em círculo ao redor deles, quase como um mapa vivo, com montes recobertos de faias amareladas e pequenos conglomerados de sempre-vivas entremeados de bétulas brancas. Os campos estavam quase que inteiramente marrons e nus, pois a maior parte da colheita já fora feita. Banhados com a tênue luz outonal que fazia o dia parecer bastante avançado e as casas de fazenda espalhadas se mostrarem um alívio brilhante.

Pesadas nuvens se dirigiam para o oeste e bloqueavam o sol da manhã, fazendo com que suas sombras se movessem sobre os montes. Em contraste, um fragmento do rio Saale aninhado entre as pedras, ao longe, foi iluminado diretamente pelo sol e cintilou incandescente na direção deles até Laurence sentir seus olhos quase marejarem por causa do brilho. Um vento trouxe o ruído baixo de folhas e de galhos secos estalando, como se pelo fogo, e sob esse barulho um rugido mais profundo e vazio, quase como o de uma vela de barco se inflando, que se estendia interminavelmente. Além disso, um imenso silêncio. O ar tinha o sabor e o cheiro de uma aridez estranha, sem fragrâncias animais ou de decomposição, com a terra endurecida pelo gelo.

No lado da montanha pelo qual eles haviam subido estava o exército prussiano com seus soldados confinados, praticamente obstruídos pela névoa espessa. Porém em certos pontos a luz do sol tremeluzia corajosamente sobre as baionetas conforme as legiões de Brunswick se dirigiam para o norte, rumo a Auerstadt. Laurence, cuidadosamente, observou o lado oposto, onde estava a cidade. Não havia sinais óbvios dos franceses, mas restos alaranjados e cintilantes das fogueiras em Jena, parecidos com carvões àquela altitude, se apagavam em meio a gritos indistintos. Laurence mal podia distinguir os cavalos e as carroças indo e vindo do rio, transportando água.

Ele observou por algum tempo o campo, fazendo mímicas para Badenhaur e recorrendo ao pouco do francês que os dois conheciam. Depois ficaram paralisados subitamente, quando um vento afastou a fumaça espessa e revelou um dragão que se aproximava, ao leste: era Lien, sobrevoando o rio e a cidade, em movimentos rápidos como os de um beija-flor, planando ocasionalmente. Houve um momento de espanto, quando Laurence teve a ilusão de que ela voava na direção deles, mas ele logo percebeu que a ilusão era realidade.

Badenhaur puxou-lhe o braço e juntos eles se atiraram ao chão, arrastando-se para baixo dos arbustos de amora, onde foram arranhados pelos espinhos. Quase 7 metros à frente, encontraram um refúgio cavado na terra, entre os arbustos, certamente obra das ovelhas. Os galhos continuaram farfalhando depois que eles se acomodaram na depressão, e, após um instante, uma ovelha entrou ali, com certo esforço, e acomodou-se com eles no pequeno buraco, deixando para trás grandes tufos de lã presos nos espinhos. Ela se jogou, tremendo, ao lado deles, talvez encontrando algum conforto na presença humana, enquanto a dragoa branca dobrava suas grandes asas e pousava graciosamente no topo do planalto.

Laurence ficou tenso, aguardando. Se ela os vira, se os estava caçando, dificilmente um arbusto de amoras a enganaria por longo tempo.

Ela, porém, olhou para outro lado, interessada na perspectiva que eles tinham examinado. Havia algo diferente na sua aparência... Na China, ele a vira com elaboradas joias de ouro e de rubi; em Istambul, ela quase não usara joias ali, envergava algo bastante diferente, como um diadema montado na base da sua crista e preso; inteligentemente sob as extremidades da sua mandíbula. Era feito de aço cintilante e ligado ao centro por um diamante gigantesco, quase do tamanho de um ovo de galinha, que cintilava insolentemente até mesmo à luz fraca da manhã.

Um homem, com um uniforme francês, saltou das suas costas para o chão. Laurence ficou profundamente surpreso ao ver que ela tolerara um passageiro, ainda mais um tão indistinto. O oficial estava sem chapéu, seus cabelos escuros rareavam, e ele trazia apenas um pesado casaco de couro sobre o uniforme de *chasseur*, botas pretas de cano alto e uma espada pendurada à cintura.

— Vejo algo maravilhoso, nossos hóspedes reunidos para nos receber! — disse ele em um francês estranho, abrindo uma luneta para observar o exército prussiano, dando atenção especial aos soldados que se dirigiam pela estrada rumo ao norte. — Nós os deixamos esperando por muito tempo, mas isso logo será compensado! Davout e Bernadotte nos mandarão esses camaradas em breve. Não vejo o estandarte do rei, e você?

— Não, e não devemos esperar para vê-lo sem antes estabelecer postos avançados. Você está exposto demais! — retrucou Lien com um tom desaprovador, observando o campo. Seus olhos vermelhos não eram muito perspicazes.

— Ora, certamente estou seguro em sua companhia! — censurou-a o oficial, com um sorriso radiante, que voltou momentaneamente para ela, iluminando todo o seu rosto.

Badenhaur agarrou o braço de Laurence com uma pressão quase convulsiva.

— Bonaparte! — sibilou o prussiano quando Laurence o encarou.

Chocado, Laurence virou-se, inclinando-se para perto dos arbustos para vê-lo melhor. O homem não era particularmente atarracado, como ele imaginara que fossem os córsegos pelas descrições dos jornais britânicos, e sim mais compacto do que baixo. Nesse momento, animado e enérgico, com seus grandes olhos verdes brilhando e o rosto levemente corado pelo vento frio, talvez se pudesse considerá-lo bonito.

— Não há pressa — acrescentou Bonaparte. — Podemos lhes dar mais 45 minutos, creio, e deixá-los mandar mais uma divisão pela estrada. Um pouco de caminhada inútil os deixará no ponto certo.

Ele passou a maior parte do tempo caminhando na borda do despenhadeiro, olhando, pensativo, para o planalto, com uma expressão de ave de rapina, enquanto Laurence e Badenhaur, aprisionados, viam-se obrigados a suportar a apreensão pelos seus companheiros. Um tremor ao seu lado desviou o olhar de Laurence: a mão de Badenhaur estava sobre sua pistola e um olhar de indecisão terrível cruzou o rosto do tenente.

Laurence pôs a mão no braço de Badenhaur, contendo-o, e o jovem olhou para baixo imediatamente, pálido e envergonhado, soltando a arma. Laurence tocou o ombro dele em silêncio, para confortá-lo. Ele era capaz de entender a tentação, pois era impossível não alimentar os pensamentos mais insanos quando a menos de 10 metros de distância estava o responsável por todas as agruras da Europa. Se houvesse qualquer esperança de aprisioná-lo, certamente seria o dever dos dois tentar, por mais que as chances fossem remotas. Todavia nenhum ataque saído daquele arbusto poderia ser bem-sucedido. O primeiro movimento alertaria Lien, e Laurence, por experiência própria, conhecia a rapidez com a qual um Celestial era capaz de reagir. A única chance era a pistola, um tiro mortal e às suas costas desavisadas, o que não fariam.

Seu dever estava claro: teriam de esperar, escondidos, e levar a notícia ao acampamento, o mais rápido possível, informando que Napoleão armava para eles uma armadilha. O feitiço poderia se voltar contra o feiticeiro e ser conquistada uma vitória honrada. Cada minuto, porém, era valioso, sendo uma tortura permanecer imóvel e em silêncio, assistindo às meditações do imperador.

— A névoa está se dissipando — disse Lien, abanando a cauda com inquietação. Ela aguçou o olhar para observar a posição da artilharia de Hohenlohe, particularmente bloqueada pela montanha. — Você não deveria se arriscar dessa maneira, vamos embora imediatamente! Além disso, já tem todas as informações das quais precisa.

— Sim, sim, minha babá! — disse Bonaparte distraído, voltando a olhar pela luneta. — Mas observar com os próprios olhos é outra coisa... Existem ao menos cinco erros nos meus mapas, mesmo sem pesquisar, e aqueles não são canhões de três libras, mas de seis, com uma artilharia montada à esquerda.

— Um imperador não pode ser também um patrulheiro — retrucou ela com severidade. — Se não confia nos seus subalternos, deveria substituí-los, e não fazer o trabalho deles.

— Ah, não me venha dar lições! — disse Bonaparte, fingindo-se indignado. — Nem mesmo Berthier fala comigo dessa forma.

— Deveria, quando você está sendo tolo — retrucou ela. — Vamos, não queremos provocá-los para que venham tentar tomar esse planalto... — acrescentou ela, bajuladora.

— Ah, eles já perderam essa chance — respondeu ele. — Mas farei sua vontade... Já é hora de nos pôr em ação!

Ele finalmente largou a luneta e subiu nas garras em concha que o esperavam, como se a vida toda tivesse sido carregado por um dragão.

Badenhaur rastejou para fora dos arbustos, imprudente, mal ela havia se afastado. Laurence saiu atrás dele e parou para observar a paisagem mais uma vez, em busca de tropas francesas. A névoa se tornava fina e se dissipava, permitindo ver com clareza as tropas do marechal Lannes ao redor de Jena, empilhando munição e comida, guardando para seu conforto lenha e materiais resgatados nas casas queimadas, e fazendo cercados para os animais. Embora tenha olhado com sua luneta em todas as direções, não viu sinal de tropas francesas, não daquele lado do rio Saale. O ponto de onde Bonaparte planejava tirar seus homens para empreender um ataque não era possível enxergar.

— Talvez possamos ocupar esse planalto antes que ele traga seus homens — disse Laurence distraído, para si e para Badenhaur. Uma bateria de artilharia, naquela posição, teria uma vantagem estratégica, e não o surpreendia que Bonaparte pensasse em ocupá-lo. Porém, ao que parecia, ele estava atrasado.

Logo dragões começaram a surgir vindos da floresta distante, como surpresas. Não eram os pequenos que haviam encontrado na batalha de Saalfeld, mas os médios que formavam o grosso da força aérea — Pêcheurs e Papillons — vindo em grande velocidade e fora de formação. Eles pousaram entre as tropas franceses que dominavam Jena e havia algo muito estranho na sua aparência. Através da luneta, Laurence percebeu que estavam quase inteiramente cobertos de homens; não apenas as suas tripulações, mas companhias de artilharia inteiras, presas a arreios feitos de seda como os que vira serem usados na China para transportar cidadãos, porém muito mais lotados.

Cada homem levava uma arma e uma sacola nas costas, e o maior dos dragões portava cem homens ou mais. As garras não seguiam vazias, carregando, com esforço, carretas de munição, sacos enormes de mantimentos e, o que era pior, redes de carga repletas de animais vivos, Esses, depois de depositados em currais e libertados, saíram andando sem destino, batendo nas paredes e caindo, tão drogados quanto os porcos que Temeraire carregara sobre as montanhas não muito tempo antes. Laurence, com o coração apertado, reconheceu a maldita inteligência daquele esquema: se os dragões franceses carregavam consigo suas rações, poderia haver qualquer número deles, não apenas os poucos capazes de ser sustentados em uma marcha em território inimigo.

Em dez minutos, quase mil homens haviam sido reunidos, e os dragões retornavam para trazer mais cargas. Laurence estimou que eles vinham de uma distância menor do que 10 quilômetros, porém sem estradas, densamente florestadas e interrompidas pelo rio. Homens teriam levado algumas horas para as percorrer, mas em minutos os franceses se colocaram nas suas posições.

Como Bonaparte convencera seus homens a serem presos a dragões e carregados pelo ar, Laurence mal podia imaginar, e nem teria tempo para isso, pois Badenhaur o puxava para longe. A distância, vinham os enormes dragões da *Armée de l'Air*, os grandes Chevaliers e Chansons-de-Guerre, em todo o seu terrível esplendor, em direção ao cume. Eles não carregavam comida ou munição, e sim canhões.

Laurence e Badenhaur lançaram-se morro abaixo em disparada, tropeçando e deslizando em pedregulhos na trilha íngreme, enquanto nuvens de terra e folhas secas lhes feriam o rosto conforme os dragões pousavam no cume. No meio da encosta, Laurence parou para arriscar uma última olhada para trás: os pesos-pesados descarregavam batalhões de canhões de duas e três libras, para os quais os homens corriam imediatamente a fim de posicioná-los na borda do desfiladeiro, enquanto as redes de carga eram abertas para depositar enormes montes de balas de canhão e de munição.

Não haveria como os prussianos lutarem pelo cume, nem como recuar, e a batalha se daria como Napoleão desejou, ou seja, à mercê da artilharia francesa.

Capítulo 14

As baterias da artilharia trocavam palavras exaltadas antes mesmo de Laurence deixar a tenda de Hohenlohe, e os mensageiros mais velozes voavam desesperados até Brunswick e o rei, e a oeste, para convocar as tropas de reservistas de Weimar. Não havia opção além de concentrar o mais rápido possível para a batalha. Laurence se sentia quase agradecido pelos franceses os atacarem, exceto pela subitaneidade, pois lhe parecia, como a Temeraire, que os comandantes haviam se esforçado ao máximo, na semana anterior, para evitar a guerra que provocaram e que todos os seus homens estavam preparados para suportar. Fora um atraso estúpido e covarde que somente acabaria com o moral, reduziria os suprimentos e deixaria os destacamentos militares expostos a serem eliminados um a um, tal como ocorrera com o pobre príncipe Luís.

A perspectiva de entrarem em ação varrera a indisposição que pairava no acampamento, e a disciplina férrea e os exercícios mostravam seus resultados. Enquanto caminhava rapidamente pelos soldados, Laurence ouviu risadas e tons de aprovação. A ordem de se preparar para o combate foi recebida com uma reação instantânea e, embora os homens estivessem em estado lamentável, molhados e atormentados pela fome, haviam mantido suas armas em ordem. As cores da sua bandeira se espalharam alegremente sobre suas cabeças e os grandes estandartes estalavam ao vento como balas de mosquete.

— Laurence, depressa, eles já estão lutando! — gritou Temeraire, sentado ereto sobre as pernas traseiras e com a cabeça virada para longe do abrigo, tendo visto Laurence antes de ele chegar à clareira.

— Prometo que teremos muita luta hoje, não importa o quão tarde entremos na batalha! — disse Laurence, pulando para a garra de Temeraire com um impulso que contrariava o conselho sobre ter paciência, oscilando rapidamente para se posicionar em seu lugar, com a ajuda de Granby. Toda a equipe estava nas suas posições, tanto os oficiais prussianos quanto os britânicos. Badenhaur, que fora treinado como oficial de sinalização, sentou-se ansiosamente ao lado de Laurence.

— Sr. Fellowes, Sr. Keynes, confio que farão da segurança dos ovos sua prioridade — gritou Laurence para baixo, prendendo seus mosquetões no arreio a tempo de Temeraire decolar. A única resposta que recebeu foram acenos de mão, pois as palavras ficaram inaudíveis no rufar das asas do dragão enquanto eles seguiam rumo ao front da batalha para enfrentar as forças francesas.

Algumas horas após o primeiro conflito da manhã, Eroica os conduziu a um pequeno vale onde os dragões poderiam beber um pouco de água e recuperar o fôlego. Temeraire, Laurence ficou feliz em perceber, aguentava bem a batalha, com o ânimo pouco afetado, embora se pudesse dizer que o lado deles estava em prejuízo. Houvera pouca esperança de evitar que os franceses ganhassem posição, graças à artilharia montada nas alturas, mas ao menos tiveram de suar para manter o terreno conquistado, dando aos prussianos tempo para distribuir seus regimentos.

Sem qualquer tipo de queixa, Temeraire e os outros dragões se sentiram animados por estarem em combate e ansiosos pela batalha por vir. É verdade que lucraram com seu trabalho, pois poucos foram os dragões que não conseguiram arrebatar um ou dois cavalos mortos para comer; estavam portanto mais bem alimentados do que nos últimos dias e cheios de energia. Aguardando sua vez de beber água, eles se puseram a contar, aos berros, seus feitos individuais de bravura. Laurence considerava isso um exagero, uma vez que a planície não estava coberta com os cadáveres das suas vítimas, porém nenhum escrúpulo continha o prazer dos dragões de se vangloriar. Os homens permaneceram a bordo, dividindo água e pães, mas os capitães se reuniram por alguns instantes.

— Laurence — chamou Temeraire quando ele desceu para se juntar aos outros. — O cavalo que estou comendo parece muito estranho... Ele está usando um chapéu!

A cabeça débil e pendurada estava coberta com uma espécie estranha de capuz, preso às rédeas e feito de um tecido fino e muito leve, mas com bainhas duras que lhe rodeavam os olhos e cobriam as narinas. Laurence cortou uma das bainhas com a faca, deixando à mostra um sachê de flores e de ervas secas que, embora estivesse banhado de sangue e da respiração úmida do cavalo, exalava um cheiro forte.

— Com isso sobre as narinas, eles provavelmente não sentem o cheiro dos dragões e não se assustam — disse Granby depois de descer de Temeraire para observar. — Arrisco dizer que assim se faz na China, para a cavalaria ficar mais próxima dos dragões.

— Isso é ruim, muito ruim! — comentou Dyhern quando Laurence compartilhou com ele aquela informação. — Significa que eles usarão sua cavalaria simultaneamente ao ataque dos dragões, enquanto não conseguiremos fazer o mesmo. Schleiz, é melhor contar isso aos generais — acrescentou ele ao capitão de um dos dragões leves, que assentiu e partiu imediatamente com seu dragão.

Eles ficaram em terra por menos de 15 minutos, mas, ao decolarem, encontraram uma situação completamente diferente. A grande competição de forças se desenrolava com empenho feroz abaixo deles, diferente de tudo o que Laurence conhecia. Ao longo de 8 quilômetros de vilas, campos e florestas, os batalhões se formavam, ferro e aço cintilando ao sol em um oceano de uniformes verdes, azuis e vermelhos aos milhares, às dezenas de milhares. Todos os regimentos enchiam as linhas de combate como em uma dança monstruosa, acompanhada do relinchar agudo dos cavalos, dos ruídos dos carros de suprimentos e do estrondo trovejante dos canhões.

— Laurence, são muitos! — exclamou Temeraire.

Aquilo poderia, sensatamente, fazer os dragões se sentirem pequenos, algo a que Temeraire não estava nem um pouco acostumado. Ele planou indeciso, olhando para o campo de batalha.

Nuvens de pólvora brancas e cinzentas corriam pelos campos e se prendiam às florestas de carvalhos e de pinheiros. Um combate feroz ainda se desenrolava no lado esquerdo prussiano, ao redor de uma pequena vila, onde mais de 10 mil homens estavam inconsequentemente engajados, supôs Laurence. Em todos os outros pontos, os franceses haviam reforçado suas linhas nos espaços conquistados. Homens e cavalos seguiam aos montes pelas pontes do rio Saale, com as águias dos seus estandartes brilhando douradas, e muitos outros vinham em dragões. Sobre o campo da batalha anterior, os corpos dos mortos jaziam abandonados; somente a vitória ou o tempo faria com que fossem enterrados.

Temeraire disse, em voz baixa:

— Eu não sabia que as batalhas podiam ser tão amplas... Para onde iremos? Alguns desses homens estão muito longe e não poderemos ajudar a todos eles.

— Faremos nossa parte da melhor forma — respondeu Laurence. — Não cabe a um homem ou a um dragão ganhar o dia sozinhos, pois essa é a tarefa dos generais. Devemos nos limitar a fazer o que nos pedem.

Temeraire soltou um grunhido inquieto.

— E se não tivermos bons generais?

A questão era desagradavelmente pertinente, trazendo à tona a comparação involuntária entre aquele homem forte de olhos brilhantes sobre o topo do planalto, tão certo e autoritário, e os velhos generais com seus conselhos, argumentos e ordens inconstantes. Abaixo, no final do campo, ele viu Hohenlohe a cavalo, com sua peruca empoada e seus ajudantes correndo perto dele. Tauentzein, Holtzendorf e Blücher se movimentavam nas respectivas tropas enquanto o duque de Brunswick ainda não chegara ao campo de batalha — seu exército continuava a caminho, apressadamente, após a retirada abortada. Todos beiravam os 60 anos e enfrentavam, no lado francês, marechais revolucionários, bem como seu líder com a aparência de pouco mais de 20 anos.

— Bons ou ruins, nosso dever é o mesmo, aquele de qualquer outro homem — respondeu Laurence, afastando com esforço tais pensamentos deprimentes. — A disciplina no campo de batalha pode ganhar o dia, mesmo quando a estratégia é falha, mas a falta dela é um sinal certo de derrota.

— Entendo — disse Temeraire, parando de voar. À frente, os pequenos dragões franceses reapareceram para atormentar os soldados dos batalhões prussianos, e Eroica e sua formação viraram-se para impedi-los. — Com tantos homens, todos precisam obedecer ou não haverá ordem alguma. Eles não conseguem enxergar isso sozinhos como nós, nem sabem como se portar em conjunto. — E acrescentou em voz baixa e ansiosa: — Laurence, se... apenas *se*... perdermos essa guerra, e os franceses mais uma vez tentarem invadir a Inglaterra, tem certeza de que conseguiremos impedi-los?

— É melhor não perdermos... — respondeu Laurence, sombrio.

Então voltaram ao trabalho, em um campo de batalha dissolvido em centenas de conflitos privados, no pedaço que lhes cabia da guerra.

No início da tarde, sentiram a balança mudar a seu favor pela primeira vez. O exército de Brunswick chegara, muito antes do que Bonaparte esperava, e Hohenlohe enviara todos os seus batalhões: vinte deles já estavam em formação no campo aberto, preparando-se para atacar os líderes da infantaria francesa que se encontravam acuados em uma pequena vila próxima ao centro da batalha.

Entretanto, os grandes dragões da França ainda não haviam entrado em combate, o que exasperava os maiores dragões prussianos, como Temeraire:

— Não me parece certo ficar lutando contra esses camaradinhas! Onde estão os grandes dragões dos franceses? Isso não é exatamente uma luta justa...

Pelo grunhido alto em resposta, Eroica concordava inteiramente. Suas pancadas nos dragõezinhos franceses começavam a parecer um despropósito.

Finalmente um dragão-mensageiro prussiano, um Mauerfuchs, arriscou sobrevoar, rapidamente e em grandes altitudes, o campo francês enquanto o restante dos dragões continuava a lutar. Ele voltou quase imediatamente alvoroçado para informar que os grandes dragões franceses não estavam trazendo homens, mas deitados no chão, comendo e cochilando.

— O quê?! — exclamou Temeraire, ultrajado. — Devem ser uns covardes, dormindo enquanto há uma batalha. O que esperam com isso?

— Podemos ficar agradecidos. Devem estar cansados de transportar todos aqueles canhões... — arriscou Granby.

— Mas estarão completamente descansados quando entrarem em combate — interrompeu Laurence. Os dragões dos prussianos voavam há horas, tendo feito apenas breves pausas para beber água. — Talvez devêssemos trabalhar em turnos também. Temeraire, por que não pousa um pouco?

— Não estou cansado! — protestou Temeraire. — Olhe, aqueles dragões tentam fazer algo errado ali — acrescentou ele e disparou sem esperar resposta. Todos tiveram de se segurar nos arreios para não caírem quando ele colidiu com um par de pequenos dragões franceses assustados e escandalosos, que apenas circulavam observando o campo de batalha e que prontamente fugiram.

Antes que Laurence pudesse renovar sua sugestão, um murmúrio alto e alegre ecoou abaixo, e sua atenção foi distraída. À beira do terrível fogo da artilharia, a rainha Luísa galopava ao longo da linha prussiana, escoltada apenas por um punhado de soldados da cavalaria, com o estandarte brilhante da Prússia esvoaçando atrás do seu pequeno destacamento. Ela usava um casaco de coronel sobre suas roupas e o chapéu rígido de plumas, que abrigava confortavelmenete seus cabelos presos. Os soldados gritaram seu nome animadamente, pois ela era, talvez, o coração da campanha de guerra prussiana e há tempos clamava pela resistência a Napoleão e às suas ações predatórias na Europa. Sua coragem não falharia em incutir bravura nos homens. O rei também estava no campo de batalha e seu estandarte podia ser visto mais adiante, na extremidade esquerda prussiana, e por toda parte os oficiais de alta patente expuseram a si e a seus homens ao fogo.

Tão logo ela partiu, as ordens foram dadas. Em outro tipo de encorajamento, garrafas circularam pelas forças de ataque e os homens despejavam a bebida direto na boca. Os tambores rufaram o sinal e a artilharia disparou, com pequenos sabres em riste, enquanto os homens gritavam com vozes roucas e irrompiam as ruelas estreitas da vila.

O número de mortos foi terrível, pois por trás de cada muro e janela se levantavam atiradores franceses que disparavam incessantemente; praticamente todas as balas encontraram um alvo. Enquanto isso, nas ruas principais da vila, a artilharia atacava e bombas explodiam em estilhaços mortais assim que saíam dos canhões. Os prussianos, porém, avançaram com uma força irresistível e, um após outro, os canhões foram silenciados — depois de bombardearem casas de fazenda, celeiros, jardins e chiqueiros — e os soldados franceses foram expulsos da vila.

Os batalhões franceses se retiraram, em ordem, é verdade — praticamente pela primeira vez. Os prussianos exultaram e continuaram avançando. No final da vila, eles voltaram a se reagrupar em fileiras, sob os gritos dos sargentos, e dispararam novamente uma terrível salva de artilharia sobre os franceses.

— É uma grande conquista, Laurence, não é? — exclamou em júbilo Temeraire. — E os faremos recuar ainda mais, não?

— Isso mesmo! — respondeu Laurence, com um alívio inexprimível, inclinando-se para sacudir a mão de Badenhaur em cumprimento. — Agora veremos como se luta!

Todavia não tiveram a oportunidade de observar o desenrolar da batalha antes de uma das mãos de Badenhaur subitamente apertar a de Laurence e o jovem oficial apontar-lhe as forças do corpo aéreo francês que finalmente traziam os grandes dragões para o combate.

Os dragões prussianos soltaram, quase que simultaneamente, um rugido de prazer e, cheios de energia, gritavam comentários zombeteiros sobre a chegada tardia dos dragões franceses, enquanto aguardavam os companheiros entrarem em formação. Os pequenos dragões franceses, que tão corajosamente suportaram o combate, fizeram um último e heroico esforço, formando uma espécie de tela protetora na frente dos dragões que avançavam, com o objetivo de obscurecer sua vista e bater as asas nos seus rostos para distraí-los. Os dragões prussianos impacientemente sem lhes dar muita atenção os suportaram. Somente nos últimos momentos, quando os pequenos se afastaram, Laurence percebeu que os grandes não vinham em formação.

Ou quase... Havia uma formação, a mais simples possível — apenas uma cunha —, mas composta inteiramente dos maiores dragões. Na liderança, um Grand Chevalier, mais magro do que Eroica mas com ombros mais largos; atrás dele, três Petit Chevaliers, maiores do que Temeraire; e finalmente uma fileira de seis Chansons-de-Guerre, apenas ligeiramente menores, de aparência alegre graças a suas manchas laranja e amarelas. Todos poderiam liderar formações, mas, em vez disso, constituíam um único grupo que se movimentava pesadamente, rodeado por uma multidão disforme de dragões médios.

— Bom, certamente não é uma estratégia chinesa — exclamou Granby, olhando. — O que diabos estão tentando fazer?

Laurence sacudiu a cabeça, perplexo. Eles haviam visto inspeções militares chinesas nas quais os dragões operavam no ar praticamente como os homens o faziam no chão, em fileiras e colunas, mas nunca de forma tão confusa.

Eroica e sua formação ancoravam o centro da linha prussiana e, com dentes à mostra, ele se atirou para a frente a fim de enfrentar o Grand Chevalier, gritando em sonoro desafio. As cores da Prússia tremulavam em seus ombros como outro par de asas. As duas formações aumentaram de velocidade enquanto se aproximavam; os quilômetros se transformaram em metros, esses em centímetros, até o espaço entre as duas desaparecer. A colisão era iminente... mas não ocorreu, deixando Eroica estupefato e indignado em pleno voo. Os grandes dragões franceses haviam se desviado deles, um por um, e seguido em direção às extremidades da formação prussiana, aos dragões médios.

— *Feiglings!* — berrou Eroica, a plenos pulmões, enquanto eles atingiam com suas garras e dispersavam os dragões da formação. Ele fora deixado praticamente sozinho e, quando se virou para atacar novamente, três dragões franceses aproveitaram a brecha e se colocaram ao lado dele. Eram pequenos demais para lhes fazer algum mal, e nem tentaram, mas suas costas estavam carregadas de homens. Nada menos do que três equipes de bordo pularam sobre Eroica, quase vinte franceses, com espadas e pistolas nas mãos, e agarraram seu arreio.

A equipe de Eroica lutou para afastar aquela ameaça e todos os atiradores sacaram seus rifles. Um primeiro tiro de mosquete foi ouvido e as lâminas das espadas empunhadas passaram a soar notas agudas e claras conforme as balas as atingiam. Nuvens espessas de fumaça de pólvora se dissiparam quando Eroica se agitou freneticamente no ar, mexendo a cabeça enquanto tentava enxergar o que acontecia e proteger seu capitão.

Seus esforços atiraram pelos ares vários dos invasores desafortunados, que caíram descontroladamente; outros, porém, haviam conseguido se prender com firmeza e Eroica começou a desequilibrar sua equipe. A confusão ofereceu um momento de sorte a dois franceses, que, apoiando-se um no outro, conseguiram manter o equilíbrio quando toda a equipe já havia caído e, em um intervalo, atiraram-se para a frente e cortaram a machadadas os arreios de oito homens, enviando-os, em cambalhotas pelo ar, para a morte.

O restante do conflito foi duro, mas breve, conforme os invasores avançavam pelo pescoço do animal. Dyhern matou dois homens a tiros e aniquilou outro com um golpe de sabre, mas a lâmina se abrigou no peito da vítima sendo levada junto com o corpo. Os franceses prenderam os braços do capitão e colocaram uma faca em sua garganta, dizendo a Eroica "*Geben Sie oben*", enquanto arrancavam as bandeiras da Prússia e colocavam no seu lugar a bandeira francesa.

Foi uma perda terrível e que eles não puderam evitar, pois Temeraire era perseguido ferozmente por cinco dragões igualmente carregados de homens, e foram necessários todo o seu engenho e toda a sua velocidade para escapar deles. Ocasionalmente alguns se arriscavam, desesperados, e saltavam em direção a ele, embora os dragões não estivessem muito próximos, mas foram tão poucos que Temeraire logo conseguia se livrar deles, com uma virada rápida. Quando não era o caso, sua tripulação matava-os com espada ou pistola.

Porém uma Honneur-d'Or, muito ousada, atirou-se na direção da cabeça de Temeraire, que desviou instintivamente e, enquanto ela se movimentava rapidamente acima do dragão, dois dos seus mensageiros se soltaram e caíram sobre os ombros de Temeraire, amassando o jovem Allen e chocando-se com Laurence e Badenhaur em uma confusão de arreios, pernas e braços. Laurence tentou agarrar-se cegamente a algo enquanto Badenhaur demonstrou um excesso de coragem e atirou-se sobre Laurence para protegê-lo, impedindo-o de levantar-se.

O ato, porém, era justificado, pois ele caiu ofegante nos braços de Laurence, enquanto seu sangue se espalhava escuro no ombro, em detrimento de uma facada. Os franceses já preparavam a espada para mais uma investida quando Granby, com um grito, atirou-se contra eles, fazendo-os recuar três passos. Laurence finalmente se recuperou e, vendo dois oficiais franceses atirarem Granby no ar, pois ele havia se soltado dos arreios para reagir ao ataque dos invasores, gritou:

— Temeraire! *Temeraire!*

O apoio fugiu-lhe dos pés quando Temeraire disparou atrás do corpo em queda livre de Granby, usando as asas como motor. Laurence não conseguia respirar na velocidade nauseante e estonteante e com a qual o chão embaçado se aproximava deles e ouvia-se um zumbido como o de abelhas, resultante do som das balas cortando o ar enquanto eles se aproximavam do campo de batalha. Então Temeraire voltou a subir, em espiral, destruindo com a cauda um carvalho jovem e esguio. Laurence se agarrou com firmeza aos arreios e, sobre o ombro de Temeraire, viu Granby nas garras do dragão, ofegante e tentando estancar o sangue que vertia das suas narinas.

Laurence levantou e procurou sua espada enquanto mais franceses saltavam de outros dragões para atacá-los. Ele bateu o punho da espada no rosto do primeiro, selvagemente, e sentiu o osso se estilhaçar; depois libertou a lâmina da bainha e partiu para o segundo. Era a primeira vez que ele lutava com a espada chinesa, que decepou a cabeça de um homem sem praticamente qualquer resistência.

Espantado, Laurence ficou observando o corpo decapitado, com a mão ainda agarrada à espada. Então Allen saltou atrasadamente para cumprir seu dever e cortou as tiras que prendiam os franceses ao dragão, deixando seus corpos caírem pelo ar enquanto Laurence se recuperava. Ele limpou a espada apressadamente e guardou-a, voltando com grande esforço e gratidão ao seu lugar no pescoço de Temeraire.

Os franceses direcionaram a bem-sucedida manobra contra outras formações, e os grandes dragões atiravam-se contra as laterais, isolando os líderes para que os outros dragões pudessem atacar. Eroica se afastava em frangalhos, cabisbaixo, acompanhado de três dragões prussianos, todos batendo as asas tão devagar que se aproximavam do chão entre as batidas. Os membros das suas formações circulavam ao redor deles, incertos, demorando a compreender aquelas perdas abruptas. Geralmente os membros de uma formação desfalcada de seu líder logo apoiariam outra formação, mas, como todas foram atingidas ao mesmo tempo, eles voavam a esmo, à mercê dos inimigos. Os maiores dragões franceses se reuniram mais uma vez e dispersaram-nos brutalmente enquanto atiradores a bordo bombardeavam as equipes prussianas sem parar. Os homens caíam como pedras e a perda foi tão terrível que muitos dos dragões gritavam e rendiam-se em desespero, sem tripulação, para salvar seus capitães e o que restava das equipes.

As três últimas formações prussianas, atentas ao destino dos colegas, se uniram em fileiras fechadas para proteger seus líderes. Embora tenham conseguido evitar as tentativas de ataque, foram obrigados a se afastar cada vez mais sob a pressão constante. A situação de Temeraire parecia cada vez mais desesperadora e ele se revirava de um lado para o outro sob o fogo constante enquanto seus atiradores devolviam as balas. O tenente Riggs gritava para que seus homens continuassem atirando, embora eles já recarregassem suas armas o mais rápido possível.

As escamas de Temeraire e os tecidos que as cobriam desviavam a maioria das balas que se chocavam contra ele, mas ocasionalmente uma delas conseguia atravessar a pele mais delicada das suas asas ou se alojar na sua carne superficial. Ele não se encolhia, tão envolvido que estava na batalha para sentir as pequenas feridas e concentrou todos os seus esforços na evasão. Ainda assim, Laurence pensou, agoniado, que também eles seriam forçados a fugir ou, pior, acabariam capturados. Os esforços daquele longo dia começavam a se mostrar e os giros de Temeraire estavam cada vez mais lentos.

Abandonar a batalha ou desertar sob fogo cerrado sem ter recebido a ordem de recuar era algo que ele mal podia conceber. Entretanto os prussianos o faziam e, se ele não batesse em retirada, além da grande desgraça da sua captura, os ovos certamente também iriam parar nas mãos dos inimigos. Laurence não tinha qualquer intenção de assim recompensar os franceses por haver lhes roubado o ovo de Temeraire e estava a ponto de ordenar que o dragão se afastasse, ao menos para retomar o fôlego, quando sua consciência foi poupada: o rugido de uma trombeta foi ouvido, ao mesmo tempo musical e terrível, e subitamente seus inimigos desapareceram. Temeraire deu três voltas ao redor de si mesmo antes de se convencer de que eles realmente haviam sido deixados em paz e, então, arriscou-se a planar por tempo suficiente para que Laurence percebesse o que acontecia à frente.

O chamado era a voz de Lien, que não havia participado da batalha, mas nesse momento planava atrás das fileiras de dragões franceses. Não trazia arreios nem equipe, e o grande diamante sobre sua testa cintilava em um tom laranja que refletia o pôr do sol, quase que para combinar com a virulência dos seus olhos vermelhos. Ela gritou mais uma vez e Laurence ouviu sinais de tambores surgirem nas fileiras francesas e, no topo do monte, em um cavalo de guerra cinza, Bonaparte assistia à batalha, com sua armadura da temida Guarda Imperial parecendo ouro derretido sob aquela luz.

Com as formações prussianas dispersadas, os dragões franceses dominavam o ar e, em resposta ao chamado de Lien, todos se movimentaram em uma formação em linha reta. Abaixo, a cavalaria francesa se dirigiu imediatamente para as extremidades do campo de batalha. Os cavalos foram esporeados e seguiram o mais rápido possível, e a infantaria saiu à frente, mantendo um fogo cerrado enquanto o fazia.

    Lien ergueu-se ainda mais no ar e inspirou profundamente, fazendo a crista sob seu diadema se espalhar ao redor de sua cabeça e as laterais de seu corpo inflarem. De suas mandíbulas explodiu a terrível fúria do vento divino, sem um alvo específico mas cuja força tremenda deixou os ouvidos dos homens zumbindo como se todos os canhões tivessem disparado ao mesmo tempo. Lien tinha cerca de 30 anos, enquanto Temeraire tinha apenas 2 anos, sendo um pouco maior e muito mais experiente do que ele. No seu rugido não havia apenas a grande potência do seu tamanho, mas também uma espécie de ressonância, um crescer e cair da voz, que emprestavam a ele uma duração aparentemente eterna. Por todo o campo de batalhas os homens se afastaram, os dragões prussianos se aconchegaram contra o próprio corpo, e Laurence e sua equipe, acostumados com o vento divino, estremeceram instintivamente, tensionando suas amarras.

    Seguiu-se um completo silêncio, quebrado apenas por pequenos gritos de choque e os lamentos dos feridos no campo de batalha. Todavia, antes que os ecos desaparecessem os dragões franceses ergueram a cabeça e, rugindo a plenos pulmões, lançaram-se para baixo. Interromperam o mergulho apenas quando estavam para colidir com o solo; alguns, na verdade, foram incapazes de fazê-lo e caíram, esmagando inúmeros soldados prussianos sob seus corpos, embora chorassem de agonia enquanto enrolavam as próprias asas. O restante, porém, sequer parou, arrastando as garras e as caudas enquanto sobrevoavam, destroçando os soldados espantados e surpreendidos da infantaria prussiana. Ao levantarem voo, deixaram para trás enormes manchas de sangue dos mortos.

    Havia um pânico generalizado. Antes dos dragões atacarem os soldados do front, as fileiras da retaguarda já se dissolviam em uma confusão completa, na tentativa insana e desesperada de fugir, onde homens lutavam uns contra os outros e tentavam escapar em diferentes direções. O rei Frederico levantou-se sobre os estribos enquanto três homens seguravam seu cavalo, frenético e ofegante, para evitar que ele o atirasse para longe. O rei gritava a um megafone enquanto os estandartes de sinalização eram agitados.

— Retirada! — disse Badenhaur, agarrando o braço de Laurence. Sua voz tinha um tom prosaico, mas seu rosto estava banhado de lágrimas que ele sequer percebeu que derramara. No solo, o corpo morto e ensanguentado do duque de Brunswick era carregado de volta às tendas.

Porém os homens não estavam em condições de ouvir ou de obedecer e poucos batalhões conseguiram se fechar para a defesa, mantendo os homens ombro a ombro, segurando as baionetas crispadas voltadas para fora. Outros corriam, semienlouquecidos, para a vila que eles haviam acabado de conquistar com tanto esforço. Enquanto os dragões franceses pousavam para descansar, com suas laterais ofegantes e cobertas de sangue, a cavalaria e a infantaria desceram agrupadas pelo monte e passaram correndo por eles, a fim de completar a derrota e a ruína prussianas.

Capítulo 15

— Não, eu estou bem — retrucou Granby com a voz rouca quando eles o deitaram no abrigo. — Pelo amor de Deus, não se atrasem por minha causa! Estou apenas cansado de sempre levar uma maldita pancada na cabeça!

Ele tremia e estava doente e, quando tentou tomar um pouco de sopa, vomitou-a quase que imediatamente, portanto, seus companheiros se contentaram em lhe dar bebida o bastante para que ele voltasse a ficar desacordado — bastou um ou dois goles antes que ele caísse no sono.

Laurence desejava carregar a bordo de Temeraire o máximo de homens da equipe de solo dos dragões levados como prisioneiros, mas muitos deles quase se recusaram a ir, descrentes da situação. O abrigo ficava ao sul do campo de batalha e por isso eles não viram os eventos do dia. Badenhaur discutiu com eles por um longo tempo, ficando todos cada vez mais tensos e barulhentos.

— Abaixem suas malditas vozes! — disparou Keynes, enquanto a equipe cuidadosamente embarcava os ovos na rede de carga. — O Kazilik está maduro o suficiente para entender o que vocês dizem — disse ele a Laurence em voz baixa. — A última coisa da qual precisamos é que essa criatura nasça medrosa e intimidada.

Laurence assentiu, sombrio, e Temeraire ergueu a cabeça exausta do chão, olhando para o céu que escurecia acima deles.

— Lá está o Fleur-de-Nuit... Posso ouvir o movimento das suas asas.

— Diga a esses homens que fiquem, e sejam desgraçados, ou que subam a bordo imediatamente — disse Laurence a Badenhaur, fazendo um gesto para a sua equipe embarcar. Eles pousaram nos arredores de Apolda, sentindo frio, cansaço e câimbras.

A cidade estava quase em ruínas, repleta de janelas destruídas, vinho e cerveja escorrendo pelas sarjetas e estábulos, celeiros e currais vazios. Não havia ninguém nas ruas além de soldados bêbados, ensanguentados, abatidos e beligerantes. Nos degraus da maior hospedaria, Laurence precisou passar por um homem que chorava como uma criança, protegendo o rosto com a palma da mão direita — ele já não tinha a esquerda, cuja extremidade do braço havia sido amarrada com um trapo.

Dentro, havia apenas alguns oficiais de baixa patente, feridos ou exaustos; um dos quais sabia o idioma francês o suficiente para lhe dizer:

— É melhor ir embora... Os franceses chegarão aqui pela manhã, talvez antes. E o rei partiu para Sömmerda.

Nas adegas, Laurence encontrou uma prateleira com garrafas de vinho intactas e um barril de cerveja. Pratt apoiou o barril no ombro e levou-o, enquanto Porter e Winston carregaram as garrafas, e todos voltaram à clareira. Temeraire havia esmagado um velho carvalho atingido por um raio e os homens conseguiram acender uma fogueira. O dragão se deitou próximo ao calor enquanto os homens se aninharam nas laterais do seu corpo.

Dividiram as garrafas de vinho e abriram o barril de cerveja para Temeraire, o que lhe ofereceu pouco mas suficiente conforto, pois precisavam voltar a voar imediatamente. Laurence hesitou, pois Temeraire estava tão exausto que engolia a bebida com os olhos quase fechados, e aquela fadiga era um perigo — se um grupo de dragões franceses os surpreendesse, ele duvidava de que Temeraire conseguisse fugir rápido o suficiente.

— Precisamos partir, meu caro — disse ele com suavidade. — Você consegue?

— Sim, Laurence, estou perfeitamente bem — respondeu Temeraire, lutando para se levantar. E acrescentou em seguida, em voz baixa: — Devemos ir *muito* longe?

O voo de 25 quilômetros pareceu mais longo do que nunca. A cidade irrompeu na escuridão subitamente, com uma fogueira nos arredores, e um grupo de dragões prussianos olhou para cima com ansiedade enquanto Temeraire pousava pesadamente. Eram de pequeno porte e mensageiros, além de dois médios; não havia formações inteiras ou outro dos grandes dragões. Eles se reuniram ao seu redor para o confortarem e arrastaram na sua direção parte das carcaças de cavalo que integravam seu jantar. Temeraire comeu apenas um pouco de carne antes de cair em um sono pesado; vários dos dragões menores se aninharam nas laterais de seu corpo e Laurence deixou-o assim.

Ele enviou os homens em busca de algo que pudesse animar e confortar o acampamento e atravessou sozinho os campos até a cidade. A noite estava silenciosa e bela, pois uma nevasca fora de época fazia todas as estrelas brilharem e a sua respiração pairar brevemente no ar. Laurence não lutara muito, mas sentia dores no corpo todo, principalmente ao redor do pescoço e dos ombros. Suas pernas estavam enrijecidas e com câimbras e foi com gratidão que ele as esticou. Cavalos exaustos que lotavam um pátio coberto ergueram a cabeça e relincharam ansiosamente quando ele passou pela cerca; sentiram o cheiro de Temeraire no seu corpo, supôs ele.

Apenas uma pequena parte do Exército conseguira chegar a Sömmerda àquela altura, pois a maioria dos que escaparam fugira a pé e, para chegar na cidade, teriam de caminhar a noite inteira, se conhecessem o caminho. A cidade não fora saqueada e manteve-se um pouco de ordem. Os lamentos dos feridos indicavam uma enfermaria montada em uma pequena igreja. Os guardas hussardos do rei estavam reunidos em fileiras em frente a algo que não chegava a ser uma fortaleza, mas era uma sólida e respeitável mansão.

Ele não viu um aviador ou oficial de alta patente a quem pudesse se reportar, uma vez que o pobre Dyhern fora capturado; apesar de ter apoiado as forças do general Tauentzein e do marechal Blücher durante o dia, não encontrara nenhum dos dois na cidade. Ele se dirigiu diretamente a Hohenlohe, porém o príncipe estava entretido em uma conferência, e um jovem ajudante, com uma rispidez impertinente, conduziu-o até a sua sala e disse-lhe para aguardar no corredor. Após 30 minutos em pé, ouvindo apenas o som ocasional das vozes abafadas, Laurence sentou-se no chão, esticou as pernas e caiu no sono encostado contra a parede.

Em certo momento, alguém falou com ele em alemão.

— Não, obrigado — respondeu Laurence, ainda dormindo, e então abriu os olhos. Uma mulher o observava com uma expressão gentil, mas divertida, e ele imediatamente reconheceu a rainha. Dois guardas estavam ao lado dela. — Ah, meu Deus! — exclamou Laurence e se levantou bastante constrangido, pedindo-lhe perdão em francês.

— Ah, não foi nada... — respondeu ela e o olhou, curiosa. — Mas o que faz aqui? — Ela abriu a porta depois que ele se explicou e enfiou a cabeça para dentro, para incômodo de Laurence, que preferiria ter esperado mais tempo do que parecer que estivera reclamando.

A voz de Hohenlohe respondeu-a em alemão e a rainha indicou para que Laurence a acompanhasse. Uma lareira estava acesa na sala e pesadas tapeçarias penduradas nas paredes evitavam que o frio das pedras absorvesse todo o calor. O ambiente era muito bem-vindo, pois o corpo de Laurence endurecera ainda mais durante a espera no corredor. O rei Frederico estava de pé, encostado à parede perto da lareira, cansado — não tão belo ou enérgico quanto sua esposa — o rosto comprido e pálido e os cabelos arrumados para trás sobre a ampla testa. Sua boca era fina, e ele tinha um bigode estreito.

Hohenlohe estava apoiado sobre uma grande mesa coberta de mapas. Os generais Rüchel e Kalkreuth estavam ao seu lado, além de diversos outros oficiais do Estado-Maior. Hohenlohe encarou Laurence sem piscar por um longo tempo e, com esforço, disse:

— Bom Deus, ainda está aqui?

Laurence não soube como responder, pois Hohenlohe nem soubera que ele estava na cidade. Depois ele despertou completamente e com grande raiva.

— Desculpe tê-lo incomodado — disparou ele. — Se esperava minha deserção, sinto-me perfeitamente feliz em partir.

— Não, nada disso — disse Hohenlohe, acrescentando de forma incoerente: — Mas, Deus do céu, quem poderia culpá-lo se fizesse? — Ele correu a mão pelo rosto. Sua peruca estava desarrumada e cinzenta e Laurence sentiu-se arrependido, pois claramente ele não estava em total comando de si mesmo.

— Vim apenas apresentar meu relatório, senhor — disse Laurence, mais moderado. — Temeraire não sofreu nenhum ferimento sério e não tivemos baixas, apenas três feridos, e trouxe cerca de trinta homens das equipes de Jena, com seus equipamentos.

— Arreios e ferrarias? — perguntou rapidamente Kalkreuth, olhando para cima.

— Sim, senhor, embora apenas dois conjuntos de ferrarias, além dos nossos — respondeu Laurence. — Eram muito pesados.

— Já é alguma coisa, graças a Deus! — disse Kalkreuth. — Metade dos nossos arreios está se descosturando.

Depois disso ninguém falou por um longo tempo. Hohenlohe olhava fixamente os mapas, mas com uma expressão que sugeria que ele sequer os enxergava. O general Rüchel despencara em uma cadeira, com o rosto cinzento e exausto, e a rainha se pôs ao lado do marido, sussurrando-lhe palavras em alemão. Laurence perguntou-se se não seria melhor deixá-los, embora não achasse que o silêncio era por constrangimento com a sua presença. Havia uma verdadeira fadiga pesando na atmosfera daquele ambiente, mas, de repente, o rei sacudiu a cabeça e voltou a falar:

— Sabemos onde ele está?

Não havia necessidade de perguntar de quem falava.

— Em algum lugar ao sul do Elba — murmurou um jovem oficial que enrubesceu quando sua resposta ecoou alta na sala silenciosa, fazendo os olhares se voltarem para ele.

— Chegará a Jena hoje à noite, com toda a certeza — disse Rüchel, olhando irritado para o jovem.

O rei foi talvez o único a não perceber aquela audácia.

— Irá nos dar o armistício? — perguntou.

— Aquele homem? Não nos dará sequer um minuto para respirar nem qualquer espécie de acordo honrado — respondeu a rainha Luísa, com escárnio. — Eu preferiria me atirar nos braços dos russos a me humilhar para aquele *novo rico*. — Ela se voltou para Hohenlohe. — O que pode ser feito? Certamente *algo* pode ser feito, não?

Ele se levantou e folheou os mapas, apontando diferentes guarnições e destacamentos militares, falando em francês e em alemão sobre reunir as tropas recorrendo aos reservistas.

— Os homens de Bonaparte marcham e lutam há dias — disse Hohenlohe. — Teremos algum tempo, espero, antes que consigam organizar uma busca. Talvez grande parte do nosso Exército tenha conseguido fugir e eles virão por esse caminho até Erfurt. Precisamos reuni-los e...

Botas soaram contra o chão de pedra do corredor e uma mão pesada bateu à porta. Recém-chegado, o marechal Blücher não aguardou ser chamado, entrando sem mais aviso.

— Os franceses estão em Erfurt — anunciou sem cerimônia, em um alemão tão claro e simples que até Laurence entendeu. — Murat chegou com cinco dragões e homens e eles se renderam, os desgraçados... — Ele se interrompeu, confuso e enrubescendo furiosamente sob o bigode, quando viu a rainha.

Todos ficaram mais preocupados com as informações do que com a linguagem, e um murmúrio agitado de vozes se ergueu enquanto os oficiais do Estado-Maior se puseram a folhear papéis desordenados e mapas. Laurence não pôde acompanhar a conversa, na maior parte em alemão, mas era perfeitamente claro que se tratava de uma discussão.

— Basta — disse o rei, subitamente e em voz alta, e a discussão cessou. — Quantos homens temos? — perguntou a Hohenlohe.

Os papéis foram novamente folheados, em silêncio, e foram reunidas as descrições dos diversos destacamentos.

— Dez mil em Saxe-Weimar, que estão em algum ponto nas estradas ao sul de Erfurt — respondeu Hohenlohe, lendo. — Outros 17 mil em Halle, sob o comando de Württemburg, nossas tropas de reservistas; e, até agora, 8 mil aqui, provenientes da batalha; porém creio que mais soldados chegarão.

— Se os franceses não os surpreenderem — disse, calmamente, Scharnhorts, chefe do Estado-Maior do falecido duque de Brunswick.

— Eles se movimentam com muita rapidez e não podemos esperar. Alteza, devemos reunir os homens que ainda temos do outro lado do Elba e queimar as pontes imediatamente, senão perderemos Berlim. E enviar mensageiros imediatamente.

Foi outra explosão furiosa, na qual quase todos os homens da sala começaram a gritar, encontrando um escape para a violência crua de seus sentimentos — algo que seria de se esperar de homens tão orgulhosos ao verem sua honra e a de seu país na lama, forçados a conhecer a humilhação e o medo de um inimigo mortal e implacável, que, naquele momento, sentiam se aproximar cada vez mais.

Laurence também sentiu uma repulsão instintiva por um recuo tão ignominioso e o sacrifício de tamanho território. Parecia-lhe uma loucura ceder tanto terreno gratuitamente aos franceses. Bonaparte não era o tipo de homem que se daria por satisfeito com um mero pedaço de algo, mesmo que enorme, quando ele poderia tê-lo por inteiro. E com a quantidade de dragões que possuía, a destruição das pontes parecia um obstáculo insuficiente e uma admissão de fraqueza.

No tumulto, o rei acenou para Hohenlohe e o chamou até as janelas. Quando o restante dos presentes se cansou de gritar, ele voltou à mesa.

— O príncipe Hohenlohe assumirá o comando do Exército — declarou o rei, com calma e firmeza. — Reuniremos nossas forças em Magdeburgo e pensaremos na melhor maneira de organizar nossas defesas na linha do Elba.

Um murmúrio baixo de obediência e de concordância respondeu ao rei, que, ao lado da rainha, deixou a sala. Hohenlohe se pôs a emitir ordens, dispensando os homens com as respectivas tarefas e os oficiais de alta patente saíram para organizar seus comandos. Laurence estava quase desesperado por um pouco de sono e cansado por ter sido deixado esperando. Quando havia apenas alguns oficiais do Estado-Maior e ele não recebera ordens e tampouco fora dispensado, Hohenlohe indicou que tornaria a se enterrar nos mapas. Laurence finalmente perdeu a paciência e se adiantou:

— Senhor — disse, interrompendo a análise de Hohenlohe. — Posso perguntar-lhe a quem devo me reportar, ou, se a ninguém, quais são suas ordens para mim?

Hohenlohe ergueu o olhar e encarou-o novamente com aquela expressão vazia.

— Dyhern e Schliemann foram capturados — respondeu após um instante. — Abend também, quem sobra? — perguntou, olhando ao redor. Seus ajudantes pareciam ter dúvidas de como lhe responder, até que, por fim, um deles se arriscou:

— Sabemos o que aconteceu com George?

Mais discussões tomaram a sala e diversos homens foram enviados para fazer perguntas, retornando com respostas negativas. Hohenlohe disse, finalmente:

— Quer dizer que não restou um único e maldito dragão de grande porte dentre os 14 que tínhamos?

Sem dragões cuspidores de fogo, os prussianos haviam organizado suas formações para maximizar a força, em vez de, como os britânicos, proteger um dragão com enorme capacidade de ataque, como os de grande porte. Eles eram líderes de formações e, como tais, foram alvos da atenção particular do ataque francês. Além disso, foram mais vulneráveis às táticas dos franceses por serem mais lentos e mais pesados do que os dragões que lideraram as tentativas de invasão, além de boa parte da sua força e da sua agilidade ter se desgastado após um dia duro de voo. Laurence vira cinco deles serem capturados no campo de batalha e não estranhou que o restante tenha sido arrebatado mais tarde ou, na melhor das hipóteses, afastado para longe no caos do combate.

— Tomara que alguns deles cheguem essa noite... — disse Hohenlohe.
— Precisaremos reorganizar todo o comando.

Ele olhou pesadamente para Laurence, os dois em silêncio diante da compreensão de que Temeraire era o único dragão de grande porte que restara. Portanto ele se tornara ao mesmo tempo vital para suas defesas e impossível de deter: Hohenlohe já não poderia forçá-los a ficar. Laurence não conseguiu evitar de se sentir dividido: de certa maneira, seu primeiro dever era proteger os ovos e, portanto, isso significava enviá-los urgentemente para a Inglaterra. Entretanto, abandonar os prussianos seria dar a guerra por vencida e assumir que eles não poderiam ajudar em nada.

— Suas instruções, senhor? — disse ele, abruptamente. Não conseguiria abandoná-los.

Hohenlohe não exprimiu gratidão, mas seu rosto relaxou um pouco, suavizando algumas linhas.

— Pela manhã pedirei que siga para Halle, onde estão todos os nossos reservistas. Diga-lhes para se reunirem e, se puder levar alguns canhões, melhor. Encontraremos um serviço para você então, pois Deus sabe que isso não faltará.

— Ai! — disse Temeraire em voz alta. Laurence abriu os olhos, sentando-se. Os músculos das suas costas e das pernas protestaram e sentia a cabeça pesada e enevoada por tão pouco sono; apenas uma fraca luz entrava na tenda. Ele rastejou para fora e descobriu que isso se devia à neblina e não ao horário, pois o abrigo já estava em atividade e, quando ele se levantou, viu Roland vindo acordá-lo como havia lhe dito para fazer.

Keynes estava debruçado sobre Temeraire, arrancando as balas, uma vez que, com a partida precipitada do campo de batalha, ele não pudera cuidar das feridas antes. Embora Temeraire houvesse suportado até mesmo as feridas mais profundas sem reclamar, ele estremecia com sua extração, soltando pequenos gritos quando Keynes arrancava-as.

— É sempre a mesma coisa — comentou Keynes amargamente. — Vocês ficam destruídos e se divertem, mas quando tentamos consertá-los começam a se lamentar.

— Mas isso dói muito mais! — retrucou Temeraire. — Não entendo por que você precisa tirá-las... Elas não me incomodam como estão.

— Ah, mas incomodariam quando você tivesse uma maldita infecção. Fique quieto e pare de reclamar!

— Não estou reclamando, nem um pouco... — murmurou Temeraire e acrescentou: — Ai!

Havia um cheiro agradável no ar. Três magras carcaças de cavalo eram tudo o que fora entregue naquela manhã para alimentar mais de dez dragões famintos e, antes do inevitável empurra-empurra começar, Gong Su se apropriara da carga. Ele assou os ossos em um braseiro e ensopou-os com a carne em caldeirões formados com as armaduras dos dragões. Todos os membros mais jovens da equipe se puseram a mexer os caldeirões e Gong Su peremptoriamente enviou as equipes de solo em busca do que pudessem encontrar para acrescentar à refeição.

Os oficiais prussianos observaram ansiosamente enquanto as provisões dos seus dragões eram incluídas nos caldeirões, mas os dragões ficaram empolgados em escolher os itens e ofereciam suas opiniões empurrando uma pilha de cebolas amarelas ou afastando algumas sacas indesejadas de arroz. Essas Gong Su não quis desperdiçar e cozinhou-as separadamente em um caldo espesso repleto de raspas, oferecendo aos aviadores um café da manhã muito melhor do que o da maioria dos homens no acampamento; circunstância que serviu, e muito, para reconciliá-los com a esquecida prática.

Os arreios dos dragões estavam rasgados e desgastados, alguns até o couro, e certas correias estavam completamente partidas — os de Temeraire, especificamente, estavam em péssimo estado. Eles não tinham tempo ou material para efetuar os reparos necessários, mas ao menos alguns remendos deveriam ser feitos antes da viagem a Halle.

— Sinto muito, senhor, mas mesmo que nos esforcemos ao máximo somente conseguiremos arreá-lo por volta do meio-dia — desculpou-se Fellowes depois de analisar os estragos e de designar homens responsáveis para os consertos. — É o jeito que ele se retorce, creio, que alarga as emendas.

— Faça o que puder — disse Laurence sucintamente. Não havia necessidade de pressioná-los, pois todos os homens se esforçavam ao limite e havia tantos deles quanto se poderia desejar, dados os voluntários das equipes de solo que eles haviam resgatado. Enquanto aguardava, ele disse a Temeraire para dormir e recuperar as energias.

Temeraire logo se deitou ao redor das cinzas, ainda mornas, do fogo usado para cozinhar.

— Laurence — perguntou ele após um momento, suavemente —, nós perdemos?

— Apenas uma batalha, meu caro, não a guerra — respondeu Laurence, embora a sinceridade o tenha compelido a acrescentar: — Mas uma batalha extremamente importante e suponho que Bonaparte tenha aprisionado metade do nosso exército e dispersado o restante. — Ele se recostou contra a perna dianteira de Temeraire, sentindo-se bastante deprimido, pois até então havia afastado com atividades quaisquer reflexões sérias sobre suas circunstâncias.

— Não devemos ceder ao desespero — disse ele para si e para Temeraire. — Ainda existe esperança e, mesmo se não houvesse nenhuma, lamentar nosso destino não faria bem algum.

Temeraire suspirou profundamente.

— O que acontecerá com Eroica? Eles irão machucá-lo?

— Não, nunca — respondeu Laurence. — Ele certamente será enviado a algum campo de reprodução, e pode até mesmo ser libertado se as duas partes chegarem a um acordo. Até então manterão Dyhern preso; o que esse pobre homem deve estar sentindo!

Laurence podia imaginar o terror da situação do capitão prussiano, não apenas privado de fazer algo pelo seu país como responsável pela prisão do seu dragão de inexprimível valor. Temeraire evidentemente compartilhou o mesmo pensamento com relação a Eroica. Enrodilhou então sua perna dianteira perto de Laurence e cutucou-o, ansioso e carente, e apenas esse ato reconfortante o fez adormecer.

Os consertos foram terminados antes das 11 horas e começaram o trabalhoso processo de embarcar o enorme peso de correias, fivelas e anéis, com grande assistência de Temeraire — o único capaz de levantar a gigantesca correia que pasava pelos seus ombros, de cerca de um metro de largura e recoberta de tecidos que ancoravam as correias e arreios.

Durante o trabalho, diversos dragões olharam juntos para cima, reagindo a um som que apenas eles eram capazes de ouvir, mas em um minuto todos puderam ver um pequeno mensageiro se aproximar, voando de modo estranho e instável. Ele desceu sobre o campo revelando feridas profundas nas laterais do corpo, gritando e virando a cabeça para ver seu capitão, um garoto de no máximo 15 anos de idade, cujas pernas foram também horrivelmente feridas.

O rapaz voltou a si depois que despejaram um pouco de conhaque na sua boca e fizeram-no cheirar sais. Ele transmitiu sua mensagem em alemão, engasgando em longas inspirações entre cada palavra, para evitar cair em choro e soluços.

— Laurence, estávamos a caminho de Halle, não? — perguntou Temeraire ao ouvir aquilo. — Ele disse que os franceses tomaram a cidade, que atacaram essa manhã!

— Não conseguiremos proteger Berlim — anunciou Hohenlohe.

O rei não protestou, apenas assentiu.

— Quanto tempo até os franceses entrarem na cidade? — perguntou a rainha. Ela estava muito pálida, mas composta, com as mãos dobradas levemente sobre o colo. — As crianças estão lá.

— Não há tempo a perder — respondeu Hohenlohe, avaliando a urgência da situação. Depois de uma pausa, disse, com a voz quase trêmula: — Sua Majestade... imploro que perdoe...

A rainha levantou-se e pôs as mãos nos ombros dele, beijando-lhe as faces.

— Vamos vencê-lo! — disse ferozmente. — Tenha coragem; nós veremos o senhor no leste.

Recompondo-se, Hohenlohe falou um pouco mais sobre planos. Ele reuniria mais soldados desgarrados, enviaria a artilharia para o oeste, organizaria os dragões médios em formações. Depois se reuniriam no forte de Settin e defenderiam a linha do rio Oder, mas ele não parecia acreditar em nada do que dizia.

Laurence estava de pé pouco à vontade no canto da sala, mantendo-se o mais distante possível.

— O senhor levará Vossas Majestades? — perguntara Hohenlohe, pesadamente, quando Laurence lhe deu a notícia.

— Certamente precisará de nós, senhor — respondera Laurence. — Um mensageiro rápido...

Hohenlohe sacudira a cabeça.

— Depois do que aconteceu com esse, que trouxe a notícia? Não, não podemos assumir tal risco. As patrulhas dos franceses estarão em toda a nossa volta.

O rei levantou a mesma objeção e teve a mesma resposta.

— Vossas Altezas não podem ser capturadas — disse Hohenlohe. — Seria o fim, Majestade, ele ditaria os termos que desejasse, ou, que Deus impeça, se fossem mortos, e o príncipe herdeiro estivesse em Berlim quando eles chegassem...

— Ah, Deus! Meus filhos em poder daquele monstro! — exclamou a rainha. — Não podemos ficar parados, conversando, devemos partir imediatamente! — Ela foi até a porta pedir à criada, que esperava no corredor, que buscasse seu casaco.

— Você ficará bem? — o rei perguntou-lhe em voz baixa.

— Sou alguma criança, para ter medo? — respondeu ela com escárnio. — Já voei em mensageiros e não pode ser muito diferente.

Mas um dragão-mensageiro, que tem duas vezes o tamanho de um cavalo, não pode ser comparado com um dragão de grande porte.

— Aquele é o seu dragão, sobre aquele morro? — perguntou ela para Laurence quando eles se aproximaram do abrigo. Laurence não viu nenhum morro e depois compreendeu que ela apontava o Berghexe, um dragão médio, que dormia sobre Temeraire.

Antes que Laurence pudesse corrigi-la, Temeraire ergueu a cabeça e olhou na sua direção.

— Oh! — exclamou ela, quase sem voz.

Laurence, que se lembrava de quando Temeraire era pequeno o bastante para caber em uma rede a bordo do *Reliant*, ainda não pensava no dragão como tendo seu tamanho real.

— Ele é bastante calmo — comentou Laurence em uma tentativa educada de confortá-la. Era mentira, pois Temeraire passara o dia anterior agitado nas mais violentas perseguições imagináveis.

Todos os homens se levantaram quando o casal real chegou e permaneceram em rígido e cerimonioso alerta, pois os aviadores não estavam tão acostumados a receber tal honra como os pequenos mensageiros, que frequentemente transportavam passageiros importantes. Nenhum dos monarcas parecia muito à vontade, principalmente quando os dragões, ao perceber a empolgação dos tripulantes, começaram a virar a cabeça para olhá-los. Com verdadeira graça, porém, o rei tomou o braço da rainha e andou ao redor do abrigo, oferecendo a cada um dos capitães algumas palavras de aprovação.

Laurence aproveitou o momento e acenou apressadamente para Granby e Fellowes.

— Conseguiremos montar uma tenda para eles a bordo? — perguntou, nervoso.

— Acho que não, senhor. Deixamos para trás tudo o que podíamos prescindir ao abandonar o campo de batalha e aquele grandalhão do Bell tirou as tendas para abrir espaço para seu equipamento, pois não havia lugar onde colocar aquele barril de curtume — respondeu Fellowes, coçando a parte de trás do pescoço, agitado. — Mas pensaremos em algo, se o senhor puder nos dar um minuto... Talvez alguns dos outros camaradas possam nos emprestar algo.

Uma tenda foi realmente improvisada a partir de dois pedaços de couro costurados, os arreios do casal foram emendados juntos, um jantar frio e quase respeitável foi reunido às pressas e estocado em uma cesta com até mesmo uma garrafa de vinho, embora como eles a abririam durante o voo sem causar um desastre era algo do que Laurence não fazia a menor ideia. — Quando estiver pronta, Majestade — disse ele hesitante e ofereceu o braço à rainha quando ela assentiu. — Temeraire, você nos ajudaria? Com cuidado, por favor.

Temeraire obedientemente ofereceu a garra para que eles subissem. Ela olhou para a garra um pouco pálida, pois as unhas eram praticamente do comprimento do antebraço dela, negras, polidas e afiadas nas pontas.

— Devo ir primeiro? — perguntou o rei a ela em voz baixa. Ela jogou a cabeça para trás e disse:

— Não, claro que não.

E subiu, embora não pudesse evitar um olhar ansioso para as garras que se curvaram acima da sua cabeça.

Temeraire olhava-a com enorme interesse e, depois de deixar que ela subisse no seu ombro, sussurrou:

— Laurence, sempre achei que as rainhas tivessem montes de joias, mas essa não tem nenhuma. Elas foram roubadas?

Felizmente ele falou em inglês, pois, de outra maneira, o comentário não teria sido muito discreto, dito por mandíbulas grandes o bastante para engolir um cavalo inteiro. Laurence apressou-se em fazer a rainha entrar na tenda, antes que Temeraire mudasse para o alemão ou o francês e passasse a questionar as roupas dela — a rainha, muito razoavelmente, usava um pesado sobretudo de lã sobre o vestido, adornado com botões de prata, além de uma peliça e um chapéu.

O rei ao menos possuía a experiência como oficial militar e não demonstrou hesitação, se é que sentiu alguma; os guardas e os servos, porém, pareceram extremamente ansiosos ao se aproximar de Temeraire. Olhando para seus rostos pálidos, o rei disse algo em alemão e Laurence adivinhou, pelos olhares de vergonha e de alívio, que ele lhes dera permissão para ficarem em terra.

Temeraire aproveitou a oportunidade para fazer seus comentários naquela língua, provocando olhares espantados à sua volta, e depois esticou a pata dianteira em direção ao grupo. O efeito não foi o que Laurence imaginara que Temeraire havia desejado e, alguns momentos depois, restaram apenas quatro membros da guarda real e uma velha criada, que torceu o nariz afetadamente e subiu, sem cerimônia, na pata de Temeraire para ser embarcada.

— O que disse a eles? — quis saber Laurence, divertido e desesperado ao mesmo tempo.

— Disse que eles estavam sendo muito bobos — respondeu Temeraire, ofendido —, e que, se eu quisesse lhes fazer algum mal, seria mais fácil apanhá-los ali no chão do que se estivessem nas minhas costas.

Berlim estava agitada e os cidadãos olhavam com raiva os soldados uniformizados. Laurence, andando pela cidade apressado, tentando obter quaisquer suprimentos que pudesse, ouvia sussurros sobre a "maldita campanha de guerra" em todas as esquinas e lojas. As notícias das terríveis derrotas haviam chegado até os berlinenses, junto às da invasão francesa, mas não havia um espírito de resistência ou de revolta, nem mesmo de grande infelicidade. A impressão que os habitantes passavam era a de uma espécie de satisfação mal-humorada por concluir que tinham razão desde o começo.

— Eles levaram o pobre rei a isso, sabe; a rainha e todo esse bando de esquentadinhos... — comentou o banqueiro para Laurence. — Queriam provar que poderiam vencer Bonaparte, mas não puderam, e quem pagará pelo seu orgulho senão nós, é o que lhe pergunto! Tantos jovens mortos, e como ficarão nossos impostos depois que tudo isso acabar é algo no que nem quero pensar!

Depois das críticas, entretanto, ele facilmente se dispôs a adiantar a Laurence uma boa quantia em ouro.

— Eu preferiria ter meu dinheiro em uma conta em Drummonds do que aqui, com um exército faminto prestes a nos atacar — disse o banqueiro candidamente enquanto seus dois filhos carregavam um pequeno, mas substancial, baú.

A embaixada britânica encontrava-se em completa agitação. O embaixador partira em um dragão-mensageiro e quase ninguém pôde — ou quis — dar informações concretas a Laurence; seu casaco verde não chamou qualquer atenção fora levantar dúvida sobre se ele era um mensageiro trazendo remessas.

— Não houve conflitos na Índia nos três últimos anos; por que o senhor pergunta isso? — disse um secretário, irritado e impaciente, quando Laurence se viu obrigado a pará-lo à força no corredor. — Não sei por que o Corpo Aéreo falhou nas suas obrigações, mas foi ótimo não termos nos comprometido ainda mais com essa confusão!

Com uma visão política assim Laurence não poderia compactuar facilmente, e ficou ainda mais zangado e envergonhado ao ouvir tal comentário. Conteve a resposta que imediatamente lhe saltou à cabeça e disse apenas, com muita frieza:

— Vocês têm uma rota de fuga segura?

— Sim, é claro — respondeu o secretário. — Embarcaremos em Stralsund, e você deveria voltar à Inglaterra imediatamente. A Marinha está no Báltico e no mar do Norte, para ajudar com as operações em apoio a Danzig e Königsberg, seja lá no que isso ajude. Ao menos você terá uma rota desimpedida para a Inglaterra, quando estiver em alto-mar.

Ainda que um conselho covarde, era uma notícia reconfortante. Porém não havia cartas para ele, que poderiam ter lhe dado uma explicação menos dolorosa e, é claro, nenhuma carta chegaria a ele naquelas circunstâncias.

— Não posso sequer enviar um novo endereço para a Inglaterra — disse Laurence a Granby enquanto caminhavam de volta ao palácio. — Só Deus sabe onde estaremos em dois dias, que dirá em uma semana. As pessoas teriam de endereçar a correspondência a "William Laurence, Prússia Oriental", e seria como atirar uma garrafa ao oceano e esperar que ela chegasse até mim.

— Laurence — disse Granby, abruptamente —, espero que não me ache um covarde, mas não deveríamos voltar para casa, como ele disse? — Ele olhou para a rua, evitando Laurence ao falar. Em sua face, palidez e vermelhidão se alternaram.

Subitamente ocorreu a Laurence, para aumentar ainda mais a lista das suas preocupações, que sua decisão de ficar poderia fazer parecer, ao Conselho, que ele mantivera os ovos no campo de batalha intencionalmente e para que Granby tivesse a sua chance de ser capitão.

— Os prussianos têm uma deficiência enorme de dragões de grande porte para que possamos partir — respondeu ele, finalmente, fugindo de uma resposta definitiva.

Granby somente replicou mais tarde, quando eles haviam chegado aos aposentos de Laurence e fechado a porta. Naquela privacidade, disse sem rodeios:

— Eles perderam, Laurence. Metade do seu exército e do país também, e não faz o menor sentido permanecermos aqui.

— Não deixarei que a derrota deles seja uma certeza — disse Laurence com firmeza diante desse comentário desesperançado, virando-se para Granby. — Essas terríveis derrotas ainda podem ser revertidas, desde que haja homens e que eles não se desesperem, como é dever de um oficial garantir que aconteça. Confio que não precisarei incutir tais sentimentos em seu peito.

Granby corou e respondeu, um pouco inflamado:

— Não proponho que corramos gritando que o céu está caindo. Todavia, mais do que nunca, precisam de nós em nosso país. Bonaparte certamente está de olho no Canal!

— Não ficaremos apenas para evitar a perseguição ou o desafio — disse Laurence —, mas porque é melhor lutar com Bonaparte longe de casa, e essa razão continua válida. Se não houvesse esperanças, ou se nossos esforços não pudessem fazer diferença, eu concordaria, mas partir nessa situação, quando nossa assistência pode ser da mais vital importância, é algo que não consigo conceber!

— Acha sinceramente que eles conseguirão se sair melhor? Bonaparte os superou, do início ao fim, e os prussianos estão em pior estado do que no começo.

Não havia como negar aquilo, mas Laurence disse:

— Por mais dolorosa que tenha sido a lição, com certeza aprendemos muito sobre a mente dele, sobre seu planejamento, os comandantes prussianos poderão rever suas estratégias, as quais, temo, estavam demasiadamente apoiadas em um excesso de confiança.

— Nesse quesito, o excesso é melhor do que a falta, e não vejo razão para terem nem um pouco dela — replicou Granby.

— Espero que eu jamais seja imprudente a ponto de dizer que tenho *confiança* de podermos reverter a situação com Bonaparte — disse Laurence —, mas ainda existem razões boas e práticas para ter esperança. Lembre-se de que as tropas de reservistas prussianos ao leste, somadas ao exército russo, superarão em número o exército de Bonaparte, sendo quase o dobro. Os franceses não poderão se arriscar a seguir em frente antes de garantir suas linhas de comunicação e há uma dezena de fortalezas de importância vital e estratégica, defendidas por fortes guarnições militares, que eles terão de sitiar e conquistar deixando tropas para guardá-las.

Essa, porém, era apenas uma desculpa, pois ele sabia perfeitamente bem que os números não definiam o curso de uma batalha. Bonaparte estivera em menor número em Jena.

Ele andou pelo quarto por mais uma hora depois que Granby se foi. Seu dever era mostrar mais certeza do que aquilo e, além disso, não se permitiria desanimar, sentimento que seria transmitido aos seus homens. Entretanto, não estava inteiramente certo do caminho que resolvera seguir e sabia que a decisão fora tomada em parte por seu desgosto pela ideia de deserção. Mesmo em uma situação na qual ele fora pressionado a entrar, a palavra trazia um tom feio e desonroso, e ele não tinha o tipo de caráter que lhe permitiria chamá-la por outro nome e desfazer assim sua aversão.

— Também não quero desistir, mas gostaria de estar em casa — disse Temeraire com um suspiro. — Não é bom perder batalhas e ver seus amigos serem capturados, e espero que isso não esteja prejudicando os ovos — acrescentou, ansioso, apesar dos diagnósticos tranquilos de Keynes. Inclinou-se para cutucá-los com o nariz, gentil e cuidadosamente, no ninho onde estavam enfiados entre dois vasos de metal mornos, sob um peitoril no pátio principal do palácio, esperando para serem embarcados.

O rei e a rainha se despediam dos príncipes, enviados por um dragão-mensageiro até o poderoso forte de Königsberg, no interior da Prússia Oriental.

— Você deveria ir com eles — disse suavemente o rei, mas a rainha se recusou e beijou os filhos em uma despedida apressada.

— Também não quero ir, mãe; deixe-me ficar com vocês — pediu o segundo príncipe, um garoto robusto de 9 anos de idade, que com dificuldade e sob os protestos da mãe foi afastado.

Eles assistiram, juntos, os pequenos dragões-mensageiros diminuírem até o tamanho de pássaros e depois sumirem no ar, antes de embarcarem em Temeraire para a viagem rumo ao leste, acompanhados de criados corajosos o bastante para se arriscarem a partir: era um grupo pequeno e triste.

À noite, más notícias correram pela cidade. Embora ao menos parte delas fosse esperada, não o fora para tão breve: o destacamento de Saxe-Weimar tinha sido atacado pelo marechal Davout e todos os seus 10 mil homens foram mortos ou capturados; Bernadotte estava em Magdeburgo, interceptando Hohenlohe; as travessias do Elba caíram em posse dos franceses sem que uma única ponte houvesse sido destruída; Bonaparte já se encontrava na estrada para Berlim; e, quando Temeraire decolou, eles puderam ver, não muito longe, a fumaça e a poeira do Exército que se aproximava marchando, com uma nuvem de dragões sobre suas cabeças.

Passaram a noite em uma fortaleza à margem do rio Oder, na qual o comandante e seus homens não haviam sequer ouvido tais rumores e ficaram amargamente chocados com a notícia da derrota. Laurence sofreu durante o jantar que o comandante achou necessário oferecer, uma refeição triste e silenciosa, dominada pela depressão dos oficiais e pelo constrangimento de jantar em presença da realeza. O pequeno abrigo murado anexo à fortaleza era sombrio, empoeirado e desconfortável, e Laurence dele escapou com grande alívio.

Ele acordou com um barulho como o tamborilar suave de dedos em uma superfície, ocasionado por uma chuva cinzenta e contínua que caía sobre as asas de Temeraire, que ele havia aberto sobre os homens de modo protetor. Laurence tomou uma xícara de café, olhando os mapas e trabalhando nas direções cardeais do voo daquele dia. Eles tentavam encontrar as tropas reservistas do exército, a leste, sob o comando do general Lestocq, em algum ponto dos territórios poloneses que a Prússia há pouco adquirira.

— Vamos para Posen — disse, exausto, o rei, que não parecia haver dormido muito bem. — Haverá ao menos um destacamento, se o próprio Lestocq não estiver na cidade.

A chuva continuou o dia inteiro e faixas lentas de névoa caminhavam entre os vales abaixo deles, que voaram através de uma massa cinza disforme, seguindo a bússola e a ampulheta, contando as batidas das asas de Temeraire e marcando sua velocidade. A escuridão era quase bem-vinda e o vento que soprava a chuva em seus rostos cedeu, permitindo que eles se abrigassem um pouco melhor nos seus casacos de couro. Os habitantes das vilas desapareciam assim que eles as sobrevoavam e não viram outro sinal de vida até que, ao cruzar o vale profundo de um rio, sobrevoaram outros cinco dragões selvagens, que dormiam sob uma formação rochosa e ergueram a cabeça com a passagem de Temeraire.

Eles saltaram e voaram na direção dele. Laurence ficou ansioso, temendo que eles provocassem uma briga ou os seguissem, como Arkady e os selvagens da montanha. Eram, porém, pequenas criaturas gregárias e apenas voaram ao lado de Temeraire por um tempo, zombando silenciosamente e demonstrando suas habilidades, voando de costas e dando mergulhos verticais. Mais 30 minutos os levaram até a fronteira do vale, onde os selvagens, com gritos penetrantes, pararam abruptamente e retornaram ao seu território.

— Não consegui entender o que diziam — disse Temeraire, olhando por sobre o ombro para eles. — Pergunto-me que língua é aquela... Parece um pouco com durzagh, mas era difícil entender quando eles falavam rápido.

Não chegaram à cidade aquela noite, pois, cerca de 30 quilômetros antes, encontraram as pequenas e encharcadas fogueiras do Exército, cujos homens se acomodavam em miseráveis bivaques molhados para passar a noite. O general Lestocq veio cumprimentar o rei e a rainha; era óbvio que ele fora avisado da chegada deles, provavelmente por um mensageiro.

Laurence, obviamente, não foi convidado a acompanhá-los, mas tampouco lhe ofereceram a simples cortesia de um alojamento. O oficial-chefe, que ficara para prover-lhes mantimentos, foi ofensivamente breve, na sua pressa de partir.

— Não — protestou Laurence com impaciência crescente. — Não, metade de um carneiro *não* será o bastante! Ele voou 150 quilômetros sob mau tempo e será bem alimentado! Não parece, olhando para você, que esse Exército sofra escassez de comida.

O oficial foi finalmente convencido a trazer uma vaca, mas o restante deles teve de suportar uma noite molhados e com fome, tendo recebido apenas um pouco de mingau de aveia e biscoitos; talvez por uma vingança rancorosa.

Lestocq tinha somente uma pequena tropa aérea, composta de duas formações lideradas por dragões que não chegavam perto do tamanho de Temeraire, com quatro dragões médios Longwings cada, e alguns dragões mensageiros. O conforto deles fora igualmente negligenciado e os homens dormiam, em sua maioria, sobre o lombo dos seus dragões. Poucas e pequenas tendas tinham sido montadas para os oficiais.

Depois que o descarregaram, Temeraire buscou um lugar mais seco onde dormir, mas o chão do abrigo não passava de lama com cinco centímetros de espessura.

— É melhor você simplesmente se deitar — aconselhou Keynes. — A lama irá mantê-lo aquecido depois que você se enterrar nela.

— Isso não deve ser nada saudável — disse Laurence, na dúvida.

— Besteira... — disse Keynes. — O que é o emplastro de mostarda, senão lama? Desde que ele não fique deitado aí uma semana, ficará perfeitamente bem.

— Espere, espere! — disse Gong Su inesperadamente. Ele aos poucos aprendera inglês, pois, de outra forma, ficava isolado e tinha vergonha de falar, exceto quando dizia respeito à sua tarefa. Ele vasculhou suas jarras e bolsas de tempero apressadamente e chegou com um pote de pimenta vermelha moída, da qual Laurence o vira usar poucas pitadas para temperar uma vaca inteira. Ele calçou luvas e correu a mão pela barriga de Temeraire, espalhando um punhado dos grãos no chão, enquanto Temeraire o olhava com curiosidade.

— Pronto, assim ele ficará aquecido — disse Gong Su, afastando-se e fechando o pote.

Temeraire cautelosamente pousou o corpo na lama, que fez barulhos estranhos enquanto se acomodava às laterais do dragão.

— Urgh! — exclamou ele. — Que saudade dos pavilhões da China! Isso não é nada agradável! — Ele se contorceu um pouco. — *É* quente, mas a sensação é bastante esquisita...

Laurence não gostou de ver Temeraire mal-acomodado, mas havia pouca esperança de conseguir mais conforto para ele aquela noite. Na verdade, ele se recordou de que, mesmo com o corpo aéreo maior, sob comando de Hohenlohe, eles receberam acomodações pouco melhores; a diferença era que o clima mais ameno tornara as circunstâncias mais confortáveis.

Granby e seus homens não pareceram encarar as coisas como ele e sacudiram os ombros.

— É ao que estamos acostumados — disse Granby. — Quando eu servia com Laetificat na Índia, certa vez nos abrigaram no campo de batalha daquele dia, onde os feridos choraram a noite inteira e havia pedaços de espadas e de baionetas por toda a parte, simplesmente porque não queriam se dar ao trabalho de cortar uns arbustos e abrir espaço para dormirmos em outro lugar. O capitão Portland teve de ameaçar deserção para que eles fizessem aquilo na noite seguinte.

Laurence passara sua carreira como aviador em um abrigo de treinamento bastante confortável em Loch Laggan e no tradicional de Dover, que, embora não chegasse perto do que os chineses consideravam adequado, ao menos oferecia clareiras bem drenadas, rodeadas de árvores, com barracas para os homens e os oficiais de baixa patente e acomodações no quartel para os capitães e os tenentes. Ele supôs que talvez não fosse realista esperar boas condições em uma batalha, tendo um exército em marcha, mas algo melhor poderia ter sido arranjado, pois ele podia ver montes a pouca distância, certamente a quinze minutos de voo, onde o chão não estaria tão encharcado.

— O que podemos fazer pelos ovos? — perguntou ele a Keynes. No momento, os dois grandes pacotes estavam sobre um punhado de baús, enrolados com um oleado. — Serão prejudicados pelo frio?

— Estou tentando pensar — respondeu Keynes irritado, enquanto andava ao redor de Temeraire. — Tem certeza de que não rolará sobre eles durante a noite? — perguntou ele ao dragão em tom inquisidor.

— É claro que não vou rolar sobre os ovos! — protestou Temeraire, ultrajado.

— Então é melhor os enrolarmos em oleados e enterrá-los ao lado dele, na lama — disse Keynes a Laurence, ignorando os murmúrios indignados de Temeraire. — Será impossível fazer um fogo que dure nessa chuva.

Os homens estavam tão molhados quanto era possível quando terminaram de cavar um buraco, e cobertos de lama, mas ao menos haviam se aquecido com o esforço físico. Laurence observara tudo e ficara encharcado, sentindo que era seu dever compartilhar o desconforto.

— Dividam o resto dos oleados e deixem todos dormirem a bordo — disse ele depois que os ovos haviam sido colocados em segurança no seu ninho e, grato, subiu para a tenda, agora vaga, deixada nas costas de Temeraire para que ele a usasse.

Depois de cobrir mais de 300 quilômetros em dois dias de voo, foi um retrocesso verem-se mais uma vez atrasados pela infantaria e, pior, pela infinita trilha de vagões de suprimentos, que pareciam se atolar com a mesma frequência com a qual se moviam. As estradas eram terríveis, formadas por areia e terra que se reviravam e chapinhavam a cada passo, cobertas por folhas, molhadas e escorregadias. O Exército seguia para o leste na esperança de encontrar os russos; mesmo naquelas condições, atuando sob notícias de derrotas, a disciplina não cedera e a coluna marchava em ordem constante.

Laurence descobriu que fora injusto com o oficial do dia anterior e que o Exército realmente passava por uma baixa de suprimentos. Embora os frutos tivessem sido colhidos há pouco, parecia não haver nada disponível nos campos do interior do país, ao menos não para eles. Os poloneses mostravam-lhes mãos vazias quando eles lhes pediam que vendessem seus produtos, não importava quanto dinheiro lhes era oferecido. As colheitas foram ruins e os rebanhos ficaram doentes, diziam eles quando pressionados, e mostravam granjas e currais vazios embora os olhos negros brilhantes de porcos e do gado pudessem às vezes ser vislumbrados nas florestas escuras atrás dos campos e, por vezes, um oficial mais ousado encontrasse um esconderijo de grãos ou de batatas em um celeiro ou atrás de um alçapão. Não houve exceções diante das ofertas de ouro da parte de Laurence, nem mesmo nos lares onde as crianças eram magras e malvestidas demais para aguentar o inverno que se aproximava. Certa vez, em um pequeno chalé pouco melhor do que uma cabana, quando em exasperação ele colocara o ouro na palma da mão e o estendera, com um olhar penetrante para um bebê mal coberto no seu berço, a jovem dona da casa olhara-o com reprovação muda e empurrara os dedos dele sobre a oferta antes de lhe apontar a porta.

Laurence saiu, bastante envergonhado de si mesmo. Sentia-se ansioso por Temeraire, que não comia o suficiente, mas não poderia culpar os poloneses por ressentirem a divisão e a ocupação do seu país. Aquela fora uma operação vergonhosa, bastante criticada nos círculos políticos, e Laurence achava que talvez o governo da Inglaterra tivesse feito algum protesto formal, mas não se lembrava direito. Não teria feito grande diferença, pois, famintas por terras, a Rússia, a Áustria e a Prússia não teriam dado ouvidos. Todas elas haviam expandido sua fronteira, aos poucos, ignorando os clamores por justiça do vizinho mais fraco, até que finalmente se encontraram no centro do país e não havia mais terrenos disponíveis. Não era de se admirar que os soldados dessas nações encontrassem uma recepção tão fria.

Eles levaram dois dias para cruzar os 30 quilômetros até Posen onde foram ainda mais friamente recebidos, e com mais perigo. Os rumores haviam chegado até a cidade, pois, com a ocupação do Exército, o desastre em Jena dificilmente poderia ser mantido em segredo e as más notícias não parariam. Hohenlohe finalmente se rendera com os soldados remanescentes e esfarrapados da sua infantaria e, com isso, toda a resistência da Prússia a oeste do rio Oder ruía como um castelo de cartas.

O marechal francês Murat repetia, pelo país, o mesmo truque que funcionara tão bem em Erfurt, capturando um forte após o outro sem armas além da dureza grosseira. Seu método simples consistia em se apresentar à entrada, anunciar que viera receber a rendição e esperar que as portas se abrissem e o governador o acolhesse. Porém, quando o governador de Stettin, a vários quilômetros do campo de batalha e completamente ignorante do que havia se passado, recusou-se indignado a ceder ao seu pedido encantador, a dureza sob aquela suavidade aparente foi revelada: dois dias depois, havia trinta dragões, trinta canhões e quinhentos homens em frente às muralhas, cavando trincheiras e empilhando bombas em montes, bastante à vista, para executar um ataque completo. O governador, amedrontado, entregou-lhes as chaves e sua guarnição militar.

Laurence ouvira aquela história cinco vezes em um passeio pela praça do mercado da cidade; não entendia o idioma, mas os mesmos nomes eram repetidos juntos, em tons não apenas divertidos mas exultantes. Homens reunidos em cervejarias erguiam seus copos de vodca ao grito de *Vive l'Empereur*, quando não havia prussianos à volta e, às vezes, mesmo quando havia, dependendo de quão baixo estava o nível da garrafa. A atmosfera era de hostilidade e de esperança misturadas.

Laurence enfiava a cabeça em todas as bancas de mercado que encontrava, pois ali, ao menos, os comerciantes não se recusavam a vender o que estava à vista, apesar dos suprimentos da cidade não serem exatamente fartos e terem, na sua maior parte, sido apropriados. Após muita busca, Laurence encontrou apenas um pequeno porco. Pagou cinco vezes o seu valor e imediatamente fez com que um de seus companheiros lhe desse um golpe certeiro na cabeça, para atordoá-lo e fazê-lo rolar para dentro de um barril até que ele encontrasse seu fim. Temeraire comeu-o cru, faminto demais para esperar que fosse cozido, e lambeu as garras depois da refeição.

— Senhor — disse Laurence, contendo o mau humor —, o senhor não possui mantimentos adequados para alimentar um grande dragão, e a distância que cobre diariamente é um décimo daquela que podemos fazer.

— Que diferença isso faz? — respondeu o general Lestocq, enfurecido. — Não sei que tipo de disciplina vocês recebem na Inglaterra, mas estando com esse Exército, deve marchar com ele! Bom Deus, seu dragão tem fome da mesma forma que todos os meus homens a têm! Estaríamos em excelente estado se eu começasse a deixá-los correrem 80 quilômetros pelos campos, atrás de comida.

— Estaremos presentes nos acampamentos à noite... — começou a explicar Laurence.

— Sim, estarão mesmo — disse Lestocq —, e também pela manhã e ao meio-dia, com o restante dos dragões a todo momento, senão irei encará-los como desertores. Agora saia de minha tenda.

— Suponho que as coisas não foram bem — disse Granby, olhando o rosto de Laurence quando ele voltou para a pequena cabana abandonada que era seu abrigo naquele dia, a primeira vez em que dormiam em um local seco depois de uma semana de marcha lenta e miserável desde Posen. Laurence atirou as luvas na cama, violentamente, e se sentou para retirar as botas cobertas até os tornozelos pela lama.

— Estou quase pensando em partir, afinal — disse Laurence furiosamente. — E aquele velho idiota que pense que somos desertores se quiser, e que vá para o inferno!

— Aqui — disse Granby, apanhando um pouco de palha do chão para ajudar Laurence a descalçar as botas sem se sujar. — Poderíamos sair para caçar e retornar se víssemos um combate se aproximando — disse ele, limpando as mãos e sentando-se na sua cama improvisada. — Dificilmente nos mandariam embora.

Laurence quase aceitou, mas sacudiu a cabeça.

— Não, mas se isso permanecer como está...

Não permaneceu: em vez disso, o ritmo diminuiu ainda mais e a única coisa em menor quantidade do que a comida eram as boas notícias. Rumores se espalharam pelo acampamento, durante vários dias, de que um acordo de paz fora oferecido pelos franceses. As tropas, exaustas, emitiram um suspiro quase generalizado de alívio, mas à medida que os dias se passavam e nenhum anúncio chegava, a esperança se foi. Novos rumores se seguiram sobre os termos chocantes do acordo, segundo os quais toda a larga faixa de terra do território prussiano a leste do Elba deveria ser entregue, além de Hanover; gigantescas indenizações deveriam ser pagas; e, o que era mais ultrajante, o príncipe deveria ser enviado a Paris, "sob os cuidados do Imperador, para melhorar o entendimento e a amizade entre nossas nações, algo que é desejável para todos", como dizia a sinistra frase.

— Meu Deus, ele pensa em si mesmo como um verdadeiro tirano oriental, não? — disse Granby ao ouvir essa notícia. — O que eles fariam se ele rompesse o acordo e enviasse o garoto à guilhotina?

— Ele matou D'Enghien por muito menos — respondeu Laurence, pensando com tristeza na rainha, tão agradável e corajosa, e no efeito que essa ameaça nova e direta teria sobre seu ânimo. Ela e o rei já haviam partido para se encontrar com o czar, o que, ao menos, era um encorajamento, pois Alexandre jurara que continuaria na guerra e que o exército russo já estava a caminho para se encontrar com eles em Varsóvia.

— Laurence — disse Temeraire, despertando-o do antigo terror noturno de se ver completamente sozinho no deque do *Belize*, seu primeiro comando, em uma galé, com todo o oceano aceso em flashes de luz, nem um rosto humano à vista, e a nova e desagradável aquisição de um ovo de dragão rolando pesadamente em direção à escotilha aberta, muito distante para que ele chegasse a tempo. Não era o ovo vermelho com manchas verdes do Kazilik, mas sim o de porcelana clara de Temeraire.

Ele afastou o sonho e ouviu sons a distância, regulares demais para serem trovões.

— Quando começou? — perguntou Laurence, pegando as botas. O céu estava apenas clareando.

— Há alguns minutos — respondeu Temeraire.

Eles estavam a três dias de viagem de Varsóvia, no dia 4 de novembro. Durante a marcha daquele dia, escutaram os canhões a leste e, à noite, viram o clarão vermelho de fogo a distância. O som dos canhões ficou mais fraco na manhã seguinte e silenciou à tarde. O vento não mudara. O Exército não subira o acampamento ao meio-dia e os homens mal se mexeram, como se coletivamente houvessem segurado a respiração, aguardando.

Os mensageiros, enviados naquela manhã, voltaram apressados algumas horas depois e, embora os capitães tenham ido diretamente aos aposentos dos generais, a notícia de alguma forma já se espalhava, informando a todos que os franceses chegaram antes deles a Varsóvia. E os russos haviam sido derrotados.

Capítulo 16

O PEQUENO CASTELO FORA construído com tijolos vermelhos há muito tempo; mas as guerras o desgastaram. Os camponeses em busca de materiais de construção o desmantelaram, e a chuva e a neve dissolveram seus contornos. Era pouco mais do que uma casca vazia, com uma das paredes intacta entre torres semidestruídas e janelas que davam para campos abertos. Ainda assim, estavam gratos pelo abrigo. Temeraire encolheu-se, para se esconder no quadrado formado pelas paredes em ruínas, enquanto o restante do grupo se abrigou na única e estreita galeria, cheia de poeira dos tijolos vermelhos e de argamassa branca em pedaços.

— Ficaremos mais um dia — anunciou Laurence pela manhã, mais como uma observação do que uma decisão. Temeraire estava pálido e trêmulo de cansaço, e não se podia dizer que os homens estivessem em melhor estado. Ele pediu voluntários para caçar e enviou Martin e Dunne.

Os campos estavam tomados por patrulhas francesas e polonesas, formadas por dragões libertados dos campos de reprodução prussianos nos quais foram confinados desde a separação entre os territórios, dez anos antes. Durante esse tempo, muitos dos seus capitães haviam morrido. Eram prisioneiros nas mãos dos prussianos ou morreram de velhice ou doença. Os dragões, portanto, estavam cheios de uma amargura facilmente manipulada por Napoleão. Talvez não respondessem tão bem aos treinamentos e à disciplina a ponto de servir em batalha, sem capitão ou tripulação, mas poderiam ser enviados para fazer buscas ou atacar algum grupo desafortunado de prussianos à deriva.

E o exército prussiano não passava de homens desesperançados, se dirigindo frouxamente para seu último reduto, ao norte. Não havia mais esperança de vitória e os generais falavam apenas em garantir uma posição que pudesse ajudá-los um pouco nas negociações. Aquilo parecera loucura a Laurence, que duvidava que sequer haveria qualquer negociação.

Napoleão enviara seus Exércitos a toda velocidade, pelas estradas enlameadas da Polônia, sem um único vagão para conter sua marcha, fazendo com que os dragões carregassem todos os mantimentos — ele apostara que poderia derrotar os russos antes que a comida acabasse e seus homens começassem a sentir fome. Ele arriscara tudo em uma única jogada e vencera: ingênuos, os exércitos do czar encontravam-se na estrada para Varsóvia, e em três dias Napoleão os fizera em pedaços. Ele evitara cuidadosamente o exército prussiano, que só tarde demais percebeu que havia servido de isca para atrair os russos para longe das fronteiras.

As mandíbulas da Grande Armée se fechavam sobre eles num ataque derradeiro. O Exército se dispersara para o norte em desespero, batalhões inteiros desertaram ao mesmo tempo. Laurence vira artilharia e munição abandonadas na estrada e vagões de mantimentos rodeados por pássaros que se fartavam com os grãos desperdiçados nas disputas entre homens famintos. Lestocq enviara ordens ao abrigo para que mandassem os dragões até o próximo posto, mas Laurence amassou a mensagem e deixou-a cair no chão, para que fosse pisoteada na lama. Embarcou seus homens com os mantimentos que puderam encontrar, voando para o norte com o máximo de velocidade que Temeraire podia oferecer.

O que uma derrota tão atroz significaria para a Inglaterra era algo em que ele não queria sequer pensar. Tinha o único objetivo de levar Temeraire, seus homens e os dois ovos de dragão para casa. Além de tristes, eles pareciam frustrados, pois deveriam ter ajudado a formar uma muralha ao redor da Grã-Bretanha e defendê-la contra um imperador em busca de mais territórios para conquistar. Se pudesse estar novamente naquele morro, em meio aos arbustos e com Napoleão ao alcance das mãos, Laurence ainda não sabia o que faria, e se perguntava ocasionalmente, nas horas insones da noite, se Badenhaur o culpava por ter contido a sua mão.

Não se sentiu sombrio ou com raiva, sentimentos que às vezes o tomavam depois de uma derrota — era apenas um grande distanciamento. ele falou tranquilo com seus homens e com Temeraire, pois havia finalmente conseguido um mapa da sua rota até o mar Báltico e passou a maior parte das horas estudando se desviar das cidades e como voltar ao curso original depois que uma patrulha os obrigara a fugir, temporariamente, para um lugar seguro. Embora Temeraire fosse capaz de cobrir a distância muito mais rápido do que a infantaria, ele era, também, muito mais visível, e seu progresso não superou em muito o do restante do Exército, dada a quantidade de desvios e de fugas. Restavam poucos alimentos nos campos e todos sentiam fome, dando ainda assim o que podiam para o dragão.

Nas ruínas do castelo onde estavam, os homens dormiam ou deitavam-se, com os olhos abertos voltados para as paredes, sem se mexer. Martin e Dunne voltaram depois de quase uma hora, com um pequeno carneiro abatido com um tiro na cabeça.

— Desculpe por precisar usar o rifle, senhor, mas fiquei com medo de que ele se afastasse — disse Dunne.

— Não vimos ninguém — completou Martin, ansioso. — Ele estava sozinho, creio que tenha se desgarrado do rebanho.

— Vocês fizeram o que era necessário, cavalheiros — disse Laurence, sem se preocupar. Mesmo que tivessem feito algo de errado, não valeria a pena repreendê-los.

— Deixe-me cuidar disso — disse Gong Su às pressas, agarrando o braço de Laurence quando ele estava prestes a entregar o carneiro a Temeraire. — Farei uma sopa para todos, temos água.

— Não temos muitos pães — arriscou-se Granby, em voz baixa e hesitante ante aquela sugestão. — Animaria sentir o gosto de carne.

— Não podemos nos arriscar a fazer fogo — disse Laurence, encerrando o assunto.

— Não, não a céu aberto. — Gong Su apontou a torre. — Farei ali dentro e a fumaça sairá devagar... — Ele deu um tapinha nas fendas entre os tijolos da parede. — Como em casa de defumação.

Os homens tiveram de sair da galeria fechada e Gong Su apenas conseguia mexer o caldeirão por alguns minutos, saindo da torre tossindo e com o rosto preto. A fumaça, porém, realmente escapou em faixas finas e tênues, e não vazou pela grande coluna.

Laurence voltou a se concentrar nos mapas, dispostos sobre um bloco da parede quebrado e do tamanho de uma mesa. Concluiu que em poucos dias estariam no litoral e então teria de decidir entre seguir a oeste para Danzig, onde os franceses poderiam estar, ou a leste para Königsberg, quase certamente nas mãos dos prussianos, porém mais longe de casa. Ele se sentia cada vez mais grato pelo seu encontro com o secretário da embaixada em Berlim, que lhe dera a inestimável informação de que a Marinha em peso estava no Báltico. Dessa forma, Temeraire precisaria apenas chegar aos navios e eles estariam seguros, pois nenhuma perseguição os seguiria até os canhões dos navios.

Ele calculava as distâncias pela terceira vez quando ergueu a cabeça, com o rosto franzido, e viu que os homens se movimentavam pelo acampamento. O vento mudava e trazia parte de uma canção, não muito afinada, mas cantada com grande entusiasmo na voz clara de uma mulher e, num instante, ela pôde ser vista perto da parede. Era apenas uma camponesa, com o rosto corado pelo exercício, os cabelos em tranças e presos atrás de um lenço e carregando uma cesta cheia de castanhas, frutinhas vermelhas e galhos cobertos de folhas amarelas e douradas. Quando viu os homens, parou de cantar no meio de uma frase e os encarou com olhos arregalados e boquiaberta.

Laurence se arrumou, as pistolas à sua frente, fazendo peso sobre os cantos dos mapas; Dunne, Hackley e Riggs traziam todos os rifles à mão, pois estavam recarregando-os; Pratt, o grande armeiro, estava encostado à parede, quase ao lado da moça, e bastava uma palavra para ela ser apanhada e silenciada. Laurence estendeu a mão e tocou a pistola. O metal frio foi como um choque em sua pele e abruptamente ele se perguntou o que estava fazendo.

Foi tomado por um estremecimento e subitamente voltou a si, surpreso com a mudança de sensações. Simultaneamente ele se vira dolorosa e desesperadamente faminto e a garota fugira, correndo morro abaixo, deixando a cesta para trás em uma chuva de folhas douradas.

Ele devolveu as pistolas ao cinto, deixando que os mapas se enrolassem.

— Bem, em breve todos, em um círculo de 15 quilômetros, saberão que estamos aqui — disse ele com aspereza. — Gong Su, traga o ensopado. Podemos ao menos comer um pouco antes de partir, e Temeraire comerá enquanto nos arrumamos. Roland e Dyer, peguem as castanhas e quebrem suas cascas.

Os dois começaram a reunir o conteúdo espalhado da cesta rapidamente enquanto Pratt e seu companheiro Blythe ajudaram a carregar o pesado caldeirão de sopa. Laurence disse:

— Granby, um pouco de atividade por aqui por favor! Quero alguém vigiando do alto daquela torre.

— Sim, senhor — concordou Granby, levantando-se imediatamente e, com Ferris, acordando os homens da sua letargia para empurrarem as pedras e os tijolos rachados e formar uma espécie de escadaria de um dos lados da torre. O trabalho não foi muito ágil, com os homens cansados e desanimados, mas lhes incutiu vivacidade. A torre não era tão alta e logo eles atiraram uma corda, prendendo-a em um dos ganchos do parapeito, e Martin subiu para vigiar, gritando: "Não comam a minha parte, hein!", recebendo mais risadas do que aquela gracinha merecia. Os homens se viraram, ansiosos para buscar suas xícaras e tigelas de latão enquanto o caldeirão era retirado, com cuidado e sem desperdiçar seguer uma gota.

— Desculpe por precisarmos partir com tanta pressa — disse Laurence a Temeraire, afagando-lhe o focinho.

— Não me importo — respondeu Temeraire, cutucando-lhe com o nariz de forma bastante enérgica. — Laurence, você está bem?

Laurence se envergonhou por seu humor instável estar aparente.

— Estou... Perdão por ter andado tão fora de mim — respondeu ele. — Você aguentou o pior, o tempo todo... Eu jamais deveria ter nos envolvido nesse empreitada.

— Mas não sabíamos que iríamos perder — argumentou Temeraire. — Não me arrependo de ter tentado, porque teria me sentido um grande covarde se tivesse fugido.

Gong Su serviu a sopa ainda rala em pequenas porções, metade de uma xícara para cada homem, e Ferris dividiu os pães. Ao menos havia tanto chá quanto quisessem, pois o castelo ficava entre dois lagos. Todos comeram involuntariamente devagar, tentando fazer com que cada mordida contasse por duas e, então, Roland e Dyer distribuíram as inesperadas castanhas frescas, um pouco verdes e amargas, mas deliciosas, e as ameixas roxas, muito azedas para o paladar dos homens. Temeraire as engoliu da própria cesta, em uma única bocada. Depois que todos se alimentaram, Laurence enviou Salyer para substituir Martin e fez o aspirante descer para comer. Gong Su passou a juntar as articulações desmembradas da carcaça do carneiro à espera de Temeraire, evitando que o caldo quente escorresse e fosse desperdiçado.

Também Temeraire se demorou mastigando e mal havia consumido a cabeça e uma perna antes de Salyer se inclinar e gritar, descendo da corda:

— Patrulha aérea, senhor, cinco dragões médios a caminho. — Era uma ameaça pior do que a que Laurence esperara. A patrulha devia estar abrigada em algum vilarejo próximo e a moça deve ter ido diretamente até lá. — A 10 quilômetros de distância, creio...

A refeição e o perigo iminente deram a todos um arroubo de energia e, em segundos, o equipamento estava a bordo e os tecidos dispostos sobre o dragão — diversas fugas antes eles haviam deixado para trás a armadura. Então Keynes disse duramente para Temeraire, que estava prestes a abrir a boca para receber mais uma porção de comida das mãos de Gong Su.

— Pelo amor dos céus, não coma o resto dessa carne!

— Por que não? — perguntou o dragão. — Continuo com fome!

— O ovo está chocando! — disse Keynes, que já rasgava as faixas de seda, atirando para os lados grandes panos verdes e vermelhos brilhantes. — Não fiquem me olhando como idiotas, venham me ajudar! — gritou ele.

Granby e os outros tenentes correram em seu auxílio enquanto Laurence organizava apressadamente os homens para que colocassem o segundo ovo, ainda envolto em seda, na rede de carga de Temeraire. Era o último item da bagagem.

— Agora não! — disse Temeraire para o ovo, que se balançava para a frente e para trás com tanta força que eles precisaram segurá-lo ou ele rolaria pelo chão.

— Vá arrumar os arreios — pediu Laurence a Granby, assumindo seu lugar junto ao ovo. A casca estava dura, brilhante e estranhamente quente ao toque, por isso ele se preocupava em colocar luvas. Ferris e Riggs, do outro lado, colocavam e retiravam as mãos do ovo alternadamente.

— Temos de partir imediatamente, você não pode chocar agora! E quase não temos comida! — acrescentou Temeraire. O comentário não surtiu nenhum efeito aparente a não ser o ruído furioso de uma batida contra a casca. — Ele não está me dando atenção — resmungou ele, aflito, sentando-se sobre as patas traseiras e olhando, bastante infeliz, para os restos de carne no caldeirão.

Fellowes havia construído um arreio para o filhote com os restos mais macios das correias, por precaução, porém o ovo fora enrolado em segurança com os pedaços de couro e bem abrigado entre a bagagem. Eles, por fim, o retiraram dali e Granby segurou-o com mãos quase trêmulas, abrindo algumas fivelas e ajustando outras.

— Não há de ser nada, senhor — disse Fellowes com suavidade. Os outros oficiais lhe deram tapinhas nas costas com murmúrios encorajadores.

— Laurence — murmurou Keynes em voz baixa —, eu deveria ter pensado nisso antes, mas é melhor você levar Temeraire para longe daqui imediatamente... Ele não vai gostar nada disso.

— O quê? — perguntou Laurence ao mesmo tempo que Temeraire, em tom hostil, os questionava:

— O que estão fazendo? Por que Granby está tirando o arreio?

Laurence pensou, muito alarmado, que Temeraire estivesse se opondo arrear o filhote por princípios.

— Não, mas Granby está na *minha* equipe! — disse Temeraire, obstinadamente, em uma objeção que desqualificava todos os homens à vista, a menos que, talvez, ele ainda não tivesse se apegado a Badenhaur ou aos outros oficiais prussianos. — Não vejo por que eu deva lhe dar a minha comida, *ainda por cima,* Granby.

A casca estava começando a rachar e o dragonete sairia a qualquer momento. A patrulha diminuíra o ritmo da sua abordagem por precaução, imaginando talvez que os britânicos os atacariam saindo de trás das paredes, uma vez que, obviamente, não estavam fugindo. Porém tal cautela lhes daria pouco tempo, pois logo um dos seus voaria sobre o grupo para ver o que acontecia e eles atacariam imediatamente, juntos.

— Temeraire — disse Laurence, abrindo distância e tentando distraí-lo do ovo que estava chocando. — Pense em como esse pequeno dragão ficará sozinho e em como você tem uma equipe grande... Você precisa entender que não é justo, não existe mais ninguém para guiar o dragão, e — acrescentou com uma inspiração repentina — ele não terá joias, como você, e certamente se sentirá bastante triste.

— Ah — exclamou Temeraire abaixando a cabeça para perto de Laurence. — E se ele ficasse com Allen? — sugeriu calmamente, olhando determinado para trás para garantir que não fora ouvido por aquele jovem cadete, ocupado correndo o dedo na boca do caldeirão e lambendo-o para conseguir mais algumas gotas da sopa.

— Vamos, isso não é nada digno de sua parte — reprovou-o Laurence. — Além disso, é a chance de Granby conseguir uma promoção. Com certeza você não quer lhe negar o direito de avançar na carreira, quer?

Temeraire soltou um grunhido baixo.

— Bom, se *precisa* ser assim — disse ele, com má vontade, e se enrodilhou carrancudo, pegando sua armadura de safira com as garras dianteiras para poli-la com a face até que estivesse ainda mais brilhante.

Ele cedeu a tempo, pois logo a casca abriu-se em uma explosão de uma nuvem de vapor, banhando a todos com fragmentos minúsculos de gosma e de casca.

— *Eu* não fiz tanta bagunça... — comentou Temeraire, desaprovador, limpando os pedaços de ovo que grudaram no seu couro.

O filhote espalhou pedacinhos de casca por todos os lados e começou a sibilar de uma forma estrangulada e esquisita. Em formato, era quase uma miniatura dos Kaziliks adultos, com espinhos afiados em todo o corpo, a pele vermelha com placas roxas brilhantes sobre a barriga, e os chifres impressionantes ainda que em menor escala; faltavam apenas as manchas verdes. A dragoa olhou para eles com olhos amarelos brilhantes, inflamados de indignação, tossiu uma ou duas vezes, inspirou e soltou um grande suspiro, fazendo as laterais do corpo inflarem como um balão. Subitamente, jatos finos de vapor saíram dos seus espinhos, sibilando, e ela abriu a boca e deixou escapar uma pequena língua de fogo com mais de um metro de comprimento, fazendo com que os homens mais próximos saltassem para trás, assustados.

— Ah, *pronto* — disse, satisfeita, sentando-se. — Muito melhor... Agora passem a carne!

Granby estava completamente branco, mas conseguiu manter a voz firme ao se aproximar dela. O arreio estava enrolado na sua mão esquerda, onde a dragoa podia vê-lo, mas sem o atirar na direção dela

— Meu nome é John Granby — apresentou-se. — Ficaremos felizes em...

— Sim, sim, o arreamento — interrompeu ela. — Temeraire me contou sobre isso...

Laurence se virou e encarou Temeraire, que pareceu vagamente culpado e fingiu estar muito ocupado polindo um arranhão de sua armadura peitoral. Laurence se pôs a pensar o que mais Temeraine devia ter ensinado aos ovos enquanto lhes serviu de babá por quase dois meses.

Enquanto isso, a dragoa esticou a cabeça para cheirar Granby. Inclinou-a para um lado, depois para o outro, olhando-o de baixo para cima.

— E você foi o primeiro-tenente de Temeraire? — interrogou ela como alguém que pedia referências.

— Sim — respondeu Granby, bastante confuso. — E você tem um nome? É algo muito bom de se ter e eu ficaria feliz em lhe dar um.

— Ah, já me decidi quanto a isso... — retrucou ela, para a grande consternação de Granby e dos outros aviadores. — Quero me chamar Iskierka, como na música que aquela moça cantava.

Laurence se tornara capitão de Temeraire mais por acaso do que intencionalmente, e desde então nunca vira outro ovo chocar. Ele não tinha uma ideia muito clara de como tudo aquilo deveria ser, mas, a julgar pela expressão dos seus homens, nada parecia muito comum. Entretanto, a bebê Kazilik acrescentou:

— Mas gostaria que você fosse meu capitão e não me importo em ser arreada ou lutar para proteger a Inglaterra. Mas depressa, porque estou com *muita* fome!

O pobre Granby, que provavelmente sonhara com aquele dia desde que tinha 7 anos, planejando cada momento cerimoniosamente e tendo um nome já escolhido, pareceu atônito por um instante, e, de repente, gargalhou.

— Certo, será Iskierka — falou, recompondo-se de maneira elegante, e segurou o arreio. — Poderia, por favor, colocar a cabeça aqui?

Ela cooperou, mas esticou a cabeça, impaciente, na direção do caldeirão enquanto ele se apressava em prender as últimas fivelas. Quando finalmente a soltou, ela enfiou a cabeça e as patas dianteiras no caldeirão ainda quente para devorar o resto do jantar de Temeraire. Não precisou de incentivos para comer rápido: a sopa sumiu em uma velocidade estonteante e o caldeirão balançou para a frente e para trás enquanto ela terminava de lambê-lo até deixá-lo limpo.

— Estava muito bom — elogiou, erguendo novamente a cabeça e deixando pingar sopa dos seus pequenos chifres. — Mas gostaria de comer mais... Vamos sair para caçar! — Hesitante, ela agitou as asas, ainda macias e enroladas às suas costas.

— Bom, agora não podemos, precisamos sair daqui — explicou Granby, segurando o arreio por prudência. Um barulho súbito de asas soou, quando um dos dragões da patrulha finalmente pôs a cabeça sobre a parede para ver o que eles faziam. Temeraire ergueu o corpo e rosnou, fazendo o outro dragão recuar apressado, mas o estrago estava feito e ele já havia chamado os companheiros.

— Todos a bordo, sem cerimônia! — gritou Laurence e a tripulação se apressou para prender-se nos arreios. — Temeraire, você precisa levar Iskierka. Pode embarcá-la?

— Posso voar sozinha — disse ela. — Haverá uma batalha? Agora? Onde? — Ela se ergueu no ar um pouco, mas Granby conseguiu segurar o arreio, e ela ficou balançando para a frente e para trás.

— Não, não teremos uma batalha — respondeu Temeraire —, e você ainda é muito pequena para lutar. — Ele baixou a cabeça e fechou as mandíbulas em torno do corpo dela. A fenda entre seus afiados dentes da frente e os de trás seguraram-na bem e, embora ela gritasse em um protesto raivoso, ele a colocou sobre seus ombros. Laurence ajudou Granby com o arreio, para que ele pudesse ir para perto dela imediatamente, subindo em seguida. Toda a tripulação estava a bordo e Temeraire decolou com um salto no exato momento em que a patrulha destruiu a parede. Rugindo, ele se atirou em direção a eles e os derrubou como pinos de boliche.

— Ah! Oh! Eles estão nos atacando! Rápido, vamos matá-los! — exclamou Iskierka, sedenta por sangue, tentando se soltar.

— Não, por favor, pare com isso! — disse Granby, segurando-a desesperadamente enquanto, com a outra mão, lutava para prender as correias nela, atando-a ao corpo de Temeraire. — Viajaremos muitíssimo mais rápido do que você é capaz de voar; seja paciente! Depois voaremos o quanto você quiser...

— Mas há uma batalha agora! — insistia ela, lutando para olhar para trás e ver os dragões inimigos. Era difícil contê-la, tendo todas aquelas protrusões semelhantes a espinhos afiados, e ela arranhava o pescoço e os arreios de Temeraire com as garras — elas ainda eram macias, mas evidentemente faziam cócegas em Temeraire, dado o jeito como ele fungava e balançava a cabeça.

— Fique quieta! — ordenou o dragão, olhando para trás. Ele aproveitara a desorientação temporária dos dragões inimigos para se adiantar com grande velocidade em direção a um grupo de nuvens espessas ao norte, que poderia escondê-los. — Você está dificultando o voo!

— Não quero ficar quieta! — reclamou ela com voz aguda. — Volte, volte! A luta está para lá! — Para enfatizar seu desejo, ela soltou outro jato de fogo, que por um triz não pegou nos cabelos de Laurence, e balançou com impaciência de um pé para o outro, mesmo com todo o esforço de Granby para controlá-la.

A patrulha veio rapidamente atrás deles e não desistiu quando a nuvem escondeu Temeraire. Chamaram uns aos outros em meio à névoa, para identificar suas posições, avançando vagarosamente. A umidade fria era desagradável à pequena Kazilik, que se enrodilhou ao redor do peito e dos ombros de Granby para se aquecer, quase o estrangulando ou ferindo-o com seus espinhos, e não parou de murmurar reclamações sobre terem fugido.

— Calma, calma, você é muito boazinha — disse Granby, acariciando-a. — Assim você mostrará a eles onde estamos... É como um jogo de esconde-esconde e devemos ficar quietos.

— Não precisaríamos ficar quietos nem nos esconder nessa nuvem horrorosa se fôssemos até lá acabar com eles — resmungou ela, mas logo cedeu.

Finalmente o som dos patrulheiros desapareceu, e eles se arriscaram a sair das nuvens. Todavia uma nova dificuldade se apresentou: Iskierka precisava ser alimentada.

— Precisaremos arriscar — disse Laurence. Eles voaram, cautelosamente, afastando-se das florestas e dos lagos e chegando mais perto das fazendas, que vasculhavam com as lunetas.

— Como essas vacas devem ser boas! — disse Temeraire, melancólico depois de um tempo; Laurence logo virou sua luneta para aquela direção e as viu, um rebanho de qualidade pastando placidamente em uma encosta.

— Graças aos céus! — exclamou Laurence. — Temeraire, pouse, por favor. Creio que aquele buraco dará... — acrescentou, apontando. — Esperaremos até escurecer e depois as levaremos.

— O quê? As vacas? — perguntou Temeraire, olhando ao redor com uma expressão confusa ao descer. — Mas, Laurence, elas não são propriedade alheia?

— Bem, sim, suponho que são — respondeu Laurence, constrangido. — Mas, nas atuais circunstâncias, precisamos abrir uma exceção.

— Por que as circunstâncias são diferentes de quando Arkady e seu bando roubaram as vacas em Istambul? — exigiu saber Temeraire. — Eles estavam com fome, e nós também; é a mesma coisa.

— Mas lá nós éramos convidados — argumentou Laurence — e achávamos que os turcos eram nossos aliados.

— E não é roubo quando você não gosta da pessoa que detém a propriedade? — perguntou Temeraire. — Mas então...

— Não, não! — interrompeu apressadamente Laurence, antevendo diversas dificuldades futuras. — Mas agora... diante das exigências da guerra... — Ele tentou encontrar uma explicação, alongando-se de forma pouco convincente. Obviamente pareceria um roubo, embora estivessem, ao menos segundo os mapas, em território prussiano, e aquilo pudesse ser chamado razoavelmente de "confisco". Contudo, a diferença entre confisco e roubo parecia difícil de explicar e Laurence não se sentia nada inclinado a dizer a Temeraire que toda a comida que os sustentou na semana anterior fora roubada, assim como, provavelmente, todos os mantimentos do Exército.

Sendo um roubo descarado ou algo mais agradável, o ato continuava sendo necessário, pois a dragonete era jovem demais para entender a necessidade de passar fome e Laurence se lembrava de como Temeraire comera nas suas primeiras semanas. E havia outra grande necessidade: a de que ela ficasse em silêncio. Se bem alimentada, ela provavelmente apenas dormiria e comeria na sua primeira semana de vida.

— Ela é um verdadeiro terror, não é? — comentou Granby, amorosamente, acariciando o couro brilhante da dragonete. Apesar da sua fome impaciente, ela havia adormecido enquanto eles esperavam a noite chegar. — Soltar fogo diretamente da casca... vai ser terrível administrá-la. — Mas ele não parecia achar aquilo ruim.

— Bem, espero que logo ela se torne mais razoável — disse Temeraire. Ele ainda não estava completamente recuperado da rabugice anterior e o seu ânimo não melhorara com as acusações de covardia e as exigências de Iskierka para que eles voltassem a lutar — aquele era o seu instinto também, mesmo que não fosse nada prático. Parecia que a devoção dele aos ovos, curiosamente, não se traduzira em afeição imediata pela filhote; embora talvez estivesse apenas chateado por ter de dividir sua comida.

— Ela é muito jovem — disse Laurence, acariciando o focinho de Temeraire.

— Tenho certeza de que *eu* nunca fui bobo assim, nem mesmo ao nascer — retrucou Temeraire, comentário que Laurence prudentemente não respondeu.

Uma hora depois do pôr do sol, eles subiram a encosta contra o vento e fizeram seu ataque furtivo; ou assim deveria ter sido, se Iskierka, em um arroubo de empolgação, não tivesse destruído as correias que a seguravam, voando e sem acertar a presa para cima de uma das vacas que dormia inocentemente. A vaca mugiu aterrorizada e fugiu com o resto do rebanho, com a dragoa presa no seu lombo, atirando fogo para todos os lados, parecia mais um circo do que um roubo. A casa se acendeu e os fazendeiros chegaram correndo, com tochas e velhos mosquetes, esperando talvez raposas ou lobos. Eles pararam diante da cerca estupefatos, como era de se esperar, pois enquanto a vaca dava coices frenéticos, Iskierka cravava as garras com firmeza na gordura ao redor do pescoço do animal, animada e meio frustrada, guinchando e mordendo o animal de maneira nada eficiente com suas mandíbulas ainda pequenas.

— Olhem o que ela aprontou *agora*! — disse Temeraire em um tom controlador e pulou para segurar, com uma das garras, a dragoa e a sua vaca e, com outra, uma segunda vaca. — Desculpe por termos acordado vocês. Estamos levando suas vacas, mas não é roubo, pois estamos em guerra! — explicou ele, pairando sobre o pequeno grupo, pálido e congelado, de homens que encaravam a fera com uma expressão estupefata do que vinha muito mais do terror do que do idioma.

Culpado, da incompreensão, Laurence apressadamente remexeu sua bolsa e atirou para baixo algumas moedas de ouro.

— Temeraire, você a pegou? Pelo amor de Deus, vamos embora logo! Eles mandarão o país inteiro atrás de nós!

Temeraire a havia apanhado, como provavam os gritos, abafados mas audíveis do animal — "É minha vaca! Minha! Eu vi primeiro!"

—, que não melhoravam muito as chances do animal de se esconderem. Laurence olhou para trás e viu a vila brilhar como um farol no escuro, uma casa se iluminando após a outra, algo que certamente seria visível a quilômetros de distância.

— Seria melhor se tivéssemos apanhado as vacas à luz do dia, com uma banda tocando trombetas! — disse Laurence com um suspiro e a sensação de que aquilo era um castigo pelo roubo.

Eles pousaram, quase à beira do desespero, na esperança de que, ao se alimentar, Iskierka ficasse quieta. Ela se recusou a soltar sua vaca, completamente morta depois de ser atravessada pelas garras de Temeraire, embora ela nem conseguisse romper a camada de couro para começar a comer.

— É *minha* — dizia sem parar até que, por fim, Temeraire falou:

— Fique quieta! Eles só querem abri-la para você! E, se eu quisesse sua vaca, eu a apanharia à força.

— Ah, eu quero ver você tentar! — retrucou ela, ao que ele baixou a cabeça e rosnou para a dragoa, fazendo-a gritar e pular até Granby, derrubando-o ao cair de forma inesperada em seus braços. — Ah, isso não foi nada legal! — disse ela, indignada, enrolando-se nos ombros de Granby. — Só porque eu ainda sou bebê!

Temeraire teve a bondade de parecer um pouco envergonhado e, tentando consertar a situação, disse:

— Bem, seja como for, não quero a sua vaca, já tenho uma para mim... Mas você deveria ser mais educada enquanto ainda é tão pequena.

— Quero ser grande! — disse ela, amuada.

— Só será grande se for devidamente alimentada — interveio Granby, o que logo chamou a atenção dela. — Quer ver como prepararemos a vaca para você?

— Acho que sim — disse ela, relutante, e ele a levou até a carcaça. Gong Su abriu a barriga do animal e retirou o coração e o fígado, os quais levantou para ela, com um ar cerimonioso, dizendo:

— A melhor primeira refeição para dragõezinhos que querem crescer!

— Ah, é? — Pegou os dois órgãos com as garras e se pôs a comer com grande prazer, deixando o sangue escorrer dos dois lados da boca enquanto rasgava e engolia os pedaços.

Uma das articulações da perna foi tudo o mais que ela conseguiu comer, apesar de se esforçar bastante, e, em seguida, desabou em estupor, para a imensa gratidão de todos. Temeraire devorou o resto da própria vaca enquanto Gong Su rapidamente desmembrou as partes da outra e guardou-as nas panelas. Após vinte minutos, com a dragoa dormindo pesadamente nos braços de Granby, eles alçaram voo.

Havia dragões rodeando a vila iluminada a distância e, quando decolaram, um deles se virou para olhá-los, com olhos brancos e luminosos. Era um Fleur-de-Nuit, uma das poucas raças noturnas.

— Norte — disse sombriamente Laurence —, direto para o norte o mais rápido que puder, Temeraire! Rumo ao mar!

Fugiram durante o restante da noite, ouvindo a voz baixa e esquisita do Fleur-de-Nuit soar atrás deles como uma nota grave de metais, e as vozes agudas dos dragões médios que o seguiam. Temeraire estava mais pesado do que seus perseguidores, pois levava a bordo toda a equipe de solo, os mantimentos e Iskierka; parecia a Laurence que a pequena já havia crescido. Ainda assim Temeraire conseguiu manter alguma distância, mas não havia esperança de escapar deles. A noite estava fria e clara, com a lua quase cheia.

Os quilômetros deslizaram por eles; abaixo, o rio Vístula serpenteava em direção ao mar, negro e cintilando ocasionalmente com pequenas ondulações. Eles carregaram as armas e prepararam a pólvora, e Fellowes e seus ajudantes percorreram, com dificuldade, toda a lateral do dragão, fenda por fenda, para proteger Iskierka com tecidos extras. Ela murmurou, ainda dormindo, e se aconchegou mais perto de Granby enquanto eles envolviam seu corpo com o tecido, prendendo-o aos anéis do seu pequeno arreio.

Laurence pensou, inicialmente, que o inimigo começara a atirar neles de uma distância muito grande, mas ouviu novamente os tiros e reconheceu o som, não de rifles, mas de artilharia, ao longe. Temeraire se virou naquela direção, imediatamente, e à frente deles se abriu a vastidão negra do Báltico e os canhões prussianos, defendendo as muralhas de Danzig.

Capítulo 17

— Desculpe por acabarem ficando presos conosco — disse o general Kalkreuth, passando-lhe uma garrafa de um excelente vinho do porto. Laurence era capaz de apreciá-lo o bastante para saber que estava sendo desperdiçado em um paladar que passara um mês inteiro bebendo apenas chá fraco e rum dissolvido em água.

O vinho foi servido depois de várias horas de sono e do jantar, e do conforto ainda maior de ver Temeraire comer até estar realmente satisfeito. Não havia racionamento, ao menos ainda. Os armazéns da cidade estavam lotados, as muralhas fortificadas e as guarnições militares fortes e bem treinadas, portanto eles não seriam obrigados a passar fome, ser desmoralizados ou se renderem com facilidade. O cerco poderia durar muito tempo, mas os franceses pareciam não ter pressa em iniciá-lo.

— O senhor pode ver que somos uma ratoeira conveniente — comentou Kalkreuth, levando Laurence até uma das janelas, que dava para o sul. À luz do fim do dia, Laurence pôde ver os acampamentos franceses organizados em um círculo ao redor da cidade, fora do alcance da artilharia, espalhados do outro lado do rio e das estradas. — Todos os dias vejo nossos homens virem do sul, o que restou da divisão de Lestocq, e caírem nas mãos deles da forma mais fácil possível. Devem ter capturado ao menos 5 mil prisioneiros. Dos homens de baixa patente, confiscam apenas os mosquetes e sua liberdade condicional, mandando-os para casa para não precisarem alimentá-los.

— Quantos homens eles têm? — perguntou Laurence, tentando contar as tendas.

— Está pensando em uma investida, como eu pensava — disse Kalkreuth. — Porém eles estão longe demais e conseguiriam cortar a comunicação com a cidade. Quando decidirem se aproximar, talvez tenhamos alguma ação. E que bem isso nos traria agora que os russos assinaram a paz? Ah, sim — continuou ele, ao ver a surpresa de Laurence —, o czar finalmente decidiu que não desperdiçaria um bom Exército e, talvez, não quisesse passar o resto da vida como prisioneiro dos franceses. Há um armistício e os dois imperadores estão negociando um tratado em Varsóvia, como se fossem melhores amigos. — Ele soltou uma risada nervosa. — Então, veja, talvez eles nem estejam se importando em nos capturar... Até o fim do mês, é capaz que eu mesmo seja... *francês*.

Ele acabara de escapar da destruição completa das tropas do príncipe Hohenlohe e fora enviado a Danzig em um mensageiro, para fortalecê-los contra um cerco exatamente como aquele.

— Eles apareceram à minha porta em menos de uma semana, sem aviso — continuou ele. — Desde então recebo todas as notícias que poderia desejar, pois aquele maldito marechal me envia cópias dos seus despachos com o maior descaramento, e não posso sequer atirá-los na sua cara porque meus mensageiros não conseguem atravessar o cerco.

Temeraire, aliás, quase não conseguira chegar às muralhas e a maioria dos dragões franceses que reforçavam o bloqueio foi transferida para o lado oposto da cidade, para barrar-lhe o acesso ao mar, e apenas o elemento surpresa os salvara da artilharia. A equipe de Laurence, portanto, também estava presa no cerco, onde vários pequenos projéteis haviam dado o ar da graça, disparados pela artilharia francesa desde aquela manhã, e morteiros de longo alcance começavam a ser preparados em toda a volta.

A cidadela murada ficava a cerca de 100 quilômetros de distância do porto. Das janelas de Kalkreuth, Laurence podia ver a última curva cintilante do rio Vístula, abrindo-se para se derramar no mar, e o azul-escuro gélido do Báltico pontilhado com as velas brancas dos navios da Marinha britânica. Ele podia até mesmo contá-los com sua luneta: dois navios de 74 canhões, outro com o mesmo número mas com um estandarte largo, e duas fragatas menores como escolta, todos a pouca distância da costa. No porto, protegidos pelos navios de guerra, estavam os enormes navios de transporte destinados a buscar os reforços russos para a cidade, algo que jamais viria. Aqueles 10 quilômetros de distância equivaliam a mil, tendo a artilharia e o Corpo Aéreo franceses entre o porto e a cidade.

— Precisam saber que estamos aqui e não que podemos alcançá-los — disse Laurence, abaixando a luneta. — Eles certamente nos viram chegar ontem, dado o estardalhaço que os franceses fizeram.

— Nosso maior problema foi o Fleur-de-Nuit que nos perseguiu — disse Granby. — Não fosse por ele, poderíamos simplesmente esperar a lua nova e voarmos em alta velocidade, mas tenho certeza de que ele espera que façamos exatamente isso. Mandaria todos os dragões atrás de nós antes mesmo de atravessarmos as muralhas. — Realmente, naquela noite, viram o grande dragão azul-escuro como uma sombra contra o oceano banhado pelo luar, sentado em alerta no abrigo francês, com seus enormes olhos brancos fixados nas muralhas da cidade.

— O senhor é um bom anfitrião — disse o marechal Lefèbvre alegremente, aceitando sem objeções outro pombo macio e atacando a ele e a uma pilha de batatas cozidas com prazer e com modos que talvez se adequassem mais aos de um sargento do que aos de um marechal da França. Nada surpreendente, porém, ao se considerar que ele começara sua carreira militar sendo de baixa patente e, a vida, como filho de um moleiro. — Passamos as duas últimas semanas comendo grama cozida e corvos com nossos pães.

Ele usava uma peruca grisalha e cacheada sem talco, sobre o rosto redondo de camponês. Enviara emissários para tentar iniciar as negociações e aceitara sinceramente e sem hesitação a resposta mordaz de Kalkreuth: um convite para jantar na cidade e discutir a rendição. Ele se dirigira aos portões sem outra escolha além de alguns homens da cavalaria.

— Assumiria ainda mais riscos por um jantar como esse! — respondeu ele com uma risada alegre quando um dos oficiais prussianos comentou grosseiramente sobre sua coragem. — Afinal, vocês não ganhariam nada me colocando na masmorra, a não ser o choro da minha pobre mulher... Mas o imperador tem muitas espadas em sua cesta.

Depois de experimentar todas as comidas e limpar os últimos restos do seu prato com pão, ele acabou cochilando na cadeira enquanto o vinho do porto era servido, e acordou apenas quando serviam o café.

— Ah, isso sim dá vida ao homem! — disse ele, bebendo três xícaras seguidas. — Bem — começou de forma brusca e sem pausas —, o senhor me parece um homem inteligente e um bom soldado... Continuará insistindo em prolongar essa situação?

O mortificado Kalkreuth, que nem de longe quisera sugerir que consideraria a rendição, disse friamente:

— Espero manter meu posto honrosamente até receber ordens diferentes da parte de Sua Majestade.

— Bom, o senhor não receberá — disse, prosaico, Lefèbvre —, porque ele está preso em Königsberg assim como o senhor está preso aqui. Tenho certeza, então, de que não será uma vergonha para o senhor. Não fingirei que sou Napoleão, mas espero conseguir tomar uma cidade — creio que tenho o dobro de chances usando toda a artilharia e o cerco necessários. Mas pensei em poupar alguns homens, meus e seus.

— Não sou o coronel Ingersleben — emendou Kalkreuth, referindo-se ao cavalheiro que tão rapidamente entregara o forte de Settin — para me render sem dar sequer um tiro. O senhor talvez descubra que somos mais capazes do que imagina.

— Deixaremos que o senhor parta com todas as honras — disse Lefèbvre, recusando-se a morder a isca —, e o senhor e seus oficiais estão livres, desde que deem a palavra de não lutar contra a França por 12 meses. Seus homens também, é claro, mas eles terão de me entregar os mosquetes. É o máximo que posso fazer, porém, ainda assim, é muitíssimo melhor do que levar um tiro ou ser feito prisioneiro.

— Agradeço-lhe a sua gentil oferta — respondeu Kalkreuth, levantando-se. — Minha resposta é não.

— Que pena — disse Lefèbvre, sem espanto, levantando-se e embainhando a espada que havia casualmente pendurado atrás da cadeira. — Não digo que a proposta se manterá indefinidamente, mas espero que se lembre dela à medida que os acontecimentos se desenrolem. — Ele fez uma pausa ao se virar e viu Laurence, que estivera sentado a alguma distância à mesa. Então acrescentou: — Embora seja melhor eu afirmar que a oferta não se estende a soldados britânicos. Lamento — disse ele a Laurence em tom de desculpas —, mas o imperador tem uma opinião formada a respeito dos ingleses e temos ordens específicas quanto ao senhor, se for o responsável pelo enorme dragão chinês que sobrevoou nossas cabeças outro dia. Rá! O senhor nos pegou com as calças na mão!

Com essa risada final, ele saiu pesadamente, assoviando, para reunir sua escolta e retornar ao acampamento, deixando todos ali bastante deprimidos com seu bom humor. Laurence passou a noite imaginando todo tipo de ordens terríveis, quanto ao destino de Temeraire, sobre as quais Lien pode ter persuadido Bonaparte.

— Espero não precisar lhe dizer, capitão, que não penso em aceitar tal oferta — disse-lhe Kalkreuth na manhã seguinte, depois de o chamar para o café da manhã com a intenção de tranquilizá-lo.

— Senhor — disse Laurence, calmamente —, acho que tenho bons motivos para temer ser prisioneiro dos franceses, mas espero que eu não seja capaz de pedir a vida de 15 mil homens, e Deus sabe quantos cidadãos, para me salvar desse destino. Se os franceses fecharem o cerco, e não vejo como o senhor impedirá isso, a cidade terá de se render ou será reduzida a frangalhos e seremos mortos ou aprisionados.

— Temos muita estrada pela frente antes disso — disse Kalkreuth. — Eles andarão devagar com o cerco, dados o chão congelado e o inverno gélido, e o senhor ouviu o que ele disse sobre os mantimentos. Não haverá avanços até março, garanto-lhe, e muito pode acontecer em tanto tempo.

Aquela estimativa pareceu boa. Observados pela luneta de Laurence, os soldados franceses golpeavam a terra sem entusiasmo, progredindo pouco com suas ferramentas velhas e enferrujadas contra o solo endurecido, saturado por se situar tão perto do rio, e bastante congelado já no início do inverno. O vento trazia correntes de ar frias e flocos de neve do mar; todos os dias, antes do amanhecer, a geada cobria as vidraças e as laterais da bacia que Laurence usava para lavar o rosto. Lefèbvre realmente parecia não ter pressa: eles podiam vê-lo, ocasionalmente, vagando nas trincheiras ainda rasas, seguido por ajudantes, com os lábios apertados, nem um pouco insatisfeito.

Os outros, contudo, não estavam tão felizes com o progresso lento. Laurence e Temeraire haviam passado apenas uma noite na cidade antes da chegada de Lien.

Ela chegou no fim da tarde, vindo do sul, escoltada apenas por dois dragões médios e um mensageiro, batendo as asas fortemente para se afastar de uma tempestade de vento que atingiu a cidade e o acampamento menos de uma hora após ela pousar. Ela fora avistada apenas pelos vigias da cidade e, durante os dois longos dias da tempestade, com a neve obscurecendo a paisagem do acampamento francês, Laurence nutriu a pequena esperança de a terem confundido com outro dragão. Acordou, porém, com o coração aos pulos no dia seguinte, sob um céu limpo e os ecos do terrível rugido de Lien.

Correu para fora ainda em suas roupas de dormir, apesar do frio e da neve que chegava aos tornozelos. O sol estava pálido e brilhava nos campos embranquecidos e no couro claro de Lien. Ela estava à frente das fileiras francesas, inspecionando o chão. Enquanto ele e os guardas observavam surpresos, ela mais uma vez inspirou profundamente, voou e dirigiu seu rugido contra a terra congelada.

A neve se rompia em nuvens de gelo, fazendo montes escuros de terra voarem. Mas o resultado verdadeiro somente foi reconhecido mais tarde, quando os soldados franceses voltaram, cansados, ao trabalho com as picaretas e as pás. Os esforços dela haviam soltado a terra a muitos metros de profundidade, abaixo do congelamento, de forma que o ritmo de trabalho dos franceses se tornaria muito mais rápido. Em uma semana, eles superaram todo o progresso anterior, tendo seu trabalho bastante encorajado pela dragoa branca, que andava entre eles em busca de sinais de preguiça enquanto os homens cavavam freneticamente.

Quase que diariamente os dragões franceses tentavam investir contra as defesas da cidade, na maioria das vezes para manter os prussianos e sua artilharia ocupados enquanto a infantaria cavava trincheiras e montava os armamentos. A artilharia, espalhada ao longo das muralhas da cidade, mantinha afastados os dragões franceses na maior parte do tempo, mas ocasionalmente um deles tentava ultrapassá-la a grande altitude, fora de alcance, para derrubar bombas sobre as fortificações da cidade. Com tamanha altura, elas quase nunca atingiam seu objetivo, mas caíam sobre ruas e casas causando muito estrago. Os cidadãos, em sua maioria eslavos e não alemães e sem entusiasmo particular por aquela guerra, começaram a desejar que estivessem todos em Jericó.

Kalkreuth diariamente servia a seus homens uma cota de munição para despejarem contra os franceses, mais para aumentar-lhes o moral do que pelo efeito que aquilo teria contra eles, ainda longe demais para serem atingidos. Certas vezes, um tiro, por sorte, atingia um canhão ou alguns soldados que cavavam, e uma vez, para seu deleite, atingiu um estandarte e o enviou pelos ares com a insígnia francesa. Naquela noite Kalkreuth serviu uma rodada extra de bebidas para todos e ofereceu um jantar aos oficiais.

Quando a maré e os ventos permitiam, a Marinha se aproximava deles e tentava fuzilar a retaguarda do acampamento francês. Lefèbvre, porém, não era ingênuo e nenhum dos seus guardas estava ao alcance. Em alguns momentos, Laurence e Temeraire viam um pequeno combate sobre o porto, um grupo de dragões franceses bombardeando os navios de transporte, mas a barreira de pólvora disparada dos navios de guerra rapidamente os afastava. A verdade era que nenhum dos lados conseguia obter qualquer vantagem sobre o outro. Os franceses talvez conseguissem, com o tempo, construir abrigos de artilharia capazes de expulsar os navios britânicos, mas eles não queriam se distrair do seu verdadeiro objetivo de capturar a cidade.

Temeraire esforçava-se ao máximo para bloquear os ataques aéreos, mas era o único dragão da cidade, fora dois minúsculos mensageiros e a dragoa recém-nascida, cuja força e velocidade eram limitadas. Os dragões franceses passavam o dia voando sobre a cidade, em turnos, e qualquer descuido de Temeraire ou dos guardas da artilharia era uma oportunidade para causarem algum estrago antes de voarem novamente. Enquanto isso, as trincheiras lentamente se alargavam, os soldados tão ocupados quanto um exército de toupeiras.

Lien não participava desses conflitos, a não ser observando-os, enrodilhada e sem piscar; suas atividades se voltavam unicamente para o progresso e o avanço do cerco. Com o vento divino, ela certamente teria massacrado os homens, mas não se rebaixaria a atacar diretamente no campo de batalha.

— É uma grande covarde, isso sim! — dizia Temeraire, feliz por ter uma desculpa para torcer o nariz na direção dela. — Eu não deixaria que ninguém me escondesse, se meus amigos estivessem lutando.

— *Eu* não sou nenhuma covarde! — atalhou Iskierka, brevemente acordada para notar o que se passava à sua volta. Ninguém duvidaria daquilo, pois correntes cada vez mais maciças eram necessárias para impedi-la de entrar em combates contra dragões adultos vinte vezes maiores do que ela, embora essa proporção diminuísse diariamente. Seu crescimento era uma fonte constante de ansiedade, uma vez que, embora prodigioso, não era o bastante para permitir que ela combatesse ou que voasse com efetividade, mas logo ela se tornaria um fardo para Temeraire caso eles tentassem fugir.

Ela balançava, furiosa, sua corrente mais recente.

— Quero lutar! Me soltem!

— Você poderá lutar quando ficar maior, como ela — disse apressadamente Temeraire. — Coma a sua ovelha!

— Já *sou* maior, muito maior do que antes — respondeu ela, ressentida, mas, depois de devorar a ovelha, adormeceu novamente e, ao menos por algum tempo, ficou em silêncio.

Laurence não compartilhava a conclusão de Temeraire e sabia que a Lien não faltavam a coragem física ou a habilidade, pelo exemplo do duelo entre os dois na Cidade Proibida. Talvez ela ainda fosse governada, em certa medida, pela proibição chinesa aos Celestiais de lutar. Porém Laurence suspeitava de que os franceses enxergassem sua recusa inteligente em se envolver diretamente como uma restrição apropriada a um comandante — como a posição das tropas franceses estava bastante segura, ela era valiosa demais para ser arriscada por um ganho insignificante.

A exibição diária da sua autoridade natural sobre os outros dragões e da sua compreensão intuitiva de como eles poderiam ser mais bem empregados confirmou a Laurence a vantagem bastante palpável dos franceses de terem dado a ela um papel tão curioso. Sob seu comando, os dragões abandonaram as formações para se engajarem em manobras leves de combate ou para cavar, acelerando ainda mais o progresso das trincheiras. Certamente os soldados se sentiam inquietos por ficar tão perto dos dragões, mas Lefèbvre dava mostras da sua própria despreocupação andando entre os dragões que trabalhavam, afagando-lhe as costas e fazendo piadas em voz alta com as equipes deles. Todavia, Lien lhe deu um olhar bastante espantado na única ocasião em que ele fez o mesmo com ela, como uma duquesa faria se um fazendeiro lhe desse um beliscão na bochecha.

Os franceses tinham a vantagem de ter o moral mais alto depois de todas as vitórias e a excelente motivação de penetrar as muralhas da cidade antes do pior do inverno.

— O ponto principal é que não apenas os chineses, que cresceram com dragões, são capazes de se acostumar com eles... Os franceses se *acostumaram*! — disse Laurence a Granby entre mordidas apressadas no seu pão com manteiga. Temeraire fora ao pátio descansar um pouco após mais um pequeno conflito no início da manhã.

— Sim, e também os prussianos, que têm entre eles Temeraire e Iskierka — disse Granby, dando um tapinha na lateral do corpo da dragonete, que subia e descia como um fole ao lado dele. Ela abriu um dos olhos sem acordar e soltou um murmúrio sonolento de prazer, acompanhado de alguns jatos de vapor dos seus espinhos, antes de o fechar novamente.

— E por que não se acostumariam? — perguntou Temeraire, esmagando vários ossos nos dentes como se fossem nozes. — A não ser que sejam idiotas, a essa altura devem nos reconhecer e saber que não vamos machucá-los. Exceto talvez Iskierka, sem querer... — acrescentou ele, um pouco na dúvida, pois ela desenvolvera o costume inconveniente de às vezes tostar a carne antes de comê-la, sem prestar muita atenção se havia alguém nas proximidades.

Kalkreuth não mais falava do que poderia acontecer ou da longa espera e seus homens treinavam, todos os dias, um ataque contra os franceses que avançavam.

— Quando estiverem ao alcance da nossa artilharia, faremos uma investida à noite — disse, sombrio. — Então, mesmo se não conseguirmos nada, poderemos ao menos causar certa distração, dando a vocês a chance de escapar.

— Obrigado, senhor; sinto-me em profunda dívida por isso — disse Laurence. A tentativa desesperada, mesmo com todo o risco de ferimento ou de morte, ainda valia a pena, comparada à escolha de calmamente se entregarem. Laurence não duvidava nem por um segundo que a chegada de Lien se devia à presença deles — os franceses talvez pensassem em ir mais devagar, estando mais preocupados com a captura da cidadela, mas ela tinha outros motivos. Quaisquer que fossem os planos dela e de Napoleão para o conflito com a Grã-Bretanha, vê-los como prisioneiros indefesos, sob a certeira sentença de morte para Temeraire, era o destino mais terrível que Laurence podia conceber e, ainda assim, preferível a cair nas mãos dela.

Porém ele acrescentou:

— Espero, senhor, que não arrisque mais do que o necessário para nos ajudar, pois os franceses poderão se ressentir o bastante para retirarem a oferta de uma rendição honrada, caso sua vitória seja, como temo, apenas uma questão de tempo.

Kalkreuth balançou a cabeça, sem acreditar naquilo.

— E daí? Se aceitarmos a oferta de Lefèbvre, mesmo que nos dê a liberdade, o que acontecerá? Todos os homens acabarão desarmados e dispensados, pois meus oficiais estarão comprometidos com o juramento de não erguer a espada durante um ano. Que bem nos fará ser libertados honradamente, além de tornar a rendição incondicional? Acabaremos completamente massacrados, assim como o restante das nossas tropas. Eles desarticularam o exército prussiano... Todos os batalhões foram desfeitos, todos os oficiais capturados; não sobrará nada a partir do que possamos nos reconstruir. — Ele ergueu os olhos do seu mapa, tentando afastar o desânimo, para dar a Laurence um sorriso torto. — Então, como o senhor vê, a oferta não é grande coisa a que eu possa me agarrar em detrimento de vocês. Já estamos diante da total destruição!

A equipe de Laurence começou os preparativos, mas ninguém falava das baterias de artilharia que seriam dirigidas a eles ou dos trinta ou mais dragões que tentariam barrar seu caminho — afinal, não havia nada que se pudesse fazer em relação a isso. A investida seria dali a dois dias, na primeira noite da lua nova, quando a escuridão poderia escondê-los de todos, menos do Fleur-de-Nuit. Pratt martelava bandejas de prata nas armaduras; Calloway transformava pó explosivo em bombas, Temeraire, para não expor as intenções deles, planava sobre a cidade como de costume. Em um único golpe, porém, todo o planejamento e o esforço foram por água abaixo. Ele disse, abruptamente, apontando para o oceano:

— Laurence, há mais dragões a caminho.

Laurence abriu a luneta e, piscando contra o brilho do sol, conseguiu perceber que se aproximavam: um grupo de talvez vinte dragões, voando rápido e baixo sobre as águas. Não havia nada mais a dizer, então levou Temeraire até o pátio para alertar as guarnições militares do ataque iminente e tentar se abrigar atrás dos canhões do forte.

Granby estava ansioso ao lado da adormecida Iskierka no pátio, pois ouvira o grito de Laurence.

— Bem, isso acaba com tudo — disse ele, subindo as muralhas da cidade com Laurence e tomando emprestada sua luneta para observar. — Nem rezando conseguiremos romper a barreira de vinte ou mais...

Ele parou. Os dragões franceses em voo assumiram apressadamente uma posição defensiva contra os recém-chegados. Temeraire ergueu-se sobre as patas de trás e se apoiou nas muralhas da cidade para ver melhor, para o espanto dos soldados parados nas amuradas, que pularam para longe do alcance das suas grandes garras.

— Laurence, eles estão lutando! — disse o dragão, empolgado. — São nossos amigos? Serão Maximus e Lily?

— Não, não podem ser — respondeu Laurence, sentindo subitamente uma esperança estranha crescer no peito ao se lembrar dos vinte dragões britânicos prometidos. Porém como vieram agora, e de todos os lugares possíveis, justamente para Danzig... vinham pelo mar e *estavam* lutando contra os dragões franceses... Não havia uma formação, apenas uma espécie de conflito generalizado, mas certamente estavam envolvidos...

Pega de surpresa e desprevenida, a pequena guarda de dragões franceses se desmantelou aos poucos na direção das muralhas e, antes que o restante das suas forças pudessem vir em seu auxílio, os recém-chegados romperam a barreira. Avançando, soltaram um grito alto e vitorioso ao descerem descuidados e confusos no pátio do forte, numa mistura de asas e de cores vivas. Arkady, presunçoso e convencido, pousou em frente a Temeraire e atirou a cabeça para trás, insolente.

Temeraire exclamou:

— O que você faz aqui? — E depois repetiu a pergunta para ele em durzagh. Arkady imediatamente começou uma explicação comprida e divagante, interrompida pelos outros dragões selvagens, que claramente queriam acrescentar seus detalhes à narrativa. A cacofonia era incrível e os dragões só a aumentavam ao se entreterem em pequenas rixas entre si, rugindo, sibilando e trocando empurrões, deixando os aviadores bastante desnorteados com o barulho. Os pobres soldados prussianos, que começavam a se acostumar com o bem-comportado Temeraire e com a sonolenta Iskierka, passaram a exibir um olhar verdadeiramente assustado.

— Espero que não sejamos um estorvo... — A voz calma distraiu a atenção de Laurence daquela confusão e ele viu Tharkay à sua frente, completamente descabelado e desarrumado pelo vento, mas com seu olhar ligeiramente sarcástico inalterado, como se ele costumasse fazer tal tipo de entrada.

— Tharkay? Logicamente são bem-vindos! É o responsável por isso?

— Sou e, garanto-lhe, tenho sido bastante punido pelos meus pecados — disse secamente, cumprimentando Laurence e Granby. — Achei que eu fora incrivelmente esperto por ter essa ideia, até cruzar dois continentes com eles! Depois da viagem que tive, sinto-me inclinado a achar que foi um ato de graça divina termos chegado.

— Bem, posso imaginar... — respondeu Laurence. — Foi por isso que partiu? Você não me disse nada...

— Em nada. Era no que eu imaginava que tudo isso daria — disse Tharkay, dando de ombros. — Mas, como os prussianos exigiam vinte dragões britânicos, pensei que poderia trazer esses para lhes apresentar.

— E os dragões aceitaram? — exclamou Granby, olhando para eles. — Nunca ouvi falar de selvagens adultos concordarem em ser colocados em arreios... Como conseguiu convencê-los?

— Vaidade e ambição — respondeu Tharkay. — Arkady, creio, não ficou insatisfeito de se envolver em uma empreitada para *resgatar* Temeraire, quando eu coloquei as coisas para ele nesses termos. Quanto ao resto... acharam o rebanho gordo do sultão muito mais do seu agrado do que os bodes e os porcos magros que conseguiam obter nas montanhas. Prometi que, enquanto estivessem a serviço de vocês, receberiam uma vaca por dia cada um deles, claro. Espero que não os tenha comprometido demais...

— Por vinte dragões? Poderia ter lhes prometido um rebanho para cada um! — brincou Laurence. — E como conseguiu nos encontrar aqui? Tenho a impressão de que andamos vagando por metade do planeta.

— Também tive essa impressão — disse Tharkay —, mas não por culpa dos meus companheiros. Perdemos a pista de vocês em Jena e, depois de duas semanas aterrorizando o interior, descobri um banqueiro em Berlim que vira o senhor. Ele disse que, se o senhor não tivesse sido capturado, provavelmente estaria aqui ou em Königsberg, junto com o que sobrou do Exército. E aqui está!

Ele agitou uma das mãos na direção do grupo de dragões, que disputavam entre si os melhores lugares no pátio. Iskierka, que milagrosamente não acordara com toda aquela confusão, havia garantido para si o local quente e confortável ao lado da parede da cozinha da caserna. Um dos tenentes de Arkady já começava a se inclinar para afastá-la.

— Ah, não! — exclamou Granby, alarmado, e correu escada abaixo até o pátio. Foi desnecessário, pois Iskierka acordou por tempo suficiente para soltar uma língua de fogo no focinho do grande dragão cinzento, o que o fez dar um pulo para trás com um grito de surpresa. O restante dos dragões prontamente deu a ela um enorme espaço respeitoso, mesmo pequena como era, e aos poucos se arranjaram em outros lugares mais convenientes, sobre telhados, nos quintais e nas varandas da cidade, para grande espanto e muitos gritos agudos dos habitantes.

— Vinte? — perguntou Kalkreuth, olhando a pequena Gherni, que dormia placidamente na sua varanda, cuja longa e estreita cauda entrava pelas portas e atravessava o chão da sala, retorcendo-se e batendo-se ocasionalmente. — E eles obedecerão?

— Bem, eles temem Temeraire, mais ou menos, além de seu próprio líder — respondeu Laurence, em dúvida. — Mais do que isso, não me arrisco a garantir... De todo modo, entendem apenas sua própria língua ou um pouco de um dos dialetos turcos.

Kalkreuth ficou quieto, brincando com um abridor de cartas na sua mesa, entortando sua ponta na superfície polida da madeira, sem perceber o estrago que fazia.

— Não — disse ele por fim, mais para si mesmo —, isso seria adiar o inevitável.

Laurence assentiu em silêncio. Ele passara as últimas horas pensando em formas de atacar com sua nova força aérea, algo que pudesse afastar os franceses da cidade. Mas eles continuavam superados, no ar, em uma proporção de três para dois, e não se podia contar com os selvagens para manobras estratégicas. Como combatentes individuais, eles serviam; como soldados disciplinados, eram um desastre iminente.

Kalkreuth acrescentou:

— Espero que eles sejam suficientes, capitão, para que você e seus homens consigam escapar em segurança. Somente por isso eu já serei grato a eles... O senhor fez tudo o que podia por nós; parta, e rápido!

— Senhor, lamento que não possamos fazer mais, e agradeço-lhe — cumprimentou Laurence.

Ele deixou Kalkreuth ainda ao lado da sua mesa, cabisbaixo, e voltou ao pátio.

— Coloquem a armadura nele, Sr. Fellowes — disse Laurence, com calma, para o chefe da equipe de solo, e assentiu para o tenente Ferris. — Partiremos assim que escurecer.

A equipe se lançou ao trabalho em silêncio, pois ninguém estava satisfeito de partir sob tais circunstâncias. Era impossível não enxergar os vinte dragões espalhados pelo forte como uma força que valia a pena ser colocada em sua defesa, mas a fuga desesperada que haviam planejado parecia agora egoísta, uma vez que levariam todos aqueles dragões com eles.

— Laurence — disse, de repente, Temeraire —, por que precisamos deixá-los assim?

— Também sinto muito por ter de fazer isso, meu caro — disse Laurence, pesaroso —, mas esse forte não pode mais ser protegido. Cedo ou tarde ele cairá, não importa o que façamos. Não lhes fará nenhum bem ficarmos aqui para sermos capturados pelos franceses.

— Não foi isso o que eu quis dizer... — retrucou Temeraire. — Há muitos de nós, por que não levamos os soldados conosco?

— Isso pode ser feito? — perguntou Kalkreuth enquanto eles analisavam os números daquele esquema desesperado, com uma velocidade febril. Havia uma quantidade suficiente de navios no porto para transportar os homens, julgou Laurence, embora eles fossem precisar se esconder em cada fresta.

— Daremos a esses marujos um susto e tanto, caindo sobre eles do nada — disse indeciso Granby. — Espero que eles não atirem em nós no voo!

— Desde que não percam a cabeça, perceberão que um ataque nunca viria de uma altura tão baixa — disse Laurence. — E levarei Temeraire para os navios primeiro e lhes avisarei. Ele ao menos consegue planar, e deixará os passageiros descerem por cordas; os outros terão de pousar no deque. Ainda bem que nenhum deles é muito grande.

Cada cortina de seda e lençol de linho das elegantes mansões foi sacrificado para a causa, para a grande contrariedade dos seus donos, e todas as costureiras da cidade foram colocadas para trabalhar, reunidas no grande salão da residência do general, produzindo os arreios de transporte sob as orientações improvisadas de Fellowes.

— Senhores, perdão, mas não garanto que esses arreios conseguirão aguentar — disse ele. — Juro que não sei como esses panos costumam ser feitos na China e, para o uso que vamos lhes dar, isso será o negócio mais esquisito que um dragão ou um homem já usaram. Mais claro do que isso não posso ser!

— Faça o que for possível — disse o general Kalkreuth rispidamente —, e qualquer homem que preferir pode ficar e ser levado prisioneiro.

— Não poderemos levar os cavalos ou as armas, obviamente — disse Laurence.

— Poupem os homens; cavalos e armas podem ser repostos — retrucou Kalkreuth. — Quantas viagens serão necessárias?

— Tenho certeza de que consigo transportar pelo menos trezentos homens, sem as armaduras — disse Temeraire. Eles discutiam o assunto no pátio, para que o dragão pudesse opinar. — Mas os pequenos não conseguirão carregar tantos homens.

O primeiro arreio de transporte foi trazido para ser testado, Arkady se afastou dele, um pouco incomodado, até Temeraire fazer alguns comentários e se voltar para ajustar uma correia de seu próprio arreio. Diante disso, o líder dos selvagens imediatamente se ofereceu, com o peito empinado, e não apresentou mais dificuldades — além de se virar diversas vezes em um esforço para ver o que era feito e, com isso, fazer com que vários homens caíssem. Depois de arreado, Arkady começou a se exibir diante dos seus camaradas; ele parecia estranhamente bobo, pois o arreio era feito em parte com sedas estampadas que provavelmente vieram do enxoval de alguma senhora, mas Arkady simplesmente se achava esplêndido, e o resto dos dragões selvagens emitiu murmúrios invejosos.

Foi muito mais difícil fazer com que os homens se oferecessem como voluntários para subir a bordo de Arkady, até que Kalkreuth xingou a todos de covardes e subiu ele mesmo. Seus ajudantes prontamente o seguiram, discutindo um pouco para ver quem subiria primeiro, e, com esse exemplo, os homens relutantes ficaram com tanta vergonha que também começaram a clamar que queriam embarcar. Com isso, Tharkay comentou ironicamente que homens e dragões, em certos aspectos, não eram tão diferentes assim.

Arkady, que não era o maior dos dragões selvagens e era líder mais por personalidade do que por tamanho, conseguia decolar com facilidade levando cem homens pendurados, talvez mais.

— Podemos abrigar quase 2 mil homens em todos eles — disse Laurence, depois do teste, e deixou que Roland e Dyer fizessem os cálculos, a fim de confirmar se ele calculara certo: para descontentamento de ambos, pois achavam injusto serem os responsáveis por um trabalho escolar em uma situação tão importante. — Não podemos nos arriscar a sobrecarregá-los — continuou Laurence. — Eles devem ser capazes de fugir se formos apanhados no percurso.

— Certamente seremos, se não dermos um jeito naquele Fleur-de-Nuit — disse Granby. — E se nós o pegássemos essa noite...?

Laurence negou; não por discordância, mas por dúvida.

— Os franceses estão tomando muito cuidado para que ele não fique exposto. Para nos aproximar, precisaríamos ficar ao alcance da artilharia e entrar no meio deles. Nunca vi aquele dragão sair do abrigo desde que chegamos, ele apenas nos observa, bem de longe.

— Eles não teriam o Fleur-de-Nuit para nos atrapalhar amanhã se conseguíssemos dar um jeito nele essa noite — observou Tharkay. — É melhor cuidar dele antes de começarmos.

Ninguém discordou, mas o modo como fazê-lo os deixou em grande alvoroço por algum tempo. A melhor ideia a qual chegaram foi ensaiar uma confusão, usando os pequenos dragões para bombardear as primeiras fileiras dos franceses, pois o brilho atrapalharia a visão do Fleur-de-Nuit e, nesse tempo, os outros dragões poderiam rumar para o sul, fazendo uma grande volta até o mar.

— Mas isso não duraria muito — disse Granby —, e teríamos de encarar todos eles simultaneamente, além de Lien. Temeraire não conseguirá lutar com ela levando trezentos homens...

— Um ataque como esse despertaria o acampamento inteiro e, cedo ou tarde, alguém nos veria escapando — concordou Kalkreuth. — Ainda assim, ganharíamos mais tempo do que se eles disparassem o alarme imediatamente. Prefiro salvar metade das tropas a ninguém.

— Todavia, se tivermos de fazer uma volta tão grande, demoraremos mais e não conseguiremos levar muita gente — objetou Temeraire. — Talvez se simplesmente o matássemos, de forma silenciosa e rápida, conseguíssemos escapar antes deles se darem conta do que estamos fazendo. Ou poderíamos ao menos lhe dar uma boa surra, para que ele não conseguisse mais ficar vigiando...

— O que precisamos — disse abruptamente Laurence — é colocá-lo, calmamente, fora do nosso caminho. Que tal drogá-lo? — Naquela pausa pensativa, ele acrescentou: — Durante toda a campanha, eles alimentaram os dragões com animais vivos drogados com ópio... Se conseguirmos lhe dar um animal mais saturado, é pouco provável que ele estranhe o gosto, ao menos não até ser tarde demais.

— Seu capitão não o deixará comer uma vaca se ela ainda estiver andando em círculos — disse Granby.

— Se os soldados estão comendo grama cozida, os dragões não podem estar comendo algo muito melhor — retrucou Laurence. — Desconfio que ele preferirá pedir perdão a permissão para comer uma vaca, caso ela apareça na frente dele durante a noite.

Tharkay se ofereceu para o serviço.

— Consigam para mim calças escuras e uma camisa folgada, e me deem uma cesta — disse ele. — Garanto que consigo andar pelo acampamento sem grandes problemas; se alguém me parar, falarei baboseiras e repetirei o nome de algum oficial de alta patente. E, se vocês me derem algumas garrafas de conhaque com drogas, tanto melhor... Não tem por que não deixarmos os vigias se drogarem um pouco também!

— Mas você conseguirá voltar? — perguntou Granby.

— Nem penso em tentar — respondeu Tharkay. — Afinal, se nosso objetivo é sair, posso caminhar até o porto antes de vocês terminarem os carregamentos e encontrar um pescador disposto a me levar até o mar, pois eles certamente têm muitos negócios com esses navios.

Os ajudantes de Kalkreuth engatinhavam pelo pátio, desenhando com giz um mapa grande o suficiente para os dragões selvagens entenderem e, por um feliz acaso, colorido e interessante o bastante para lhes chamar a atenção. A linha azul do rio seria o seu guia, que passava pelas muralhas da cidade e depois se curvava até o porto, atravessando o acampamento francês no percurso.

— Iremos em fila indiana, sobrevoando a água — disse Laurence. — Por favor, faça com que os outros dragões entendam isso — acrescentou ele ansiosamente para Temeraire. — Eles precisam ser muito silenciosos, como se estivessem tentando atacar um bando de animais assustados.

— Vou lhes dizer isso novamente — prometeu Temeraire e suspirou um pouco. — Não é que eu não esteja feliz com eles aqui — confidenciou em voz baixa — e realmente eles têm me respeitado muito, quando se leva em consideração que nunca foram ensinados, mas teria sido tão bom ter Maximus e Lily, e quem sabe Excidium... Ele saberia exatamente o que fazer, tenho certeza.

— Sou obrigado a concordar com você — disse Laurence. À parte todas as considerações sobre como lidar com dragões, Maximus sozinho

poderia levar seiscentos homens ou mais, por ser um Regal Copper particularmente grande. Depois de uma pausa, ele perguntou, arriscando:
— Vai me contar o que mais o preocupa? Está com medo de que eles percam a cabeça?

— Ah, não; não é isso — disse Temeraire e olhou para baixo, remexendo um pouco os restos de seu jantar. — Estamos fugindo, não estamos? — perguntou ele abruptamente.

— Lamento, mas é verdade — respondeu Laurence, surpreso. Ele achava que Temeraire estava completamente satisfeito com o plano de levarem os prussianos e, por si, achava aquilo uma manobra digna de aplausos... se eles conseguissem executá-la. — Não é vergonhoso bater em retirada para preservar suas forças para uma futura batalha, na qual haja mais esperanças de vitória.

— Eu quis dizer que, se estamos fugindo, Napoleão realmente venceu e a Inglaterra ficará em guerra por um longo tempo, pois seu desejo é nos conquistar — retrucou Temeraire. — Então não podemos pedir ao governo mudanças em relação aos dragões; precisamos obedecer até que Napoleão seja derrotado. — Levemente, ele deu de ombros e acrescentou: — Entendo isso, Laurence, e prometo que cumprirei meu dever sem reclamar a toda hora. Apenas lamento...

Foi com certa estranheza que Laurence reconheceu a mudança dos próprios sentimentos e teve de comunicá-la a Temeraire, sensação aumentada pelo dragão haver exposto espantosamente todos os protestos anteriores de Laurence sobre o assunto, um a um.

— Espero que eu não tenha mudado no essencial — disse Laurence, lutando para se justificar diante dos próprios olhos e do seu dragão —, apenas no meu entendimento. Napoleão deixou claro as vantagens notáveis de um exército moderno, com a cooperação próxima entre homens e dragões. Voltamos à Inglaterra não apenas para assumir nosso posto, mas com essa inteligência vital que torna, mais do que nosso desejo, nosso dever promover tal mudança na Inglaterra.

Temeraire precisava de pouca persuasão e todo o constrangimento de Laurence, apesar de parecer inconstante, foi mitigado pela reação jubilosa do seu dragão e pela necessidade imediata de adverti-lo de várias maneiras. Todas as objeções anteriores continuavam firmes, é claro, e Laurence sabia que eles enfrentariam a mais violenta oposição.

— Pouco me importa o que os outros pensam — disse Temeraire — ou se levará muito tempo! Laurence, estou tão feliz que somente queria que estivéssemos em casa.

Durante aquela noite e o dia seguinte, eles continuaram a trabalhar nos arreios; as selas, cabrestos e estribos da cavalaria foram logo confiscados, e os curtumes, assaltados. A noite caía e Fellowes continuava subindo freneticamente sobre os dragões com seus homens, costurando mais alças com qualquer coisa que sobrasse — couro, corda, cordões de seda — até eles parecerem tranças de fitas, laços e babados.

— Ficou tão bom quanto um vestido da corte! — disse Ferris, diante de gargalhadas abafadas, enquanto serviam uma rodada de bebidas. — Deveríamos voar diretamente até Londres para mostrá-los à rainha.

O Fleur-de-Nuit assumiu sua posição costumeira, sentando-se para mais uma noite de trabalho. À medida que a noite avançava, os contornos do seu couro azul-escuro aos poucos se misturavam à escuridão, até que tudo o que se podia ver dele eram os enormes olhos, do tamanho de pratos de jantar, brancos e iluminados pelos reflexos das fogueiras do acampamento. Às vezes ele se mexia ou se virava para ver o mar e os olhos sumiam por um instante, mas sempre voltavam ao mesmo lugar.

Tharkay havia partido algumas horas antes. Eles observaram, ansiosos, por um tempo que pareceu uma eternidade, e contaram em batidas do coração as duas viradas da ampulheta. Os dragões estavam organizados em fileiras e os primeiros homens já estavam a bordo, prontos para partir imediatamente.

— Se não der certo... — disse Laurence gentilmente, antes dos olhos cintilantes e pálidos piscarem uma vez, duas, depois por um tempo maior, e novamente. Então, com as pálpebras caindo aos poucos para cobri-los, eles deslizaram vagarosa e languidamente até o chão e as últimas fendas estreitas piscaram, sumindo na paisagem.

— Marquem o tempo — gritou Laurence para os ajudantes que esperavam ansiosamente lá embaixo, segurando as ampulhetas, Temeraire deu um salto, fazendo um pouco de esforço devido ao peso, Laurence achou esquisito ter tantos homens a bordo, tantos estranhos espremidos perto dele — a respiração nervosa e acelerada, os xingamentos abafados e os gritos silenciados pelos vizinhos, os corpos e o seu calor emudecendo a força cortante do vento.

Temeraire acompanhou o rio para fora das muralhas da cidade, ficando sobre as águas para que o som da correnteza mascarasse o barulho das asas. O roçar das cordas dos barcos nos bancos do rio rangia com um murmúrio e o enorme guindaste do porto assomava como um abutre sobre a água. O rio, calmo e escuro abaixo deles, cintilou um pouco, refletindo as fogueiras do acampamento francês, que atiravam nas águas baixas pequenas centelhas amarelas.

Nos dois lados, o acampamento francês estendia-se sobre os bancos do rio e o brilho das lanternas mostrava a curva do corpo de um dragão, a dobra de uma asa, o ferro esburacado de um canhão. Grupos de soldados jaziam adormecidos em seus bivaques ásperos, aconchegados um ao outro sob cobertores de lã rústica, sobretudos ou apenas colchões de palha, com os pés estendidos na direção do fogo. Se havia algum som a se ouvir no acampamento, entretanto, Laurence não sabia; enquanto eles deslizavam no ar, seu coração estava acelerado demais e Temeraire batia as asas devagar quase preguiçoso.

E então, eles voltaram a respirar, quando as fogueiras e as luzes ficaram para trás. Haviam passado em segurança pelas margens do acampamento e se encontravam um quilômetro depois, sobre o terreno macio e pantanoso que levava até o mar, com o som da arrebentação aumentando. Temeraire acelerou e o vento começou a zunir pelas suas asas; em algum lugar da rede de carga, Laurence ouviu um homem vomitando. Eles já sobrevoavam o oceano e as lanternas dos navios os receberam, quase fortes sem a concorrência do luar. Ao se aproximarem, Laurence viu um candelabro sobre a janela de um dos navios, o de 74 canhões, iluminar as letras douradas sobre sua popa: era o *Vanguard*; Laurence se inclinou para a frente e apontou-o para Temeraire.

O jovem Turner rastejou pelo ombro do dragão e segurou a lanterna onde poderia ser avistada, mostrando o sinal de amizade — uma luz azul longa e duas vermelhas breves — que criou segurando retalhos coloridos de tecido fino sobre o buraco da lanterna —, e depois três fachos brancos e breves para solicitar uma resposta silenciosa. Ele repetiu a sequência enquanto se aproximavam, mas houve um atraso. Será que eles não os viram? Será que o sinal estava velho e fraco demais? Laurence não consultava um novo livro de sinalização há quase um ano.

Porém um rápido sinal azul-vermelho-azul-vermelho brilhou em resposta atrás deles e mais luzes surgiram no deque enquanto desciam:

— Saudações ao navio — gritou Laurence, com as mãos em concha sobre a boca.

— Saudações às asas — ouviram a voz abafada do oficial da vigia. — E quem são vocês?

Temeraire planou com cuidado e os homens desceram por cordas longas amarradas em nós, com pressa excessiva, enquanto as pontas batiam sobre o deque do navio, produzindo um barulho seco.

— Temeraire, diga-lhes para irem com calma — avisou rispidamente Laurence. — Os arreios não aguentarão esse tipo de pressão, e os companheiros deles serão os próximos a voar.

Temeraire falou com os homens em retumbante alemão e a descida se acalmou um pouco e, mais ainda, depois que um homem, agarrando em falso, escorregou e caiu, soltando um grito alto que somente parou quando se ouviu a batida da sua cabeça no deque, como um melão se espatifando. Os outros tiveram mais cuidado e, abaixo, seus oficiais começaram a empurrá-los para as grades do navio e para fora do caminho, usando as mãos e bastões para empurrá-los em vez de gritar-lhes ordens.

— Todos desceram? — perguntou Temeraire a Laurence. Restavam apenas alguns homens ali e, com o sinal afirmativo de Laurence, Temeraire cuidadosamente deslizou pela água ao lado do navio, mal a fazendo espirrar. Um barulho enorme começava a erguer-se do deque, pois os marinheiros e os soldados falavam uns com os outros de maneira apressada, de certa forma, despropositada devido às inúmeras línguas diferentes. Enquanto, isso os oficiais sentiam dificuldade em se encontrar em meio à turba de homens. A tripulação apontava o facho de luz das lanternas de maneira desordenada em todas as direções.

— Shhh! — disse Temeraire a eles, agressivo, virando a cabeça de lado. — E apaguem essas luzes, não dá para ver que estamos tentando não fazer barulho? E se algum de vocês não me escutar ou começar a berrar, vou atirá-los no mar! — acrescentou.

— Onde está o capitão? — gritou Laurence já em um perfeito silêncio. A ameaça de Temeraire fora levada muito a sério.

— Will? É Will Laurence? — Um homem em roupas de dormir inclinou-se na lateral do navio, observando. — Credo, homem, sentiu tanta falta do mar que teve de transformar seu dragão em um navio? Qual a classificação dele?

— Gerry! — disse Laurence, sorrindo. — Você me fará a gentileza de mandar todos os seus barcos levarem uma mensagem aos outros navios: estamos trazendo os militares e precisamos que estejam a bordo até o amanhecer, ou os franceses deixarão as coisas feias demais para que consigamos escapar.

— Como, a guarnição inteira? — exclamou o capitão Stuart. — Quantos?

— Quinze mil aproximadamente — respondeu Laurence. — Não se preocupe — acrescentou, quando Stuart começou a balbuciar. — Você deve dar um jeito de enfiá-los aí e levá-los até a Suécia, ao menos. São camaradas muito corajosos e não vamos deixá-los para trás! Preciso voltar para apanhar mais e Deus sabe quanto tempo temos antes que os franceses nos notem.

Ao voltar à cidade, eles passaram por Arkady, que vinha com a sua carga. O líder dos selvagens mordiscava a cauda de dois dos membros mais jovens do bando, impedindo-os de se desviar do curso; ele agitou a ponta da cauda para Temeraire enquanto esse se esticava em todo o seu comprimento e disparava o mais rápido e o mais silenciosamente que conseguia. Apesar de lotado, o pátio estava em um caos controlado, os batalhões marchavam para fora um atrás do outro, em fila até seus dragões, embarcando com o mínimo de barulho possível.

Eles haviam demarcado com tinta o local de cada dragão nos azulejos, mas ela estava gasta e marcada por garras e botas. Temeraire desceu no seu canto grande e os sargentos e os oficiais começaram a embarcar rapidamente os homens. Cada um subia pela lateral, prendendo-se no arreio com as mãos ou agarrando-se ao homem acima, tentando prender os pés nas correias.

Winston, um dos homens da equipe de solo, chegou correndo, sem fôlego:

— Algo que precise de conserto, senhor?

Ao ouvir a negativa, logo disparou em direção ao dragão seguinte. Fellowes e outros homens corriam por todos os lados com urgência semelhante, reparando pedaços soltos ou quebrados dos arreios.

Temeraire estava pronto novamente.

— Marquem o tempo! — gritou Laurence.

— Setenta e cinco minutos, senhor — veio a voz aguda de Dyer. Era pior do que Laurence esperara e muitos dos outros dragões partiam apenas com sua segunda carga.

— Vamos prosseguir mais rápido à medida que a noite for avançando — disse Temeraire, decidido, ao que Laurence respondeu:

— Sim, o mais rápido que pudermos, agora... — E eles estavam voando novamente.

Tharkay os reencontrou quando entregavam a segunda carga de homens em um dos navios no porto. Ele dera um jeito de subir a bordo e naquele momento avançava pelas cordas amarradas em nós, na direção oposta dos soldados que desciam.

— O Fleur-de-Nuit comeu a ovelha, mas não inteira — avisou ele, em voz baixa, ao chegar perto de Laurence. — Comeu metade e escondeu o resto... Não sei se isso irá mantê-lo desacordado a noite toda.

Laurence assentiu. Não podiam fazer nada contra isso além de continuar em frente, por tanto tempo quanto possível.

Um mínimo de cor surgia a leste e muitos homens ainda lotavam o pátio, esperando para embarcar. Arkady se mostrava útil em tempo de crise, incitando seus dragões a irem mais rápido e ele mesmo fizera oito viagens. Chegava em busca da carga seguinte enquanto Temeraire finalmente decolava com a sua sétima leva, pois suas cargas maiores demoravam mais para serem embarcadas e desembarcadas. Os outros dragões também resistiam corajosamente: o malhadinho a quem Keynes havia prestado socorro depois da avalanche mostrava-se especialmente dedicado e carregava suas minúsculas cargas de vinte homens com grande determinação e velocidade.

Havia dez dragões nos deques dos navios, desembarcando seus homens, quando Temeraire pousou. Na viagem seguinte a cidade ficaria quase vazia, pensou Laurence e olhou para o sol — seria uma corrida contra o tempo.

Subitamente do abrigo francês, ergueu-se uma pequena luz azul esfumada. Laurence olhou horrorizado o brilho disparar sobre o rio e os três dragões que voavam no momento guincharam alarmados, afastando-se da luz súbita, e dois homens caíram dos arreios, gritando, dentro das águas.

— Pulem! Pulem, seus malditos! — berrou Laurence para os homens que ainda desciam pelas cordas de Temeraire. — Temeraire!

Temeraire gritou em alemão, quase desnecessariamente; os homens pulavam dos dragões e muitos caíam na água, onde as tripulações dos navios começaram a pescá-los. Alguns ainda continuavam presos às cordas ou aos arreios, mas Temeraire não esperou mais. Os outros dragões vieram aos saltos atrás dele e, como um bando, eles dispararam de volta à cidade, passando pelos gritos e pelas lanternas acesas do acampamento francês.

— Equipe de solo a bordo — gritou Laurence pelo megafone enquanto Temeraire pousava no pátio pela última vez e, do lado de fora, os canhões franceses começavam a disparar. Pratt correu com o último ovo de dragão nos braços, enrolado e protegido sob os tecidos, e colocou-o na rede de carga de Temeraire; enquanto isso, Fellowes e seus homens abandonavam os reparos dos arreios. Toda a equipe de solo embarcou com a facilidade adquirida pela longa prática e prendeu-se rapidamente aos arreios.

— Todos estão aqui, senhor — gritou Ferris, precisando usar o megafone para ser ouvido. Acima das suas cabeças, a artilharia soava pelas muralhas — a tosse curta e seca dos canhões, o assobio da queda das granadas. No pátio, aos berros, Kalkreuth e seus ajudantes guiavam os últimos batalhões a bordo.

Temeraire apanhou Iskierka com a boca e pendurou-a sobre seus ombros. Ela bocejou e ergueu a cabeça sonolenta.

— Cadê meu capitão? Ah! Estamos lutando agora?

Os olhos dela se abriram totalmente com o trovejar da artilharia, que disparava seguidamente sobre suas cabeças.

— Estou aqui, não se desespere — gritou Granby, escalando o restante do caminho para segurá-la pelo arreio a tempo, antes que ela saltasse dali.

— General! — berrou Laurence. Kalkreuth sinalizou para que fossem embora, recusando-se a subir, mas seus ajudantes o apanharam à força e o ergueram. Os homens se soltaram dos seus arreios para segurá-lo e ajudá-lo até que ficasse ao lado de Laurence, sem fôlego e com os cabelos finos despenteados; sua peruca havia sumido na subida. Anunciou-se a retirada final e homens desciam pelas muralhas, abandonando as armas, alguns até mesmo pulando das torretas e beirais direto para o lombo dos dragões, agarrando-se cegamente ao que pudessem.

O sol se levantava atrás das amuradas a leste e a noite desaparecia em blocos compridos e estreitos de nuvens, azuis e tingidas nas laterais de cor laranja. Não havia tempo.

— Decole! — gritou Laurence. Temeraire deu um rugido estremecedor e pulou com um grande impulso das patas traseiras, com homens ainda pendurados aos arreios; alguns deslizaram, agarrando o ar em vão, e caíram nas pedras do pátio abaixo, gritando. Todos os dragões decolaram atrás dele, num rugir de muitas vozes e muitas asas.

Os dragões franceses começavam a sair do abrigo e a se entregar à perseguição, com suas equipes ainda lutando para entrar em posição de combate. Em certo momento, Temeraire diminuiu a velocidade para deixar os dragões selvagens ultrapassarem-no, virou a cabeça para trás e disse:

— Pronto, *agora* você pode soltar seu fogo neles!

E, com um guincho de prazer, Iskierka virou a cabeça e deixou sair uma grande torrente de fogo que passou por cima de Temeraire até atingir seus perseguidores, fazendo-os recuar.

— Vá agora, rápido! — gritou Laurence. Eles haviam ganhado um pouco de distância, mas Lien se aproximava. Ela se erguera do acampamento francês berrando ordens e os dragões franceses, antes desnorteados com a desorganização das equipes, já formavam uma fila atrás dela. Não havia sinal da contenção anterior de Lien: pois, ao vê-los quase fugindo, ela batia as asas com velocidade furiosa, ultrapassando todos os dragões franceses, exceto os pequenos mensageiros que desesperadamente lutavam para manter o ritmo dela.

Temeraire se esticou completamente, as pernas reunidas junto ao corpo, a crista achatada contra o pescoço, as asas golpeando o ar como remos. Atravessavam os quilômetros de terra enquanto Lien diminuía a distância entre eles, e ouviam a artilharia dos navios de guerra chamando-os para a segurança do abrigo. Os primeiros sinais da proximidade do mar já lhes atingiam o rosto; Lien esticou as garras, mas eles ainda não estavam ao alcance dela. Enquanto isso, os pequenos mensageiros faziam imprevisíveis tentativas de desnorteá-los, pelas laterais, agarrando com suas patas alguns homens. Iskierka em resposta, lançava fogo contra eles, alegremente.

Subitamente todos ficaram cegos ao entrar em uma nuvem espessa de pólvora negra; os olhos de Laurence lacrimejavam quando saíram dela, distantes do acampamento e ainda a toda velocidade. A cidade e suas luzes diminuíam atrás deles a cada bater de asas, e eles dispararam sobrevoando baixo o porto enquanto o último dos homens era retirado das águas e levado para os navios. Veio então o grande trovejar do canhão e balas assoviaram tão pesadas quanto granizos atrás deles, para afastar os dragões franceses.

Lien emergiu da nuvem de pólvora e tentou persegui-los, mesmo através dos ataques de canhão, porém os pequenos mensageiros franceses guincharam, protestando. Alguns se atiraram ao lado dela, agarrando-se e tentando arrastá-la para fora do alcance dos canhões. Em resposta, ela os sacudiu com uma grande força, mas um dos mensageiros, gritando, atirou-se na frente dela com uma coragem desesperada. O sangue negro e quente esguichou sobre o peito da dragoa quando o tiro que a teria atingido atravessou, em vez disso, o ombro do mensageiro. Então ela finalmente parou, arrefecendo sua fúria, para agarrá-lo antes que ele caísse pelo céu.

Lien recuou com o restante da sua escolta ansiosa de mensageiros, e, quando estava fora de alcance, sobre o litoral coberto de neve, lançou um último e selvagem grito de decepção, tão alto que poderia ter partido o céu em dois. O grito acompanhou Temeraire pelo porto e além, como um eco fantasma ressoando em seus ouvidos. O céu à frente, porém, se abriu em um azul feroz e sem nuvens e, abaixo, havia um caminho contínuo de vento e águas.

Um sinal tremulava no mastro do *Vanguard*.

— Vento bom, senhor — disse Turner, quando passaram pelos navios. Laurence se inclinou na direção do vento marinho gélido, claro e cortante, que raspava as laterais do corpo de Temeraire e limpava os últimos rastros de fumaça ali abrigados, os quais eram dissipados para longe em nuvens cinzentas. Riggs havia ordenado aos atiradores que cessassem fogo, e Dunne e Hackley já gritavam seus habituais insultos um ao outro enquanto limpavam os canos das armas e guardavam a pólvora.

Seria ainda um longo caminho, pelo menos uma semana, graças ao vento contrário e a tantos dragões menores acompanhando-os; mas, para Laurence, era como se já sobrevoassem o litoral pedregoso e bruto da Escócia, avistando os campos marrons e as montanhas manchadas de branco atrás dos montes verdejantes. Uma grande ânsia por aqueles montes o invadiu; as montanhas, cortantes e imperiosas; os quadrados largos de terra cultivada e os carneiros gordos e lanosos para o inverno; os pinhais e as cinzas nos abrigos, perto da clareira de Temeraire.

À frente deles, Arkady começou a cantar algo parecido com uma marcha, versos que eram respondidos pelos outros dragões selvagens, cujas vozes ressoavam pelos céus uma a uma. Temeraire acrescentou a sua voz ao coro e a pequena Iskierka começou a arranhar o seu pescoço, querendo saber:

— O que eles estão dizendo? O que significa?

— "Estamos voando para casa" — respondeu Temeraire, traduzindo.

— Estamos todos voando para casa.

Excertos de uma carta publicada no
Transações Filosóficas da Sociedade Real,
em abril de 1806

3 de março de 1806

Cavalheiros da Sociedade Real,

 É com agonia que tomo a pena para endereçar-me a esse Corpo augusto no tocante ao recente discurso de Sir Edward Howes sobre a aptidão dragônica para a matemática. Um amador de tão pouca distinção quanto eu fazer frente a tão ilustre autoridade pode parecer vanglória, e tremo diante da ideia de ofender esse cavalheiro ou seus diversos e merecidos apoiadores. Apenas a crença mais sincera nos méritos de minha causa e, além disso, uma grave preocupação pelo curso grandemente deturpado sobre o qual o estudo dos dragões parece hoje se inclinar, bastaria para superar o escrúpulo natural que devo sentir ao me colocar em oposição ao julgamento de um homem cuja experiência tão enormemente supera a minha e a quem eu mostraria deferência sem hesitar, não fosse pelas evidências que devo considerar irrefutáveis, as quais, após muita ansiedade, aqui submeto à consideração desse Corpo. Minhas qualificações para esse trabalho não são de modo algum substanciais, pois meu tempo para o estudo da história natural é tristemente encurtado pelas demandas da minha paróquia; portanto, se devo persuadir, será pela força dos meus argumentos e não através de influência ou de referências impressionantes.
 De forma alguma tenciono menosprezar essas nobres criaturas aqui discutidas, nem argumentar com qualquer homem que as considere ad-

miráveis; as virtudes delas são patentes e dentre as mais altas está o bom humor essencial da sua natureza, tornado evidente na sua submissão à humanidade em troca apenas de afeição, pois, fosse ela por compulsão, seria praticamente impossível que algum homem tivesse controle sobre eles. Nisso os dragões se mostram muito semelhantes àquela criatura mais familiar e amável, o cão, que deixará de lado a companhia dos próprios pares para ser fiel à preferência por seu dono, exibindo assim um exemplo, quase único entre os animais, de reconhecimento pela sociedade dos seus superiores. Esse mesmo reconhecimento mostram os dragões, para seu grande crédito, e certamente ninguém pode negar que tal condição acompanha uma compreensão superior a praticamente todo o mundo animal, a qual lhes confere o posto incontestável de mais valiosa e útil fera doméstica...

E, entretanto, faz alguns anos que diversos cavalheiros eminentes, insatisfeitos com esses encômios consideráveis, começaram a apresentar ao mundo, cuidadosamente e em etapas, um corpo de trabalhos que na sua totalidade, quase que por intenção conjunta, leva o homem pensante à conclusão inevitável e sedutora de que os dragões estão inteiramente acima da esfera animal: de que eles são dotados, em medida idêntica ao homem, da faculdade da razão e do intelecto. As implicações de tal ideia eu mal necessito enumerar...

O principal argumento desses acadêmicos é o de que os dragões são os únicos animais que possuem linguagem e demonstram na sua fala ao observador todos os atributos de sentimento e vontade. Todavia, não posso conceber que esse argumento seja persuasivo, muito menos conclusivo. O papagaio também dominou as línguas dos homens; cachorros e cavalos podem ser treinados para compreender algumas palavras dispersas: se esses possuíssem a garganta fluente do primeiro, também não falariam conosco e solicitariam maiores atenções? E quanto aos demais argumentos, qual homem que já escutou um cão ganir ao ser abandonado pelo dono negaria que os animais conhecem a afeição, ou qual homem que já deu ordens para um cavalo estacar ante uma cerca e esse se recusou negaria que as feras possuem própria — e com frequência lamentavelmente contrária! — vontade? À parte esses exemplos extraídos do reino animal, vimos na famosa obra do barão Von Kempelen e de M. de Vaucanson que um autômato dos mais impressionantes pode ser produzido a partir de um pouco de latão e cobre, capaz de reproduzir a fala mediante a operação de algumas manivelas ou mesmo de imitar o movimento inteligente e persuadir o observador desavisado de que possui animação semelhante à vida, embora não passe de um motor de relógio e de engrenagens. Não nos deixemos confundir tais simulacros de inteligência, com comportamento bruto ou mecânico, pela razão verdadeira, capacidade exclusiva do homem...

Após deixarmos isso de lado como provas insuficientes da inteligência dragônica, chegamos ao mais recente ensaio de Sir Edward Howes, que apresenta um argumento não facilmente contestável: a capacidade dos dragões de efetuar cálculos matemáticos avançados, proeza que ilude muitos homens de outra forma educados e que não se encontra em nenhuma outra parte do mundo animal, nem poderia ser imitada por máquinas. Entretanto, após observação cuidadosa, descobrimos que... tais feitos que devemos reconhecer reúnem provas muito escassas — o testemunho do capitão do dragão e dos seus oficiais, que são seus companheiros afetuosos —, e foram verificados por Sir Edward Howe em um único exame realizado pessoalmente e com duração de poucas horas. Isso poderá parecer o bastante para alguns dos meus leitores, pois o ensaio se torna mais plausível devido a seus predecessores menos ambiciosos, contudo, permitam-me apontar que tal conjunto similarmente frágil de evidências serve como base para diversos desses trabalhos anteriores...

Minha audiência pode com justiça exigir saber por que tal afirmação pode ser feita, intencionalmente ou não. Sem fazer qualquer acusação, irei em nome da satisfação dessa exigência especular não sobre os motivos *reais*, mas sobre os *plausíveis*, embora considerando apenas aqueles que possam ser chamados de desinteressados. Confio que eles são suficientes para amainar qualquer suspeita de que tenciono sugerir uma conspiração sórdida, pois nada poderia estar mais distante da minha mente. É natural que um caçador ame seus animais e veja na sua devoção bruta uma afeição humana, que leia no temor dos seus latidos e no brilho dos seus olhos uma comunicação mais profunda; é a própria sensibilidade do caçador que torna verdadeira essa ilusão e faz dele um melhor guardião da sua matilha. Que os oficiais do Corpo Aéreo tenham uma comunicação desse tipo com seus dragões eu não duvido, mas essa deve ficar a crédito dos homens e não dos animais, mesmo que os primeiros neguem o crédito com toda a sinceridade... Além disso, todos aqueles que sentem afeto por essas nobres criaturas devem desejar a melhoria das suas condições, e o reconhecimento da suposta humanidade dessas bestas certamente nos obrigaria a lidar com elas de modo mais gentil daqui por diante — o que somente pode ser chamado de um motivo generoso...

Até o momento me dediquei apenas a lançar dúvidas sobre o trabalho alheio. Caso se desejem evidências positivas do contrário, entretanto, é preciso apenas analisar a condição dos dragões selvagens para ver essa verdade imediatamente ilustrada diante de nossos olhos. Conversei longamente com os bons pastores que cuidam dos campos de reprodução em Pen Y Fan, cujo trabalho diário os imerge no círculo dos dragões selvagens e que, rústicos como são, enxergam tais feras sem qualquer disposição romantizada. Deixados à própria mercê, sem arreios e livres, esses dragões selvagens exibem perspicácia natural e inteligência animal, porém nada mais. Não fazem uso de linguagem, exceto dos grunhidos e sibilos comuns entre os animais; não formam comunidades ou relações civilizadas; não possuem arte ou manufatura; nada fabricam, nem abrigo nem ferramentas. O mesmo não pode ser dito do pior selvagem na parte mais remota da Terra; o que os dragões conhecem dos assuntos mais elevados apenas aprenderam com os homens e esse impulso não é nativo à sua espécie. Certamente isso é prova suficiente de distinção entre homens e dragões, se é que tal evidência se faz necessária...

Se com esses argumentos falhei em convencer, encerrarei com a asserção final de que a *verdade* e não a *falsidade* de uma conclusão tão extravagante, que desafia todos os registros e autoridade das Escrituras e tantas observações do contrário, necessita ser comprovada e, ainda que elegível para consideração, necessita sofrer desafios maiores do que aqueles que meus parcos poderes me permitiram oferecer aqui, por maior boa vontade da qual eu disponha, requerendo um conjunto de provas muito mais substancial, que seja obtido e verificado por observadores imparciais. É na esperança de provocar homens mais sábios do que eu a duvidarem e de renovar as pesquisas que me aventurei a empreender essa tentativa de refutação, e devo sinceramente pedir perdão a qualquer homem a quem possa ter ofendido, seja pelas minhas opiniões ou pela minha falta de habilidade em expô-las.

Permitam-me designar-me, com o mais alto respeito, seu mais humilde e obediente servo.

D. Salcombe
Brecon, País de Gales

Agradecimentos

Ao me debruçar sobre a história revisada da campanha de 1806, baseei-me principalmente em *The Campaigns of Napoleon*, de David G. Chandler, e *A Military History and Atlas of the Napoleonic Wars*, do brigadeiro-general Vincent J. Esposito e do coronel John R. Elting, que compartilham da virtude de possibilitar que mesmo um amador compreenda o assunto. Quaisquer erros e implausibilidades são culpa minha; qualquer acerto e precisão se deve a eles.

Muito obrigada a meus leitores preferenciais pela sua ajuda: Holly Benton, Francesca Coppa, Dana Dupont, Doris Egan, Diana Fox, Vanessa Len, Shelley Mitchell, Georgina Paterson, Sara Rosenbaum, L. Salom, Rebecca Tushnet e Cho We Zen. Como sempre, devo muito a Betsy Mitchell, Emma Coode e Jane Johnson, minhas editoras esplêndidas, e à minha agente, Cynthia Manson.

E, acima de tudo, a Charles.

Este livro foi composto na tipologia Sabon LT Std, em
corpo 11/16, e impresso em papel off-white 80g/m²
no Sistema Cameron da Divisão Gráfica
da Distribuidora Record.